读客® 知识小说文库

读小说，学知识

鬼谷子的局

第5季·天下归一 4

寒川子 著

河南文艺出版社
·郑州·

目录

第一章

借赵卒姬职复燕　用四力张仪困楚

这一次，孟子是真的生气了。

这些年来，孟子之所以滞留于齐，守在临淄不走，一是因为弟子匡章；二是因为田辟疆还算恭敬，肯听他言，尤其是让他参与军事，执义伐燕，使他有机缘一展抱负。

然而，自伐燕之后，老夫子对齐王的失望与日俱增，以仁政平定天下的热望也渐渐凉了。此番宫廷之争，正好是个了断。

走出齐宫，孟夫子心情复杂地在宫门之外伫立良久，方才一步一步地走向辎车。

望到他来，万章驾车迎上。

“夫子？”万章看到老夫子的脸色，小声叫道。

孟夫子没有睬他，踏上车，坐好，闭上眼睛。

万章不便再讲，扬鞭催马，向他们的府宅驰去。伐燕归来后，孟子因功被齐王封为客卿，赐客卿府宅一座、其他赏赐若干，孟夫子没再推辞，就照单收下了。

将到自家府门时，孟夫子终于出声道：“匡将军府宅！”

万章不敢怠慢，掉转车头，拐向匡章的府宅。

匡章迎出府门，揖手道：“夫子，弟子候您良久了！”说着伸手礼让，“夫子，请！”

“老朽不进去了！”孟子回他个礼，“老朽此来，是想问你一句话。”

“夫子请讲。”

“此番伐楚，你可知如何用兵？”

“弟子……”匡章略一停顿，“请夫子指点！”

“一个字，礼！”

“弟子记下了！”匡章拱手道。

孟子跳上车，回转身，对匡章揖道：“匡将军，老朽这就回家了，你多保重！”

匡章听出话音，怔了下道：“夫子回哪儿？”

“还能回哪儿？”孟夫子一脸惆怅，看向南方。

“夫子，”匡章震惊，“您是要……回邹地？”

“唉。”孟子重重挤出一声，“老朽离开多年，早该回去为老母尽孝了！”

气氛突然变得凝重。

“夫子走好！”良久，匡章深深一揖，“待弟子征过楚地，复命于王，就去邹地侍奉夫子！”

“老朽候你！”孟夫子回过礼，朝万章扬手，指向前方。

目送辎车渐渐驰远，匡章长叹一声，回到书房，静坐有顷，目光落在案头。

案头陈列两卷兵书，一卷是《孙子兵法》，另一卷上写着“膑人”二字。匡章伸手摸出孙膑亲笔书写的那片竹简，凝视上面依旧清晰的两行字迹：

> 匡章将军，请收下这两卷兵书，体悟兵道，辅助苏子成就合纵大业，定安天下！膑人拜托。

匡章缓缓跪下，闭上眼睛，耳边响起自己的承诺：“苏子，章在此承诺，自今日始，谨遵师嘱，研读兵书，助苏子成就合纵大业。苏子但有驱使，章必赴汤蹈火，在所不辞！”

匡章睁开眼，取过笔，蘸饱墨水，在一块羊皮上书写一会儿，细审一遍，折叠起来，装进锦囊，小心封好，在封泥上封上印章。他又召来心腹侍卫，将锦囊交付与他，嘱他送至邯郸，交给苏秦。

次日退朝，宣王留下匡章、田婴二人，再议伐楚。

此番所议，不是伐与不伐，而是如何伐。

“臣以为，”田婴讲出他的谋划，“秦王既以下东国予我，我王不可不收。匡将军可兵出薛城，征伐下东国，将琅琊以南、淮水以北、钟离以东的大片沃土悉数拿下。如果得到下东国，大齐治域就可增扩一倍！”

一举攻占如齐国这般大的地盘，这是鲸吞了。

毋庸置疑，这是田婴与齐宣王合计好的，召匡章谋议，不过是让他落实而已。

匡章闭目。

“匡将军？”齐宣王点响他的名字，用指背轻敲几案。

“臣不敢伐！”匡章睁眼，拱手道。

“哦？”齐宣王停住敲打，倾身问道，“何以不敢？”

“臣有三不敢，”匡章拱手道，“其一，出兵在义，大王之义是应秦之约，救秦于水火，而楚攻秦人于商於，非下东国；其二，仗义救人，掠土则为不义，不义出兵，臣无胜算；其三，即使执义在手，若伐下东国，臣亦无胜算。”

“为何？”田婴急问。

“回禀相国，”匡章看向田婴，“下东国之地，地广人稀，江流沼泽众多，我五都之兵，习于陆战，不习于水战，此其一也；我仅出六万之众，而下东国之楚卒，各城邑加起来不下十二万众，两倍于我，此其二也；楚与秦战，必防我攻下东国，而下东国只要有备，我就会陷入绝地苦战，此其三也。”

显然，匡章所讲的前面两个理由，都不是理由，真正的理由是下东国难攻。宣王、田婴相视一眼，长吸一口气。

“匡将军，”齐宣王一咬牙根，“寡人再给你增拨六万，以十二万伐十二万，如何？”

“王上，”匡章回视宣王，语气凝重，“不是人多人少的事。臣以为，秦人予我下东国，是让我结大仇于楚。楚伐秦，是因为商於六百里。而楚之下东国，何止六百里？即使我勉强得之，俟时过境迁，楚人缓过劲来，岂肯轻易放过？那时，我与楚则成大仇。迄今为止，我与楚虽有所争，但所争之地皆在泗上，无不是他国之土。楚人所得下东国之地，亦非我土，而本为越地，为楚人力战所得。”

宣王又吸一口气。

“再说，燕国的事，天下都在看着呢。”匡章又补一句。

“好了，好了，”宣王摆手，“匡将军，以你之见，该当如何救秦？”

“回禀我王，”匡章应道，“义师既为救秦，就当长驱楚地，兵加商於，从侧翼威逼楚人，迫其退军，以解秦人急难！”

“我为孤军，若是长驱直入，会不会被楚人断去退路？”田婴质疑。

“楚国野战之卒皆在商於，各城邑守卒不足为敌，亦难阻我大军。再说，我出的是义师，只为救秦，不惊扰楚民，相信所过之地，楚人是不会轻易与我为敌的。”

“粮草呢？”宣王问道。

“这个就不是臣的事了。”匡章两手一摊。

宣王长思良久，转对田婴道：“田婴！”

“臣在。”田婴应过，转对匡章，“粮草的事，将军尽可放心！”

匡章的心腹侍卫持密函昼夜兼程，仅用三天就抵达邯郸，至相府叩门，从袁豹口中得知苏秦已从赵王远征北胡，那侍卫一时急了，欲去北胡寻找苏秦，然而山高路远，他更不知在何处可以寻到，一时犯怵。

“义士，你看这样如何？”袁豹指自己道，“在下姓袁名豹，本为燕国宫尉，后从苏大人合纵列国，在苏大人身边已经多年，苏大人之事，没有瞒过在下的。在下曾经见过匡章将军一面，将军也应该晓得在下。义士若是放心，可将此函交付在下，由在下设法转呈苏大人，如何？”

“也好！”那侍卫亦无良策，遂把密函拿出，呈给袁豹，“匡将军甚急，务请府宰尽快将此密函呈送苏大人。”

送走信使，袁豹持密函去见姬雪。

姬雪拆函，阅毕，递给袁豹。

袁豹阅过，见姬雪看过来，拱手道：“禀太后，从此函看，匡将军是不想伐楚的，但王命难违。齐人伐楚，若以匡将军为将，楚则无虞矣。”

“你说得是！”姬雪应道，“眼下之急，不是楚人，而是燕人。燕地日乱，每天都在死人，燕民已入水火了。”

“禀太后，”袁豹接道，“豹刚得知，子攸死了。燕室诸公子中，眼下只剩子职一人。”

“啊？”姬雪震惊，“子攸怎么死的？”

“死在东胡。为躲子之追杀，他隐姓埋名，逃到东胡，为胡人牧羊，不知何故暴露身份，被人杀死了。”

“子之误国甚矣！”姬雪拧眉良久，又转向袁豹，“菲菲呢？”

“方才见她出去了。”

“一个人？”

“还有杜衡。”

杜衡是个小墨者，与菲菲同岁，二人在墨营里形影不离。子职进宫之后，菲菲没有玩伴，想念她了，木华就让墨者送她过来，几天前刚到，二人玩得正热闹呢！

“叫她们回来，我有事情！”

袁豹快步出去，不一会儿带菲菲回来了。

“娘亲？”菲菲奔回来，一头是汗。

“你哪儿去了？”姬雪半是嗔怪，“瞧这玩的！”

“嘻嘻，与杜衡玩疯了。我教她飞刀，她教我弹弓！她的弹弓打得又远又准，五十步之外，指哪儿打哪儿！”菲菲一脸兴奋。

“你多久没见子职了？”

“好久了。”菲菲声音急切，“他不出宫，我也进不去！”

“你拿上这个，就能进了。”姬雪交给她一块出入宫城的通牒。

菲菲接过道："我带上杜衡，成不成？"

"你一个人去。"

"娘亲要我捎话吗？"菲菲眼睛眨巴几下。

"没有要捎的话。你只是去看看他，听听他们说什么，回来告诉娘亲。"

"成。"

"不要在宫里面闹，看过就回来！"

"好嘞！"菲菲转身就走。

"菲菲！"姬雪叫住她，"记住，若是他的娘亲问你什么，你不要乱讲，若是问到娘亲，你千万不可说漏嘴了！娘亲是你义母！相国是你义父！"

"晓得的！"菲菲一溜烟跑了。

菲菲来到宫城，守卫验过通牒，带她直入后宫。

后宫是个相对封闭的大院，门口守着两个执戟卫士并一名当值宫人。当值宫人验过通牒，入内禀报。

子职闻讯，噌地站起，正欲奔出院门，身后传出易王后低沉的声音："回来！"

子职看向易王后。

"你的机会来了。晓得怎么见她吗？"易王后盯住子职，声音极低。

"怎么见？"子职回头，压低声音。

"一个字，哭。"

"这……"子职蒙了。

"一边哭，一边讲述燕人的苦难，表达你的伤悲，昭示你救燕民于水火的决心！"

"晓得了！"

"若是问起我，就说我到后花园里去了！"

"好嘞。"子职应过，随宫人走出院门，来到后宫大门处，将菲菲领进。

"职哥，终于见到你了！"菲菲一脸热切，"我来寻过你几次，可他们不让进！"

“我晓得的。”子职应道，“我也是，想出宫见你，可宫卫不肯！你怎么进来的？”

“我有这个！”菲菲出示通牒，压低声说，“义母给的！”

“义母真好！”子职顿住脚步，凝视她，一脸沉重，“我……以为再也见不到你了！”

“职哥！”菲菲盯住他的脸，“你不开心？”

“嗯。”

“为什么？”

子职没有应她，牵着她的手，引她走进所住的小宫院，将她让至客堂，坐下。

“职哥？”菲菲打量房子，“他们为啥把你一家关在这儿？”

“因为燕国。”

“咦？”菲菲怔道，“燕国让齐人占了，碍赵人什么事儿？”

子职眼里哗哗地流出泪水。

“职哥？”菲菲惊怔，盯住他，“你怎么哭了？”

子职越发哭得伤悲。

“职哥？”菲菲急趋过来，也带哭声，“你……快讲，出啥事了？”

“我……我……”子职泣不成声，“我的燕国，我的臣民，他们……呜呜呜呜……”

“他们怎么了？”菲菲急坏了。

“他们……生不如死啊！”

“为什么呀？”

“他们……每天都有人死，他们被齐人赶出家门，无家可归了。他们……衣不遮体，妻离子散，没有食物……他们……呜呜呜……多少个没父没母的孤儿……呜呜呜……”子职说不下去了。

菲菲亦哭起来。

“阿妹，”子职猛地握拳，擦干泪水，“我要回去，我要报仇，我要赶走齐人，我要赶走中山人，我要复兴燕国，我要……我要入侵者血债血偿……我要……”

“阿哥……你怎么报仇？”

“用我的剑，用我的血，用我的所有！”子职牙关咬紧，声音从牙缝里挤出，“我要与齐人血战到底，我要赶走齐人，我要让所有燕人……老有所养，幼有所抚，壮有所为……”

“可你……出不去啊！”

“阿妹，”子职紧紧握住菲菲的手，“你……帮帮我！”

“阿哥，我怎么帮？”

“我……我不知道，我只想出宫，我……我不想待在这宫里，我只想回到我的燕地！”

“阿哥，”菲菲握拳，“阿妹帮你，阿妹一定帮你！”

“阿妹！”子职扳住她的肩膀，凝视她。

“阿哥你说。”

“有朝一日，待阿哥出得此宫，回到燕地，你……能跟我去燕地吗？”

“我……”菲菲迟疑。

“阿妹，你必须去！阿哥离不开你！没有阿妹在身边，阿哥……”子职二目如火，盯住她，“阿哥是真心的！你……跟我去吗？”

“嗯嗯。”菲菲连连点头。

“在那燕地，阿哥可能会死，你……也去吗？”

“嗯嗯。”菲菲再次点头。

“你不怕死？”子职盯住她。

“不怕。”菲菲凝视他，语气郑重。

“是为阿哥吗？”

菲菲摇头。

“那……是为什么？”

“我是墨者。”菲菲看向西南方，那儿是墨家老营，“为天下赴义，墨者死不旋踵！”

“阿妹，”子职凝视她，良久，重重点头，“天下包括燕人，是不是？你为燕人赴义，也就是为天下赴义，是不是？”

“是的，阿哥！”

“阿哥不是墨者，阿哥只为燕人！”姬职看向北方，字字铿锵。

菲菲回到相府，将见姬职的过程详细禀报母亲，说她决心已定，要跟子职前往燕国，逐走齐人，助燕人安居乐业。

姬雪笑笑，鼓励了几句，让她去寻杜衡。

菲菲出去后，姬雪草书一封，另封一个锦囊，与匡章的锦囊一并交付袁豹，嘱他使人送给苏秦。

暮冬的几场大雪滋润了整个草原，及至三月，草木疯长，百花争艳。

新婚宴尔的赵王与娜莎公主离开草原，住进平邑别宫，就是他们初识的地方。站在平邑南城门，可望到一条阔大的水带——浴水。那水带自西南飘来，擦过平邑南城门，向东北飘去，沿途汇入无数条水流，穿过太行山北侧的崇山峻岭，流入燕境，经由燕地入海。

“娜莎，”赵王指着飘向东北的水带，“由此往东，穿过居庸关，就是燕地。想不想去燕地策马奔驰？”

“想啊！”娜莎笑应，“早听父王讲过燕人，说他们是召公的后人。召公是谁？”

“召公叫姬奭，是周武王的弟弟，武王立周之后，将他封在燕地，”赵王扳起指头，“细算下来，有七百多岁了！”

“神哪，七百多岁！”娜莎咂舌，“啧啧，这也实在是太老了！”

“呵呵呵，”赵王乐了，“是太老了。”

二人正说话间，三骑沿浴水河岸疾驰而来，驰进城门。

城门尉验过身份，盘问明白，带三人上楼。

为首一人是赵燕边地的一名军尉，另外二人是燕人。认定此人是赵王后，两名燕人扑地就拜。赵王细问，方知他们是燕国义军派来的代表。燕国义军已经攻破中山人把守的居庸关，害怕中山人再来夺关，就向赵王求救，望赵王能派军入燕，赶走中山人与齐人，复兴燕国。

赵王令侍卫款待来客，带着娜莎匆匆下楼，返回别宫，使人召请苏秦与肥义，紧急谋议。

“天助我也！”肥义一拳震几，“我们这就打过去，名正言顺！”

“怎么打？”赵王盯住他。

“臣愿为主将，保证横扫燕地，将齐人、中山人赶回老家。王上，只要我得燕地，击灭中山就如探囊取物！”

“相国如何看？”赵王看向苏秦。

“臣以为不可！”苏秦拱手道。

“有何不可？”肥义急了，盯住苏秦，“出兵在义。我们应燕人所请，救燕民于水火，难道不是义吗？”

“齐人与中山人出兵也是因为义。”苏秦侃侃应道，“且齐人之义是经由周天子授权的。赵若仅凭几个燕人之邀就贸然出兵，天下会如何看待？再说，燕人让这‘义’字害了，我们再谈义，也难以取信于燕民。”

“苏子之意是——”赵王看向苏秦。

“大王请看这个！”苏秦摸出一只锦囊，双手呈上。

赵王看过，凝眉，自语：“齐王出兵六万，使匡章伐楚？”

“听匡将军言外之意，韩、魏也都出兵。”

“这不是……”赵王苦笑一下，接道，“群殴了吗？”

“是的。”苏秦亦发出一声苦笑，“当年魏王、庞涓借臣合纵之力伐秦，这辰光秦借张仪连横之力伐楚了。”

“让他们伐呀！”肥义声音热切，“伐得越猛越好！”他越想越是兴奋，紧紧握拳，“王上，四国伐楚，于我是最好的机缘。齐人顾不上燕地，韩、魏、秦也顾不上扯我后腿，我正好赶走齐人，占下燕地，顺手吃掉中山！”

“苏子！”赵王显然动心了，再次看向苏秦。

“臣还得到一个音讯。”苏秦应道。

“是何音讯？”

“子攸死了。”

“子攸？”赵王眯眼，“他怎么死的？”

“逃至东胡牧羊，被人追杀了。唉！”苏秦轻叹一声，话中有话，“子攸一死，燕室就只有姬职这根独苗了。”

“苏子是说，”赵王听出话音，半是征询，“送公子职回燕国？”

“大王圣明。”苏秦拱手道，“经齐人这么一闹，燕人就忌惮外人了。大王若是出兵，无论打何义旗，都难取信于燕民。姬职不同。燕民群起，犹如一盘散沙，难以形成合力。只要大王护送姬职入燕，燕民就会形成核心，跟从公子职拼死一战。让燕人赶走齐人，驱逐中山人，远比大王出兵要好。燕人复国，公子职必定感恩大王，燕赵合盟，中山不攻自破。”

“燕民群起，皆是游卒。公子职无兵无卒，我若不出兵，就凭他单枪匹马，如何能成？再说，他说他是公子职，燕人谁肯信他呢？”肥义接道。

“将军说得是！”苏秦应道，“在下之意是，大王不可以出兵，却可以借兵。”

“借兵？”赵王两眼放光，略一思索，“肥义，你选锐骑三万，再征林胡、楼烦精骑两万，合兵五万，候于居庸塞外。”说着看向御史，“传旨邯郸，即刻护送公子职前来平邑，不可有失！”

“王上，”见赵王决断得当，苏秦放下心来，拱手道，“此地已无大事，臣请回邯郸！”

“也好。”赵王思忖良久，点头应道，“相国这就回去，盯住四国，甭让他们把那头狂熊一口吞了。至于燕国，寡人自有处置。”

楚人确实发狂了。

如果说由蓝田至淅邑的六百里商於谷地是一条长蛇，在楚怀王、王叔的鼎力鼓动下，二十余万大军就如发狂的猛兽，从各个方向扑过来，以不可阻挡之势将这条长蛇断作数截。

眼见楚人来势凶猛，魏章决定放弃淅邑，守住长蛇的七寸——於城。於城若失，武关再被切断，整个谷地会失控不说，连他这个蛇头也将无处寄放，成为楚人的祭品。

然而，楚人没有给他这个机会。怀王命王叔镇守汉中郡，自己则坐镇丹阳，指挥楚军全面进攻。

丹阳之战让所有楚卒明白三个事实：一是秦人是可以被杀死的；二是在秦人面前无论是逃命还是投降，都等于寻死，唯有拼命，唯有杀死秦人，自己才可能存活；三是乌金兵器并不是制胜的根本因素，因为他们自己手中的兵器同样是乌金打制的。

唯独让楚人谈之色变的是秦人那三个神一样的力士。王驾抵达丹阳之后，针对全军的恐惧情绪，怀王决定不再保密，使景翠公开演示制伏秦国力士的渔网大法。三军看过，无不振奋，非但无惧，反倒渴望能看到三个力士出战，好将他们一网打尽，永除后患。

楚军人多势众，又无惧怕，越战越勇。秦人受困，士气低落。秦人重在野战，对城池防御并不看重，因而於城的防御工事并不比淅邑的强固多少。武关之道已被截断，摆在魏章面前的只有三条路可走：一是死守於城，与楚人同归于尽；二是投降楚人；三是放弃於城，撤向北山。

第一、第二显然不智。在楚人攻城约半月之后，魏章决定放弃於城，引余众向北部山区撤离。商於道北部山区谷道险峻，秦人早就筑有不少工事，存有粮食，只要守住山口，借助天然屏障，撑上一年半载并非难事。

但依照秦律，将军擅自弃城撤退，是杀头的重罪。魏章将商於守军所处危境及他的应对思路写成急报，但商於通道已被楚人截断，军报无法送达。魏章正无可奈何，天香手下的一只黑雕历尽辛苦赶至於城。魏章急将军报缚在鹰腿上，放其飞往咸阳。五日之后，黑雕传回秦王旨令，同意魏章所请。魏章随即传达王旨，让商城、武关的守军尽皆弃守，分别退往北面的商洛及谷地，全面让出商於通道。军令发出后，魏章即引余众于月黑之夜兵分七路，沿淅水及其他谷道井然有序地撤往北山。俟楚人反应过来，於城已是一座空城。

然而，由于谷道断绝，所有通道均被蜂拥而至的海量楚卒占据，商城、西武关守军始终未能收到魏章的撤军将令。随着於城守卒的撤走，峣关更被楚人封锁，商城、商南、武关一线诸城邑陷入绝境，秦人苦战半个月后全部失陷，守卒三万余人大多战死，只有少部分冲出重围，逃入北山密林。

至此，商於六百里谷道，全部握在了楚人之手，秦人未及运走的大批粮草辎重也都成为楚人的战利品。怀王驱动王辇，由丹阳出发，一路巡视过去，但见遍地楚旗，三军欢呼。怀王喜不自禁，传令穷寇勿追，可分出少许兵力在各处险隘设置关塞，将溃卒封死在北部山地。

怀王的宏大战略是，不与商於谷地的溃兵残卒纠缠，腾出手来，全力攻克峣关，直捣咸阳，踏平秦川，活擒张仪，问责秦王，以雪被秦人欺诈之恨。

峣关是商於谷地的西边尽头，再往西就是一向归属于秦人的蓝田县了。该关位于蓝田县城南不足十里的地方，两侧是峣山，中间为长约七里、宽约四里的平坦通道，叫作峣塞。早在一百多年前，秦人就在峣塞的东南端立起雄关，作为抗拒楚人的最后防线。

雄关连通高墙，横穿塞底，直上两端山顶，再沿山顶延伸开去，将商於古道封了个严实。此前不久，秦王又听张仪谏言，引领秦人加紧赶工，在通道的西北端再筑一道城墙，亦是通向两侧山顶，将整个峣塞通道活脱脱地变作一座城池，城中布满了各式防御设施。

秦人早已严阵以待。

怀王却不管这些，喝令楚人攻打峣关。

经过半个多月的筹备，楚人开始攻关了。

楚人的攻城利器是云车，也就是由楚人发明、经庞涓在六国围攻函谷关时小试身手的移动高车。为破此关，楚人精心改造了当年的云车。由于这种高车运送困难，楚人就将工匠带来，在筹备攻关的半个月里，就地取材，一连造出数十辆高车。

这些高车极为奇特，比峣关的城墙还要高出一截，四周皆镶铁板。高车分作四层，第一层可站四十名兵士，第二层以上各站三十名，其中十名是弓弩手。每辆高车装有十二个巨大木轮，由三十名力士与六匹战马在车的下面与后面或拉或推。高车通身镶有可防弓弩、火把的铁板，远远看去，像是一座巨无霸铁屋，刀枪不入，水泼不进。

这且不说，楚人汲取攻打函谷关时的教训，云梯与城墙之间保持十步之遥，以防止秦人泼油放火。每一层的挡板上均设有高低不同的多排箭孔，可从不同角度近距离射杀秦人。待秦人不敢露头时，高车再移近城墙，从最上面一层推出踏板，铺在梯与墙之间，军卒可通过踏板跳进城墙，结成阵势，固守待援。之后，楚人再源源不断地攀上车中木梯，通过踏板加入己方阵势，扩大战果，攻破敌关。

这是一个几乎万无一失的攻关方案，高车也是怀王与景翠他们精心研究多次方才试制出来的利器。

果然，秦人吃不消了。当几十辆高车缓缓推移过来时，秦人几乎束手无策。秦人射过去的弓箭，纷纷落地，楚车却越逼越近。

当楚车距城墙只有十多步远时，楚箭突然射出。正在墙垛上全力射击的秦国弓弩手防不胜防，大多中箭，余卒躲在城垛后面。楚车再移近，秦卒几乎不敢露面，眼睁睁地看着楚人移到墙前，伸出踏板。

踏板越伸越长，终于搭在墙垛上。秦卒露头欲推，根本推它不动，伸枪去顶，亦撼它不动，动作稍大一点儿，就有箭矢飞来。楚人几乎是毫无阻碍就跳进城墙里，与秦人肉搏，且在双方搏击之时，仍有楚矢时不时地从高车的箭孔里飞出，精准地射中奋力抗击的秦卒。

先行攻击的楚人终于控制了一段城墙。秦卒闻讯，冒死增援，但城墙宽度不够，再多的秦卒也施展不开，无可奈何地看着楚人源源不断地由高车跳进城墙，将阵地扩大。

楚人占领一段城墙之后，就移动高车，向另一段城墙进攻。如此蚕食，及至天黑，楚人几乎占领了长达五里的谷地城墙，并在城墙上构堡筑垒，拓展战果。

接连三日，楚人一步一步地经由城墙逼近关楼，并最终占据关楼，居高临下地向秦人射箭。秦人防不胜防，关门被楚人攻克。更多楚军通过关门涌进塞中，与蜂拥而至的塞内秦人激战。

峣关失守，秦人士气低落，渐渐败溃，退守至第二道防线。

不过，这一次，秦人学精了。早在楚人攻城时，秦人就在第二道城墙前面开挖壕沟，沟不深，但一道接一道，他们还到处开挖深坑、陷阱，撒下满地的铁蒺藜，以阻挡楚人的高车。

在楚军攻打峣关之际，秦惠王正在雍都的先庙里祭拜先祖。

雍都位于岐山脚下，是大周王室的发祥地。在秦公护送周平王东迁洛阳之后，周王就将这块风水宝地送给秦室经管。秦人立国，即以此地为都，设宗庙社稷，直到灵公时迁都泾阳。之后秦与魏争夺河西，献公再度东迁都城于栎阳。至孝公时，商君变法，始将秦都回迁咸阳。作为秦国立国之后最早也最久的都城，雍都可谓秦人的大本营与大后方，更是秦室的先庙所在。历代秦公登基或决策重大国事，必至雍都告祭先祖。

在商於全线失陷、魏章部众溃散之后，惠王真正意识到了楚人的可怖。按照张仪之前的构想，秦人要在开战之后分段让出商於谷地，但事实是，秦人未及让出，大量秦卒未及退回，就让楚人分段包抄，折损惨重。

好消息是，张仪连横的捷报已经传回，韩、魏、齐三国承诺出兵。惠王随即令秦军三万东出函谷，由洛水河谷赶赴韩地，与韩、魏联军合兵伐楚。紧接着，齐师也动起来，越过宋境杀入楚地。

不过，一切皆是远水，救不得眼前近火。前方的战报一封紧似一封，更有怀王亲临一线，楚人如蚁，越战越勇，峣关以东的六百里谷地几无秦卒了。

在楚人兵临峣关这日，惠王守不住心了，启程西行。他于次日抵达雍都，住进太庙，使守庙的大宗祝邵馨主持祭礼，祈求先祖与上神的保佑。

惠王祭拜完所有的列祖列宗，最后来到大宗祝为他设下的主祭坛。

楚王欺人太甚了，他要在此诅咒他一番。

主祭坛上，同时摆放先君穆公与大神巫咸的牌位。在穆公时代，秦楚结好，互为姻亲，两国曾经缔结盟约。两国约定，除请到各自先庙的神灵之外，还请了一个第三方神灵，也就是巴神巫咸，来作见证。签约毕，穆公与楚成王还将一份契约寄存于巫山巫咸庙中，以作质押。这辰光，那盟约并未逾期，而楚兵已来犯境，这是违约，因而惠王想在这儿诅咒楚王一顿。

当然，于惠王来说，上述只是重温昔日盟誓的表层意思。

惠王真正想昭示的是，只有穆公时代，秦国才真正雄霸天下，达至鼎盛，即使先君孝公，也不敢与穆公比功。至于请来大神巫咸，更多是为遏止楚人。巴、楚相互征战数百年，巴人始终不落下风，巫咸大神是功不可没的。作为楚人的对手神灵，巫咸大神既然能够保护巴人，自然也就能保护他们秦人。

所有牺牲供好，一应礼仪完毕，宗庙大祝邵馨拿出一篇诅文呈给惠王，又将一个由丝布扎成的楚怀王布偶摆在惠王前面的祭台上。

那布偶的胸上插着一根长长的黑针。

惠王在祭坛前跪好，看一眼那诅文，二目闭起，抬手示意开祭。

巫乐响了起来，香火焚了起来。

巫乐声中，大宗祝邵鼛跳起舞蹈，边舞边唱诅文，辞曰：

又秦嗣王嬴驷，敢用吉玉瑄璧，使宗祝邵鼛布忠于大神巫咸，诋楚王熊槐之多罪。昔年先君穆公及楚成王，勠力同心，使两邦若一，绊以婚姻，袗以斋盟。誓曰，亿万子孙，毋相为不利之事。此誓约迄今质押于大神巫咸之殿。今楚王熊槐少仁寡义，荒淫无道，对内暴虐无辜，刑戮孕妇，幽刺亲戚，拘圉叔父；对外罔顾天意，不畏皇天上帝及大神巫咸之光烈威神，背离十八世之诅盟，先率诸侯之兵以临函谷，意欲灭我社稷，伐我百姓，后犯我边城淅邑、於城，我不敢曰可。今又悉兴其众，厉兵秣马，奋士盛师，逼我边境，占我商於谷地六百里，扬其威于我峣关之门。秦邦虽贫，民众虽羸，兵革虽陋，吾亦必将之以自救也。祈请皇天上帝及大神巫咸之灵德，赐吾克剂楚师，复我边城。敢数楚王熊槐之背盟犯诅，箸诸石章，以盟大神之盛威。

诅文不长，但字字如剑，气势如虹。

在大宗祝反复唱诵时，惠王的心思完全沉浸在这篇诅文里。文字是由御史车卫君与大宗祝合写的，经惠王御笔几番修改、润饰而成。全文分作四层意思：第一层开篇明义，讲述嬴驷为楚王熊槐背信弃义而作此诅文，向巫咸大神申诉楚熊之罪；第二层详细陈述熊槐所犯罪恶，先控诉他背叛穆公与楚成王所订立的睦邻盟约，对内暴虐无道、对外兵犯函谷，之后点出当下正在犯下的恶行，“逼我边境，占我商於谷地六百里”；第三层表达秦人不屈之自救决心；最后一层是为祈请皇天上帝、大神巫咸，“赐吾克剂楚师，复我边城”，并作结。

通篇诅文，文风犀利，一气呵成，吟诵起来特别解气。

大宗祝连诵数遍，惠王越听心里越美，正要达到某个境界，忽闻一阵急促的脚步声，负责守卫的车卫君匆匆进来。

看到惠王这般心境，正要出口禀报的车卫君猛地收住，悄悄候立于侧。

但惠王已经觉察到了。

在巫乐止住、大宗祝停止舞蹈时，惠王睁眼，看向车卫君。

车卫君凑前，在他耳边悄声禀道："嬴华将军急报，峣关失守！"

"啊？"惠王忽地站起，"快，备车！"不及告别大宗祝，大踏步走出先庙。

惠王飞车赶往前线峣关，行至咸阳，早有一彪人马候于城门之外。为首一人英姿飒爽，身后紧跟二将，个个彪悍。

三人正是太子荡、力士任鄙与乌获，个个戎装在身，兵器在握。

"父王，儿臣请战！"太子荡迎上王辇，拱手作礼，声如洪钟。

"寡人给你的诏命是什么？"惠王指着他，声音严厉。

"守……守咸阳！"

"楚人到咸阳了吗？"

"儿……儿臣……"太子荡急了，声音激动，"父王，楚人已破峣关，儿臣……"

"速回城去！"惠王手指城门，"再违王命，杀无赦！"话音落下，喝令御者朝峣关方向疾驰而去。

太子荡急得跺脚。

"殿下，那能怎么办呢？"乌获问道。

"还能怎么办？"太子荡苦笑一声，两手一摊，指向城门。

楚人的攻势猛烈而快捷，几乎不给秦人以任何还手的机会。就在惠王快马驰往蓝田时，大量拥入的楚卒已基本控制了峣塞两道城防之间的空阔谷地，如蚁般逼近第二道城防。

秦人严阵以待。

主将嬴华站在新关上的城门楼上，两眼紧紧盯住越逼越近的楚人。

就在这紧张时刻，一阵马蹄声疾，惠王的车辇到了。

嬴华快步下关，搀扶惠王走上关楼。

惠王放眼望去，被眼前的场景惊得呆了。

数以万计的楚卒跟在一横排的高车之后，布成一字长蛇阵，手持盾牌与长枪，杀气腾腾地逼向秦人临时构筑的新防线。从枪头上反射的光亮看，楚卒所用的也是清一色的乌金枪头。

“攻破峣关的就是那东西！”嬴华指向排作一字形的高车。

“可有破解了？”惠王急问。

“有！”嬴华指向关前的空场，“臣已挖出三道壕沟，还有不少陷阱，王上这就看好！”

话音落处，楚人的一辆高车跌入陷阱，失去平衡，轰隆一声歪倒于地。

楚人震惊，所有高车停止推进。

有楚将过来，察看陷阱，之后有楚卒走在前面探路，有人掉进陷阱里。

楚人停止推进，看样子是在安排撤退了。

惠王轻轻吁出一口气，朝嬴华竖起拇指。

“娘臭屁哩，若是晓得楚人有此高车，我早在峣关前面挖沟了。”嬴华恨道。

“沟沟坎坎只能阻敌于一时！”惠王应道，“看来熊槐此番是真拼命了！”

“怕他个鸟！”嬴华握拳，“若论拼命，他们能比上我们老秦人？”

“峣关折损多少？”

“一万多。”嬴华恨道，“他娘的，没想到楚人竟能鼓捣出那玩意儿，臣弟眼睁睁地看着他们登上城头！”

“你这儿还有多少人？”惠王问道。

“不足七万！”嬴华应道，“不过，老秦人一个顶俩，可算十四万！”

“一个就是一个。”惠王笑了，略一停顿，“寡人已经传旨，从西戎与河西各调军两万，当在七日之内赶到！”

“魏人会不会趁机袭我河西？”嬴华看向惠王。

“张相国安排妥了，魏王这辰光一心惦念的是楚地。”

“王兄放心，有这四万锐卒在，楚人即使攻破城防，臣也能组成肉阵，让那头笨熊尝尝我大秦铁血的厉害！”

“华弟，我们只有一条路了。固守三个月，相信会有奇迹发生！”

“臣弟明白！”

惠王指的奇迹自然是张仪的横军。

最先出动的是韩军。在以庶长奂为主将、芈戎为副将的三万秦卒抵达韩地宜阳之后，韩王亦令将军暴鸢引领韩军三万从新郑出发。

两军会合于楚地鲁关，协力攻打关门。

鲁关为楚国方城的北大门，归属于景氏防区。由于近半守卒被调往商於，北线方城的守卒明显不足。景翠急了，就将景氏后辈中最能打仗的景缺派往方城。看到六万强敌乌压压扑至鲁关，景缺急了，一边布阵抗击，一边急报怀王。

快报刚刚发走，方城的东大门叶城再起烽火，有人报说魏卒三万兵临城下，主将是公孙喜。

景缺震惊了。

方城真正能战的守卒已被怀王抽走三万，余卒不过五万，且有相当一部分不堪驱驰，扑面而来的却是来自三个大国的九万强敌。方城虽固，但战线过长，五万步卒即使重点防守，也远不够铺排。

景缺再报怀王。

峣关之内，楚卒已经扫清障碍，高车连排，攻关正紧。怀王正在调兵遣将，以运筹克关之后，他将如何荡平秦川。

骤然得知方城告急，怀王差点儿惊掉下巴。

无论如何，方城不可有失。一旦方城失守，宛城就将不保。秦、韩、魏三军如果由宛城一路向西，就会截断楚军退路。

战无后路，军心就会惶乱。

然而，商於战事正紧。怀王筹备的三十五万人马，到位的不足三十万，其中二十万窝在商城至峣关一线，已在攻击过程中伤亡逾两万。破关在即，秦都就在眼前，蓝田关后守备的是十万秦卒。再说，从未经历过大战的怀王连战连捷，正在兴头上，实在舍不得从身边抽人。余下不足十万分别镇守在商於谷道的各处隘口与城邑，一是防止魏章残部入谷扰乱，二是确保商於通道畅行无虞，也是动不得的。

能够抽调的只有从黔中郡、下东国与襄陵等地远道而来的勤王人马。下东国、黔东郡的五万兵士是乘舟来的，皆是逆水，行军很慢。即使走得最快的黔中郡兵马，前锋也才过荆门，正逆汉水奔赴丹阳。经过慎重思考，怀王决定从汉中郡王叔手中调离庄峤，命他为主将，统领黔中郡的三万并下东国的两万人马，合兵五万驰援方城，力拒三国强敌。由襄陵赶来的一万楚卒，则直接转投叶城，归景缺指挥。

这般调动完毕，怀王长长地吁出一气，目光再次落在蓝田关上。

楚卒攻关已经十余日了，高车损坏十数辆，但峣关的奇迹始终未能复制出来。这里面有多种原因，最重要的是：一是秦人使用各种手段破坏高车；二是在高车靠近时，秦人亦使用大块铁皮，组成一面可以活动的铁墙，使楚人从高车上射出的箭矢一无用处；三是秦人集中破坏楚人进攻的踏板，向踏板上直接浇油放火这招最是狠毒，使楚卒对近在咫尺的城墙徒唤奈何。

战事胶着，怀王急得团团转，但事到如今，也只能咬牙耗下去。

在双方僵持一个月后，督运一批辎重的屈平来到峣关，入王帐求见怀王。

二人明显生分多了，那种同泡一池、相互搓澡的亲近荡然无存。

见过君臣礼节，屈平什么也没说，只是久久地凝视怀王，似乎他们从未见过。

怀王回他以同样生疏的目光。

君臣相互凝视，时光仿佛凝固了。

“屈平！”怀王不想对峙下去，小声提醒。

“大王，”屈平声音淡淡的，“您瘦了。”

“是的，屈子。”怀王回应一句，“你的气色倒是好多了。”

“是托大王的福。”

“屈平，”怀王显然没有耐心再耗下去，“寡人要与几位将军谋议军事，你……还有什么要说的吗？”

“臣新赋一诗，想吟给大王听听。”

“诗？”怀王苦笑一声，“寡人这辰光……心如火燎……”

“是前番丹阳战后，臣为死国之士赋的。”

“哦？”怀王看向他，“吟吧。”

“大王听好！”屈平轻咳一声清清嗓子，朗声吟道：

操吴戈兮披犀甲，车错毂兮短兵接。
旌蔽日兮敌若云，矢交坠兮士争先。
凌余阵兮躐余行，左骖殪兮右刃伤。
霾两轮兮絷四马，援玉枹兮击鸣鼓。
天时怼兮威灵怒，严杀尽兮弃原野。
出不入兮往不反，平原忽兮路超远。
带长剑兮挟秦弓，首身离兮心不惩。
诚既勇兮又以武，终刚强兮不可凌。
身既死兮神以灵，魂魄毅兮为鬼雄。

听着听着，怀王的眼眶湿润了。

屈平吟诵完了，怀王仍旧沉浸在诗意里，任由泪水溢出。

“大王，”屈平的声音依旧平淡，“这首诗，臣吟过千百遍，但真正听到它的，您是第二人！”

“第一人是谁？”怀王的好奇心被勾起，擦把泪水，盯住屈平。

“祭司白云。”

“她……”怀王心头一沉，语气关切，“好些了吗？”

“走了。”

“啊？”怀王震惊，“王叔不是杀了黑觋，将她救回来了吗？”

“是的，她回来了，回到家了，就在巫山顶上，盘旋在巫咸庙上空。”

“人呢？还没醒过来吗？”

“已经气绝。”

“苍天哪！”怀王两手握拳，朝空用劲，声音悲凄。

“大王，屈平有话说。”

“你说。”

“见好就收吧。”

“怎么收？”怀王猛地抬头，盯住他。

“与秦人讲和，划地为界，两不相犯。”

“寡人的气还没顺呢！”怀王的火气上来了。

“大王啊，”屈平几乎是哀求了，“听臣一句吧，楚国打不起了。秦、韩、魏三国，出兵九万，正在伐我方城，还有齐人——”

“齐人怎么了？”怀王一惊。

“齐人也出兵了，主将是匡章。齐卒不是三万，是六万，就这几天，想必已入我境！”

“田辟疆！”怀王眼中冒火，拳头握得咯咯响。

“大王，”屈平接道，“一虎不斗二犬，何况犯我疆土的是四个大国。无论如何，我已收复商於谷地，大败秦人，为我死难烈士报仇雪恨了，难道大王还不解气吗？”

“讲和？你这就去问问秦王，他——”怀王指着西方，语气加重，“肯吗？”

“应该肯的。”屈平应道，“秦人也是打不起了。”

“寡人要的就是他打不起！”怀王冷笑一声，“寡人倒要看看，是他秦国人多，还是我大楚人多？欺我太甚！哼！”

“大王！”屈平加重语气。

“三闾大夫，”怀王沉思一时，看向屈平，“你的奏请寡人听到了。眼下战事胶着，退兵就是灾难！至于秦、韩、魏三国之兵，寡人已令庄峤引军五万前往迎敌。庄峤五万，外加方城守卒六万，我十一万大军据方城以守，还怕他们九万人不成？对了，还有齐兵，寡人尚未接到战报，你是怎么晓得的？”

“是邯郸的墨者捎信于臣的。”

“匡章兵发何处？”

“出大野泽，过宋境，经由襄陵城郊，目标可能是我宛城！”

“宛城？”怀王正自思索，来自襄陵守将的急报刚巧到了。果然是齐兵犯境，六万大军外加辎重人马，总计十万众，浩浩荡荡，已过襄陵，正朝项城方向进发。

“不袭我襄陵，不犯我下东国，”怀王快步走向情势图，眯起眼睛，盯图有顷，自语，“舍近求远，劳师远征，这个匡章他想干什么？”

“逼大王退兵！”屈平接道。

“哼！”怀王鼻孔里哼出一声，看向屈平，“三闾大夫，寡人要与众将谋议御敌之事，你也一路辛苦了，歇息去吧！”说着看向身边参将，“送客！”

苏秦与飞刀邹一行二十余骑急如星火地由代郡一路驰回赵都。沿途皆是赵人所修的驰道，每隔二十里设有驿站，不但备有车马餐饮，且还有简单的客栈，以供夜宿。苏秦遇好路乘车，遇山地骑马，不足七日即至邯郸。

回到府中，苏秦略事休息，听袁豹详细禀报匡章出兵及他所获知的四国伐楚之事。

袁豹正在禀报，飞刀邹飞跑进来，扑通跪地，放声悲哭：“主公——”

“邹兄何事？”苏秦惊呆了。

“师尊……师尊他……呜呜呜呜……”这个铁一样的汉子号啕大哭。

“屈前辈？”苏秦心里一颤，“他……他怎么了？”

“走……走了。”飞刀邹泣不成声。

苏秦看向袁豹，似乎不相信这是真的。

袁豹若有所悟，半是自语，半是说给苏秦：“木华、木实他们在半月前离开这儿，说走就走了，说是回墨营有事，原来是——”他顿住话头。

“前辈他……几时走的？”苏秦屏息一时，看向飞刀邹。

“四天前。”飞刀邹拿过一只竹筒，双手呈上，“这是师尊托人捎给主公的！来人今天刚到，本要送往北地，没想到我们回来了。”

苏秦跪地，望空拜过，双手接过竹筒，拧开，里面是一条由山羊皮拼接的卷轴。苏秦小心展开卷轴，现出一幅精工制作的军事形势图，五国五军的进军路线、人数、方位、主将等皆有标示。

苏秦哭了。

苏秦手捧军情图，看了一会儿，冲周围的人摆了一下手。

几人退去。

苏秦的目光再次落在情势图上，良久，微微闭目。

情势远比他料想的复杂。在他离开邯郸的这几个月里，张仪连下几步好棋。秦军放弃正面战场的商於，硬顶在峣关，使怀王欲进不能，欲退不得。在秦、楚纠缠于商於谷地时，张仪连横韩、魏、齐三国，由背后袭击楚国。以一敌四，皆是大国，楚国纵使再强，也将难以维持。

更要命的是，秦军一部已出巴蜀，袭向黔东南。若是黔东南失守，秦人就可顺着沅水、湘水等北下江水，入云梦泽，威迫郢都。楚人的兵力皆在商於，郢都几乎是座空城了。

苏秦闭门冥思，直到天色黑定，姬雪推门进来，方才收回心绪。

“苏子，”姬雪点亮灯，语气伤感，“说是屈将子前辈走了。”

“嗯。”

“我们欠他太多！”姬雪流出泪水。

“嗯。”

“我想为他设个灵堂，你看摆在何处？”

“你定吧，叫袁豹办去。”

“还有，”姬雪盯住他，“燕国的事儿，不能一直乱下去！”

“送子职回去，立他为王，你觉得合适不？”

“燕室公子中也只有他了。”姬雪苦笑一下，“怎么个送法？”

“先送到代郡，赵王在那儿候他，再借给他五万骑卒，由居庸关入燕。”

“听袁豹说，居庸关早让中山人占了。”

“刚被燕国义军夺回来了。”

“真正好呢！”姬雪点头，“子职这孩子不错，燕国由他治理，或会振作。”

“嗯。”

“你送他去？”

"你送。"

"啊？"姬雪惊道。

"子职深居燕宫，燕人知其名，却不知其人。子职逃离燕宫时，没能带走任何证物。即使我们送他回去，他也无法取信于燕民。但燕人信你，只要你认定他是子职，他就是子职了。"

"可这……"姬雪急了，"我怎么能送呢？王后也在，她是见过我的，要是晓得我们这……"

"她早已晓得了！"苏秦回她个苦笑。

"啊？"姬雪脸色白了。

"记得秋果吗？她是秦国黑雕，她什么都晓得了。王后是秦国公主，不可能不知道。"

"天哪！"姬雪捂住脸。

"心照不宣吧，想她不会说破。再说，我们是在帮她，她谢我们还来不及呢。其他的事，待你扶持子职登大位之后，我们再议。"

"可这……怎么解释？"

"燕国乱了，所有人都在避难。她们能来赵国，你为何就不能来赵国了？不要忘记，你与我皆是周人，有难亦当同患，是不是？"苏秦顺手拉过她，将她拥在怀里。

"万一事情真的闹大了呢？"姬雪娇喘几下，轻声问道。

"要是闹大了，我正可娶你！"苏秦语气坚定，"天底下有哪条规制说你不能改嫁了？"

"苏子……"姬雪的脸紧紧贴在他的前胸，流出泪水。

"雪儿，"苏秦拥住她，"会有这么一天的，你等着！"

"嗯嗯。"姬雪连连点头，小声道，"我们一起去燕地？"

苏秦摇头，朝案上的情势图努下嘴。

"你去楚国？"姬雪抬头，看向他。

"魏国。"

"几时动身？"

"安置完你们就走。"

第二日一早，当苏秦带着姬雪、菲菲进宫，将一切摊明时，子职母子反倒是惊呆了。

于他们母子来说，这个幸运来得太突然、太意外，意外到连易王后精心策划的捆绑苏秦、姬雪的计谋也派不上用场。

苏秦大大方方地将姬雪介绍给易王后，说她自燕乱之后，流离失所，被他接到邯郸避难，已来几个月了。只因她的身份特殊，他担心出现意外，才一直保密。

在辈分上，姬雪是易王后的长辈。见苏秦将这层隔膜轻松捅破，易王后也就不再掩饰，跪地拜毕，叫一声“母后”，不无夸张地扑进姬雪怀中，像个受尽委屈的孩子。其实，姬雪比她没大几岁，若不是阴差阳错，当年她真就嫁给了方今秦王，成为她的后娘了呢。

姬雪安抚她一阵，扶她在身边坐下，看向子职，笑道：“子职，久没见你，这又长高了！”

“不肖孙姬职叩见祖太后！”子职近前，行三拜九叩大礼。

“呵呵呵，”姬雪笑道，“老身晓得你的身份，只是不便相认。这辰光好了，老身送你回燕国，当起大任来。燕国的苦难该当有个尽头了！”

“不肖孙姬职谨听祖太后，粉身碎骨，以报燕人！”子职再叩。

“菲菲，”苏秦看向菲菲，“你想不想也去大草原上看看？那儿真的不错呢，风吹草动，牛羊成群，天高地远，令人心旷神怡！”

“嗯嗯。”菲菲连连点头，“义父，我想让杜衡也去，好吗？”

“这个得求太后，是她带你去。”苏秦朝姬雪努嘴。

“义母？”菲菲急望姬雪，觉得不对，急又改口，似乎很不习惯这个新的称呼，“太……太后？”

“呵呵，”姬雪笑了，“杜衡不去，真还没人能管住你呢。”

“杜衡是谁？”子职怔了，盯住菲菲。

“能打过你的人！”菲菲冲他做个鬼脸，亮下拳头。

众人笑了。

“职公子，”苏秦看向公子职，“臣想为您引见一个人才！”

苏秦这辰光就称臣，公子职显然不适应：“苏大人，我……”

“乐毅！”苏秦朝外大叫。

一身英武的乐毅大步走进，在苏秦介绍下与姬雪、易王后行过大礼，目光转向公子职。

“乐毅，这就是公子职，先易王之子！”

“中山人乐毅拜见职公子！”乐毅拱手道。

“乐毅？”子职眼睛睁大，“可是乐羊之后？”

“在下正是先祖乐羊的不肖后人！”乐毅再次拱手道。

“乐羊是我最佩服的人了！”子职兴奋，“是他灭的中山狼！”

“谢公子褒扬先祖！”乐毅再次拱手道。

“乐毅，”苏秦转身对乐毅说，“燕国事急，时不我待，明日你就护送太后、王后并职公子一行前往代地，会见赵王。凌晨出发！”

“乐毅受命！”乐毅朗声道。

翌日凌晨，苏秦与姬雪他们一块上路。

滏口陉的入口位于邯郸的西南，苏秦一路送至滏口，方才与姬雪等一行众人依依惜别，吩咐飞刀邹回马驰往大梁。

苏秦没进魏宫，而是直入相府。

寒暄没几句，苏秦急切转入正题：“楚国的事，你快讲讲！”

“唉，”公孙衍长叹一声，苦笑，“楚王也是疯了，看他作派，与先魏王有得一比，是该让他吃些苦头。”

“代价太大了。”苏秦回他个苦笑。

“大体情势，苏兄应该晓得了，在下只讲几个细节，也是最新情势。”公孙衍摊开图，指图，“先说最近的一路，匡章军，他们由项城向南，经由新蔡西转，沿淮水西上，由泌阳西进至宛南，绕过楚国方城，一路批亢捣虚，几无阻碍。楚王急了，使将军唐蔑引楚军王师六万迎战，双方相遇在沘水，就是这儿，一个叫垂沙的地方，隔水布阵。”

“唐蔑？”苏秦眯起眼睛，“你晓得他不？”

“晓得一些，”公孙衍如数家珍，“其祖上为成王第六子，封于唐邑，算是楚国公族。至于唐蔑，这个人少习军事，勇武好斗，与鄂君、射皋君相处不错。此番楚王让他担当大任，齐人又刚好杀至沘水岸边的唐邑，两军在他的家门口对战，真就是赶巧了。”

“这人带兵如何？”

“此前跟从昭阳，骁勇善战，从未吃过败仗，此番伐秦，峣关就是他打下来的，在楚将中算是难得的帅才，是以楚王让他独当一面。不过，此番遇到匡章，他怕是要吃些苦头了。”

“在下已经捎信给匡章了。”

“那就好。”公孙衍指向方城东侧叶城，“第二路是魏卒，我向魏王举荐公孙喜带兵。”

“公孙喜？”

“是我侄子。”公孙衍笑了，“前几年跟从我混过一阵子，这辰光可以独当一面了。这一路苏兄也可放心，我吩咐过他了，只观不战，权当耍一耍秦、楚。”说着指图中方城北门的鲁关，“这一路厉害了，是真打！”略一停顿，“不过，他们也遇到一个对手，叫庄峤，是王叔麾下干将，当年征伐巴人，他居功至伟，之后又在巴地江州与秦人战过，败在张仪手里。”

苏秦吁出一气。

“唉，”公孙衍轻叹一声，“这个楚王啊，出兵是为商於，这已得到商於了，还要打到咸阳，你说他……真不晓得天高地厚了！”

“还有一路，你漏说了。”苏秦应道。

“哦？”公孙衍看过来。

“是这儿，”苏秦指图，“黔东。秦人已由江州出乌水，正在攻打黔东郡，主将是司马错。黔东郡的兵力本就不多，又被怀王抽走近半，情势危急。黔东郡若失，秦人顺流而下，郢地就完全暴露在秦人的枪头下了。”

“楚王晓得不？”

“应该晓得了。”

“这还不退军吗？”

“即使他想退，秦人怕也不答应啊。”苏秦摊开两手，苦笑，“再说，秦人即使得到黔东，要从水上袭楚，也得筹备一段辰光才是。”

“这倒是。”公孙衍应道，“苏兄此番过来，是否要在下做些什么？”

“请公孙兄协力走一步大棋。”苏秦盯住他。

“什么棋？”

“遏止张仪。”苏秦一字一顿地说。

“呵呵，”公孙衍笑了，“就这辰光，想必他仍在新郑。眼下的横局，就是他一手推动的。在下与新韩王不睦，搞不过他，方才避到大梁，这正憋着一口气呢。说吧，怎么遏止？”

“楚王中计，恨张仪入骨了，这是好事。待过去眼前这道坎，楚国重归纵盟是必然的事。魏国有公孙兄在，方今魏王对秦也是恼怒，入纵当无阻碍。齐国出兵是为脸面，出一口恶气，匡章不会真打，齐王也是做个样子。再说，齐国祸乱燕国，闹得灰头土脸，眼下不会与楚真的撕扯，只要楚王低个头，齐王那儿好说。赵国就不说了，燕国也会好起来。两天前在下已将公子姬职送往代郡，由赵王借给他五万骑卒，复燕在即。姬职复燕后，燕国入纵自也不在话下。眼下的难题是韩国。韩王不听公孙兄，而听张仪，一是因为年轻，二是因为贪欲。他还没有领教过秦人的厉害，得吃一次亏才成。”苏秦一气讲出这许多来，显然对天下的未来大局了然于胸。

“关键是，眼下的这道坎怎么过？”公孙衍插问。

“魏、齐二军不会主动出击，只要庄峤能够顶住秦、韩，东线就无大碍。楚王已破峣关，拿到整个商於谷地，气也算是出了。楚人只要守住峣关，秦人一时三刻就打不过来。再说，秦人元气也伤透了，两番恶战，死伤不下十万，双方议和不是没有可能。”

“方才还听苏兄说，秦王是不肯和解的。如果我是秦王，也不会轻易撒手啊！毕竟眼下四国伐楚，黔东在握！”

“是哩。”苏秦点头，“楚王或会收手，可秦王不会。所以，眼下楚人必须全线撑住，直到秦人撑不下去为止。”

“呵呵，要照这说，眼前这场热闹，有得看。”

“公孙兄可有破局妙策？”苏秦盯住他。

“齐人退兵。”公孙衍脱口而出。

苏秦心底掠过一道亮光。

是的，这当是眼下他们唯一可做的事。齐人是完全可以退兵的，因为齐王原本可以不出兵。只要齐人退兵，魏人退兵就有了借口。唐蔑的六万楚卒就可腾出来，外加庄峤、景缺的十一万人，秦、韩肯定抗不过。秦、韩势败后，峣关那儿若能一直顶着，秦王的日子就不好过了，想不议和都难。想必秦王也看明白了，事关国运之战，楚人是敢于拼命的。

“谢公孙兄指点！”苏秦吁出一气，拱手道，“在下这就赶赴临淄。”

“不见魏王了？”

“有公孙兄在此，在下就不费辰光了。”苏秦起身。

“呵呵呵，苏兄啊，”公孙衍摆手止住，笑道，“天塌下来怕也没有这么急的，你我好不容易见上一次面，终归要小喝几盅，是不是？”说着击掌，“来人哪，摆酒！”

第二章

破僵局冷向为间　回故乡陈轸肆意

从商於紧急调走五万大军之后，楚怀王没再组织进攻，而是令楚卒退回峣关。秦人也没再前进一步，而是静静地据守于蓝田关后。

峣关在商君时代做过改造，可以双向防御。楚人在据关之后，重新修缮，将关西侧的所有台阶全拆毁了，改作单向防御，并在关前开挖壕沟，布置陷阱，以防秦人。秦人也是，在蓝田关前面挖起深沟，布下陷阱与铁蒺藜，以防楚人。

双方各据一关，耗上了。

战场的重心毫无避免地由商於的西端转到商於之东。

随着齐卒到来，双方五国大军于楚国北疆的军事要塞大方城的周边，完成了全部的集结与对峙。整体兵力分布如下：方城北门鲁关一线，有秦、韩联军六万；东门叶城之外，屯扎大魏武卒三万，与之对峙的是庄峤、景缺统领下的方城守卒与勤王边军计十一万；在方城的中心宛城之南，是匡章引领的五都齐卒六万，与其对峙的是由商於分拨出来的大楚王师六万。

楚国的方城其实不是方的，而是一个巨大的“门”字形，周边绵延四百多里。西侧的城墙依山势而建，汇合于商於道的东端，与黑水关交接。北侧是方城的正面，也是方城的主要防御方向，起先防御的是郑人，在郑灭之后，改防三晋，主要是韩、魏。随着楚疆北扩，方城成为内城，东侧意义渐失，但在这个辰光，随着魏人进逼，方城的东侧也算是派上用场了。

唯有南侧，作为大楚腹地，楚人没有设防，而匡章的五都齐卒长驱直入的恰好是这儿。这也是怀王惊惧并遣唐蔑引王师御敌的重要原因。

送走唐蔑，怀王仍不放心，又使景翠坐镇宛城，协调宛地城防及各家封君的留守家兵，以随时驰援方城周边。至于峣关一线，因有怀王亲自坐镇，将士心安，也当无虞。

经过一番紧急调动，各个战场尽皆形成对峙，暂时平静下来，参战各方紧锣密鼓地调运粮草辎重，扎下久战架势。

眼见韩、秦联军攻战月余，未能进展尺寸，未曾历过大事的韩襄王坐不住了，召张仪、冷向入宫，求问战事。

二人进宫时，公仲朋已经在席，显然他们君臣议论很久了。

见过大礼，襄王直入话题，一脸急切地问起方城的战事，认为再拖下去，怕会节外生枝。

"听闻我王喜欢狩猎，可有此事？"望着襄王忧急的表情，张仪拱手问道。

"正是。"襄王应道，"寡人自七岁始，就从先王进苑子围猎了。"

"敢问我王猎过兔子否？"

"兔子嘛，"襄王大为不屑，拿指背蹭了一下鼻端，轻哼一声，"寡人十岁就猎过了，一矢中腰！"

"再问我王，可曾猎过大熊？"

"当然猎过了！"襄王一脸得意，"是十七岁那年。"

"也是一矢中腰吗？"

"哟嘿，就甭提了！"襄王连比带画，眉飞色舞，"是只老熊，凶得狠哪，寡人连射五矢，矢矢插在它身上，可它非但无惧，反倒扑向寡人，噌地蹿到寡人的战车上。幸亏寡人早有防备，趁它立足未稳，一枪扎中他的肚皮！"

"扎死了吗？"张仪笑问。

"没有。那熊掉到车下，将寡人的矛头折断了。寡人没有枪头，只好弯弓搭箭，再射那熊，那熊吃不住痛，掉头跑了。寡人哪肯放过它，喝叫御手驱车追赶，又射五矢，方才将它射死。”

“我王神勇！”张仪伸出拇指，指向南方，“比起大楚这头大熊来，我王所猎的那头老熊就不值一提了，何况我王要剁掉大楚的一只掌，且还连带它的一条腿，我的王啊！”

“是了，是了，”襄王连连点头，“是这个理！”

“我王圣明。”张仪拱手道，“臣当年为楚灭越，用时一年半；为秦灭巴蜀，用时十个月。今日臣为大王伏熊，欲剁其掌，剜其肉，好让大王下酒，大王能急在这一时吗？”

“呵呵呵呵，”襄王笑了，“不急，不急，寡人不急，”连连拱手，“方城的事，寡人这就托于张子您了！”

出宫之后，张仪来到冷向府上，笑道：“冷兄，今天之事，您怎么看？”

“感觉是公仲着急。”冷向应道，“你看他自始至终没说一句话，脸上的肌肉一直绷着！”

“冷兄晓得公仲为何而急吗？”张仪问道。

“他在担心。”

“担心什么？”

“齐人与魏人。”冷向接道，“魏人虽然扎营，却没有战斗过一次，听人说，魏人与楚人处得好呢，大街上还有一道下馆子拼酒的！”

“呵呵，”张仪苦笑，“魏将公孙喜是公孙衍的亲侄！”

“怪道呢！”冷向笑了。

“魏王能出兵表示个态度，在下就很感激了。”张仪凝神，“眼下的关键是齐人！不瞒冷兄，在下最怕的是齐人突然撤军！”

“撤军？”冷向惊道，“齐人不远数千里赶来，怎么可能撤军呢？”

“因为苏秦。”

“听你说，苏秦与赵王在北征胡地呢。”

“在下预感，苏秦已经回来了。”张仪看向邯郸方向，“眼下的情势，他不会无动于衷。目前于他，最厉害的杀棋就是说服齐王，让匡章撤军。齐撤，魏也会撤。那辰光，韩王的压力就更大了。韩人若再撤，这局棋就不好下了。”

“张子可有应策？”

“听闻冷兄与景翠有些交往，可有此事？”

“在商君的辰光，在下与他多有交往。”

“见过面没？”

“见过。”

“太好了。”张仪再次拱手道，“麻烦冷兄走一趟楚地，会会景翠。”

“怎么说？”

张仪招手，冷向倾身，侧耳。

张仪如此这般一讲，冷向直起身子，拱手应命。

“你是——”当山民打扮的冷向被家尹引入书斋时，景翠盯住他，认不出了。

“在下冷向，原商君府上的，有扰景大人了！”冷向深深一揖。

“哎哟哟，原来是冷兄啊！”景翠紧忙回揖，一把扯住他的手，拍打自己脑袋，“我这……老眼昏花，竟是连冷兄也认不出了，该死，该死！”

“是冷向老了，也换相貌了！”冷向指指自己的花白头发与粗布衣裳，笑道。

“是了，是了！”景翠感慨几句，将冷向让至客席，自回主席坐下，盯住冷向，“商君之后，在下再未听到冷兄音讯，还以为冷兄——”景翠摇头，“没想到上天保佑，冷兄又露面了。您讲讲，这些年躲到哪儿去了？”

冷向将这些年来的变故一一讲了，包括将商君的瞎娘认作自己的娘，带她回老家尽孝，之后娶了一房媳妇，在韩地聊度残生。

“好哇，好哇，”景翠又是一番感慨，“商君蒙难，先叔公景监悲伤几日，还在宗祠一角为他专门立了个牌位，临终时还叮嘱在下莫忘商君。在下真没想到，他俩的感情那么深哪！”

“是的，”冷向点头，“当年先孝公因功封赏商君时，圈出三块封地，一是河西，二是岐山，三是南郑。在下力主要南郑，可商君不肯，自讨商於，为的就是靠近景兄！”

“可他强占於地，为两国惹下祸灾，这不，眼下为商於闹成一锅粥了！”

“唉，”冷向长叹一声，“这也是商君未曾想到的。据商君讲，当年他强占於城十五邑，是无奈之举，景大人晓得的，是为防备方今秦王。那辰光商君已经看出秦先君病重，将不久于人世。新君与旧党过往密切，商君忧心会有大不利，一旦出事，单凭商地十五邑，只能是以卵击石。商君曾对在下讲，他先拿下於城，讨喜新君。如果新君仍不放过他，他就拿整个商於谷地投靠景大人，与楚结盟，只没想到，唉，好好一局棋，竟就砸在司马错手里，商君真的是不会用人哪！”

二人感慨一阵，景翠问道：“敢问冷兄，兵荒马乱的，您这冒险前来，所为何事？”

“为景大人。”

“哦？”景翠倾身，拱手道，“冷兄请讲！”

“如方才所言，”冷向应道，“在下久已不问时事了。近日不知何人将在下行踪透给了韩王，韩王几番使人登门召请，在下推辞不过，只好入韩宫，受韩王薪俸，被拜为上卿，并从韩王及韩相公仲朋口中得知方城这边的事。想到方城为景兄辖地，在下夜不成寐，于是寻个机缘，潜入宛地，告知景兄，好让景兄有个筹备！”

“他们讲了什么事？”景翠语气急切。

“方城之事是秦相张仪挑起来的，”冷向侃侃而谈，“景兄晓得，商於的事是张仪引发的，这辰光楚王发狂，举国伐秦，秦人顶不住，秦室所有人都在怪罪张仪。为解秦围，张仪入韩，因为新韩王在秦时与他相善。见张仪来，公孙衍悬印辞相，离韩入魏，一去就被拜为魏相，想是他早把后路找好了。张仪请求韩王发兵救秦，韩王不想与楚结怨，却又不能得罪秦国，迟疑不定。张仪又说他已约请魏、齐两国援兵，不日就到。见魏、齐也出兵，韩王这才同意了，但要求秦国一起出兵。秦人从河西抽兵三万，与韩人一起发兵鲁关。魏王为襄陵事，出兵至叶城。于景大人来说，韩、魏皆不可虑，关键是齐王！”

"齐王怎么了？"

"听张仪讲，楚王不知怎的，令使臣辱骂齐王于朝堂，将齐王惹火了。齐王烹了使臣不说，又使人至咸阳与秦合盟，约定伐楚。伐楚不是小事，且齐卒大多陷在燕国，齐王于是紧急调回匡章，筹备六万精锐。匡章与田婴主张攻打下东国，捞取好处，但齐王不肯，他要匡章先拿下宛城，再打到郢都，逼迫楚王割让宛城——"

"这……"景翠眯眼，"齐国离宛地这么远，山水相隔，即使我王割让于他，他怎么……"

"齐王不是这么想的，他做这些，更多的是出口恶气。景大人哪，你想想看，楚国哪个地方有宛城重要？先楚王又为什么要修建方城呢？"

"嗯，"景翠点头，"冷兄说得是！"又眯了会儿眼，"怪道齐人绕个大弯，插我软肋！"

"这是匡章的用兵风格！"

"冷兄可有破敌妙策？"景翠盯住他。

"齐人两度伐魏，与魏人不睦。愿意帮齐的只有韩人与秦人，但魏人扎于叶城，刚好将齐人与韩、秦二军隔开，齐人实质上已成孤军。匡将军这般用兵，可谓骄兵。想想看，齐人两败大魏，一败强秦，这又伐灭燕国，堪称天下无敌。无敌则骄。匡章孤军深入大楚腹地，如入无人之境，根本不将楚人放在眼里，可见其嚣张。幸亏楚王应对及时，调回王师，将其阻住，否则，宛城的城头这辰光说不定就插上齐人的旗帜了。"

"冷兄是说，我先将齐军吃掉？"

"吃掉齐人，怕是没那么容易。"冷向苦笑，"匡将军是员悍将，那年偷袭项城，差点儿擒住昭阳；之后又败秦、灭燕。他驰名列国，迄今为止，还没有打过败仗呢。"

"唐蔑将军也未打过败仗！"

"是吗？"冷向假作惊讶，"在下还从未听说过这人。不过，匡将军孤身犯险，于唐将军倒是一次机会。"

"唉，"景翠轻叹一声，"他敢这么犯险，也是瞧准势头了。北有韩、秦，东有魏人，方城周边危机四伏，在下……也是顾不过来呀。”

“景大人不必忧虑，”冷向指向北方，“韩、秦之军受阻于鲁关，不是攻不克，是韩人不想攻。韩人让秦人打头阵，秦人让韩人打头阵，两军各有算计，鲁关是永远攻不克的。再看叶城，魏将是公孙喜，而公孙喜是公孙衍的亲侄。张仪求助，魏王惦念襄陵旧仇，魏人必须出兵。但公孙衍这辰光是魏相了，他与张仪不睦，不肯出力，是以魏人安营扎寨，迄今未出一车一卒向楚人挑战，听说双方一团和气呢！这恨得张仪牙根痒痒的。三国之中，对楚人真正起杀心的只有齐人，要不然是不会大老远跑这一趟的！”

“在下明白了。”景翠拱手道，“谢冷兄指点！”

“景大人不必客气！”冷向回过礼，起身，“在下这就要回去，免得韩王起疑。”

“冷兄，您就留在楚地吧。依冷兄之才，必得大王重用！”

“唉，”冷向轻叹一声，指指自己的一头白发，“老了，就没再想过建功业的事。再说，在下已经有家室了，妻儿在守着呢。”

冷向一口水没喝，匆匆离开。

送别冷向后，景翠返回书斋，越想越觉得冷向讲得对，事态严峻了。他当即备车驰往唐蔑大营。

听完景翠的讲述，唐蔑陷入长思。

“冷向这人……”唐蔑抬头，看向景翠，目光透着质询。

“就本将所知，”景翠晓得他想询问什么，解释道，“秦王杀商鞅时，亦拘了冷向。商鞅将死，只提一个条件，就是赦免冷向，因为他有一个瞎子妈无人赡养。秦王念及商鞅功劳，勉强答应了，冷向是以留得一命，回韩迄今。”略一停顿，又道，“此番他冒险前来，主要是因为先叔公景监。先叔公因为於城十五邑与商鞅闹翻，但他与冷向关系甚密。商鞅在於城时，冷向往来宛地多次，皆是与本将联系。之后商鞅出事，冷向才没再来。”

“这么看来，冷向是真心帮我的。”唐蔑再无疑惑，看向景翠，“如何应对，末将谨听将令！”

“当务之急是先把齐人击溃！”景翠看向唐蔑，“只要我击溃齐人，魏、韩必退。一旦魏、韩退兵，单剩三万秦卒，想它闹不出光景。到那辰光，我东线无虞，就腾出手来全力对付西线，秦王想不屈服也难。至于如何退齐，想必将军已有妙策了吧？”

“景将军，”唐蔑拿出军情图，指向沘水下游不远处，“末将的方略是，既然要打，就打他个有来无回。末将拟出兵三万，从此处渡过沘水，绕至泌阳，绝其粮道，断其退路，迫使匡章与我决战于沘水。只是末将分走一半兵力，主场人手略显不足。”

“将军勿忧，”景翠接道，“本将可从鲁关、叶城调兵两万与你，加上再调一万宛城守卒，你麾下的总兵力亦不下六万。再由邓、穰两地抽调三万，合兵一十二万，倍于齐人。再说，齐人四面受敌，也是要分力的。”

“如此甚好！”唐蔑握拳。

二人议好兵力部署，唐蔑即召麾下诸将至中军大帐，发号布令。景翠则驰回宛城，一面将情势并应对策略写成战报，发往峣关，一面急调叶、鲁、邓、穰守卒完成包抄。

沘水的上游是泌水，由宛城略偏东南的一带浅山里一路西流，至宛城南侧的唐地，改叫沘水。由于这是一条水的两段，距离也不长，人们叫着叫着也就分不清了，或叫它泌水，或叫它沘水。

齐军是沿着沘水的南侧向西推进的。进至宛地东南，沘水南拐，流有十余里，再度西流，汇入淯水，之后流入丹水，经由汉水注入江水。

唐蔑迎战的地点正是这一段。

唐蔑将其队伍呈一字排开，将长达十余里的西侧河滩悉数控制。匡章亦令三军沿沘水东岸扎营布防，与楚人对峙。

沘水的这一段水床宽阔，水流平缓，岸边沙滩呈黄褐色，沙粒很粗，一看就是合适的厮杀场所。

楚国集中兵力伐秦，各地城邑除守卒之外，再无余卒。齐军入楚境之后，只走大道，不攻城池，因而一路畅行无阻，直至此地，前路方才被唐蔑拦住。

齐军连败大魏，杀灭庞涓，主将是败秦、灭燕的威猛将军匡章。这又孤兵深入，直插方城的大后方，即使从未吃过败仗的唐蔑也不敢造次，小心翼翼地沿泚水布防。

匡章就地取材，沿河滩扎下牢固营寨，使人每日探听楚军动静，同时与魏、韩、秦三军保持联络，扎下架势长期抗衡。

匡章也不想再进了，因为他预设的目的地就是这附近。只有屯兵于此，逼郢都，迫宛地，才能造出声势，迫使楚王议和。既然齐宣王一定要救秦，一定要蹚这池浑水，身为主将，他匡章也只能把水搅浑。只有卡在对方的七寸上，才能达到既定目标。

这日晨起，匡章如同往常一样，疾步走到泚水岸边，沿水岸巡防，时不时地看向对岸的唐蔑军营。

正值初夏，接连下过几场大雨，泚水涨了不少，但水面已经开始返清，映照出淡淡的蓝天。

霞光照在对面的楚营里，匡章无须登高，就可看到楚人布下的阵势。一些地方布防密集，一些地方布防稀疏。他在对方布防稀疏的地方，走近水边，捡起一块石头，使力扔向水面正中。那石头没入水中，发出沉沉的声音。匡章晓得，此处是深水区了。

匡章巡视一遍，回到大帐，见早餐已经备好，坐下刚要用餐，一匹快马驰至，一名军尉翻身下马，向他呈上一只封牢的黑色布囊。

匡章拆开黑囊，心头一凛。

囊中是一块丝帛，帛中间裹着一只木刻黑雕。黑雕很小，但雕工不错。帛上面扼要描绘的是楚军异动的情势图，详细标示楚军异动的路线及兵员数目、屯扎地点等，标注时辰是昨日夜间。从图上看，唐蔑军分出三万，已于昨夜沿泚水北岸约十里处向东穿插，在齐军东侧二十里处设阵布防，断了齐人归路；鲁关、叶城、宛城守卒两万，运兵于泚水北岸；穰、邓守卒三万，亦于昨夜东下，运兵于齐军南侧。截至目前，楚人对齐卒完成四面包抄，从标示的运兵终点看，除泚水对面的唐蔑军外，三路楚卒各距齐军约二十里。

显然，楚人第一步完成的是战略包抄，意在全歼齐卒。

这是匡章意料之中的事，也是他最不想看到的。

自齐军入境，匡章严令三军不得扰民，不得扰城。进驻至此后，亦对楚人秋毫无犯，意在告诉楚人，他匡章无意与楚人作对，不过是奉命出兵而已。

然而楚人……

“你从何处得到此囊的？”匡章看向军尉。

“有人于凌晨时分用响箭射过来的，被我巡防将士捡到。”

匡章端详了一会儿黑雕，微微闭目。

显然，这是秦国的黑雕得到情势变化，紧急透露给他的。

就在此时，又有战马驰近，是齐军自己的巡防骑卒，报说在他们的后方约二十里处发现大量楚人，正在排兵布阵，情势与秦国黑雕所报完全契合。

匡章挥手让诸人退下，一边用早餐，一边思考这突发的敌情，寻思退敌良策。

眼下看来，这一仗不打是不行了。

匡章用完早餐，摸出苏秦要求他观而不战的锦囊，端详一阵，与秦人送达的黑囊摆在一起，传令三军诸将大帐听令。

这一日，齐军大营仍如往常一样平静，对于楚人的所有包抄与部署，齐人似乎压根儿就不知情。

是夜，天近黎明，大地愈见昏沉。五千骑卒用麻布包裹马蹄，悄无声息地驰往二十几里之外的泚水下游，在几处最深的水域，静悄悄地蹚下泚水，游至对面。这些地方一是离楚营较远，二是水域过深，水中心超过一丈，楚人几乎没有设防，甚至连个岗哨也未设置。

俟所有骑手渡水完毕，五千骑卒即兵分两路，三千骑卒如风般沿泚水堤岸驰向楚卒防御最严密的中心地带。这儿河床平坦，河宽水浅，最深处亦不过腰，步卒皆可涉渡，因而楚人防守严密，弓弩密布。然而，在这黎明前的昏暗中，所有守卒皆在沉睡，俟听到动静，齐卒已从马上跃下，旋风般杀到眼前，楚卒大多未及抵抗就已身首异处。

这边一打起来，早已守候在泚水对岸的大量齐卒皆如青蛙跳水一般，扑扑通通地弹下河床，涉水过河，加入混战。

楚卒全线溃退，十里河防于顷刻间被齐人攻占。

在水岸开打的同时，另外两千骑卒径直驰往楚营纵深处，将手中火把纷纷扔到楚卒的帐篷顶上。楚人的帐篷多为粗麻织成，为防雨水，上面抹了一层厚厚的桐油，经火把一点，立时燃烧起来。楚卒被骤然惊醒，见齐人已经杀到营中，无不惊惧，四处乱窜，场面混乱。

更多的步卒涉水而过，排山倒海般压向楚人。先行的五千骑卒则又回到马上，驰至楚人的后方，完成包抄后策马狂驰，朝慌乱的楚卒四下冲撞。这些楚卒多为卸甲状态，甚至连兵器也没带齐，被往来奔驰的齐国战马撞倒、践踏，惨叫声不绝于耳。

涉水过河的齐卒皆是有备而战，胳膊上无不绑着白布，只对没有白布的人影刺杀，而楚人完全无备，在黎明的昏暗中只能见人就刺，反倒自伤不少。及至天亮，楚营尽被焚毁，楚卒死伤逾两万，被俘数千，仅有不足千人逃走。

从叶城、鲁关、宛城赶至沘水北岸的楚卒听到这边杀声震天，无不心惊胆战。

从凌晨前开战，到太阳出来时打扫战场，前后不过一个时辰。楚军中最能打仗的骁将唐蔑及麾下三万锐卒被齐国的六万锐卒渡过沘水冲垮，几乎全部被歼，连主将唐蔑也死于乱军之中。

景翠闻报，惊出一身冷汗，写出紧急战报发往峣关，令沘水北岸的所有楚卒紧急撤回，又使快马令在泌水上游拦截的唐蔑部众撤往宛城。令在齐卒南侧的邓、穰守卒布好阵势，严防齐人乘胜南下，进攻郢都。

匡章并未乘胜进攻，反倒传令三军返回沘水东岸。齐人回渡，见自家营地依旧好端端地立在那儿，就又原地安顿下来。

匡章写出战报，向齐王禀奏与楚人大战、大捷的原因并过程。就在战报发出的次日，匡章亦收到齐王让其撤军的旨令，随即传令拔营起行，循依原路撤出楚境。

然而，大楚力敌四国连横所形成的战略均势犹如一排多米诺骨牌，随着垂沙之战与唐蔑之死，第一张骨牌的轰然倒掉，整个形势开始一起倒塌。

就在匡章突袭唐蔑的这日夜间，秦、韩发难了，数以万计的联军士卒纷纷攀上鲁关之西的方城高墙。由于景翠抽走两万守卒，新的守卒尚未补充到位，这段城墙防守极弱，迅速被秦、韩联军突破。攻入方城之内的联军折身杀向鲁关，关外联军亦同时攻关，鲁关失守，方城守卒全线溃败，死伤无数。

没有方城这道屏障，早就憋着一股劲儿的秦、韩联军再无顾忌，所向披靡。庄峤部卒苦撑不住，节节败退，好不容易才在宛城北部的淯水一线扎下阵脚，重新部署防线。庄峤检点兵马，已折去大半，于无奈中，向怀王并王叔禀报军情，请求增援。

鲁关被攻破，叶城守卒见大势已去，弃城逃走，给大魏武卒留下了一座空城。

接踵而至的是司马错。

在攻占黔东郡之后，司马错腾出手来，马不停蹄地一路向北打去。秦人兵分两路，沿途造出巨大声势，楚人纷纷避难郢都，整个郢都人心惶惶。未曾历过大事的太子横于一日之内向怀王连发三封求救急报。

唐蔑被杀，黔东南丢失，方城失守，庄峤求救，宛城危急，还有郢都…… 怀王再也定不住心了，传旨撤军。

两军相搏，僵持中的双方是不能轻易撤的，何况此时的楚卒已无战心，见怀王离去，再也撑不住了。与楚卒相反的是秦卒，个个如打鸡血一般，不要命般攻打峣关。

峣关失守，紧接着，商城、武关亦被攻破，退入北山的魏章残卒趁势杀出，收复於城并淅邑。

楚人全线崩溃。

魏章部会合公子华部，沿丹水河谷一路向南，西拐进入汉水，又逆汉水而上，夹攻汉中郡。与此同时，公子疾亦率南郑秦军东向进攻，王叔两面受敌，力战不逮，弃守汉中，退向庸国地房陵。

在夺取方城之后，秦、韩联军向庄峤部再次发动攻击。庄峤、景翠不敢恋战，弃宛城回撤。庄峤与王叔合兵一处，景翠则退守邓、襄、穰等城邑，力保郢都的最后一道屏障。

怀王一路奔回郢都，连惊带气，直接病倒了。

至此，一场由怀王一怒而起的两轮伐秦大战，以秦国为首的连横四国完胜楚人画上句号。楚怀王不仅未能收复商於，反倒折兵近二十万，丢失黔东郡、汉中郡并方城周边大块辖域，铁都宛城及以北地区让韩人占据，叶城以东约十邑落在魏人手里，唯有引发多米诺骨牌整个倒塌的齐人由于提前撤军而未能参与议和，未能得到任何好处。

齐人也无暇顾及任何好处了。

在收到匡章大败楚人的捷报之后，齐宣王兴高采烈，大宴群臣，在众臣一片接一片的道贺声中，喝得高了。返回后宫时，宣王走路不稳，被两个宫人一路搀扶回寝宫，他想吐酒，连吐几次都未能吐出，在昏昏沉沉中倒头睡下。

这一睡，齐宣王再没醒来。

翌日凌晨，宫人按照常规服侍他起榻，连叫几声未见应答，摸他手，是凉的，挡他鼻息，已无一丝，急召御医。经多番诊断，众御医一致认定，大王早于前半夜已经驾崩，崩因是，由酒神催发的失心疯。

与先威王一样，齐宣王崩于突如其来的齐军得胜喜讯。

是日，齐国太子田地无悬念即位，是谓齐湣王。

苏秦本已离开临淄，还未走到阿城，得闻大丧，就又返回。

匡章坚持兵发宛城，从而使楚国的下东国之地免除一场战争浩劫，也使陈轸的返故乡之游得以成行。

离开昭阳封邑，陈轸与林东两家各乘一船。他们以船为家，沿着连绵不绝的水系，荡荡悠悠，不急不慌，先入淮水，又溯淮而上，进入颍水。

颍水是淮水的最大支流，河面甚宽，水清且缓，适合船运。陈轸两家在郢都租用的两艘专门从事客运的漂亮篷船，在这些往来不绝的货船中很是出眼。

篷船溯颍水而上，行约四百来里，拐入一条小点儿的支流，再溯支流而上，行二十来里，远远望到一座古城。

陈轸一手挽着夫人伊娜，一手拉着女儿陈合玉，快步走到船头，情绪激动起来。

夫人伊娜又怀身孕了，是在昭阳邑里怀上的，这辰光小腹已经鼓起来，身体开始发福。林东媳妇小桃红一口咬定是个男婴，陈轸高兴，赏给她一枚大珍珠。女儿陈合玉已经长到半人高，因为是个黄白混血儿，出落得极为漂亮。她的肤色白中泛黄，黄中有红，皮质细腻，通身无瑕，长发过肩，黑中泛红，微微卷曲，两眼大而有神，水汪汪的，举手投足无不显出是个美人坯子。陈轸将她视作心肝宝贝，早晚看到她，笑在脸上，喜在心里，培养女儿礼仪诗书的事，也是他一手包办。

"阿大，"陈合玉仰脸望着他，"那就是咱的家吗？"

"是的，宝贝，"陈轸指向远处的城楼，"它叫宛丘！"

宛丘是陈轸出生并长大的地方，依旧繁华。这儿曾是伏羲氏的葬骨地，亦为商朝属国陈国的都城。之后又经周室册封，依旧为陈国都城，直到一百多年前被楚国灭祠。

船靠码头，林东寻到几辆马车，将船上物品悉数搬上车，付给两个船家各三十锾佣金，打发他们回郢都去了。

在陈轸指引下，车马停在宛丘城内一条东西大街的古老铺面前。

众人抬头望去，依稀仍可辨出门楣上的一块老匾，匾上写着"陈氏陶器"四字。

"闺女，念念，上面写的啥？"陈轸指指老匾，看向女儿。

"陈氏陶器，"陈合玉念道，"阿大，这是一家卖陶器的，我在郢都见多了！"

"呵呵呵，"陈轸笑道，"郢都的陶器可就比咱这儿的差远了哟。"

铺门开着，小二以为来客户了，紧忙迎出。

"叫店家出来！"陈轸冲小二道。

小二应一声，急急进去，不一会儿，一个老者走出，看见陈轸，盯住他，怔了一会儿，小声道："这位客官，您面熟呢……"

"您老再看看！"陈轸凑前几步，站在老者跟前。

"您不会是……"老者又盯一时，"轸少爷吧？"

"戚叔，"陈轸大叫一声，几乎哽咽，"我是陈轸，我是陈轸呀！"

"我的少爷呀！"老者扑通跪地，涕泪滂沱，"您……您可算是回来了！"

"戚叔——"陈轸亦流出泪水，扶起老者，"您老看起来硬朗着呢。”

“硬朗，硬朗，这都是托少爷的福啊！”老者说着转向小二，“快，我家主公回来了，叫大家都出来，迎接主公回家！”

小二慌忙跑进，拉出十多个浑身是泥的陶工，齐齐地站在两边。

陈轸扯起伊娜并合玉，缓缓走进这个他在十五岁离开后就一直没回来过的家。

铺面很大，是个四进院子，第一进是铺面，第二进、第三进是陶坊，第四进是东家的主房，在陈轸走后一直空着，这辰光被戚叔暂时用作库房，里面放满半成品的陶器。

“陈氏陶器”是陈轸祖上的公子迟开的。

陈国被灭之后，陈氏一门散落于天下，滑公的第五个公子陈迟，不知从何处学来制陶的手艺。他于二十年后带着一家老小重归故土，在闹市区开设了一家陶器店，以此养家糊口。

制陶是陈氏先祖的手艺。陈国的先祖是舜帝，因曾居于岐山一带的妫水，故而其后裔以妫为姓。之后妫姓部族随大禹治水而东迁，在伏羲氏的葬骨处宛丘立国，称为陈国。之后商兴，陈依附于商族，专门为商人制作陶器，由商人贩卖于天下，宛丘因而也被称作陶都。再后周兴，陈部族转而依附于周。周武王在灭商立国之后，得知妫水为舜帝的嫡传后人，即将长女许配于他，封他为大周的陶正，晋级侯爵，立国于宛丘，国名依旧为陈。妫满死后，谥号为陈胡公。胡公再后，历二十五世，至陈滑公时，终为楚人所灭。

公子迟是个有抱负的人。他真正想的不是制陶，更不是养家糊口，而是复兴陈国，承继绝祠。陈族之兴，始于制陶，复兴陈国，自然也须由制陶业开始，这就是他在宛丘开设陶店的始因。

正因为此，公子迟未将重点放在制陶上，而是将手艺教给仆从，将店铺交由老仆管理，对于自己的子女，则严格地教以诗书礼乐。公子迟之后又传四世，至陈轸生父陈庆，复国愈发无望，完全死了先祖子迟的复国之心。陈轸命硬，出生三年，父死，又三年，母死，陈轸由家宰戚叔照料长大。陈轸在魏国时的家宰戚光是戚叔的长子。林东是戚光的旧友，他在老家项城已经没有亲人，这辰光代替戚光，一心一意侍奉陈轸。

店肆里是没办法住的。陈轸带老婆孩子将店肆巡视一遍，向她们介绍老陈家曾经的辉煌，俟林东回来，在宛丘城中最好的客栈里订下两套客房，招呼两家搬去住了。

次日晨起，陈轸吩咐戚叔与林东置办祭物，自己带着伊娜母女并小桃红娘几个人巡游宛丘。

宛丘依然是宛丘，但在陈国破灭之后，已不再成为一国的政治文化中心，全方位地破败了。宛丘人要么走出去，要么守在城中，以制陶这个祖业谋生，因而城中到处是陶器店，河滨中往来船只，也多是运送陶器的。

更惨的是陈国的宫城，在亡国后收归楚国王室，渐渐地被王室忘却了，几十年间无人修缮，说破败就破败了。至楚威王时，不知是谁想到这处资产，就将它变卖了，买家是宛丘最大的陶器商，而那商人常住宋地定陶，便将这儿改作陶器作坊，这辰光惨不忍睹了。陈轸至魏，发达之时，曾想过将这宫城买回来，可这念头一闪而过，因为他的心早已不在宛丘，更不在复兴陈国了。

陈轸引领她们转完全城，见林东已办好各类祭品，就引她们前往先庙。

陈国的先庙位于宛城的西南角，百多年前被楚人拆毁。由于是先庙之地，没人在原址上盖房，楚人于是就种些杂树，这辰光，这些杂树已经蔚然成林，大的有合抱粗了。公子迟回来，欲修宗祠，楚人不许。公子迟死，其子悄悄地在林中立起一座祠堂，题写“陈氏宗祠”几字，不久就被发现。有人上报宛丘县尹，县尹实地察看，见上面题写的只是宗祠，就闭一只眼放过了。历经几代人反复修缮，至陈轸时，此祠已成景致，大祭之日，总有不少陈氏宗亲前来祭祀。陈轸幼时，每至祭日，母亲就会带他行祭。母亲过世之后，带他来的是戚叔。

祭品摆上，香火点燃，陈轸朝列祖列宗一一拜毕，使林东敲鼓，自己亲手击缶，让伊娜、小桃红与女儿合玉于堂中舞蹈。伊娜虽有身子，但功夫在身，舞姿依旧是动人的。小桃红与合玉也早被她培训出来，这辰光舞得有模有样了。

乐舞声中，陈轸引吭高歌：

子之汤兮，宛丘之上兮。
洵有情兮，而无望兮。

坎其击鼓，宛丘之下。
无冬无夏，值其鹭羽。

坎其击缶，宛丘之道。
无冬无夏，值其鹭翿。

陈轸唱着唱着，泪水模糊了眼眶。

“阿大，您哭了。”一曲舞毕，合玉走过来，睁大眼睛，“您这唱的什么呢？”

“唱的是咱家乡宛丘。”陈轸向戚叔讨来墨汁与竹简，将歌词写上，指给她看。

“阿大，您讲讲嘛，我看不懂哩。”合玉盯着歌词。

所有人的目光也都看过来。

“呵呵呵，”陈轸笑了，“你们要想明白这首歌呀，就得跟我来！”

陈轸带他们走出祠堂，来到城南门，然后登上城门楼，站在最高处，指引他们眺望四方。

远处，四个方向皆有低矮的山丘，连绵起伏，断断续续。两条水流由北面的浅山流出，像是两条玉带飘过来，蜿蜒曲折，将宛丘护卫在中央。

“什么叫宛呢？”陈轸指着四个方位的丘冈，“就是四周高，中间低，像是一个大碟子的地方。你们看，我们的宛丘，是不是这样的碟子呢？”

众人称是。

陈轸分别指向两条流水，一条在东，是他们坐船经过的；另一条略略远些，在西侧。两条流水皆是由北而南，先汇入颍水，再汇入淮水。

“阿大，”陈合玉看了会儿两条水流，若有所思，“诗里是讲的这两条水吗？”

“是的，孩子！”陈轸抚摩她的一头秀发，指着水流，“你看它们多美呀，宛如两条漂亮的丝带，碧波荡漾，环舞在宛丘之上。”陈轸指向伊娜与小桃红：“就像是你娘与你阿姨守护你阿大与你阿叔一样，她们含情脉脉，无怨无悔地守护宛丘。水流汤汤，如鼓如缶，如歌如舞，它们由春到夏，由秋入冬，年复一年，热情不减。”

伊娜与桃红喜见陈轸这般解读此诗，赞扬自己，就喜滋滋地走过来，不无迷醉地靠在她们的男人身上。陈轸轻拍几下伊娜隆起的小腹，指向两道水流，看向女儿道：“她们还孕育呢，宛丘里的所有草木，所有动物，所有人，都得感恩于她们的滋补！”

“阿大，玉儿明白了！”合玉若有所思，“待玉儿长大，也会这般孕育，是不是？”

“是的，孩子，”陈轸乐呵呵道，“像你娘亲一样，像你阿姨一样，寻到你的宛丘，认准他，守护他！”

众人皆笑起来。

“记住了，阿大！”合玉郑重点头，“可我……怎么才能寻到那个他呢？”

“这个嘛，”陈轸轻轻抚摩她微卷的秀发，“他应该是个这样的人！”微微闭目，轻声吟诵：

彼泽之陂，有蒲与荷。
有美一人，伤如之何。
寤寐无为，涕泗滂沱。

彼泽之陂，有蒲与蕳。
有美一人，硕大且卷。
寤寐无为，中心悁悁。

彼泽之陂，有蒲菡萏。
有美一人，硕大且俨。
寤寐无为，辗转伏枕。

“阿大，这诗讲的又是什么？”合玉歪起脑袋，盯住陈轸。

“讲的是‘有美一人’，叫夏姬。”

“夏姬是谁？”

“是郑穆公的女儿，她嫁到我们陈国，丈夫是一个叫夏御叔的大夫。夏姬堪称是天下第一美人，引得一众男人绕在她身边团团转哪。”

“一众男人？”伊娜惊叫。

“是呀，九个男人因她死了，还有两个家族因她灭门。”

“老天哪！”桃红夸张地尖叫。

“阿大，”合玉却不惊讶，一本正经地看着陈轸，“难道她比我的娘亲还要美吗？”

“哈哈哈哈，”陈轸大笑起来，“这个是不能比的。不过，这诗写得确实像你娘亲。你娘亲哪，年轻辰光，柔体如蛇，舞姿曼妙，声音哪，甜得像是莺啼，更有一头金发‘硕大且卷’，有那么一段辰光，害得你的阿大是‘辗转伏枕’，差点儿是‘涕泗滂沱’啊！”

“瞧你呀！”伊娜不无娇羞，轻嗔一声，“这都跟孩子讲些什么呢！”

“哈哈哈哈，”陈轸再爆长笑，揽过陈合玉，“未来该是我家的这个‘有美一人’了，合玉呀！要想引得天下英雄竞折腰，你就得向你娘亲多学点儿哟！”

众人皆笑。

然而，家乡再好，也终归圈不住陈轸这只展翅于天下的大鹏。接后几日，陈轸连做几事：一是带全家至陈氏几个祖陵，将先祖之墓一一扫过；二是在宗祠一侧新起一堂，供起为他而死的家宰戚光的牌位；三是将先祠委托给戚叔一家；四是立下契约，将“陈氏陶器”并家中所有财富赠送给戚叔，只在契约中追加一款——每年大祭时，由戚叔一家代行陈氏宗祠的所有祭事，接待天下各地前来扫墓认祖的陈氏后人。

处置完家事，陈轸出资购置五辆驷马篷车，让戚叔从徒工中选出几个可靠壮男陪同，启程赶往赵地。

五辆驷马辎车一路向北。行至宋地，陈轸忽然想到惠施，遂在宋都睢阳寻个客栈安顿下来，自驾一车前往蒙邑。

惠施的宅院里却是一片荒芜。陈轸询问惠施的邻人，说是惠施已死大半年了。

陈轸伤感一阵，付给邻人几枚布币，请他带路，在店肆里买齐祭品，出城赶至一片林子。

“就是这儿了，他家的祖地！”邻居指着一片老林。

陈轸下车，拿起祭品，随他入林，在一座新丘前面停下。

毫无疑问，新丘下面就是惠施的安息处了。

陈轸放眼看去，墓地很大，坟头很多，说明惠施的家族曾经兴盛过。显然，好位置都让祖先们占去了，轮到惠施，他就只能靠边埋。

新丘的旁边栽着四棵柏树，是从其他坟头移栽过来的。陈轸的目光落在墓前竖着的一块石碑上。没有通常所见的碑文，只有一片含混不清的笔画，线条放荡，看起来像是在岩壁上所见的古人刻画。

陈轸琢磨良久，方才辨出是三个字，“子非鱼”。

陈轸怔了，盯住那个邻人道：“你能肯定，这是惠相国的墓吗？”

“是他的呀，”邻人指着墓地，“这个坑还是我与几个朋友挖的呢！”

“可这碑上，怎么写的不是惠子？”

“写的啥？”邻人不识字，自然认不出来。

“子非鱼。”

“唉，”邻人轻叹一声，“埋他时，我们并没给他立碑文。这个碑文，不晓得是谁为他立的。对了，大人可以去问庄周，说不定是他立的呢。”

“咦？”陈轸盯住他，“葬惠施时，庄周没有到场？”

“哼，他才不到场呢！”邻人耸耸肩，拧了下鼻子，“葬他女人时，他还击盆唱歌呢。”说着压低声音，指向坟墓，“老头子刚从楚国回来那辰光，过得原本不错，可一来二去的，他与那个叫庄周的疯子混到一起，”指指心口，“这儿就不大正常了。”

“怎么个不正常的？”陈轸急问。

“不洗衣裳，不梳头发，不洗脸，有屋不住，有榻不睡。一天到晚与那怪人漫天地里瞎转悠，一转就是好几天，不回来是常有的事。待回来时，就与那庄周一般成个邋遢子了，几丈之外就能闻到一股怪味。从他俩身边过，得捏住鼻子。两人躺在太阳底下晒暖，晒着晒着就从胳肢窝里摸出一个虱子，还舍不得挤死，轻轻放到旁边的草窝里。有蚊子咬他，也不拍死，呵呵呵地笑看那蚊子抽他的血，你说这……”邻居连连摇头。

“呵呵呵，”陈轸笑了，“这个倒是成趣。”盯住他，“那个庄疯子还好吧？”

“好着呢！”邻人看向河水，“这辰光不知野到哪儿发呆去了！”

“帮我寻到他，我再付给你两枚布币，成不？”陈轸开出条件。

“成成成！”那邻人乐颠颠地撒腿跑开了。

陈轸在惠施墓前摆好供品，燃上香火，盯住墓碑，怅然叹道：“噫吁嚱，老惠子，在下终于定下心来，专程奔此，只因想念你，想好好听你唠叨几天你的名实，没想到竟是来迟了。方才听你邻人几句闲言，在下算是晓得你了，这也越来越嫉妒你了。在下嫉妒你，不是因为你夺了在下的相位，而是因为你得遇一个人生的知己。昔年俞伯牙得遇锺子期，二人结作知音，子期死，伯牙摔琴。今朝你有幸得遇庄周，与这般达人结伴而游，参天破地，夫何憾哉？叹我陈轸，自十五岁离陈，蝇营狗苟，到头来却是水中捞月。眼见这头发花白，腿脚沉重，轸亦厌倦世事。可思来想去，天下之大，竟是无个归处。家乡已成过往，楚地我是也再不想守了。天下熙来攘往，列国你争我夺，未来之路充满变化，在下这想寻一安宁之处终老，竟成奢望。在下羡慕你，一有名实，二有庄周，三有这一块终老之地。想我陈轸，碌碌忙忙，忙忙碌碌，迄今依旧一无建树！功名利禄，挟持天下，曾经障我双眼，终了皆为浮云。佳友知音，永远是轸奢求。方今之世，轸所敬慕，唯有三人，一是你老惠子，二是淳于子，三是苏子。可你等三人，无不是皓月星辰，高高在上，轸只能仰望，不可企及。”说着顿住，目光落在墓碑上，“譬如你这三字吧，‘子非鱼’，究底是在玩何迷藏呢？”

陈轸正自慨叹，忽见那邻人如飞般跑来，老远就叫：“大人，大人，我寻到那个庄疯子了！”

陈轸起身，跟他一路寻去，果在不远处的浍水滩上望到庄周。陈轸摸出两块布币递给他，大步走向滩头。

庄周仰躺在滩头，两眼闭着晒太阳。

“庄先生？”陈轸走近，躬身揖道。

庄周微微睁眼，斜睨他一下，又闭上了。

“庄先生，”陈轸再揖，“在下陈轸，有大惑求教于先生！”

“庄周不是先生，你寻错人了！”庄周眼睛未睁一下。

“这……叫您庄真人，可否？”陈轸问道。

庄周打起呼噜来。

“庄子？”

庄周继续打呼噜。

“庄兄？”

庄周的呼噜越发响了。

“庄周！”陈轸急了，直呼其名。

庄周的呼噜立马止住，出来声音道：“说吧，你有何惑？”

“子非鱼。”

“到水边！”

陈轸怔了下，走到水边。

“见鱼乎？”

“见了。”

“鱼乐乎？”

“游来游往，很乐呀。”

“子非鱼，安知鱼之乐？”庄周斜眼睨他。

“是了，是了，”陈轸恍然悟道，“在下非鱼，自是不知鱼之乐。”略一停顿，依然不解，“您在惠施墓碑上特别写此三字，可是另有深意？”

“子非我，安知我不知鱼之乐？”庄周没头没脑地又来一句。

“咦？”陈轸挠头，凝眉有顷，喃声重复，“子非我，安知我不知鱼之乐？”抬头，“请问庄……庄周，那个碑文究竟作何解？”

“是这般解，你可听好。”庄周坐起来，没有睬他，一屁股出溜下水岸，骤然爆出一声长笑，“哈哈哈哈——”跳入水中，头也不回地扬长而去。

显然，庄周的这声长笑就是解了。

望着庄周的背影，陈轸慨叹一声，怅然若失。

田氏齐国的王陵位于临淄南侧，淄水南岸，距离淄水不远。最早埋在这儿的并不是田齐的开宗之祖田完，而是正式立国之君田齐太公和与田齐桓公午。二陵东西向并列，镇在鼎足山中。威王之陵向西错开里许，及至宣王陵墓，自然就挨在其父身边了。

田氏王陵选址是没得说的，南靠稷山，北面淄水，东枕鼎足，为宣王送葬的稷宫学者们无不赞叹，除去一人——邹衍。

当然，这些陵址不是邹衍选的。确定陵址的是齐国太庙，由太庙令主持。太庙令之下，又有一拨风水术士专门为王室成员确定陵区及穴位，轮不到邹衍说话。

葬宣王这日，临淄城中多达万人送殡，与先宣王作别，唯有邹衍不在行列。他孤身一人来到田齐太公与桓公的两大陵前，久久地凝视二陵。

看着，看着，邹衍的心揪起来了。

邹衍召辆马车，驱车南奔，攀上稷山。他站在山顶远眺这几处陵墓，之后又从不同角度观察，甚至测量。

邹衍一连忙活三日，睡不着了，于第四日晨起叩门稷下学宫祭酒的馆舍。

开门的不是淳于髡，而是刚被齐宫任命不久的新祭酒荀况。

荀况来自赵地，初到稷宫时没车没马，一肩挑着两个篓子，一只篓子装着十几册竹简，另一只放着他的简单行李。让稷下学者吃惊的是，他篓子里的竹简，全部是他自己的著述。到后第三日，荀况申请开坛，一出场就拿离开临淄不久的孟老夫子当靶子，火力全开，批驳他的性善论，提出自己的性恶论，可谓是语惊四座。

几个月前，淳于髡偶得风寒，初时不以为意，不想半个月后竟病情加重，终致卧榻不起了。淳于髡的病情惊动齐宫，宣王御驾探望，问起学宫事务，淳于髡提议由先生荀况接任祭酒。宣王随即召见荀况，见他胡须尚未长全，以为是召错人了。待陪他前来的学宫令兼上卿田文禀明，方才缓过神来，于三日之后下发诏命，聘任荀况为学宫的代祭酒。

该诏命如石击静水，整个学宫为之哗然。数十名稷下先生中没有一个肯服的人，无不认定是淳于髡老糊涂了。

然而，诏命专治不服，邹衍也不能例外。向齐王进谏，邹衍须过祭酒这道关，否则就是僭越。

“观先生眉宇不展，”荀子将邹衍礼让至客席，拱手，开门见山道，“发生何事了？”

“衍有一事，”邹衍略略拱手道，“烦请代祭酒禀报学宫令，奏报齐王！”

邹衍在“代”字上加重语气，发音清朗。

“敢问何事？”荀况淡淡一笑，拱手问道。

“事关先君太公、桓公二陵！”

“哦？”荀况微微倾身，“先君二陵怎么了？”

“陵址不妥！”

“敢问先生，陵址怎么不妥了？”荀况的眉头挑起来。

“是这样，”邹衍斜他一眼，“衍送先王入葬，得观二陵，心底发寒，三日不眠。鉴于事关齐国社稷，衍不敢怠慢，依稷宫规矩禀报祭酒，请祭酒代为转达宫令，奏报齐王。请其速迁二先君之陵，否则会出大事。”

“先生还没讲清陵址有何不妥呢？”荀况眯起眼。

“讲给祭酒，祭酒怕也不懂！”邹衍瞄一眼这个乳臭未干的代祭酒，一脸不屑。

“是吗？”荀况坐直身子，正正衣襟，清一下嗓子，扎下论辩的架势，“先生这还没讲呢，因何就断定在下不懂？”

“好吧，”邹衍指向南面，“先君二陵点穴于三山之间，那三山呈鼎足倒立。鼎为王者礼器，那三山由此可称作鼎足山。鼎足山伸向西南，连脉稷山，再西南，连脉望鲁山，再西南，连脉泰山。泰山乃天下王山，自古迄今，为圣王封禅之地。泰山圣王之气沿地脉向东北伸出，出口正在鼎足之间。先王二陵不偏不倚，刚好点穴其中，镇住王气。王气不得出，则怨，怨则危殆，齐国社稷或将不久矣。”

荀况的眼睛越眯越小，渐成一道缝。

邹衍不再说了，盯住这个年轻的祭酒。

“敢问邹先生，”荀况睁开眼睛，二目如炬，射向邹衍，“您何以确定鼎足山就一定连脉稷山，稷山就一定连脉望鲁山，望鲁山又一定连脉泰山？”

“淄水出焉！”邹衍见他问出这句不上道的话，声音如从鼻孔里轻轻哼出。

“淄水出于望鲁山，又何以连脉泰山？”荀况再问。

“衍似说过这话，讲给祭酒，祭酒怕也不懂。这不，应了吧？”邹衍目现不屑。

“先生，您没有答复在下！”荀况固执道。

“水未连，山连！”邹衍应出一声，看向门外。

“方才先生讲到王气，王气之行当顺气脉，敢问先生，王气所行之气脉究底是走水还是走山？”荀况冷不丁问出这句。

“山水相依，气脉既走山，也走水。”

“也就是说，”荀况接道，“泰山王气先行山脉，至望鲁山，再行水脉，至稷山并鼎足山，是不？”

“是的。”

“山脉与水脉相比，孰胜一筹？”

“山之脉。”

“三年之前，在下游历过泰山，”荀况再道，“立泰山之巅，放眼望去，泰山之东、之南、之西、之北皆有山，或相望，或相通。若以山之脉为上，泰山之脉连绵起伏，可远达青州。圣王之气又怎能舍弃山脉而改走水路呢？”

“唉，”邹衍长叹一声，“这事儿真真与你讲不清爽！”

“邹先生，稷宫之内，以学术为上，应该没有讲不清爽的道理。”荀况不依不饶，“先生若是连在下也讲不清爽，俟见大王，又如何能讲清爽呢？若是一直讲不清爽，轻则是危言耸听，重则是妖言惑众。惑众也就罢了，这惑大王……”说着顿住话头，目视邹衍，指节轻叩几面。

“哈哈哈哈，”邹衍长笑一声，转过来，逼视荀况，“祭酒大人，这就是你的论辩之道吗？”

“非也，论理而已。”

“既然论理，衍且问你，可知生气？”邹衍发难了。

“可是万物生发之气？”荀况以问作答。

“衍再问你，人死之后，可有生气？”

这是个难以回答的问题。万物既有生气，死人仍为人，仍为万物之一，亦当有生气。

然而……

荀况闭目有顷，睁眼：“有生气。”

“气从何生？”

“从物所生。人死为尸，尸为物，是物即有气。不过，死尸所生之气，不谓生之气。”

“不谓生之气，可谓何气？”

“死之气。”

“祭酒果然博学！”邹衍拱手道，“不过，在衍看来，它不叫死之气，而应该叫阴气。阴与阳大化，生与死交接，化、接之气，皆作生气！”

“名称不同，其实为一。”荀况拱手回礼。

“好吧，就叫它作死之气。死既有气，气则有行，敢问死气由何而行？”邹衍再问。

“由土。”荀况脱口应道。

“祭酒说得是！”邹衍轻轻击掌，“是以古今之人，多葬于土。再问祭酒，死之气又是如何行于土的？”

荀况长吸一口气，闭目。

显然，这个问题确实游离于荀况的学识之外了。

“在下愚痴，请先生指教！”荀况拱手道，态度虔诚。

“死之气，在衍可作阴之生气。”邹衍侃侃而谈，如同教授弟子，“阴阳生气，动则成风，升则成云，降则成雨，行则循土。气循于土，则生万物。土乃生气之体，气乃水之母。有土则生气，有气则生水。气行于土，因循地势，势起气始，势止气聚。是以葬尸之所，不可肆意，当循大地形势，觅气聚之处。夫势者，高千尺以上者为势，高百尺之上者为形。势来形止，是谓气聚之处。气聚之处，即为全气。全气之地，可作佳穴，可葬尸骨……”

“荀况受教，”荀况拱手，止住他的话头，“先生所言的全气之地，俗谓风水宝地，既可造房舍，也可葬尸骨。只是，”他指向鼎足山，“这与鼎足山何干？”

“天地生气，为金木水火土五行。五行相生，方得生命。人受体于父母，父母之体得天地生气，人子亦得。气感而应，鬼福及人，是以东山西崩，灵钟东应，此所谓天人相应。父母尸骸若是葬于全气之所，气聚而不散，就可荫佑人子，反之则伤。”邹衍应道。

“依先生所言，”荀况眯眼，指向南面，“势来形止，是谓气聚之处。泰山高千仞，其下为望鲁山，高五百仞，当为势；再下为稷山，高百仞，当为形；再下鼎足山，高三十仞，当为形止。再依先生之言，王之气始于泰山，这若是止于鼎足山，鼎足山岂不就是个全气之处了吗？”

“正是。”

“既是全气，当为上佳风水才是。先王葬此佳穴，理当荫佑齐国，先生缘何又说此二陵不祥、殃及社稷呢？”

“是点穴不当，祭酒大人！”邹衍不耐烦了，“鼎足三山，既为王之气聚处，亦为王之气出处。先君二陵不偏不倚，刚好镇在王之气的出口。王之气受憋于地下，欲进不能，欲退不得，欲出无孔，久则怨，怨则伤，是以不祥。”

“唉，”荀况长叹一声，“荀况在赵地时，就闻先生大名，说先生谈天说地，博古通今，天下之奇，无有不知。今日受教，方知先生所谈之天，所说之地，所博之古，所通之今，多为无稽。”

“你……”邹衍气极，指向他，一字一顿道，“且说，邹衍所论，何以无稽？”

“先生妄解天人相应，稽从何来？”荀况挑起论题。

“敢问代祭酒，何为天人相应？”邹衍恼火了，目光逼视，全身紧绷，字字如锤。

“天人相应，”荀况侃侃而谈，“即人之行应于天之行，应之得当则吉，应之不当则凶。列星随旋，日月递照，四时代御，阴阳大化，风雨博施，凡此种种，皆有其常恒之情。世间万物，得其和则生，得其养则成。天之常情，不因处于禹世就有，亦不因处于桀世就无。日月星辰，禹、桀无不同，而禹以治，桀以乱，可见，治乱非天也；春生夏长，秋收冬藏，禹、桀无不同，而禹以治，桀以乱，可见，治乱非时也；得地则生，失地则死，禹、桀无不同，而禹以治，桀以乱，可见，治乱非地……”

“够了！”邹衍实在听不下去，大袖一摆，几乎是喝叫，“此等无知，谈何天人之应？”

“敢问邹先生，在下何以无知了？”荀况压住火气，尽量使语气平和。

“日月星辰有恒，其运却不有恒，黄道赤道，呈万千之变；春生夏长有恒，其运却不有恒，风雨寒暑，呈万千之变；大地生养有恒，其运却不有恒，沧海桑田，呈万千之变。由此可知，禹时之天不同于桀时之天，禹时之时不同于桀时之时，禹时之地亦不同于桀时之地。此谓天地常识，敢问祭酒，是不知，还是故作不知？”邹衍一口气讲完，不及荀况反应，便噌地站起来，大踏步地走出。

荀况起身追出几步，在门口止住，望着邹衍渐去渐远的背影，声音很大地送行邹衍道：“就这般气量，你谈什么天？”

第三章

辨风水邹衍谏主　游太虚玉女受命

邹衍并未返回自己的学馆，而是大步流星地走向淳于髡馆舍。

淳于髡病了，躺在他的病榻上。御医诊过，说他是心肾不和，开出不少药，每天由他的弟子煎熬出两大碗。但他实在不想喝，能推则推，推不过时就勉强喝几口。

御医吩咐，淳于髡的病在心上，需要静养。于是，淳于髡馆舍的院门就被一众弟子轮流守值，寻常人一个不让进来。

医生的这个吩咐，却把淳于髡整苦了，因他是个耐不住寂寞的人。更让淳于髡伤感的是，爱犬伊人于几天前死了。伊人阳寿未到，也是病死的，死前一直守在淳于髡榻边。它实在撑不住了，才让淳于髡抱在怀里，在主人的怀里咽下最后一口气。

伊人死后，淳于髡彻底把生死看淡，再也不想吃药了。

邹衍来到馆舍门外，照例被拦下，他急了，冲馆舍大叫："淳于先生，老祭酒，我是邹衍，谈天衍，有大事求见！"

"来人哪！"淳于髡听到声响，叫道。

守值弟子紧忙过来。

"有请邹衍先生！"

那弟子表情迟疑。

“去！”淳于髡沉下脸，加重语气。

那弟子出去，不一会儿，引邹衍进来。

淳于髡已从榻上坐起，朝邹衍笑笑：“谈天衍哪，你大喊大叫的，出了啥大事呀？”

“是天大的事！”邹衍拱手道，“邹衍不得不求您了。”

“呵呵呵，”淳于髡笑出几声，“天再大，也没有你谈天衍的心大，细细说来，不急。老光头正无聊，这要寻个乐子呢。”

邹衍将事由一五一十说了，气不平道：“老祭酒呀，您明白一世，末了却做下糊涂事。稷下学宫人才济济，您哪能将祭酒重职交给一个乳臭未干的自大狂呢？姓荀的才念几卷书，就敢骑在我邹衍头上，说长论短？”

“呵呵呵呵，”淳于髡真还乐了，拍拍光头，捋了把胡须，“你且说说，该长多少岁，该念多少书，才能骑到你的头上？”

“这……”邹衍急了，“您老这是偏袒他！”

“呵呵呵，你这个谈天衍哪，”淳于髡又笑几声，“与代祭酒论辩，是鸡遇到鸭，一个咯哒咯哒，一个嘎嘎嘎嘎，想要谈到一块儿真还不容易呀！”

“无知之徒，谁愿意与他谈到一块儿呢？”

“呵呵呵，”淳于髡越发乐了，“鸡有鸡的知，鸭有鸭的知。这辰光看来，老光头这是为稷下做下一桩大好事呢。”

“老光头哇，”邹衍气急了，伸手指过来，“您……这还上劲儿呢！气杀我也！”

“呵呵呵呵，稷下是个论理的地方，不能赌气，是不是？赌气也没用，是不是？”淳于髡的手吃力地反指过来，“你呀，就是一只斗鸡，早就该寻个鸭子过过招，随他试试水底深浅。鸭子呢，也该上到树梢瞅瞅。否则，无论是鸡是鸭，只要固执己见，就会掉进水井里，与那井蛙无异了。”说着略顿，收回指头，“不过，鼎足山事涉王室，倒也是差错不得，你还是去寻寻代祭酒，让他……”

“我不寻他！”邹衍跺脚，“我再也不想搭理他了！”

“你不寻他，老光头可就无能为力喽！”淳于髡两手一摊，“来人哪，送客！”

不待送客，邹衍已经起身，呼哧呼哧地喘着粗气走了。

邹衍前脚刚走，一辆辎车由远而近，在淳于髡的馆舍门前停下。

车上跳下一人，正是陈轸。

见到陈轸，淳于髡兴奋起来，挣扎欲起，被陈轸按住。

“哎哟哟，”陈轸坐在他的榻沿上，握住他的手，“在下欲去邯郸，刚刚走到大梁地界，突然听闻您老贵体有恙，心里那个急呀！当即掉转车头，拐往临淄来了。”

“来得好哇，”淳于髡笑道，“再晚几日，你怕就要到那稷山深处寻这个光头了。”

“您老去稷山深处做啥？”

“与那个叫老蒙子的做个伴哪！”

“老蒙子？”陈轸怔了，“他是哪个？”

“彭蒙啊，你应该晓得他的。”

“哎哟哟，”陈轸慨然叹道，“是他呀，老先生还是轸的师父呢，不过没行师礼。”定睛看他一会儿，“观您老气色红润，光头闪亮，精气神俱足，哪能就扯到稷山了呢？”

“呵呵呵，”淳于髡笑道，“你就甭蒙我了。精气神俱不俱足，你哪能有我晓得？”说着盯他看一会儿，“唉，可惜你来得稍稍迟了点儿，否则，光头就举荐你来做这个祭酒，让稷下这帮乌合之众晓得个子丑寅卯。”

“新祭酒是谁？”

“荀况，从赵国来，我让他暂代一段辰光，听听响声。”

“轸晓得他，本为儒门，但不循儒道，讲什么人性恶。”

“对对对，”淳于髡迭声应道，“一到稷下，他就拿大儒孟子祭刀。可惜孟子走了，否则，老光头当可目睹一场旷世之战。”

“估计他辩不过孟子，那可是一张铁嘴。”

“不一定哟。”淳于髡笑应道，“这年轻人也是了得，今朝就把谈天衍的胡子气歪了。”

"这倒有趣，您老讲来听听。"

"来人哪！"淳于髡叫道。

守值弟子赶紧过来。

"把那东西拿去温温！"淳于髡指着药碗。

弟子惊愕，不无兴奋地看一眼陈轸，拿起药碗走了。

"呵呵呵，"淳于髡冲陈轸笑笑，"那药水太苦，我是宁死也不喝的，今朝你来了，我多少得喝几口。"

"为啥？"

"晚死几天哪！好与你唠叨唠叨。"

"对对对，"陈轸笑了，"您老甭急，那黄泉之下，一路黑灯瞎火的，就您老这腿脚，没个人搀扶着，一则寂寞，二则免不得磕磕绊绊哪。"

"呵呵呵，有这个呢！"淳于髡笑出几声，指指光头，"保管把前路照得亮光光的。至于寂寞，光头也是不惧的。"

"哦？"

"我那爱犬名叫伊人，几日前先行走了。临走之前，它嘤嘤哼哼，对光头讲出许多话，其中一个，就是为光头探路。这辰光，想必它就在路口巴望着呢！"

二人闲扯一时，又将话题扯回到邹衍身上，淳于髡也就津津有味地接续讲起谈天衍与新祭酒之间的争执来，听得陈轸不胜唏嘘。

邹衍回到自家馆舍，喝退前来问询的一众弟子，关上房门闷坐一时，越想越觉得淳于髡偏袒，便起身去寻苏秦。

葬过宣王后，苏秦本欲离齐。听闻征楚大军回返，因想见见匡章，就在稷宫住下了。这见邹衍寻来，苏秦迎入舍中，听他讲明原委，觉得事大，带他去见靖郭君田婴。

"这个有点儿难办。"田婴两手一摊，"如果是先宣王之陵选址不当，本相或可奏明大王，由大王迁穴易址。先生所言乃是开国祖君太公、桓公二陵，则非大王所能定夺。本相若是奏报，貌似不妥。"

"敢问相国，"邹衍问道，"太公、桓公二陵为何非大王所能定夺？”

“就本相所知，”田婴应道，“太公之陵为太公生前所定，桓公之陵为桓公生前所定，方今大王怎么能说动就动呢？”

“相国大人，”邹衍急了，“二先君之陵所妨害的正是方今大王啊！”

“哦？”田婴倾身，“你且说说，二先君之陵何以妨碍到方今大王了？”

“衍一时讲不清楚所有这些事情。衍所能断知的是，泰山圣王之气通至鼎足山，由三山口破空而出，笼罩临淄，荫佑大齐。拥此王气荫佑，临淄将可成为天下王都，追比镐、洛。但这股王气，让先君二陵生生给镇住了，透不出来。王气憋屈，必转为怨气。怨气久憋不散，必袭扰王陵。王陵所葬为先君骨血，而方今王上为先君骨血，同气相应……”邹衍顿住话头。

邹衍这番话自成一理，田婴听得心惊肉跳，深吸一口长气，看向苏秦。

“事关大齐国运，更有太祖二陵，身为外臣，在下不便多言。”苏秦拱手道，“不过，邹先生深谙天地五行，贯通山川风水，先生既出此言，不可等闲视之。相国当奏报大王，由大王圣裁。”

“邹先生，”田婴转对邹衍，拱手道，“这就随本相入宫，面呈大王如何？”

“邹衍从命。”

邹衍随从田婴入宫觐见湣王，禀明事由。

湣王好武，不喜风水五行，越听眉头皱得越紧，末了朝邹衍拱手道：“先生所教，奥义深远。寡人愚痴，一时三刻参悟不透。敬请先生写出详尽奏陈，容寡人细读慢悟，如何？”

邹衍这才后悔没有写出奏陈，拱手辞道：“衍这就回馆书写！”

邹衍走后，田婴并未离席。

“相叔，您还有何事？”湣王看向他，神态不悦，意在逐客了。

“臣……”田婴刚出一字，就被湣王扬手打断。

“相叔啊，”湣王语气冰冷，“这个邹衍是您请来的吧？”

“是他寻臣来的，今朝他与苏秦到臣府上，讲起此事，臣……”田婴急切辩解。

“寡人晓得了。”湣王再次打断他，“相叔还有赐教吗？”

听到这个冷冰冰的“赐教”，田婴心底一寒，改坐为跪道：“王上——”

“相叔若无他事，寡人要为先王守孝去了！”湣王站起来，夸张地抖抖身上的孝衣，转个身，大踏步离去。

田婴跪在地上，面无血色，好半天，方才站起。他晕晕乎乎地回到府中，呆坐半晌，伏案书写一道奏章，召来田文道：“你将这个呈给王上吧。”

田文瞄一眼奏章，震惊：“辞呈？”

“唉，”田婴长叹一声，“为父老矣，侍奉不动新主人了。”

“这……”田文怔了。

“田地为太子时，就对为父颇有微词。为父忍不下，顶撞过他两次。这辰光他是主了，为父若不识相，只怕是……”田婴苦笑一下，指向自己，“这架老骨头也没个葬处了。”

田文再问因由，田婴将这日之事细述一遍。

“嗯，”田文应道，“大王是多心了，以为是公父请来的邹先生。唉，这个谈天衍，净会坏事。这么大的事，他怎能不先对我讲呢，还动不动就去找苏子。既然二陵如此不堪，他早干什么吃的？先君二陵竖在那儿几十年了，临淄无人不晓，他又不是刚来稷下，难道就不晓得？”

“我讲过这事儿，说太公之陵是太公定下的，桓公之陵是桓公定下的，大王不便轻动。可苏子说，这事儿大了，因为涉及的是王室与国运，要我奏报王上，让我带邹衍奏报，没想到竟闹出这般事来。”田婴轻叹一声，“唉，时过境迁，为父是该歇一歇了，打算前往薛地颐养天年。听闻大王待你不错，朝中的事儿就交给你了。”

“可大王他……”田文迟疑一下。

“怎么了？”

“这些日来，一直未曾召我。”

“你放心，”田婴应道，“为父退后，相国之位，他不可能有第二个人选，只能是你！”

“为什么？”田文怔了。

“因为你有逾千门客，个个都是能人。还有你所兼管的稷下，人才济济。我观大王心思不小，想干大事。只要他想干大事，就得用能人，而所有这些能人，无论才大才小，都握在你的手心里。”田婴凝视田文，“不过，他也有个条件，你得表态，向他效忠！”

“我明白。”田文点头。

田文代父递交辞呈，湣王麻利地批准了，还犒赏田婴二十匹鲁缟。

三日之后，田婴带着家眷，一行人马浩浩荡荡地离开临淄，赶赴薛城。

田婴走后的第二天，湣王召苏秦入宫，拱手致礼，语气甚恭：“先王撒手，寡人初立，里里外外百千之事，免不得手忙脚乱，慢待苏子了。寡人今请您来，是有大事求问。”

“大王请讲。”苏秦拱手回礼。

“先王在时，曾多次对寡人言及苏子，寡人对苏子的所历所为，亦是敬服。但齐国之事，苏子也是晓得的，先王与相叔志在邦国，乐于开疆拓土，而寡人所志不同。寡人今请苏子，是想求问治齐长策，还请苏子不吝赐教！”湣王再施大礼。

“敢问大王之志？”苏秦回个大礼，盯住他。

“驰骋天下。”

“若此，”苏秦应道，“臣有三策可供大王参考。”

“是何三策？”湣王倾身。

“其一，”苏秦侃侃言道，“法齐桓、晋文之事，事周以驰骋天下，可谓之霸策；其二，法商汤、周武之事，废周以驰骋天下，可谓之王策；其三，摒弃王、霸之道，安天下列国，抚万兆黎民，纵横以驰骋天下，可谓之帝策。”

“以苏子之见，何策为上？”

“帝策为上。”

“寡人愚痴，请问苏子，何以帝策为上？王策难道不好吗？”

"回禀大王，"苏秦应道，"时过境迁，齐桓、晋文之事，已成过往，是以霸策不为上；今日天下，莫说是万乘之国，即使宋、中山之君，也都称王，列国并王，列王并雄，是以王策不为上；故大王之志，唯有一策，就是纵横帝策。"

"嗯，苏子所言极是！"湣王听进去了，再度拱手道，"请苏子教寡人帝策！"

"教字臣不敢当！"苏秦回礼，"大王若行帝策，唯有一途，就是经由臣与张仪此前所倡导的纵横长策！"

"这……"湣王再度倾身，眯起眼睛，"苏子合纵之策，寡人可解，张仪所倡，乃与苏子所倡刚好相背，苏子缘何又……"说着打住话头，用目光征询。

"回禀大王，"苏秦拱手道，"万物之道，阴阳并行。上古本无道路，及至大禹，治水兴农，刀耕火种，道路始生。再至大周，天下划地成井，封土建制，道路阡陌，南北为纵，东西为横，以交通天下列国。臣兴纵策，结列国以制秦；仪兴横策，结列国以应纵。无论纵策横策，皆为安天下之策。大王之志在驰骋天下，是为安天下之志。若行此志，大王自然当行纵横之策！"

"这个……"湣王摸向下巴，顺势捋一把新近蓄起的浓黑胡子，"纵策就是纵策，横策就是横策。就如黑白，要么行黑，要么行白，苏子这……"苦笑。

"大王所解正是！"苏秦应道，"天道有常，黑白轮替，长夜过后必是白昼。"说着略一停顿，回到主题，"具体到纵横之策，臣之意是，大王可先行纵策，结楚、三晋、燕以制秦国。待秦国受制，欲静不得，欲动不能，战不敢战，退不能退，左支右绌之时，大王再行横策，与秦结盟。那时，天下列国结而为一，列国安，黎民抚，大王也就能帝行天下了。"

湣王凝起眉头，陷入长思。

"是了。"良久，湣王抬头，"寡人还有一疑。合纵之后，列国并王，并无高下，凭什么就是寡人帝临天下？"

"天地不仁，只以实力说话。狮有雄，猴有尊，家有长，列国虽然并王，终归要有个雄长。合纵六国，楚国本有实力，可为雄长。可惜楚王弃绝纵策，陷入孤独，今遭张仪连横肢解。燕国经由子之乱祸，实力大损。三晋自不必说，尤其是魏国，在庞涓之后，亦失雄长之位。能担纲领纵的，只有大王您了！”

“呵呵呵，你说得是。”湣王美美地又捋一把胡须，“不过，即使六国纵成，秦国能连横吗？秦王若是不听呢？”

“大王并六国之势，结六国之心，全力封堵秦国，秦国无路可走，动弹不得，唯有与大王连横一途。否则，民不安，士不服，皆逃离秦，秦王不行横策，只能身死国灭。”

湣王又想一时，将话题移向燕国道：“燕王呢？近年之事，燕人对我大齐颇多怨言，姬职是秦姬所出，他当了燕王，必恨齐人。寡人即使奉行纵策，他肯听寡人吗？”

“天底下没有解不开的怨。”苏秦应道，“齐人伐燕，初为仁义之师，燕人欢迎。只是后来……唉，臣也未曾料到会是这般。不过，所有这些，都与大王无关，因为大王从未插手过燕国之事。今大王立事，臣愿为大王向燕王解释，化干戈为玉帛。”

“如此甚好！”湣王拱手道，“纵策之事，寡人听凭苏子。燕国之事，亦有劳苏子弥补！对了，寡人还有一事。”

苏秦看向他。

“稷下邹先生奏报，太公二陵镇住我大齐王气，苏子如何看？”

“阴阳、鬼神诸事，臣知之甚少，不敢妄论。不过，既为稷下先生之言，又涉及王室大事，大王最好慎重对待。”

“你说得是。”湣王眨巴几下眼睛，转向内臣，“召田文！”

淳于髡这病是要静养的，经陈轸一搅和，连续兴奋数日，突然就加重了。他身子动弹不得，鼻孔里出的气多，进的气少，时不时要张开口，以增加进气量。

大弟子急请大夫。大夫搭过脉，吩咐他们安排后事。

众弟子将淳于髡移至正寝，按序位跪于榻边，静候先生的最后时光。

陈轸又来了。

陈轸看过淳于髡气色，附他耳边悄道："老光头，想不想看一个绝世宝贝？"

"想。"淳于髡笑了。

"诸位学子，"陈轸转身对众弟子拱下手，"轸有几句要紧话讲与祭酒，你们暂时回避一下。"

众弟子面面相觑，之后走到户外，跪在院中。

陈轸半掩房门，挡住视线，打开随身携带的提箱，摸出一个包囊。他揭开层层锦绣，现出一块绿中透白、白里泛红、晶莹剔透的绝品美玉。

淳于髡的眼睛睁大了。

"先生可知此是何物？"陈轸压低声音。

"彩玉。"

"先生可知此玉？"

"哦？"淳于髡看向他。

"大楚镇宫之宝，和氏之玉。"

"咦！"淳于髡急吸几口气，化作一声长长的惊叹。

陈轸拿起玉，翻来覆去展示一阵，又拉过淳于髡的手，搁在他手里。

淳于髡把玩几下，闭目。

"看美了？"陈轸轻道。

"嗯。"

陈轸收起玉，重新包起，塞进箱子，合上。

"它怎么样？"陈轸问道。

"是个宝物。"淳于髡问道，"你就这样一直藏着？"

"轸藏之无用。"

"如何处置它？"

"轸想听听您老之意。"

"献给齐王，如何？"

"齐王守不住它。"

"哦？"淳于髡盯住陈轸，"你怎知齐王守不住它？"

"齐王没有胡服骑射。"

"你这是要献给赵王了。"淳于髡合起眼，良久，出声道，"此物大不祥，你送给赵王，是要害赵国呀。”

“咦，老光头啊，如此美物，你何以说它不祥呢？”

“成玉之前，它害和氏两条腿，成玉之后，又害张仪一场牢狱之灾，能吉祥吗？”

“和氏的两条腿，是传奇。至于张仪的牢狱之灾——”陈轸指指自己的鼻子，轻叹一声，“唉，那人才是个害人精啊，后悔当年没有让他死在狱里。”

“呵呵呵，”淳于髡笑道，“他要是死在狱里，这天下该是多么无趣！对了，说到这个张仪，你得叫苏秦来一趟，光头有事寻他！”

陈轸打开门，对大弟子道：“速请苏秦大人！”

苏秦闻报，赶紧过来，跪在淳于髡跟前，握住他的手。

“苏秦哪，”淳于髡看他一眼，声音吃力，“你欠的那笔旧账，这该……归还了吧。”

“哎哟，我这……”苏秦一拍脑门。

“还有息金呢，甭落下了。”

“先生，我……”苏秦一脸窘迫。

“老光头啊！他欠你的什么旧账？”陈轸来劲了。

“问他。”淳于髡斜眼看向苏秦。

苏秦讲起那年在洛阳万国膳馆遭张仪坑害的窘迫事情，陈轸乐了，大笑几声：“哈哈哈哈，晓得，晓得，这件事情在下晓得！这事体闹得洛阳城里沸沸扬扬，在下可以作证！”转向淳于髡，“老光头，息金怎么算？”

淳于髡又看一眼苏秦。

苏秦苦笑，目光为难道：“我这……手头还真拿不出那么多钱。”

“呵呵呵，钱的事好办！”陈轸拿出一块丝帛，“你写个借据，在下借给你。”

苏秦写下借据。陈轸赶回所住的馆驿，不一会儿，拎着个钱袋，倒在淳于髡榻前几案上，传来叮叮当当一堆金声，然后道：“老光头，你看好，打总儿是十镒，是足金哩，连本带利，清账如何？”

淳于髡还给苏秦一个笑，上气不接下气道：“美……美……”

“美？”苏秦怔了，“美什么？”

“哎呀，你真笨哪！”陈轸明白过来，大步走到院中，招手大弟子，压低声音：“祭酒最喜欢哪个女人？”

“这……”大弟子窘了。

“快说啊！”陈轸急了，“再晚就来不及了！”

“先生确实欢喜一个，是青楼花魁，叫吴姬。”

“快去，就说祭酒有请！”

大弟子撒腿跑去，不一会儿，带四个美人返回，其中三人拿着乐器。为首女子风姿绰约，当是楼中花魁、淳于髡所喜欢的吴姬了。

见院中跪着一众弟子，四美人面面相觑。

陈轸看得真切，一手抓起两块金锭，急走出来，一人手里塞进一块，压低声音道：“快，祭酒这要走了，想看你们最后一眼。”

“啊？”吴姬惊叫一声，将手中金块啪地扔到地上，快步跑进屋里。

另外三女也都纷纷扔下金子，小跑进去。

四女依序走到祭酒身边，噙着泪水，轮替将俏脸贴在他的光头上，贴一会儿后，在他唇上各印一吻。

“伊……伊……”淳于髡的声音几乎发不出了。

“起乐，《蒹葭》！”吴姬吩咐道，三女各操乐器，一琴、一瑟、一埙，调息合奏。

乐声响起来，是秦风《蒹葭》，正是淳于髡的爱歌。

和着乐声，吴姬拍着淳于髡，轻声吟唱：

> 蒹葭苍苍，白露为霜。
> 所谓伊人，在水一方。
> 溯洄从之，道阻且长。
> 溯游从之，宛在水中央。
>
> 蒹葭萋萋，白露未晞。
> 所谓伊人，在水之湄。
> 溯洄从之，道阻且跻。

溯游从之，宛在水中坻。

蒹葭采采，白露未已。
所谓伊人，在水之涘。
溯洄从之，道阻且右。
溯游从之，宛在水中沚。

音乐唱和中，淳于髡的一双老眼缓缓合上。

苏秦流泪了。

陈轸流泪了。

一众弟子全都流泪了。

一曲唱完，陈轸凑近淳于髡，轻声道："老光头啊，那曲秦风没啥好听的，轸送你一曲，是轸家乡的曲风，那才叫个绵柔哩！"说着转对三名乐女道："起乐，《月出》。"

三名乐女奏起陈风，陈轸出声哼唱：

月出皎兮，佼人僚兮。
舒窈纠兮，劳心悄兮。

月出皓兮，佼人懰兮。
舒忧受兮，劳心慅兮。

月出照兮，佼人燎兮。
舒夭绍兮，劳心惨兮。

陈轸唱完，苏秦亦道："前辈恩公在上，周人苏秦也送您一曲家乡的歌！"转对乐女道："《关雎》。"

乐女奏起，苏秦吟唱：

关关雎鸠，在河之洲。

窈窕淑女，君子好逑。
参差荇菜，左右流之。
窈窕淑女，寤寐求之。
求之不得，寤寐思服。
悠哉悠哉，辗转反侧。
…………

苏秦的周风尚未唱完，淳于髡就在美人的怀抱里静静地咽下了最后一口气。

淳于髡的死是震撼学宫的大事。

稷下七十来位先生无不感念这些年来淳于髡为活跃学宫里的学术气氛所做的贡献。有名震天下的苏秦、陈轸为他吟诗送行，更为稷下学子所津津乐道。学子们无不认定，在天下的所有学子当中，只有淳于髡才配享这般殊遇。

淳于髡死后三日，湣王一道谕旨，将年轻气盛的荀况扶上正位。先君二陵的事则被一心要坐相位的田文压住，只字不提。

邹衍连生几日闷气，让弟子召来几辆马车，不告而辞稷下，投赵国去了。

邹衍前脚刚走，已回齐境的匡章也安置好五都将士，回京复命。

苏秦、陈轸迎住他。

匡章扼要讲了楚地发生的事，尤其是唐蔑如何突然发难，分兵三万断其后路，将齐人四面围困。他出于不得已，才出击唐蔑，导致楚人整体溃败等诸事。

苏秦瞠目结舌。

“奇怪，”陈轸半是自语，“战场相持对楚人最是有利，唐蔑何以突然发难呢？”

匡章摸出有人射过来的那张字条：“苏子请看这个！”

苏子展开，陈轸探头一看，脱口而出道：“是黑雕。”

“是秦人送来的！”匡章应道，“这中间想必是秦人在搞鬼。”

“这个结局是在下料到的。”苏秦苦笑一声，“也好，楚王没得指靠，正可入纵。”

朝中没有了靖郭君田婴坐镇，气氛顿时轻松起来，尤其是新齐王，完全我行我素，没有了约束。

先齐王时，作为朝廷政务的观察者，太子地越来越明白一些真相，渐渐不喜欢田婴，认定他是个深藏不露的巨奸。就食于田府的门客数量越来越多，这也让他有种莫名的、不寒而栗的警觉。他不由得想到老祖宗田完至齐后如何渐渐坐大，最终取代姜氏之齐的陈年旧事。

关键是，田府中几乎所有的门客都是田婴之子田文所养的，也唯田文一人马首是瞻。

然而，百官不能无人挟制，朝中不能不设相府。齐湣王思虑数日，召来苏秦，请他举荐人。

苏秦举荐二人，一是田文，二是陈轸。

湣王首先排除的便是田文，盯住苏秦，直入其旨道：“这个陈轸好像是名声不太好呢，苏子何以荐他？”

“回禀我王，”苏秦拱手应道，“臣约略记得，我王之志在驰骋天下，此谓帝志。帝志为大志。我王欲成大志，须得强有力之辅佐良材。陈轸辅魏，先惠王驱十二诸侯于孟津；陈轸辅秦，受王命使楚，驱走张仪，使楚失治国良才，而秦得之；陈轸辅昭阳，使其居令尹之位，主政楚廷，强楚十余年。之后张仪至楚连横，陈轸为楚对抗张仪，支持屈平，力主楚国结齐制秦，两番为楚使临淄盟齐。可惜楚王不听，偏信张仪，致有今日败局。”

“原来如此，”得知细情，齐王颇为感慨，“陈轸为楚使时，确实与他人不同。这事儿可以定下，他为内相，你为外相，如何？”

“谢我王信任。”苏秦拱手道，“臣以为，我王可使田文为内相，陈轸为外相。由田文主内，陈轸主外，我王大业可成！”

“这个不可！”齐王摆手，“寡人欲行纵策，外相只能是你苏子，你责无旁贷！”略一停顿，又道，“至于田文，还是做他的上卿为好。他有那么多的门客，还有稷下那拨子先生，够他忙活的。”

见滑王把话完全堵死了，苏秦不便再说，拱手道："臣受命。"

苏秦回到馆舍，置好酒宴，使飞刀邹请到陈轸，一边喝酒，一边将齐滑王诚意拜他为相之意悉数讲毕。

"呵呵，"陈轸苦笑一声，"又是苏兄举荐的吧？"

"是的，"苏秦也笑了，"齐王让在下举荐，在下荐举二人，一是田文，二是陈兄。在下的提议是，由田文任内相，陈兄任外相。不料齐王不提田文，只问在下何以举荐陈兄，在下讲了荐举陈兄的缘由，齐王当场定下这事。由在下任外相，陈兄任内相，让在下知会陈兄。陈兄若无他志，明朝就与在下入宫，面陈大王，同掌齐事，如何？"

"敢问苏子，你荐举在下的缘由是什么？"

"一共三个：一是辅魏，驱十二诸侯朝会孟津，堪称是近数十年来最大盛事，也是魏国最后的辉煌；二是辅秦，受秦公之命使楚，驱张仪入秦，使楚失一大才；三是辅楚，先使昭阳居令尹之位，治楚十余年，使楚雄冠列国，之后又为楚使齐多次，盟齐制秦。可惜方今楚王不识真才，不听陈兄啊！"

"呵呵，"陈轸又是一声苦笑，拱手道，"谢苏子这般高看在下。不瞒苏子，昭令尹治楚，其大政纲要无不是在下出的。昭阳之所以成事，之所以迄今无纤芥之疾，功在我陈轸一人。"长叹一声，然后举爵，一气饮尽，"不过，苏子好意，陈轸领了。齐国这个相位，你还是再荐田文吧。"

"陈兄？"苏秦惊愕。

"是真的。"陈轸又斟一爵，"在下绝非客气。"

"陈兄啊，"苏秦急了，"在下晓得兄长之志，也晓得兄长憋屈。这次不同于大梁，齐王他……别无选择，只能是陈兄啊！"

"为何别无选择？"

"田婴治齐近三十年，在齐盘根错节，已成大痈。先宣王也曾有过警惕，中间罢过他的相，但终归是寻不到合意人选，加之朝中皆是田婴朋党，先宣王无奈，只好复用他。方今不同，一朝天子一朝臣，新王上任，田婴见风向不对，自行解职归薛。新王若是再用田文，岂不等于又将朝政拱手送到田婴朋党手中？"

“不瞒苏兄，”陈轸举爵喝下，慢吞吞道，“这也正是在下无意此位的缘由。你志在天下，看得远，想得大。在下志在邦国，看得近，想得小。不过，话说回来，只有看近了，才能看清；只有想小了，才能想细。两番使齐，在下对齐国算是看清了，想细了。先说这新齐王，在下使齐那辰光，他是殿下。此人刚愎自用，志大于才，与楚王熊槐有得一比。他嫌弃田婴，是因为田婴揽权太过，王权受削。贪欲之人，总是把自己看得过重，而轻看他人。为这样的人做事，可保无事的是累死也不争功求报的奴才，而不是人才。”

“有意趣，”苏秦笑了，“敢问陈兄，你为何将齐王比作楚王，而不是比作先魏王呢？”

“楚王、齐王怎么能与先魏王作比呢？先魏王有三敢，一是敢想，二是敢干，三是敢认错。他熊槐有吗？他田地有吗？熊槐就不说了，单说这田地，别的不说，就说近日邹衍所奏之事，事关宗庙社稷、齐国兴衰，这是天大的事，若是先魏王，那是要惊天动地的，可他田地呢？压之不提不说，还逼走邹衍。苏兄想过为什么吗？”陈轸斟好酒，歪头盯住苏秦。

“请陈兄赐教！”苏秦反推过来。

“因为他既不敢想，也不敢做。说轻了，是没有担当，说重了，”陈轸指向脑袋，“是这儿不够有智慧。身为君上，不晓得大小、轻重、缓急，是大忌啊。”

苏秦吸一口气，缓缓吐出，然后点头道：“是哩。”

“这是说君，”陈轸将斟好的酒爵推给苏秦，自己端起，“再说臣，也就是田府。”说着朝苏秦举爵，饮尽，“先威王时，在下与田婴交过手，他是个绵里藏针的人。之后是二忌相斗，邹忌与田忌，双双败场。这中间，在下不便推演，但有一点是确定的——最终得利的人是田婴。田婴上场，慢慢地，朝中全是他的人了，先宣王几乎被架空，动他不得。田婴靠什么？靠的是人才。传说田府有门客三千，虽说三千之数不可能，但其府中门客济济却是事实。门客从哪儿来？稷下。稷下学子，在从先生学几年之后，凡是守不住清贫的，大多投到他府上。为何投到他府上？因为自先威王时起，稷下就一直由田氏一门掌管。掌管者是谁？田文。”

苏秦又吸一口长气，眼睛眯缝起来，下意识地端起酒爵，耳边回响起新齐王的声音道：“……至于田文，还是做他的上卿为好。他有那么多的门客，还有稷下那拨子先生，够他忙活的。”

陈轸所析甚是，看来新齐王对田文有所忌惮，对田氏日益坐大也很在意了。

“陈兄，”苏秦举爵至唇边，小抿一口，“时过境迁，现齐王不是先齐王，已经对田氏势力有所提防了。以陈兄之才，只要主政，陈兄大权在握，相信那些食客……”

“呵呵呵，”陈轸笑了，“苏兄啊，在下倒也不是惧怕那些食客，也非惧怕他田氏。他田氏能厉害过白相国吗？当年入魏时，在下身无分文，亦无援手，不是照旧扎根立府，斗倒了有钱有势的白相国吗？”

“在下要的就是陈兄这股子血性！”苏秦激动，“有陈兄在齐，公孙兄在魏，屈平在楚，相信合纵大局能够再扳回来！”

“唉，”陈轸长叹一声，“在下……”闭目有顷，“不瞒苏子，若是在十年前，不，在五年前，有这般情势，在下必定义无反顾。只是这辰光……”说着摇头，指指自己的心，“这儿已经死了。在下可谓是万念俱灰，只存一念，苏子可想知道？”

“何念？”

“家。”陈轸盯住他，“确切说，是婆娘，是孩子，是一头猪、几只羊、一群鸡鸭，外加一个热炕头。”

苏秦再吸一口长气。

“唉，”陈轸长叹一声，“想想还是烦哪。说来说去，还是人家老光头洒脱。”说着摇头，“想我陈轸，呵呵呵，再没有这种洒脱喽。”压低声音，“你那白嫂子又怀身孕了，不定是个臭小子呢！”

“真好！”苏秦拱手贺道，“祝福陈兄了！敢问陈兄，下一步欲去何处？”

“邯郸。”

“要在邯郸安家？”

“走个过场吧！让你嫂子在那儿生个娃。”

“那……”苏秦怔了，“陈兄欲至何地安家？”

“赵地。”

“邯郸不就是……”苏秦用目光质询。

“呵呵呵，赵地大了，是不是？”陈轸笑道，“你那个白嫂子烦人哪，她是西羌人，听她说，出生在河水西边，老西老西的地方，那儿有山地，有草原。她是她娘在马背上生下来的，她做梦都想回到那大草原上。她要走得太远，在下不适应，听闻楼烦、林胡归赵了，在下就想到那儿看看，或可让你的白嫂子有个归依之处。”

“啧啧啧，”苏秦慨叹，“嫂夫人能有陈兄，是她的福啊！”

“呵呵呵，”陈轸又笑几声，“她也是这般说。她说，她愿意为我死，看她的眼神我晓得她说的是真的。人家已经愿意为我去死了，我也总得有所表示吧。我问她愿意死在什么地方，她说，她想死在草原上。在她死时，身边能有一匹马，再有一群羊守着她。”

“真好！”苏秦闭目，许是想到姬雪母女，流出泪来。

“呵，”陈轸笑了，“也是奇怪，在下昔日不吃羊肉，主要是讨厌那股子膻味儿。可自打有了你白嫂子，嘿，几天不吃羊肉，心里就痒痒的了。你嫂子做羊肉的手艺，当真不错！待你哪日得闲，到我家里，就让你嫂子烤羊排给你吃，保管你香到心窝子里！”

“哎哟，”苏秦打个惊怔，一拍脑门，“说起羊来，在下差点儿忘了几个师友呢。”

“师友？”

“对的，几个牧羊的师友。”

“牧羊的师友？”陈轸眯起眼来。

显然，陈轸很难想象牧羊与苏秦的师友之间有何关联。

“走，”苏秦起身，“我们这就望望去。”

二人坐上飞刀邹的车，驰出城外，来到杨朱的草舍。

舍门开启，迎接他们的是一对年轻夫妇。苏秦细问，方知杨朱一行早在两年前就将这处草舍卖给他们，不知何处去了。

苏秦细问售卖日期，断定这几个老人离开齐国与齐人克燕有关。

圣人不居无道之邦，此言非虚矣。

陈轸不愿任相，湣王别无合适人选，在苏秦劝说下，勉强起用田文，封他为孟尝君，以褒扬他对稷下学宫的贡献。

在匡章回朝后不久，齐王一气呵成，引领众臣前往先庙，祭祷先祖，诏告天下，以苏秦合纵制秦为长远国策。同时拜苏秦为齐国外相，拜田文为齐国内相，拜匡章为上将军，其他朝臣也都被他倒腾一遍，换掉不少老臣。

像任何一个历经新老更替的封国一样，在宣王驾崩之后，短短不到两个月，出入齐国内廷的，除苏秦等少数几个老面孔外，大多换作了田地熟知的人。

齐国朝堂焕然一新了。

安定好齐国，苏秦的心事落在了燕国上，遂别过齐王，与陈轸离齐至赵，欲从邯郸赴燕。

二人离开临淄，赶往邯郸，过河水时路过胥宿口。苏秦惦念山里，就到市集上买些粮米及常用物事。渡过河水时，陈轸看到一树，向苏秦介绍他与淳于髡曾在那棵树下戏谈，二人过去，摆好菜肴，祭过淳于髡。

见苏秦望着那山迟疑，陈轸忖出他想念鬼谷了，就怂恿他进山。

苏秦将车马交给陈轸的御手，与飞刀邹分别背起所购的米粮等物，看向陈轸道："陈兄，要不要一起进山看看？"

"在下一直候着你的邀请呢！"陈轸笑了，从苏秦肩上取下一袋粟米，噌地背在肩头，迈开大步走在前面。

进山之后，陈轸连过三个岔口，且每一次都选择正确，苏秦怔道："陈兄，你怎么晓得要走这一条？"

"呵呵呵，"陈轸笑道，"若干年前，在下进过这道谷呢。"

"你进过什么谷？"苏秦惊讶。

"鬼谷啊。张仪那小子没对你讲？"

苏秦摇头。

"啧啧啧。"陈轸叹道，"那小子真阴！"

见苏秦询问，陈轸遂讲起当年自己如何进山，如何遇到童子，童子又如何使他去见张仪等，听得苏秦不胜唏嘘。

说说道道中，三人越过一道坎子，拐进鬼谷。

在谷口的那块刻着字的巨石边，苏秦止步，将肩上之物交给飞刀邹。

“苏子？”陈轸怔了。

“陈兄，在下就不进去了。”苏秦指向谷里，“待会儿见到在下的师兄与师姐，你代在下向他们问个安，再向师姐捎个话。”

“什么话？”

“师弟苏秦谢师姐救命之恩！”

“她救你命了？”

“她救的不只是我的命。”苏秦看向谷中。

“要不要向你先生问个安？”陈轸小声道。

“先生是不会见陈兄的！”

“唉，是了，”陈轸轻叹一声，“在下命中没有这个福分哪。”说完从飞刀邹的担中又取一物，一并搭在肩上，朝前头走去。

鬼谷子的草庐依旧在，只是苏秦、张仪当年所住的草舍因年久失修而略有塌陷，这辰光变作鬼谷中的柴房。

草庐的门关着，没有上锁。

陈轸吁出一口气，将东西放在舍前，上前轻叩柴扉。

开门的是童子。不过，他早已不是当年的童子了，下巴上已蓄起一小撮胡子。

“客人是——”童子瞄他一眼，目光落在几步之外的飞刀邹及放在地上的一堆物品上。

“在下陈轸，”陈轸躬身施个大礼，“您是苏子的大师兄吗？”

“什么苏子？”童子没有回礼，语气淡淡的。

“就是苏秦。”

“你有何事？”童子不冷不热。

“是这样，”陈轸指一下地上的粮米物品，“在下路过此地，受苏子之托捎带少许粮米油盐等日用杂物，以供先生、师兄并师姐不时之需，望大师兄不弃！”

“我收下了。还有事吗？”童子依旧不冷不热。

“还有一事，”陈轸再揖，“苏子有话捎给师姐，请问师姐在吗？”

"请稍候。"童子掩上舍门，转身进洞。

童子走到玉蝉儿的洞中，里面燃着一根松明子，发出吱吱的响声。

"了了姐，有人寻你！"童子道。

"他没进来吧？"玉蝉儿道。

"没。"

"谁来了？"

"陈轸。"

"他寻我做什么？"

"说是有话捎给你。"

玉蝉儿缓缓起身，换上一袭白衣，款款走出洞穴，走进草舍，打开门。

"上卿大人，"玉蝉儿道，"你有话捎给我？说吧。"

陈轸深揖一礼："我受苏子之托捎话给……师姐！"

"请讲。"玉蝉儿回他个礼。

"回师姐的话，"陈轸应道，"苏子要捎的话是，师弟苏秦谢师姐救命之恩！"

"我听到了。还有什么事吗？"

这是要赶客了。陈轸眼珠子连转几下，指向院中的物品道："这是苏子托在下捎带来的，在下可以放进舍中吗？"

"谢谢。"玉蝉儿让到一侧。

陈轸与飞刀邹将所带物品悉数搬进舍中，摆好。

"请问师姐，在下可以讨碗清水喝喝吗？"陈轸在无话找话。

玉蝉儿舀给他两碗水，一人递一碗。

陈轸接过水，一边慢悠悠地喝，一边滴溜溜地转动两只眼珠子，将舍中情景悉数扫瞄一遍。

是的，这就是培育出名震天下的鬼谷四子的草舍。前番入谷，他只在舍外转悠，今番获准走进舍内，是他此生莫大的荣幸，他必须将里面的所有一切印在心中。

草堂不大，也不规则，是依山就势搭建出来的，三边是墙，一边没墙，黑洞洞的深不见边。当是连通一个山洞，想必鬼谷子这辰光就在洞中。草堂四壁挂满草药，厅舍里弥漫一股子浓郁的药草味。陈轸细审过去，药草各不相同，几乎没有重复的。

陈轸的目光落在侧墙上。墙上挂着几排颜色深浅不同的竹简，上下连缀，靠墙壁横悬着，简上错落有致地排列着以五行、方位、时序等为序列的天人相应类比。横成行，竖成列，文义对比简明扼要：

五行	五方	五时	五气	五化	五脏	五腑	五窍	五体	五志	五色	五味	五音	五声	五谷
木	东	春	风	生	肝	胆	目	筋	怒	青	酸	角	呼	麦
火	南	夏	暑	长	心	小肠	舌	脉	喜	赤	苦	徵	笑	黍
土	中	长夏	湿	化	脾	胃	口	肉	思	黄	甘	宫	歌	稷
金	西	秋	燥	收	肺	大肠	鼻	皮毛	忧	白	辛	商	哭	稻
水	北	冬	寒	藏	肾	膀胱	耳	骨	恐	黑	咸	羽	呻	菽

陈轸看得正痴，玉蝉儿揖礼，又在赶客了，道："陈大人，你的水已经喝完，还有事情吗？"

"有有有。"陈轸连声说。

"请讲。"

"就是这个，"陈轸指着墙上的竹简，"有意趣。"

"是何意趣？"

"以五行为据，将诸物分别为五，彼此相应，倒真是开人眼界呢！不瞒师姐，在下也算是走南闯北的人，可这种分法，在下是第一次见。"

"谢陈大人褒奖！"玉蝉儿拱个手，"请陈大人不要叫我师姐，因为我不是你师姐。"

"好嘞，不过，"陈轸眼珠子一转，"也请你不要叫我大人，因为我已经不是大人了。这辰光，我是个十足小人，芸芸众生之一耳。"

“是吗？”玉蝉儿盯住他，有顷，给他个笑，“天地变易，能大能小，了了贺喜你了。”

“了了？”陈轸眯起眼。

“你可叫我了了。”

“哎哟嘿，这名字好！”陈轸惊叹一声，竖起拇指，“人生苦乐，一了百了。”说着指指自己的心，“万千欲念，一了百了。”

“客人还有什么事吗？”玉蝉儿再道。

“在下有个奢望，”陈轸拱手道，“就是拜见鬼谷先生！恭请了了禀报先生，就说小人陈轸久慕先生，诚望一睹先生尊容，想聆听先生一言指点，望先生怜悯！”

“先生不在谷中。”

“哦？先生呢？”

玉蝉儿指向户外：“大山里面，云深不知处！”

陈轸长叹一声，一脸沮丧：“轸晓得，是轸没有这个福分！”说完朝玉蝉儿拱手道，“小人告辞！”大步出舍。

玉蝉儿送到门口，又道：“客人请留步！”

陈轸停下，回转身，一脸热望。

玉蝉儿道：“你有病。”

“我……我有何病？”陈轸急了。

“脾胃。”

“咦，我能吃能喝呀。”陈轸怔了。

“能排吗？”

“我这……”陈轸脸上涨红，“能排呀，不过是几天一次，排起来是……有点儿艰难。”

“三焦虚火，内中积淤。毒结于肠，火生于中，长此以往，寿不久矣。”

“天哪！”陈轸夸张地叫出一声，深揖至地，“我的儿子还没生出，万万死不得哩，祈请神医救轸小命一条！”

了了笑了，写出一方，递给他道：“不打紧的，你循此方采药，每日煎服。服药旬日，腹中积淤当可排空，会有腥臭脓血，你不必惊慌。

之后你可静养三月，饮食清淡，多食粟麦。再三月，多食粗粮糙米，补以禽蛋果蔬。半年之后当可痊愈。”

“谢谢，谢谢！”陈轸双手接过医方，扑通跪地，行个五体投地的大礼。

玉蝉儿也不拦他，待他礼毕，转身对飞刀邹。显然早就认出他是谁了，摸出一个锦盒，递给他道：“请将这个交给苏秦，每日一粒，连服十五日，可除他体内余毒！”

飞刀邹揖个大礼，接过锦盒，与陈轸一道转身离开。

望着二人走远，玉蝉儿轻叹一声，掩上房门，走向洞里，在洞口遇到童子。

“了了？”童子笑问。

“了了。”玉蝉儿语气怅然。

“苏师弟就在谷口。”童子道。

“我晓得。”玉蝉儿回他个苦笑，“却却，我们这就去先生的洞里吧。”

童子伸手，玉蝉儿拉上他。二人肩并肩走进洞穴深处，直入鬼谷子的洞窟。

童子燃起三根松明子。洞中明亮起来，空气中弥散起松油的清香。

鬼谷子的洞窟仍旧保持原样，几案上依旧摆着那块木椟，木椟上依旧写着那首偈语：“了却俗缘，缔结道心；玉女金童，共济世人。”

是的，这是先生留给他们的最后叮嘱。

几案旁边摆放着鬼谷子的棋局，局中的黑白子是童子摆的，黑、白两团棋子相互缠绕，如两条巨龙，各抱地势，钩心斗角。

从局面上看，二龙交错争斗，针锋相对，正杀得难分难解。

童子坐在棋盘前，盯住棋局，眉头紧拧。

“咦，你不是不弈棋吗？”玉蝉儿笑道。

童子叹出一声，那声音像极了鬼谷子。

“却却，忘记外面的事吧，我们还是回到内中。这些日来，我苦思冥想，可总有什么隔着，有时候似乎看到什么了，却又悠然不见……”玉蝉儿顿住。

“记得先生在时，你就有过这种感觉。”

“是的，可现在跟那个时候不一样。那辰光，我是钻在林子里迷路了，先生将我引出来。这辰光，我就在外面，试图钻进去，可只要钻进去，就又迷路了。”

“迷在哪儿了？”

“迷在经络里。”

“经络？”童子闭目有顷，“这个得问先生。”

“可先生不在呀！”玉蝉儿苦笑。

“我晓得他在哪儿。”

“天哪，快带我去！”玉蝉儿一把抓住他。

童子脱开她，席地坐下，脱掉鞋子，朝跟前努个嘴。

玉蝉儿意会，在他对面坐下，也脱去鞋子。童子伸出手脚，玉蝉儿偎近，二人以手足相抵，四目闭合，调匀呼吸。

渐渐地，二人气息同步。

洞中静寂如死，唯有三根松明子在燃烧中噼啪作响。

玉蝉儿渐入定中，于恍惚间，面前现出一片云海。

云海里，微风阵阵，鸟语花香，但没有道路。

玉蝉儿正自踟蹰，见到童子走来。童子走处，赫然是一条开满山花的小径。

“此是何地？”玉蝉儿问道。

“东瀛。”

“东瀛？”玉蝉儿怔道，“东瀛不是在大海里吗？”

“是的，它在大海里。”童子说着，向她伸出手。

玉蝉儿拉住他，二人手牵手走向花径。

花径通向一座山。山不高，山顶有块巨石，石上坐着二人：一个消瘦，银发飘飘；一个壮实，一头精心梳理过的乌发。

二人一动不动，背朝玉蝉儿、童子坐着，似在凝望远方。观二人身影，似曾相识。

玉蝉儿松开童子的手，快步登上山巅。

玉蝉儿豁然开朗，眼前一片蔚蓝，茫茫大海，水天一色，极目望不到尽头。

这是玉蝉儿从未看到过的景象。

玉蝉儿忘记了那两个人，忘记了童子，痴呆呆地远眺。

“蝉儿！”一个声音在她耳边响起。

玉蝉儿回头，见是一个老丈。

一个她从未见过的老丈，满头银发，一脸慈祥。

玉蝉儿盯住他，良久，想到许是方才所见的那个老人，冲他拱个手，回个笑，道：“回禀老丈，我不叫蝉儿！”

“你叫什么？”

“了了。”

“呵呵呵，”老丈笑了，“你了不了。”

“我了了。”

“你了了此，了不了彼；了了东，了不了西；了了外，了不了内；了了黑，了不了白；了了上，了不了下；了了去，了不了来……”老丈打开话匣子，了了、了不了起来。

“……了了明，了不了暗；了了鸡，了不了鸭；了了山，了不了水；了了鼻，了不了眼；了了冬，了不了夏；了了地，了不了天；了了阴，了不了阳；了了肉，了不了灵；了了……”玉蝉儿截住他，接过他的话头，顾自了了、了不了地说下去。

“呵呵呵！”见玉蝉儿扎下架势，这要没完没了了，老丈笑笑，打出个手势。

玉蝉儿停住，挑战般望着他。

“蝉儿，你这是了了，还是了不了？”老丈现出得意。

玉蝉儿闷头一想，果真是这样。人家只是一提，自己竟然这般无休无止了。

可他怎么认定我就叫蝉儿呢？

玉蝉儿盯住他：“请问老丈，我与你素昧平生，你怎么晓得我叫蝉儿？”

“呵呵呵，”老丈又是一笑，“我不仅晓得你叫蝉儿，还晓得你了了什么，了不了什么。”

“我了了什么？”

“你了了你的玉蝉儿。”

玉蝉儿吃一惊，觉得他讲得太对了。

“那……”玉蝉儿歪头望着他，“我又了不了什么？”

“你了不了你的玉蝉儿。”

“咦？”玉蝉儿的大眼眨巴几下，“你这是什么理？我了了的是它，了不了的为何也是它？”

“你了了的是你脖颈所挂的那个玉蝉儿，了不了的是你内心所念的这个玉蝉儿。”

“照老丈说来，我有两个玉蝉儿了？”玉蝉儿半是自语，半是说给老丈。

“确切地说，你还有一个玉蝉儿。”

“啊？”玉蝉儿瞠目，良久，凝视老丈，“它在哪儿？”

“她就站在这儿！”老丈指向她。

玉蝉儿指向自己，眼睛睁大：“我？”

“你说，如果不是玉蝉儿，那你是谁？”

“是呀，我不是玉蝉儿，那我是谁呢？”玉蝉儿自问。

“说吧，玉蝉儿，你不是有话要问吗？”

“我有话要问？”玉蝉儿盯住他，怔了，“你怎么晓得我有话要问？”

“我还晓得你要问什么。”老丈笑了。

“我……”玉蝉儿一下子蒙了，“要问什么？”

“你要问的是你了不了的那个玉蝉儿。”

“是呀，她是谁？她在哪儿？她来自何处？她走向何方？她为何而来？她为何要走？她……”玉蝉儿的心海里立时浮出一连串的问。

尽管玉蝉儿没有问出来，老丈却似完全听到了，指着她，笑道：“她就是这个人，她来自虚无，她走向虚无，她为美而来，她为美而去……”

“天哪！”玉蝉儿盯住老丈，不敢相信眼前的一切，良久，扑地跪下，叩首，“老丈，我的神！”

“呵呵呵，”老丈捋了一把长长的白须，“我是神！我是神吗？”

“请问老丈，我的神，”玉蝉儿叩首，“美是什么？”

“美是中。”

“什么是中？”

“中是和。”

“什么是和？”

“和是谐。”

“什么是谐？”

“谐是不谐。”

“这……”玉蝉儿有些凌乱，眼睛眨巴几下，闷头思忖，“谐是不谐，照此说来，和是不和，中是不中，美是不美……”

“不谐是谐，不和是和，不中是中，不美是美……”老丈就似钻在她的心里，乐呵呵地道。

“老丈，你是谁？”玉蝉儿猛地抬头，盯视他。

“是呀，我是谁？”老丈再捋一把长须，眯起眼，看看大海，再看看蓝天，似在问，又似在答，“我是谁呢？我不是我吗？”

“我晓得你是谁了！”玉蝉儿抿嘴乐了。

“我是谁？”

“你是道。”

“哈哈哈哈……”老丈美美地捋了一把胡须，爆出一声长笑，“道是这样的吗？道不是这样的吧？”

“哈哈哈哈，”玉蝉儿也发出一声长笑，开心地拍起巴掌，“我寻到道了！”

“啧啧啧，”老丈敛起笑，摇头，“可惜你寻错了，道不在这儿。”

“咦？”玉蝉儿歪头，“道在哪儿？”

“我也在寻呢。”老丈夸张地四下转起眼珠子，转了有一圈，猛地指住她，惊叫，“啊，在这儿，我寻到了，道在这儿！”

“我？”玉蝉儿指向自己，“是道？”

“你难道不是吗？”老丈出口成章，气势如虹，“你全身无一处不谐，谐则和，和则中，中则美，美则什么来着？”老丈连拍脑袋。

“道！”玉蝉儿脱口而出。

“对了，对了！”老丈欢快地拍手。

拍着，拍着，老丈变了。

“先生！”玉蝉儿猛地盯住他，不敢相信自己的眼睛。

一切如同变戏法一般，那老丈于眨眼间化作她的先生，鬼谷子。

“先生——”玉蝉儿喜极而泣。

“蝉儿！”鬼谷子抚摩她的长发，有顷，让她并肩坐在一侧，指着大海，“看到了吧？那就是道！”

“是的，先生。”玉蝉儿点头，“蝉儿明白了，一切皆道。”盯住他，“蝉儿近日感受生命，有一万个难题求问先生。”

“呵呵呵，”鬼谷子笑了，“一万个不多，一万个不少。但这些都是目，纲举目张，你要抓住纲才是。”

“是的，先生，”玉蝉儿道，“前番蝉儿迷在五脏，被先生导出。但我不能一直守在外面，我必须进去，可一进去，就又迷路了。”

“你迷在经络里，是不是？”

“是的，先生，”玉蝉儿急道，“那些经络你缠我绕，如一团乱麻，我……我一进去就走不出来，还请先生导引！”

“你看好！”鬼谷子站起，移至玉蝉儿面前，又后退两步。

玉蝉儿定睛看去。

鬼谷子的衣服不见了，肉体渐渐虚化，变成密密麻麻的网络，如同披上一张结构庞杂的渔网。

渔网也渐渐虚化，一条脉线陡然亮起，如同天空中的闪电。那闪电“嚓”的一声，由中焦渐渐亮至手部，一直到拇指尖端，将一个一个的交叉点连接起来，如同点燃一盏盏的灯。那灯始起于中焦胃腕，向下结络大肠，回循至胃口的贲门穴，上穿膈膜，入于肺内，再由喉管横出，至腋下，沿上臂内侧，行于手少阴和手厥阴之前，下至肘中，再沿前臂内侧上骨下缘，入于寸口，再循鱼际，出拇指尖端。之后其支脉也开始闪亮，从手腕之后，出食指尖端内侧，与手阳明大肠经接作一体。

天哪，是手太阴肺经！

玉蝉儿的眼睛睁大了。玉蝉儿晓得这条经脉，但如此清晰地看到，于她还是第一次。

接着，鬼谷子如同变戏法一般，在玉蝉儿眼前分别展示出他的手阳明大肠经、足阳明胃经、足太阴脾经、手少阴心经、手太阳小肠经、足太阳膀胱经、足少阴肾经、手厥阴心包经、手少阳三焦经、足少阳胆经、足厥阴肝经共十一条经脉，加之前面的手太阴肺经，共计十二条。

展示完毕，十二条经脉同时闪亮，再后是联络彼此的络脉，合计十五条。络脉之后，是三百多条横络，再后是一万八千条丝络，再后是难以计数的孙络。

待全部的孙络亮起，鬼谷子全身通透，法相庄严。

就在玉蝉儿惊愕之时，所有经络尽皆散去，另有一脉开始闪亮。

是任脉。

继而是督脉，再后分别是冲脉、带脉、阴跷脉、阳跷脉、阴维脉、阳维脉六脉。

八脉相继闪过，与前番经络呈现一般，又都全部闪亮。

玉蝉儿凝神聚精，将所有经络烙刻于心。

就在此时，眼前的法相于眨眼间幻灭。

玉蝉儿揉揉眼，眼前依旧站着鬼谷子，衣冠楚楚，面带微笑。

“先生，”玉蝉儿喜极而泣，“我……我以为你走了呢……”

“呵呵呵，”鬼谷子笑道，“你不是有一万个问吗？”

“是的，先生，”玉蝉儿声音急切，“其实我就一问，您方才所讲的纲举目张，让我开窍了。可这个纲又在哪儿呢？”

“说得好。”鬼谷子应道，“由纲入手，可提携全网。要想明白这个纲，你要先明白经络是什么，从哪儿来，为什么会有经络，它又是如何运营的。”

“是的，是的，先生，您快讲。”玉蝉儿迭声催道。

“我问你，经络是什么？”

“经络是……”玉蝉儿略略一顿，“是运营气血的。”

“你答的是为什么会有经络。”

“那……”玉蝉儿眼珠子一转，“经络是气血运行的通路。”

“嗯，也算是吧。”鬼谷子捋了一把长须。

“也算是但并不确切。”玉蝉儿盯住他。

“是哩。”鬼谷子应道，“经络是气血运营的通路，你能说说什么是气血吗？”

“据古人所载，人即气血，气血即阴阳。阳成精，阴赋形，精化气，气生血。阳主气，阴主血。是以气足则神盛，血足则形强。”

“呵呵呵，照你这么说，经络就是血管喽？”

“难道不是血管吗？”玉蝉儿睁大眼睛，“如果不是，诊病为何要把脉呢？脉搏的搏动，难道不是气血在运营吗？气血运营，难道不是在血管里吗？不在血管里，气血又走在何处呢？”

“这就是你迷路的所在，也是你所要寻求的那个纲。”鬼谷子笑道。

“您是说，气血是纲？”

“你方才说，古人所载，人即气血。”鬼谷子指着玉蝉儿，“譬如你吧，就是气血。你如何去理解你的这个气血呢？你要站在你之外。什么是你之外呢？就是在你成为你之前。在你成为你之前，你是什么呢？是你父亲的精气与你母亲的精气。父母精气相合，你诞生了。父母的精气是如何诞生你的呢？这就是古人所载的，阳成精，阴赋形。怎么解释这个精与形呢？还记得我解给你的灵与肉吗？阳精为神，化生出神、魂、魄、志、意五灵，可称灵体，也可称灵魂；阴精赋形，化生出心、肝、肺、肾、脾五藏，供灵体居住。灵体一旦诞生，就需要供养，就需要活动空间，阴精于是进一步赋形，你的肉体就完全了，就丰满了。阴精赋你的是什么形呢？是血，是液，是肉，是皮，是骨骼，是毛发，是你身上所有的可见之物，这就是血。”

“气就是我身上所有由精气化成的不可见之物，是吗？”玉蝉儿问道。

“正是。”

“所谓气血，就是两个我的合体，一个是我的灵体，一个是我的肉体。灵体由来自父亲的阳精化成，肉体由来自母亲的阴精育成，是这样吗，先生？”

“是的，蝉儿。你的难题是，你的两个体是如何合成这个你的！”

“我明白了，先生！”玉蝉儿眨巴几下眼睛，豁然开朗，“经络就是我的灵体与我的肉体的连接通道！”

“呵呵呵呵！”鬼谷子捋须，笑了。

“它们不是血管，但它们包含血管，因为它们营运的是生命必需的后天气血。”

“呵呵呵呵。”鬼谷子又是一番笑。

“气合于血，是以气绝则身死。”玉蝉儿一发而不可收。

鬼谷子捋须鼓励。

“可先生，蝉儿还有一问，”玉蝉儿闭目想了一阵，睁眼，凝视鬼谷子，“经络又是如何连接这两个体的？”

“这个就复杂喽，”鬼谷子应道，“道之理，无中生有。人始生，先成精。精乃阳、阴二神和合、相搏，先身而生。阳神化出神、魂、魄、志、意，藏而不见，是谓灵体；阴神化育出五脏六腑、头颅四肢等，显而成形，是谓肉体。灵、肉合一，方为完人。灵、肉由何而一？由经络。灵肉之合为先天之精。人初生，体初成，先天之精弥足珍贵，不足以供养二体，是以人体开始源源不绝地由外界输入供养。所有供养，是谓后天之精。后天之精为天之精气，由鼻入肺，供养魄，继而供养魂神意志。五神得天之精气，由经络营运，融入于血，以供养阴体。是以人而为人，灵体在先，阴体在后。灵体先知先觉，阴体后感后受。知与觉，感与受，所有沟通，皆由经络。经络不通，百病滋生。”

“是哩！”玉蝉儿长吸一口气，“先生，蝉儿之迷，就在这经络里面。手、足阴阳十二经，这些蝉儿尚可理清，堪称正经，任、督等八脉奇经却是与它们不搭界呢。”

“搭界，搭界，怎么能不搭界呢？”鬼谷子笑了，“它们搭的还不是一般的界，是大界。”

“可它们是怎么搭界的呀，先生？”玉蝉儿急了。

“你不是熟读《易》吗？”鬼谷子盯住她，“为什么不想想这《易》呢？”

“《易》？”玉蝉儿眯起眼，自言自语，“《易》与经络有何关系呢？”

“想想这《易》中，最核心的是什么？”

“八卦！”玉蝉儿脱口而出。

“八卦还有什么叫法？”

“八经卦！”

“它们为什么叫作八经卦呢？”鬼谷子笑问。

“这……”玉蝉儿怔住，闷头思考有顷，抬头看向鬼谷子，“它们不会是指这八条奇经吧？”

“为什么不会呢？”

“可《易》讲的是天道啊！”

“没有天怎么会有人呢？”

“是了！”玉蝉儿一拍脑袋，抱歉地笑笑，“我让这经络搅得糊涂哩，竟连根本也忘了呢！”

“记起了，你就比照一下，看有何解！”鬼谷子用目光鼓励她。

“我想想，”玉蝉儿闭目良久，摇头，看向鬼谷子，“先生，这八脉正是蝉儿所苦。”

“此八脉既为八经卦，指代的正是《易》的八大根卦。”鬼谷子侃侃解道，“八大根卦源出于两个符号，阴爻与阳爻。八脉中，督脉于脐后，主一身元阳，为乾经卦；任脉于脐前，主一身元阴，为坤经卦；冲脉主一身阴血，但有元阳居中，为坎经卦；带脉绕腰身而行，内系胞宫为阴，外系筋脉，主强力，故二阳在外，为离经卦；阳跷脉交通阴阳，运行卫气，阳入于阴，为震经卦；阴跷脉交通阴阳，运行卫气，阴入于阳，为巽经卦；阳维脉沟通六阳经，故有二阳，为兑经卦；阴维脉沟通六阴经，故有二阴，为艮经卦。”

“谢先生导引！”玉蝉儿拱手道，“这八脉既为根卦，就当生出复卦。这复卦可是手足阴阳十二经脉？”

“正是，蝉儿！”

“可《易》中复卦有六十四，而手足阴阳经脉只有十二，它们之间——”玉蝉儿眉头拧起。

“在《易》中，八经卦是一个环，六十四复卦也是一个环。两者一个是内环，一个是外环。八经卦构成八宫，分别是乾宫、坤宫、离宫、坎宫、兑宫、震宫、艮宫、巽宫。八宫构成内宫，首尾相续，无始无终。每一宫又与所有八宫相复，形成六十四卦。六十四卦构成外环，亦是首尾相续，无始无终。”鬼谷子解道。

“先生，”玉蝉儿急了，“我想知道的是十二经所成的外环如何能搭配八脉所成的内环？”

“呵呵呵，”鬼谷子笑了，“八与十二，当然不能简单复加。《易》为天道，及至于人，当有所化才是。”

“怎么化？”

“六十四复卦，每一卦有几爻？”

“六爻呀！”

“手足阴阳各有几经？”

“六经！”玉蝉儿答毕，惊叫，“天哪，这六经难道合的是六爻？”

“为什么不是呢？”鬼谷子笑了。

“可这六十四卦……”玉蝉儿拧眉，“怎么合呢？”

“合于阴阳。”

“阴阳？”玉蝉儿喃声重复一句，陷入苦思，有顷，又抬头道，“六十四卦是个环，环则无端。若是相合，就得寻个头绪，这个头绪在哪儿呢？”

“你寻一个呀。”

“可我……”玉蝉儿挠头，“该寻哪一个呀？”

“由道去寻。”

“道？”玉蝉儿眨动眼睛，“道即阴阳，一阴一阳谓之道……”猛地一拍脑门，“有了，先生，是既济卦！”

“呵呵呵呵，”鬼谷子捋须笑起来，“不愧是蝉儿。说说，你为何选择了既济卦？”

“因为从卦象看，它最均衡，最合于道，所以叫既济！”

“它怎么合于道了？”

“初、三、五为阳爻，二、四、上为阴爻。生命始于阳，成于阴。阳生阴成，阳阴叠加，爻爻相合，六十四卦中只此一卦。”

鬼谷子竖起拇指。

“还有，既济卦中，上坎为水，下离为火。阴沉阳升，火水相济，生命得之，最是康泰！”

鬼谷子再竖拇指，然后美美地捋一把白须。

“下面该是拿它的六爻合于手足阴阳六经了！”玉蝉儿顾自说道，“这该怎么合呢？”

“你是怎么切脉的？”鬼谷子反问。

“我切脉寸口。”

“寸口怎么切？”

“手分左右，切分轻重。左手寸口，轻则小肠、胆、膀胱，重则心、肝、肾；右手寸口，轻则大肠、胃、三焦，重则肺、脾、胆。左为上，右为下，左为始，右为终……”玉蝉儿恍然有悟，大声叫道，“先生，我得之矣！既济卦所对的脉相是：初九，手少阴心经、手太阳小肠经；六二，足厥阴肝经、足少阳胆经；九三，足少阴肾经、足太阳膀胱经；六四，手太阴肺经、手阳明大肠经；九五，足太阴脾经、足阳明胃经；上六，手厥阴胆经、手少阳三焦经。”

“呵呵呵，”鬼谷子笑道，“你还有何问？”

“也就是说，”玉蝉儿似乎仍旧未从方才的推断中跳出来，自顾说道，“作为阴阳最佳配合的卦象，既济卦是六十四卦中最美的一卦、最合乎道的一卦，人得此卦，必身体康泰。否则，爻动卦动，身则有病，是否？”

“是呀，是呀！”鬼谷子乐道，“晓得爻怎么动吗？”

“就是脉动啊，经络动啊。”玉蝉儿显然是完全理解了，声音急切，“把脉中，异常为动。譬如既济卦，初爻动，则卦动，变为山水蹇；二爻、五爻动，则变泰卦……”说着猛然止住，沉思有顷，看向鬼谷子，“先生，是否那爻辞就是治病之方？”

“呵呵呵，”鬼谷子笑道，“你可以试试嘛。”

“就试泰卦吧！”玉蝉儿眉头一动，“卦象是乾下坤上，卦辞是‘小往大来’，爻辞是，‘初九：拔茅茹，以其汇，征，吉；九二：包荒，用冯河，不遐遗，朋亡，得尚于中行；九三：无平不陂，无往不复，艰贞，无咎，勿恤，其孚于食，有福；六四：翩翩，不富以其邻，不戒以孚；六五：帝乙归妹，以祉元吉；上六：城复于隍，勿用师，自邑告命，贞吝’。”玉蝉儿眉头拧紧。

“对呀，继续分析下去！”鬼谷子用目光鼓励。

“相比既济卦，泰卦动的是第二与第五两爻。第二爻的爻辞是，‘九二：包荒，用冯河，不遐遗，朋亡，得尚于中行’。第五爻的爻辞是，‘六五：帝乙归妹，以祉元吉’。第二爻动，与之相应的是足厥阴肝经、足少阳胆经；第五爻动，与之相应的是足太阴脾经、足阳明胃经……”玉蝉儿越说越慢，最后停住不说了，看向鬼谷子，良久，皱眉，用目光求助，“先生？”

“呵呵呵，”鬼谷子捋了一把长须，笑道，“蝉儿，你说说，根据卦辞，这一卦是讲什么的？”

“小往大来，就是以少得多呀！以少得多，所以泰。”

“你做什么事情能够以少得多呢？”

“这……”玉蝉儿挠头。

“春种一粟，秋收万粒——”

“种地！”

“是呀，这一卦就是讲种地的，”鬼谷子解道，“乾下坤上，阴阳相交，天地和合，最利于种田。可这个田怎么种呢？”

“我明白了，”玉蝉儿应道，“若按耕种意象去解，耕种的第一步是开荒。‘初九：拔茅茹，以其汇’，当指垦荒。在荒田开垦之后，就进入第二爻，‘用冯河，不遐遗’，就是开渠引水，使垦好的每一片荒地变成水浇地，以备不测。第三爻是不测来了，‘艰贞，无咎，勿恤’，指的是天降旱情，对庄稼不利，但因为有所防备，旱情并不碍事，无须抚恤。至第四爻，‘翩翩，不富以其邻’，丰收了，但不可炫富，否则，就会引来灾祸。第五爻，指居尊不骄，嫁女结心，以裙带联盟得福。最后一爻，‘城复于隍，勿用师，自邑告命，贞吝’，是指盛极则衰，要时刻向天告命，居安思危，不可轻动刀兵。”

“呵呵呵，”鬼谷子笑道，“你的这解颇成意趣，颇得《易》理，难得，难得啊！”

“先生甭夸我了！”玉蝉儿一脸忧急，“这与诊病有何关联？”

“你可再分析呀。”鬼谷子导引，“先说第二爻。”

“‘九二：包荒，用冯河，不遐遗，朋亡，得尚于中行’。”玉蝉儿吟完，眯起眼睛，“‘朋亡，得尚于中行’？”看向鬼谷子，“先生？”

“朋者，多也，聚也，比也。亡者，失也，无也。”鬼谷子诱发道，“根据前文，什么多呢？什么失呢？”

“会是鸟吗？”玉蝉儿闷头一时，看向鬼谷子，自语，“‘包荒，用冯河，不遐遗’，指的是开垦出大片荒地，且得到浇灌。开荒则焚林，焚林则失木，失木则鸟不聚，是谓朋亡。第二爻对应的是足厥阴肝经、足少阳胆经，肝胆皆木！天哪，我得之矣，此脉动，则肝胆病，失木，‘朋亡’，诊治之方是‘得尚于中行’。‘中行’就是行于中，不能不开垦，也不能开垦过多，需要退耕还林，使鸟有居。治疗原则是用表里和解之方，使肝邪透表而出！”

“嗯嗯嗯。”鬼谷子又美美地捋一把长须。

“以此类推，”玉蝉儿侃侃接道，“第五爻动，病在足阳明胃经、足太阴脾经，爻辞是‘帝乙归妹，以祉元吉’。帝乙为尊，归妹为嫁女，尊者下嫁其女，是为结心。女儿为他家之人，养于己家，归妹即送出去。明阳胃经若动，基本为实病，嫁其女，即送女出门，意指泻法。太阴脾经若动，基本为虚病。阳明泻，则太阴实，终了是‘元吉’。”

“蝉儿，”鬼谷子不无慈爱地望着她，“你还有何疑？”

“有有有。”玉蝉儿不肯放过这个机缘，迭声再道，“如上所述，《易》可解作生命之书。人之生命，可作灵肉二体。灵体为阳，肉体为阴。统御灵体者，为任、督等八经脉；统御肉体者，为手足阴阳十二经脉。是不是这样，先生？”

“不完全是哟！”鬼谷子笑道。

“请先生赐教！”玉蝉儿拱手道。

“你可走出自己，远观自己，”鬼谷子指着玉蝉儿，“这个你，可以分作二体，一阴一阳。阴者体，阳者气。阴者形，阳者精。阴者肉，阳者灵。精、气、灵皆称阳体。你的阳体得天之‘火木金水土’五气，化而为‘神魂魄志意’五神，分藏于‘心肝肺肾脾’五藏，堪称真正的你。这个真正的你是不可见的，是为藏象，寄生于你的阴体，你的显象，也就是站在老朽跟前的这个你。你的阴体受控于你的阳体。你且说说，你的阳体如何控制你的阴体呢？”

玉蝉儿指向自己的头道：“通过这儿，大脑，我的第三个体，意识体。”

“正是，”鬼谷子解道，“你的这个意识体可以称作我们常说的心。五藏神经由任督等八脉入主大脑，化生为‘志思神德’四种心力。这四种心力就是意识，也就是心，向你的肉体发布指令，对其实施控制。任督八经脉构成一个环，该环围绕五藏神，也就是灵，影响并控制你的意识体，也就是心。十二经络，构成另外一个环，该环围绕意识体，影响并控制你的身体、四肢。”

“对的对的，”玉蝉儿恍然悟道，“也难怪十二经脉全都与手和足相关，连名字也都不离手足，因为五脏六腑所在的身体主体是不能动的，能动的只有四肢，再就是意识体所在的头！”

“呵呵呵呵，”鬼谷子笑了，“你可以这样去理解。”说着在地上画出两个圈，一个小圈，小圈外面套着大圈，又指里面的小圈，“这个圈是任督八经脉所构成的环，它沟通你的五藏神与意识体，就是灵与心。”又指外面的大圈，“这个是手足阴阳十二经脉所构成的环，它沟通你的意识体与阴体，也就是你的心与肉。你的阳体通过这个环汲取你的阴体从外界所采集来的各种养分，以维持完整的你的生存需要。”

“先生，我可否这般理解，”玉蝉儿指着自己的头，“于我来说，最最重要的应该是这个意识体，就是通常意义上的心。心是个中转站，通过任督等八经脉接受五藏神的指令，再将这个指令通过手足阴阳十二经脉传达给全身，反之亦然，全身的阴体通过十二经脉反馈给心。心再经由八经脉汇报给五藏神，也就是灵，之后听取灵的指令。”

“你可以这么理解。”鬼谷子又是一番笑。

“换言之，肉体受到损伤，十二经脉最先知情，再经由大脑传递给五藏神，五藏神再经由大脑发出指令，以回应这些伤害。治伤诊病，皆以调理十二经脉为上选，而不是直接去调理任督等八经脉！”

“是的，蝉儿。”

“能够伤害到五藏神灵的只能是心这个意识体，是以心的情志变化直接决定灵的生存处境，是以才有怒伤肝、喜伤心、忧伤肺、思伤脾、恐伤肾的古书记载！”玉蝉儿两眼放光，似乎悟出了作为人的生命真谛。

“蝉儿，”鬼谷子笑道，“你有此悟，可以行医矣！”

“谢先生导引！”玉蝉儿拱手道。

“蝉儿，你可知如何为医？”

玉蝉儿怔住，晓得先生另有所指，拱手道：“请先生指点！”

“医者分三种，医病，医身，医心。医病者，疗已病，护阴体，是为下医；医身者，疗未病，护大脑，是为中医；医心者，疗大脑，护五藏，是为上医。”

玉蝉儿吸入一口长气。

“蝉儿，你可知如何行医？”

玉蝉儿再度拱手道：“请先生指点！”

“行医者又分三种，医人，医国，医天下。医人者，走乡串户，除患者所苦，是为小医；医国者，入驻宫廷，除邦国所疾，是为中医……”鬼谷子顿住话头，看向玉蝉儿。

“医天下呢？”玉蝉儿急问。

“医天下者，”鬼谷子再捋一把长须，“阐述天人因果，普济天下众生，是为大医。”盯住玉蝉儿，二目期许，“蝉儿，你想行个什么医呢？想不想去为大医、医天下呢？”

“天哪，”玉蝉儿惊愕，指自己，“医天下？我？”

“呵呵呵，说说，为什么不是你呢？”鬼谷子笑道。

“先生，我……”玉蝉儿嗫嚅道。

“蝉儿，”鬼谷子敛起笑，指向远处的大海，“看那大海，它波涛汹涌，却又那么平静；它浩瀚无际，却又一览无余。它就是你的心！天下大乱，缺的不是治家治国，是治天下。天下罹患，缺的不是医人医国，是医天下。”

“先生，”玉蝉儿轻轻点头，“蝉儿明白了！”

“去吧，博览群书，将先贤所悟、所述、所载融会贯通，悉心体悟。遇到难解之处，就去寻那金童。”鬼谷子看向四周，“咦，那个小子哪儿去了？”

“这儿呢！”一个声音在他身后响起。

玉蝉儿看去，是童子。

童子身后跟着一人。

天哪，是孙膑！

玉蝉儿惊喜交集，急前一步，两手拱起，作礼道：“孙兄！”

未及孙膑反应，一股大力推到她的身上，一个声音几乎响在她的耳边：“了了姐！”

玉蝉儿乍然回神，这才记起自己正与童子手足相抵行功，见孙膑后她收手行礼，童子手无依托，就直顶过来了。

“瞧你！”玉蝉儿白他一眼，半是抱怨，“我好不容易见到孙兄，正要与他说话呢，你哪能……”

“是孙师弟呀，”童子解释，“他从后面推我，我没防备，想收也不住。若是不叫你一声，就整个人撞到你的怀里了！”

“你撞啊！”玉蝉儿嗔怪道，“孙兄他……我想念他呢！”略一停顿，又道，“对了，他的腿是好端端的，看不出来受过膑刑呢！”

“你见到的是他的阳神！”童子笑道。

“是了！”玉蝉儿也笑了，完全从定中出来。

“了了姐，我正有一桩事体呢！”童子起身，走向先生榻边，揭开榻，从底下拉出一捆又一捆的竹简，多达十几捆，一并提到玉蝉儿跟前。

“这是何物？”玉蝉儿看向这一堆竹简。

“是先生送给你的。先生咐吩我取出来，供你参悟！”

玉蝉儿打开竹简，目瞪口呆。

一捆捆的竹简，全是她未曾读过的先贤医书。这些书中夹杂着鬼谷子题写的注解，看墨迹，不少解注的时间并不久远，想必是先生离谷前才写下的。

玉蝉儿泪水涌出。

第四章

就正位姬职复燕　遭算计王厝崩天

就在四国伐楚、赵谋北胡的当儿，中山国也没有消停。

当中山军占领居庸塞的捷报传到灵寿，中山王姬厝喜极而泣。

推算起来，中山王室并不姓姬。作为戎狄的支系，中山人原本只有名字，没有姓氏，之所以姓姬，不过是为攀亲周室，拉近与中原诸侯国的距离。

中山王姬厝是有资格高兴的。他于少年当国，冠年称王，与中原万乘大国并肩雄立。这已是光宗耀祖的盛业伟举，但他仍觉不够，于立国之后就水淹高邑，将赵人赶回槐水之南，之后又从魏伐赵，威胁赵国北疆。这次又从齐伐燕，攻占燕国下都不说，更得燕地数百里，夺占两大要塞——紫荆关与居庸关。这些荣光，无不是其列祖列宗所能及的。

王厝明白，所有这些丰功伟绩，全在于一人之力——老臣司马赒。

司马赒虽然年迈，但身体依然硬朗，在广袤的燕地里往来驱驰，似乎从未倦怠。为司马赒增力的是其子，司徒司马憙，在三军伐燕期间负责辎重保障，为前线输送徒工、粮草等，基本上垄断了中山国的财政大权。

在收到前线捷报的当夜，凌晨时分，中山王做下一梦，梦中三军伐燕凯旋。三军步伐整齐，行伍有序。雄赳赳地走在队伍最前面的是司马赒父子。父子二人立于同一辆战车上，灵寿百姓无不夹道跪迎，满朝文臣武将也都跪下叩拜，却没有一人睬他王厝。

当司马赒的战车驰到跟前时，王厝仍旧站着。

“快跪呀，王上凯旋，找死呀你！”内臣扯了一下他。

王厝没有跪。

司马赒父子跳下战车，但没有理睬他。他们径直从他及众臣的前面大踏步走过，走向朝堂，走向远处的王台。

王台很高，很大，正中是个王座。

王座是金子做的，闪闪发亮。

所有朝臣，所有百姓，都朝这个王座跪拜。

只有王厝不拜。

“此是何人？为何不拜？”司马赒冲他朗声叫道。

“我才是中山之王，姬厝！”王厝大叫。

“哈哈哈哈，”司马赒长笑几声，“是何人喧哗，拉出去，斩！”

两个武士飞跑过来，将王厝拿住，绑到行刑台上。刽子手过来，朝手心啐了一口，搓搓两手，拿起斧子，高高扬起。

就在斧子落下的刹那，王厝吓醒了。

中山王忽地坐起，大汗淋漓。

中山王由平旦一直坐到日出，方才起榻，诏令司马赒速回灵寿。

司马赒不知发生何事，星夜兼程，于第三日人定时分赶至灵寿，未及回府即入宫觐见。

中山王闻报，踢掉靴子，光着脚丫子迎出宫外。

司马赒叩拜，被王厝扶起，携手至殿中。

“王上，发生何事了？”司马赒声音急切。

“没什么大事！”中山王拱手道，“是寡人思念相国了。闻相国再传捷报，寡人喜不自禁，特请相国回来，寡人予以彰扬！”说着转身对御史，“取金牌并诏书！”

御史拿出金工紧急制作出来的金牌并一道诏书，呈给王厝。

“老相国，”王厝接过，看向司马赒，“您为中山屡建奇功，可追日月。寡人无以为报，特赐此牌并此诏书，以彰老卿大功，敬请老卿受之！”

司马赒离席，叩道：“臣谢我王恩赐！”双手接过金牌并诏命。

是夜，司马赒回府，一宵未眠。

次日晨起，正在外邑征调粮草的司马憙听闻父亲回来，急赶回府，见司马赒坐在那儿忧心忡忡，惊道：“相父，出何事了？”

司马赒苦笑一下，递给他王赐金牌。

“免死金牌！”司马憙揉揉眼睛，又看一遍，喜道，“相父，是大王赐给咱家的免死金牌吗？”

“你再看看这个！”司马赒递给他诏书。

司马憙接过，匆匆浏览一遍，愈加兴奋道：“相父，大王是在彰扬咱们的功绩呢！”说着情不自禁地吟咏出声，“呜呼，语不废哉。寡人闻之，与其溺于人也，宁溺于渊。昔者，燕君子哙睿智在吾之上，长为人宗，干于天下，犹迷惑于子之，而亡其邦，为天下戮，而皇在于少君乎？昔者，吾先考成王早弃群臣，寡人幼童未通智，唯傅是从，天降休命于朕邦，有厥忠臣……亲帅三军之众以征不义之邦，奋桴振铎，辟启封疆方数百里，列城数十，克敌大邦，寡人庸其德，嘉其力，是以赐傅金牌，免傅死罪及三世……邻邦难信，仇人在旁，呜呼，念之哉，子子孙孙，永定保之，毋替厥邦！”司马憙看向司马赒，“相父，有此金牌并诏书在此，我可三世无虞矣！”

“唉，”司马赒长叹一声，“你是只看到一个表象呀！”

“怎么了，相父？”司马憙惊问。

“你细读前面几句！”

司马憙再吟：“寡人闻之，与其溺于人也，宁溺于渊。昔者，燕君子哙睿智在吾之上，长为人宗，干于天下，犹迷惑于子之，而亡其邦，为天下戮，而皇在于少君乎……”他自语道，“咦，这没什么呀！”目光从诏书上移开，转向司马赒，“相父？”

“与其溺于人也，宁溺于渊……犹迷惑于子之，而亡其邦，为天下戮，而皇在于少君乎……寡人幼童未通智，唯傅是从……”司马赒喃喃读出上面几句，闭目。

司马熹再看一会儿诏书，眉头略拧道：“相父是说，大王他……”说着用目光征询。

“他这是睡不安稳了！”司马赒缓缓接道。

“有相父这般为他拼命，他怎么会睡不安稳呢？”

“司马熹，”司马赒睁开眼睛，二目如炬，盯住他，一字一顿地点出他的全名，“你就这般思虑事情吗？”

“怎么了呀，相父？”司马熹呆了，惊问。

“听话要听音，观人要观心。”司马赒看向儿子，语重心长，“‘与其溺于人也，宁溺于渊……犹迷惑于子之，而亡其邦，为天下戮，而皇在于少君乎……寡人幼童未通智，唯傅是从……’，你好好体会体会这些话的味道！‘宁溺于渊’，而不‘溺于人’，这是他的决心，表达他宁可亡于外，而不想亡于内！‘迷惑于子之，而亡其邦，为天下戮，而皇在于少君乎’，是拿姬哙自比，拿子之喻为父！‘寡人幼童未通智，唯傅是从’，谁是他的傅？为父！他的实意所指是，身为君王，他并没有自主权，处处听命于为父，受制于为父，他在为曾经的事情擦汗！他明在彰扬为父之功，实则表达恐惧之情。他怕为父效法子之，鸠占鹊巢！”

“天哪！”司马熹这才咂出味儿来，拿袖子擦汗，“我……我真还没朝这儿想呢！”说着，一脸惶恐，“相父，这能怎么办呢？”说着眼珠子连转几转，“要不，相父拟个奏章，向大王表白一下，就说我们没有此心，我们……我们是忠臣哪，是义仆啊！”

“你呀，唉！”司马赒重重地叹出一声，摇头，“这能是表白的事情吗？若是表白了，岂不是不打自招了吗？”

“可这……要怎么办呢？”司马熹急了。

司马赒忖思了一阵，看向司马熹道：“大王近日宠幸何妃？”

“江姬。”

“阴姬呢？”

“去年是阴姬，三个月前改作江姬了。”

“为何？”

“我没细问，这就弄明白去。”

“嗯。”司马赒点头，“必须搞明白。大王眼下离不开我们，应该不会做得太过分，关键是以后。大王共有五子，有望成为未来王子的，只有江姬、阴姬之子。”

“是哩，”司马熹接道，“大王虽宠江姬，却也不敢得罪阴姬。比起江氏来，阴氏之族更大一些，阴公也比江公强悍。”

“哪个公子是阴姬所出？”

“訾敖。”

“此子年龄？”

“十三。”

“脾性如何？”

“暴戾。江姬所出稍稍柔和些。”

“两个公子你都要亲近，弄清楚他们的喜好。”

“明白。”

在得到中山王的“褒扬”之后，司马赒病了，莫名头晕，有时晕得呕吐。司马府遍请名医，王厝也派来御医，均未查出病因。

他的晕病是被燕人袭占居庸关的急报治好的。

由于赵人已经征服林胡与楼烦，而居庸关直接关联赵地，于中山来说，居庸关的失守就是个天大的事。司马赒连夜入宫，向王厝奏明利害，翌日凌晨就不顾老迈病体，披挂出征。

王厝感动，躬身送至东门，与老相国泣别。

司马赒一到下都，就令步卒两万、战车三百乘攻打居庸关，但已迟了。在中山军赶到关东时，来自赵地的胡服骑卒也抵达关西。双方激战，胡服骑士越战越多，漫山遍野，几乎形成掩杀，加之燕人神出鬼没，日夜袭扰，中山军开始溃退。

然而，无论是步卒还是战车，溃得再快也快不过由草原奔袭而来的胡服骑士。中山人没逃多远，就被远远迂回到后方的骑士截断归路。

这些骑卒既不攻击，也不防守，如一群群草原之狼，往来奔驰于中山人的退路上，一有机会就放出利矢。中山人防不胜防，不得行动，只好扎下营寨，接受赵人、燕人的围困。

司马赒急了，亲率五百乘战车一万锐卒由下都接应。

赵人骑卒闻风撤走，待司马赒部与被困兵卒合于一处时，赵人骑卒再度出现，在更广阔的区域里完成围困。双方纠缠约有半个月，中山人的粮草供应完全被胡服骑卒截断，四面受敌，顶不住了。

司马赒向齐人求救。齐人满口答应，但援兵迟迟不至。司马赒晓得齐人因何不救，长叹一声，将仍能驱驰的七百辆战车分作两部，其中四百乘在前冲阵突围，自己亲引三百乘殿后掩护。中山步卒排作矩阵，强弩在外，一边与赵人骑卒对射，一边沿太行山麓朝下都武阳撤退。

撤退途中，胡服骑卒越围越多。由居庸关至下都武阳不过三百多里，中山人连续突围一十二日，方才抵达。

付出的代价是惨重的。抵达下都武阳之后，中山三万军卒折损逾半，带伤数千,七百乘战车余下不到一百乘，辎重损失殆尽。

更惨的是，司马赒中箭了。

司马赒伤在肩上，那矢透过甲缝，一直插进肩胛骨里。疾医在拔箭疗伤时，年逾花甲的司马赒终因失血过多，伤口感染，加之连日劳累，身体过弱，未能撑过去，于三日后卒于下都。

将中山人赶到下都武阳之后，赵卒不动了。

姬职召集诸将，令他们继续攻打下都，拿下紫荆关。将中山人彻底赶过易水后，再攻打齐人，拿下蓟城，将齐人赶过河水。

赵将却面面相觑，没有一人应命。

这些兵是借来的，虽在名义上归于姬职，但姬职晓得，赵人永远是赵人，他们只听命于赵雍。

没有赵人帮忙，姬职无可奈何。自入燕境之后，真正守在姬职身边的只有袭击居庸关的这部分燕人，数量不足一万。燕地其他义军不成规模不说，大部分还在观望中。毕竟，姬职的大旗尚未树起。

赵王没有随军入燕，仍旧与他的新婚夫人娜莎住在平邑的别宫里。娜莎的小腹隆起来了，一个小生命正在孕育中。

陪在平邑的还有姬雪与易王后，一是因为赵王挽留，二是因为前线也确实危险，姬职不让她们去，只带菲菲二女随行，皆作戎装。

姬职快马驰回平邑，入见赵王。

见是姬职，赵王佯作惊讶道：“职公子，你怎么回来了？”

姬职深鞠一躬道：“姬职此来，是恳请赵叔的！”

“出什么事了？”赵王回他个礼，眯起眼，“寡人刚刚收到捷报，贤侄指挥得当，燕人是连战连捷呢！”

“姬职恳请赵叔下旨令三军驱逐齐人、中山人出燕境！”姬职拱手道。

“咦？”赵雍怔住了，“三军不是已经交由贤侄了吗？”

“可……”姬职苦笑，“他们不听小侄的！”

“哦？”赵雍假作不知，“有这等事儿！说说，他们为何不听？”

“我……我让他们收复蓟城、下都，将齐人、中山人赶出燕境，他们不肯听令！”

“哦，是这样啊！”赵雍闭目有顷，睁眼，看向姬职，“这个不能全怪他们！”

“赵叔，”姬职急了，“我们不是已经讲好了吗？”

“贤侄呀，”赵雍笑了，“我们讲好的是，寡人护送贤侄回到燕地，在合适时机立贤侄为燕王。寡人这已护送贤侄回到燕地，下一步，寡人所能做的当是拥立贤侄为燕国新君。至于何时拥立，这是燕国的内事，贤侄最好去问先燕君文公夫人，燕国的太后！就寡人所知，她是燕室眼下最有权力确立贤侄大位的人。”

“赵叔啊，”姬职快要哭了，“大敌当前，虎狼在室，您让小侄如何当王啊！再说，即使小侄继统，立都于何地呢？燕地多在敌手，您让小侄当何人的王呢？”

“唉，”赵雍长叹一声，看向姬职，“这事儿，寡人与苏子议过。寡人应允护送贤侄入燕，但未答应为贤侄收复失地，为什么呢？因为这是燕人的事。否则，寡人就是与齐、中山开战。燕国内乱，齐王约寡人伐燕，寡人拒了，因为赵、齐、燕皆为纵亲国，盟约还在呢。之后，齐人约中山君伐燕，中山君使司马赒使赵睦邻，齐王也为中山说话，寡人无奈，答应他两不相犯。寡人不是不帮贤侄，是有约在先哪！”

“这……”姬职挠头，“依赵叔之计，小侄怎么办呢？”

“要驱逐齐人、中山人，贤侄可有二途：一是组织燕人，将他们赶出去，这个是正途，但贤侄怕得费时费力；二是与齐人议和，让齐人自主退兵。齐人退了，中山也就撑不下去。听说司马赒受了箭伤，已经死了。”

“司马赒死了？”姬职吃惊。

赵雍点头。

姬职握拳，有顷，看向赵雍：“请教赵叔，小侄与齐人怎么谈？”

“这个嘛，”赵雍笑了，“你该去问苏子。”

“苏子……”

似乎晓得他要讲什么，赵雍截住话头：“贤侄可去燕地，如果不出寡人所料，贤侄很快就能见到苏子了。”

显然，一切都在赵王的掌控之中。姬职吸了一口长气，谢过，回到易王后处，将事体备细讲过。易王后二话不说，扯他拜见姬雪。

“名不正则言不顺，”姬雪听毕，缓缓应道，“职儿这就赶回燕地，祖后与你母后随后就到，我让赵王也去，先把大旗树起来！”

“谢祖后成全！”

数日之后，赵王乘坐王辇，姬雪、易王后乘坐燕室后辇。一行车骑辚辚地驰入居庸关，在五万胡服骑士及万余燕地义士的卫护下，逼近燕都蓟城，在距蓟城三里处，扎下营寨。

齐国军士以为他们要来攻城，关闭城门，严阵以待。

接后数日，赵人、燕人就地搭起祭坛，设立天地诸神牌位及燕室先祖牌位。由燕国先庙的大祝司仪，先君祖太后姬雪主持下，燕室幸存的唯一公子姬职盟誓天地，即燕王位，是谓燕昭王。攻占居庸关的燕国义军首领郭隗等二十余名闻讯赶至的各地义军首领、前大夫及散居于各地的燕室幸存成员，皆来叩拜听诏。

即位大礼毕，燕王姬职宣布诏命，不认姬哙、子之王位，直接追封其父姬苏为先王，谥号依旧为易。封姬雪为祖太后，易王后为太后，郭隗等义军首领皆列大夫。同时宣诏大赦天下，凡参与子之谋乱者，既往不咎；凡力抗外侮者，皆予封赏。

之后，燕昭王分别使郭隗持使节前往蓟城与下都武阳，向守城齐人、中山人分别递交王命，责其限期离开燕境，交还蓟都、下都并所占燕地与燕昭王。

有赵王鼎持，祖太后出面，燕人皆认姬职，燕地沸腾起来。燕昭王的诏命如长飞腿，飞散于燕国各地。前后不过五日，应诏而来的各地义军不下五万，更多义士纷至沓来，赶往蓟城勤王。

齐人惊惧，缩在蓟城，严守不出。

在燕昭王即位的第四日，苏秦赶到了。

一同来的还有袁豹。

苏秦入见，燕昭王迎出王帐。

二人见过礼，携手入帐。

待燕昭王坐定，苏秦再行觐见大礼，叩道："臣苏秦叩见我王，贺喜我王受命于天、得荫于祖、得佑于社稷神灵，引领万兆燕民，重整燕地山河，重振燕国社稷，使燕民远离水火之苦，永得福祉！"

燕昭王感动，起身扶起苏秦，泣泪如雨道："恩公——"

二人紧紧相拥。

良久，二人分开，按席次坐定。

"恩公啊，"燕昭王拱手道，"寡人少不更事，德不配位，未来之路，还请恩公多多扶持！"

"苏秦谢王信任！"苏秦回礼，"苏秦星夜兼程，就是为我王而来！"

"恩公，"燕昭王急道，"眼前百废待举，职有万千之急，首急便是驱逐齐、中山二寇，如何驱之，请恩公赐教！"

"回禀我王，"苏秦应道，"臣以为，我王确有万千之急，但首急并不在驱逐二寇！"

"哦？"燕昭王震惊，"首急在于何处？"

"在燕国长策！"

"敢问长策！"燕昭王倾身，目光殷切。

"纵亲！"

"这个职已晓得！"燕昭王收直身子，"恩公之前就讲过，职认同。”

“我王晓得的是合纵，不晓得的是如何合纵！”

“敢问恩公，如何合纵？”

“盟齐！”

“恩公啊，”燕昭王指向蓟都方向，心头火起，几乎气结，“他们……齐人……就这辰光，还占着燕人的都城！他们……侵我燕地，掠我财产，毁我社稷，焚我宗庙，凌我妇女，屠我子民……”他手指颤抖，“职与他们，还有中山人，不共戴天……”

“是的，王上，”苏秦应道，“您讲的这些，臣无不知晓。”

“恩公既已知晓，怎么能谈结盟呢？”

“因为与齐结盟正是燕国长策！”

燕昭王闭目。

“王上，”苏秦倾身，盯住燕昭王，“若不与齐结盟，依您之计，该当如何呢？”

“与敌寇开战！”燕昭王一字一顿，“寡人已结六万燕卒，还有燕卒正在赶来，粗略估计，三个月内，寡人可结十万勇士！齐人、中山人强占他们的家园，他们无不心怀仇恨！”

“王上，”苏秦凝视燕昭王，“难道您不想做一个贤良之君吗？”

“我……”燕昭王怔住了，“驱赶敌寇，难道还不算贤良吗？”

“贤良之君必恤民苦！”苏秦一字一顿。

“这……”燕昭王语塞。

苏秦侃侃接道：“王上自幼居住宫城，虽遭乱世之劫、流离之苦，但真正的民难，尤其是燕民之艰，燕民之难，就臣所知，王上并未感受，更谈不上体悟。子之乱燕，燕地生灵涂炭，之后是齐人、中山人入境暴凌，燕民早已不堪承受了。燕民盼望大王，是盼大王能让他们有个安定生活，使他们得以休养生息，而不是跟从大王，与齐、中山两个大国左右开战哪！”

“寡人晓得了！”燕昭王拱手，放缓语气，“此前赵王也谈过此事，只是寡人一时愤恨，这还没有缓过气来呢。恩公，”说着指向蓟都，“只要齐人肯撤出我境，寡人就与他……结盟！”

“我王英明！”苏秦拱手道。

“那中山人呢？”燕昭王盯住苏秦，“总不至于让寡人也与他们和解并结盟吧？”

“中山人的结，无须大王去解！”

“哦？”

“我王可知赵王为何护送并拥立大王吗？”

“为何？”

“就为这个中山。”

“可他们……”燕昭王气恨道，“放着武阳不打！”

“不是不打，是还没到打的辰光！”

“好吧，”燕昭王拱手道，“恩公，您这长策讲完了，寡人认同。下面该讲短策，请恩公赐教！”

“广揽人才，重建吏制，励精图治，与民休息！”

“谢恩公！”燕昭王拱手道。

谋定大事，苏秦去见赵王，约略谈了齐、燕、中山三国的事，方才回到特意为他安排的客帐。因在军帐里，苏秦无法也没有借口去见姬雪，就在客帐里住下。于次日晨起，使飞刀邹驾车驰向燕都蓟城。

见是苏秦叫门，公子重传令开门，亲自出迎。

“敢问将军，”相见礼毕，苏秦开门见山，“您是想拼死一战还是想顺利撤回齐地呢？”

“怎么撤？”公子重两手一摊，“城墙之外皆是赵人与燕人，我这……”

“在下所问，将军还没回答呢。”苏秦坚持。

“当然是想撤了！”公子重急道，“没有谁愿意死在这破地儿！”

“若此，”苏秦接道，“在下这就说服燕王与赵王，让出通道，确保将军并所有齐人安全撤出蓟都与燕境。齐、燕仍旧维持齐人入燕之前的边界，如何？”

“这个，”公子重面现难色，“本将尚须禀报我王。没有虎符与诏命，本将……”

“将军说得是！”苏秦应道，“在下刚从临淄来，将行之际，在下入宫觐见齐王，谈及燕国之事，齐王应是同意撤军。只是，赵人，还有燕人，怕是不想再等了。将军晓得的，燕人上上下下，全都憋着气啊！”

“苏大人，”公子重急了，“这……应该怎么办呢？”

“将军，”苏秦稍做迟疑，盯住他，“将在外，当随机应变。将军先从齐地撤军，在下这就赶往临淄，为将军请命。无论如何，将军与大王皆为先王骨血，连着筋脉。将军可以不惧燕人，但赵人的胡服骑射，将军也不惧吗？难道将军真的想殉国于燕、立牌位于齐国庙堂吗？”

“您真的能说服王兄？”公子重盯住苏秦。

“将军放心，在下担保将军无虞！”

公子重思忖有顷，朝苏秦拱手道：“田攸代三军将士谢过苏大人！”

“不过，在下也有一个请求！”苏秦回过礼，盯住公子重。

“苏大人请讲。”

“除军粮并随军辎重之外，将军什么也不可带走！”

“啥？”公子重两眼圆睁，跳将起来，在厅中连走几个来回，盯住苏秦，“你是说，叫我们两手空空地回到临淄？”

“是的。”

“这怎么能成？”公子重情绪激动，“将士们别妻离子，舍生入死，担惊受怕，为的是什么？这要回去了，你让他们两手空空？苏大人，你……你要本将如何对他们讲呢？你要本将如何对他们的家人讲呢？”

“难道你们所掠所夺还不够吗？”

“是有一些，可全都搁在这蓟城里呢。将士们等的就是这一天，等撤军诏令到时，他们能够有所收获地解甲归田！”

“你们不是满载而归过好多次了吗？”

“全都交给国库了！”公子重辩道，“此番回去，车中所载才是真正属于将士们的！”

苏秦闭目，良久，重重叹出一声。

“苏子，你不能让将士们空手而返啊！”公子重声音激动，“否则，他们宁愿战死！”

“我晓得了！”苏秦缓缓起身，走到门口，又回头，“就这么定吧。你们可以带走你们所得到的，但不可再扰民！否则，在下不能保证你们安然回到齐地！”

之后数日，在苏秦的来回斡旋下，燕、赵联军让开衢道，放任数万齐军并数以万计的辎重车辆，载着从各地燕人手中巧取豪夺来的财富，浩浩荡荡地驰出燕都南门。他们沿衢道南撤，一直撤过齐、燕两国的战前边界。

在蓟都齐人撤离的同时，其他城邑的齐人也开始撤离。

不消数日，整个燕境再无齐卒。

在齐人撤走的当日，燕昭王和他新近任命的数十燕臣鱼贯而入蓟城南门。

燕昭王没有乘车，而是一步一步地走向宫城。

得闻燕王入城，蓟城里的所有燕人无不携幼扶老赶至主街，跪于大道两侧，泪迎他们的新王。

看着这些缺胳膊少腿、衣不遮体的老燕人，燕昭王落泪了。

燕昭王离开街心，走向一个两腿被砍断、几乎瘦成一副骷髅的乞讨老人。那老人坐在地上，跟前放着一个有豁口的黑色陶碗，一双老眼眨也不眨地盯住他。

燕昭王走到他跟前，缓缓跪下。

跟在他身后的所有臣子全都跪下。

燕昭王拿过那碗，看向里面。碗中什么也没有——连一粒米也没有剩下。

“老丈，寡人……燕室……对不住您，对不住所有罹难、历劫的老燕人哪！呜呼，苍天！呜呼，大地！请把所有的苦难都降到我的身上吧，呜呜呜呜——”燕昭王以头撞地，放声大哭。

在场的所有燕人哭作一团。

就这样，燕昭王哭哭走走，一刻不停地向两侧的子民鞠躬谢罪。由南门至宫城，长不过六里，燕昭王竟然走了一个多时辰。

宫中空空荡荡。

宫室与宫库，都空空如也。能拿的全被齐人塞进车中载走了。

但房舍还在，草木还在，亭台还在。

燕昭王回宫半个时辰后，几十个老宫人从宫城的不同角落里钻出来。他们是留在宫城的最后守护者，在齐人出逃前出于惧怕，全都藏匿起来，这辰光齐刷刷地跪在燕昭王面前。

燕昭王走到他们跟前，认出其中几人。

那几人也认出了他，抱着他的两腿号啕大哭。

燕昭王哭了。

燕昭王朝众宫人深揖一礼，又朝四方诸灵望空揖拜。

在郭隗等人的安排下，燕昭王步入正殿，诏令散落于各地的男女宫人，凡愿回宫者皆可回宫生活，重操旧职。接后，燕昭王使人迎接姬雪、易王后等入住后宫，同时开始打理宫室。

历经劫难的燕都蓟城，终于平静下来。高大的宫墙之内，也终于回归礼乐。

燕昭王上朝，朝堂上竟乌压压地坐满朝臣。

然而，眼前的又都是些什么样的朝臣呢？

大多是啸聚山林的乡村汉子。小半个月下来，他们开始展现短处，无论是赋予什么样的职务，他们大多不知从何做起。

燕昭王闭目。

燕昭王耳畔响起苏秦的声音：“广揽人才，重建吏制，励精图治，与民休息！”

苏秦却不在侧。

苏秦安置好蓟城的事，就匆匆赶往临淄为公子重请命去了。再说，齐、燕之间的裂痕实在太大，也须由他奔走缝补。

燕昭王来到先庙。

原来的先庙设施，能砸的全被齐人砸了。这辰光，郭隗正组织各地来的工匠抢修，恢复。大燕复国，万事待举，宗庙、社稷堪称是重中之重，燕昭王下旨令上大夫郭隗亲自督办。

郭隗引他巡视一圈，来到一处亭下。

亭子已经修缮完毕，里面摆着一只几案，是郭隗特意备给燕昭王的。

燕昭王坐下，郭隗席坐于臣位。

“先庙几时可以修缮完毕？”燕昭王问道。

“回禀我王，”郭隗拱手应道，“按照工期，尚有三月。”

“甚好。”燕昭王点头，“寡人此来，非为催问工期，是有一事问卿。”

“请王上吩咐。”

“燕国万废待兴，急需人才，而前朝贤臣，大多死于国难。寡人遍视朝中，竟是无人可用。寡人……不瞒上大夫，这几日来，是辗转反侧，夜不成寐啊！”

“臣有一疑，请我王解之。”郭隗应道。

“上大夫请讲。”

“我王是真心求贤，还是……”郭隗顿住。

“这这这……”燕昭王急了，“这还有假！寡人是求贤若渴啊！国之大悲，在于内无筹策之臣，外无能战之将！”

“贤哉我王！”郭隗起身，叩拜，之后缓缓回归本位，拱手道，“臣闻一桩旧事，我王可愿一闻？”

“郭卿请讲！”昭王伸手礼让。

“古有一君，甚爱千里马，愿出千金以求之，求三年弗得。”

“后来呢？”昭王急问。

“见君上朝思暮想，内侍自告奋勇，‘臣请求之’。”郭隗侃侃接道，“君上信他，交给他千金。那内侍奔波三月，带回来的却是一副马的骨架。君上震怒，指他喝道：‘寡人要的是活马，不是死马，你怎么能花五百金买来一架马骨头呢？’内侍应道：‘君上息怒，活马不日至矣。’‘何解？’君上怒问。内侍侃侃应道：‘死马之骨尚值五百金，何况是活马呢？’果然，之后不到一年，千里马纷至沓来。”

昭王陷入长思。

“隗奏我王，”郭隗拱手道，“如果我王真的欲招贤士，就从隗始。隗非贤能之才，尚且见大用于我王，何况是贤能者呢？”

“甚好！”昭王离席，朝郭隗行个大礼，“自今日始，寡人拜卿为国师，开府以托国事！”

郭隗离席，叩谢道：“隗谢我王厚遇！”

翌日上朝，昭王当廷颁诏，拜郭隗为国师，赐他国师府一座、黄金千两、仆从二十人、绸缎三十匹。同时颁布招贤令，设招贤馆，张榜于天下，命郭隗全权负责。

当然，黄金千两、绸缎三十匹皆是虚拟的。

燕地沸腾了。

齐军撤走之后，中山人没有撤，仍旧控制从下都至紫荆关方圆约百里的大片区域。

中山人不能撤。

中山王不是不想撤，而是舍不得撤。中山王晓得，失去武阳，也就失去了紫荆关；失去了紫荆关，也就失去了北易水。失去北易水，这几年就算是跟在齐人后面白折腾了。齐王早已得其所求，几乎将燕宫搬空，而他王厝，拿两万多中山人生命所换来的，只剩下这个武阳与紫荆关了。

在司马赒卒于军旅之后，中山王增调大军四万，屯扎于北易水。同时增兵武阳，大力加强紫荆关一线的防御力量。

面对赵人、燕人的双重压力，中山将士无不处在战斗状态。

见中山人枕戈待旦，赵王传旨撤军。

在姬职的称王大典之后，赵王就拍马回到赵地去了，依旧住在他的平邑别宫。

赵王决定撤军与赵国大夫李疵有关。

在出兵中山的前夜，赵王悄使宠臣李疵作为特使出使灵寿。在这节骨眼儿上，中山王对赵王特使不敢怠慢，礼遇隆重，但也提防甚严。中山王派出专人名为陪同，实则监视他的所有举止。

当赵人护送燕公子姬职赴燕，并将中山人由居庸塞赶回武阳之时，中山王厝极为惊惧。因此愈加厚待李疵，同时向他晓以利害，要他游说赵王莫攻武阳。

李疵应允，经涞源过飞狐口赶赴赵地，入平邑觐见赵王。

“中山可伐否？”赵王直入主题。

“可伐。”

“说说，为何可伐？”

“中山之君时常躬身奔赴穷闾隘巷以礼贤下士。有些巷子过于窄小，王辇通不过，他还让御手卸掉华盖，甚至下辇步行，走进人家。”

赵王震惊：“这样的贤士在灵寿有多少？”

“七十多家。”

“这是贤君哪，你怎么说能伐呢？”

“回禀我王，”李疵侃侃应道，“臣打探过了，这些所谓的贤士多为儒者，除谈经论道、品乐讲礼之外，并无他长，靠吃中山君的赏赐为生。中山君喜好礼乐之士，百姓必求名而弃本，弃实而追虚。事实亦然。臣使人数过，小小灵寿，有乐坊三十二家，礼堂二十八家，金属冶器，亦多从礼乐。还有，中山人好酒，大户之家生活奢靡，用酒池肉林四字形容他们毫不为过。礼、乐、酒三者皆为安乐之享。臣民耽于安乐，耕者必懒惰，战者必怯懦。方今为大争之世，强敌在外，安乐于内，国若不亡，古今未之有也。”

赵王闭目，久不说话。

三日之后，赵王传旨肥义，要他撤兵。

“王上，不能撤呀！”肥义急了，“我们若撤，岂不前功尽弃了？”

“呵呵呵，”赵王笑道，“先贤讲过许多话，于寡人，只记得一句，‘治大国，若烹小鲜’。”

“王上？”肥义不解了，盯住赵王。

“不要王上王上的了，”赵王又是一笑，“你不是苏子，是不懂寡人的。传旨去吧。”就在肥义快要离开之时，赵王叫住他，“对了，让乐毅去知会燕王，与燕人办理防地交接！”

乐毅仍在燕地，被赵王任作裨将军，统率由林胡、楼烦的年轻人所构成的新编骑卒。

接到谕旨，乐毅策马直驱燕宫。

“乐将军，”燕昭王迎出殿门，一脸兴奋，“寡人正要寻你呢！”

“谢大王记挂！”乐毅见过礼，“末将是来向大王辞行的！”

“辞行？”昭王怔住，“将军欲去何地？”

“回赵。”

“是有事吗？”

“奉王命。”

“什么王命？”昭王惊道。

“齐人已经撤走，大王已即大位，赵人就不宜久恋燕地了，是以我王传旨令三军撤出居庸关，回到赵地。在下此来，一是向大王辞行，二也是奏请大王派军卒前往我营办理交接。”乐毅语气平淡。

“这这……”燕昭王急走几圈，止步，盯住乐毅，“乐将军？”

“末将在！”乐毅拱手道。

燕昭王跨前一步，握住他手：“此地不是说话处，殿里请！”

二人携手直入殿中，分宾主坐定。

“乐将军，”昭王拱手道，“寡人一直说要请教您呢！岂料百废待兴，手忙脚乱，一直未能抽出空来，唉！”

“请教不敢！”乐毅回礼，“请问大王是为何事？”

“燕地历经浩劫，疲弱不堪，眼下可谓是朝无能臣，国无良将，库无余钱，民无余粮，更有中山恶狼，霸占我下都。寡人看在眼里，急在心里，可……寡人才疏学浅，德不配位，欲有振作，也是力所不逮啊！前番请教恩公苏子，苏子举荐将军，说将军是天下大才……”昭王顿了顿，盯住他，“寡人不才，求问治燕长策，望将军不吝赐教！”

“大王既见苏子，治燕长策想已具足，末将不敢妄言。”

“苏子所建长策是合纵，与齐结盟。可将军晓得，齐人趁我内乱，伙同中山，以正义之名，行强盗之实，屠我人民，毁我先庙，坏我社稷，更将我宫中珍宝、民间收藏悉数劫走，此仇不共戴天，寡人……”说着昭王看向南方，“一日不报，死不瞑目！”

“大王若想报仇，就须听从苏子之言。”乐毅应道，“君子报仇，十年不迟。勾践入侍吴王，还亲口尝过吴王的粪便呢。”

“将军说得是，”燕昭王接道，“认同苏子所言，劳烦苏子使齐去了。寡人视将军为知己，方以心腹之言相托。敢问将军，寡人如何做方能强大燕国，达成所愿？”

“末将以为，”乐毅拱手道，“南为强齐，不可图；西南为中山，不可图；西为强赵，不可图。楼烦、林胡皆已归属于赵王，留给大王的，唯有一个东胡了！”

“中山为何不可图？”燕昭王恨道，“中山趁火打劫，侵我领土方三百里，迄今霸我下都不放。是可忍，孰不可忍！”

“中山是可恶，末将说不可图，是因为中山是赵王的。中山之事，末将担保，不出三年，我王不费一兵一卒，只需借道于赵人，就可收回所失国土。”

“可赵王为何撤军？”

“赵王撤军是因为中山眼下不可图。既不可图，又让三军征战于外，三军生出怨言不说，也会与燕人生出摩擦。赵人撤军，反倒是对大王有利呢。”

燕昭王吸入一口长气，看向乐毅道：“再说说东胡！”

“就臣所知，”乐毅拱手道，“东胡之地，远远广阔于林胡与楼烦。燕山之北，草原广阔，辽东之地，更是广阔无垠。大王若得东胡之地，既可用其民，亦可迁移燕人，择地垦殖。大王背腹辽阔，物资丰厚，更有胡人骁勇善战，那辰光若再寻机南图，当有胜机！”

“可……胡地广阔，胡人游移不定，如何图之？”

“与民休息，整顿燕军；效法赵人，胡服骑射。”

昭王深吸一气，良久，缓缓起身，在乐毅面前扑地跪下道：“职有一求，望将军不辞！”

“大王不可呀！”乐毅紧忙起身，扶昭王起来。

“将军若不应下，寡人就不起来！”昭王双手撑地，弓起身子，扎下不起的架势。

乐毅只好跪下，与昭王对拜道：“大王有何欲求，乐毅谨听吩咐！”

“职请将军留在燕地，助职一臂之力，职举一国之力，以听将军！”

“这……”乐毅怔住了。

“不瞒将军，”昭王盯住乐毅，目光殷切，“早在邯郸之时，职就属意于将军，这正琢磨如何向将军开口呢，将军却……”

“是大王错爱了！”乐毅回个大礼，“毅年轻气盛，才识浅薄，当不得大事，深怕有负大王所托！”

“将军再年轻，也比寡人年长！”昭王情真意切，“将军方才高论，寡人茅塞顿开。欲报齐仇，东服胡地是上上之策！然而，长策再好，若无大力推行，亦为空无。寡人无才，亦无大力，只能托国于将军，恳请将军不辞！”

“谢大王器重！”乐毅拱手道，“毅应下大王了，但身为赵臣，毅须回归赵地，一则向赵王复命，二则将大王之意禀报赵王，向赵王请辞！”

“寡人等待将军！”

燕昭王颁诏向天下张榜招贤，消息张扬不久，就有一匹“千里马”半信半疑地踏上燕土。

是赌气离齐的稷下先生谈天衍。

邹衍原定的目的地是邯郸，不料赵王不在。没有赵王的邯郸，于邹衍味同一碗清水，而他现在并不需要解渴。

邹衍需要的是一坛可以让他大醉一场的佳酿。稷下是个熔炉，在这熔炉里，他已被炼成精钢，迫切需要找一个可以打造利器的地方。

这个地方或在燕国。

邹衍本能地觉出，燕国受此大劫，一定是哪儿出问题了。他必须实地前往予以诊断，以充分佐证他的五行、五德等一系列阴阳理论。

此时的邹衍已非往昔，有辎车二十乘，随侍弟子百余人，哩哩啦啦地走在通往蓟城的大道上。队伍拖拉半里长，车上插着五彩旗帜，分别代表他的五行学说，形成一道亮丽的景致。

天下无人不知谈天衍是大贤。听闻他至，燕昭王喜出望外，郊迎三十里不说，还亲手将他扶上王辇，甚至换下御手，亲自执鞭，给邹衍撑足了面子。

及至宫城，燕昭王将邹衍弟子安置在馆驿，独留邹衍于宫，执弟子礼向他请教国策。二人畅谈三日，聊得困时，抵足而眠。

邹衍在齐，虽得权贵器重，却未曾受过这般礼遇。

投我以木桃，报之以琼瑶。之后月余，邹衍引领弟子踏遍蓟城各个角落，又北上燕山，南下武阳，探得燕地的山水实情，回报燕昭王。他提出三个以阴阳术兴燕之策：一是在燕山南麓沽水岸边的一个迂回处，以一块碣石为基，建一碣石宫，以镇压南方杀气；二是迁先文公之陵，以脱眼前之困；三是广种黍稷，以解燕民之饥。

第一策中的碣石宫好建，昭王当即颁旨，使郭隗督导修建。难办的是后面二策。第二策所说的先文公的陵址，是先文公生前自己所选，若要迁移，昭王是不能定的。

“大王必须迁址！”邹衍语气笃定，“我观过那陵，四周低平，唯有一坡，且无脉可依，可称独山，高三十丈。独山不可葬！”

“独山为何不可葬？”昭王问道。

“前贤有训，‘山来水回，财旺人贵；山困水囚，人死财走’。按照风水之说，山有五不可葬：气以生和，童山不可葬；气因形来，断山不可葬；气因土行，石山不可葬；气以势止，过山不可葬；气以龙会，独山不可葬。臣观先君文公陵墓，山形南北，无脉可依，是为独山。独山无依，西南有杀气，南有一池，为不流之困水，是为凶墓。臣劝大王早移此墓，否则，非但国无宁日，只怕大王……”邹衍欲言又止。

昭王不敢怠慢，去见姬雪，将邹衍的断言悉数讲出。

“国师既有此断，你迁墓就是。”姬雪一口应承，“当年先君之所以选址于此，是听信一个风水术士。说也奇怪，自开挖那墓，燕室真就不太平了。现在看来，燕室乱象或结因于此。”

燕昭王谢过，召邹衍道：“迁墓之事可以定下，新陵定于何处，国师可有确定？”

“就在臣所选之碣石宫南侧水回处，臣已看过风水，北依燕山，南回沽水，可保我王百年福运！”

“只有百年？”昭王皱眉。

“是的，王上，”邹衍应道，“天地大运，非臣所能更改。未来百年，天下将入大争灭国之世。燕地偏僻，燕山势单，难成大功，燕室能得百年福运，已是大幸了。”

“百年就百年吧！”昭王接道，“寡人所恨，乃是齐与中山二贼。

敢问先生，寡人在有生之年，可雪此仇否？”

“臣劝大王，先解民饥，再图长谋。”

昭王也无话说，下旨令郭隗依邹衍所定，使人立碣石之宫，修陵兴农。

第三策解民饥，之所以难办，是因为燕地不同于南方楚国，甚至不同于韩、魏、泗下、周室等，一年庄稼可妥妥地收获两季。燕国耕地基本集中于蓟城周边至易水一带，尤其是下都武阳周边。武阳被中山人占去，燕国的粮仓就等于减去大半。加之近年乱象不止，百姓无心种地，北方胡地也不再供应牛羊。粮荒、肉荒全部冒出，蓟城米贵肉缺，民生凄苦。

在齐人撤走后不久，赵卒也就撤了。没有赵卒，单凭燕人之力，是赶不走中山人的，下都自然也收不回来。下都收不回来，文公陵墓也就无法搬迁。而要凭一己之力赶走中山人，燕人就须养足精神、增强国力。因此首要解决黎民生计。其次外援不畅。燕境南接中山与齐，皆为交战国，眼下难通关贸。唯一的通路是赵地，可经由居庸塞输入物品。

赵人也确实是这么做的。

但只此一塞，难以解决燕民之困。

燕民必须依靠自己。

邹衍建策向山地讨粮。

邹衍选中的山地是碣石宫再往上的沽水河谷。

这道河谷出自燕山，与鲍丘水并行南流，沉沙淤积，可植五谷。然而，山地高寒，与黍米生长习性相左。

冬季到来，草木枯落，是最好的垦荒季节。燕昭王诏命蓟都燕人凡能劳动的全部开赴沽水河谷，昭王、邹衍躬身前往，蓟城百姓无不感动。他们在河谷里搭起帐篷，烧荒垦土。历经数月，及至开春，沽水谷地已被他们开出耕地十余万亩。

春风吹来，蓟城周边杨柳依依，但沽水河谷依旧是春寒料峭。

所有庄稼，生长无不在于时令。眼见蓟城郊外的禾苗皆已冒芽，而谷中仍旧寒气逼人，无法播种，辛苦一冬的燕昭王也急了。

邹衍观过天象，拿起长箫，坐在尚未落成的碣石宫前，面对天地吹奏。

三日三夜，邹衍品奏律管不歇。

在邹衍奏箫的这三日三夜里，燕昭王也未安眠片刻。他或坐在旁侧，倾耳聆听那响彻空谷的箫声，或手拿扫帚，将高山谷风吹起的落叶枯枝扫下宫前台阶，免得它们影响先生的吹奏。

说也奇怪，在邹衍奏至第三日时，有暖风入谷，继而水汽蒸腾。入夜，天降喜雨，三日方歇。喜雨过后，寒谷入春，老燕人终于赶在节令的最后关头将黍米种齐了。

入春三月，赵王回到邯郸，得到由灵寿传来的细作密报。

赵王读毕，兴甚，召来肥义、李疵、乐毅三人道："诸卿，利好来了！"

"是何利好？"肥义急道。

"中山国。"赵王摊开手中密报，取出一帛，"司马赒献给中山君厝一只错金铜壶，中山君厝回赐他一只铜鼎。这些是其上铭文。"

三人传看两道铭文，良久，面面相觑。

"乐毅，"赵王看向乐毅，"看出什么没？"

"他们君臣有隙了。"乐毅应道。

"咦，"肥义急道，"我怎么没看出来呢？"

赵王笑了："你若能看出来，寡人就笑醒了。"说着抖动铭文，看向李疵："怪道中山君要走街串巷、礼贤下士呢，原来是为司马赒！"

李疵也突然明白赵王从燕地撤军的缘由，原来，他是在候中山国的内中裂隙。

"诸卿，"赵王指着密报中的其他丝帛，"依据这些密报，寡人可作如下研判：司马赒功高震主，中山君厝忧心他效法燕国子之，危及君位，是以将司马赒从燕地召回，想必是讲了什么。司马赒听出话音，使其子铸一错金铜壶，刻铭文于上，表白其忠心不贰。之后居庸关失守，司马赒赶赴燕地，战殁于军中。中山君厝许是觉得自己过分了，赐以厚葬，拜司马熹继其相位，回赠以鼎器，刻此铭文，既彰显其功，也昭示其忐忑。"

“若是如此，”肥义挠会儿头皮，“这不是君臣相安，没事了吗？”

“没事可以生出事呀！”赵王笑了，看向李疵，“李大夫，你说是不是这样？”

李疵明白话音，会心一笑。

“诸卿听旨！”赵王巡视三臣，目光落在肥义身上，“肥义，你这就赴平邑，加紧练兵，随时备好与中山人开战！”

“臣受命！”肥义朗声应道。

“乐毅，”赵王看向乐毅，“你可以赴燕了。燕国过弱，于我不是好事。你去辅助燕王，待寡人取中山时，确保燕地不出乱子。”

“臣受命！”乐毅应声。

“李疵，你统筹中山事务，依照前面的铺垫，为他生出一些事来！”

“臣受命！”

一如赵王所断，在老相国司马赒死后，中山相府的日子愈见艰难。

天色傍黑，夜幕徐徐降临于中山国都城灵寿的相府大院里。大院一片静穆，连仆从走路的声音也轻得几乎听不见，似乎都在害怕惊动到什么。

仆从害怕惊动的自然是这座府宅的主公司马憙，他已将自己关在小书院里半个多月了。

让司马憙郁闷的是来自王厝的一简罢相诏命。在诏命宣读之后，那枚象征朝廷权力的相府金印也被宣诏宫吏带走。往后的日子里，原本热闹的司马府前少有车马了，甚至一些与司马家来往亲密的官员也不再登门。

司马憙并不留恋这些，但他必须弄明白王厝为何突然罢其相位及罢相之后还会发生什么。想到司马赒生前的警觉，司马憙愁肠百结。

人定时分，万籁俱静。

家宰走过来，轻轻叩门道：“主公？”

“进来吧！”司马憙听出声音，应道。

家宰推开房门，小声道：“有客人求见！”

“客人？”司马憙半是斥责，“这辰光了，还有什么客人？”

家宰的声音愈加轻柔道：“是赵人。”

“赵人？”司马憙打个惊怔，“谁？”

“赵使李疵！”

“李疵？”司马憙盯住他，“他来干什么？”

“说是为主公的事。”

司马憙闭目：“带他进来！”

家宰出去，引李疵走进书院。

“请坐！”司马憙欠欠身子，指向对面席位。

“谢大人！”李疵坐下，盯住司马憙，拱手道，“在下冒昧登门，有扰大人清净了！”

“唉，”司马憙拱个手，长叹一声，“树欲静，而风不止！”

“大人可知风从何来？”李疵脸上浮出浅笑。

“赵使可知？”司马憙听出话音，看过去。

“若是不知，就不登门了。”

司马憙吸入一口长气，微微倾身，拱手道：“在下慢待了！”转脸对家宰道：“为贵宾上茶！”

家宰备茶。

“敢问赵使，风从何来？”司马憙压低声音问。

“枕边。”

“是江姬？”司马憙吃一惊，不自觉地轻声说出。

“阴姬。”

“阴姬？”司马憙两眼眯作一线，几乎是喃声，“在下未曾获罪于她呀！”

“大人想想，虽未获罪于阴姬，是否获罪过其他人呢，譬如说，阴姬所出的公子！”

“訾敖？”司马憙脱口而出。

“应该是。”

“在下也未曾获罪于他呀！”司马憙怔住了。

“大人是否与人闲话，聊及大王的几个公子，说是如果为傅，大人最不想辅助的只有一个，这一个……”李疵顿住话头。

“公孙弘！”司马憙乍然明白，咬牙切齿。

公孙弘是中山王的三个御手之一，与司马憙交好，二人无话不谈。司马憙确实与他聊过此话，没想到他竟……

“呵呵呵呵，”李疵笑道，“大人应该感谢公孙弘才是。”

“他……出卖我！”司马憙气极道。

“公孙弘不是想卖大人，只是想讨好江姬之子，因为他也是打心眼里不喜訾敖的。是江姬之子公子元楞透给宓妃之子公子尚，公子尚透给訾敖，訾敖透给阴姬，阴姬这才吹风！”

“敢问赵使，你怎么晓得这些？”

“在下不是赵使了，”李疵回他一个苦笑，“在下已经离开赵室，此来中山，是想在大人府上讨口饭吃。”

“是赵王待你不好吗？”司马憙问道。

“倒也不是。所好不同而已。”

“所好不同？”

“赵王所好，乃骑射游猎；在下所好，乃宫廷礼仪。”李疵又发出一声苦笑，怅然应道，“譬如说，他在国中行胡服，尚骑射，在下就不苟同。”说着压低声音，“前番为使，见大王崇尚礼乐，礼贤下士，在下是深为所动啊，是以挂印辞赵，来投大人！”

“李兄何不直接投靠大王呢？”司马憙怔住了。

“大人说笑了，”李疵拱手道，“在中山，谁有天大的胆子，敢略过司马府您的这道门槛呢？”说着盯住他，“再说，在下曾为赵王特使，今若来投，纵使忠心不贰，大王怕也难免想些什么。”

“倒也是。”司马憙认可，语气缓和许多，“请问李兄，眼前之局可有解招？”

“这个要看大人之志，是要继续为相呢，还是自此不问时事，清闲度日？”

“局已至此，在下纵想清闲度日，怕也……”司马憙顿住话头。

“大人所言甚是。”李疵应道，“若此，疵有一策，或可使大王登临贵府，归还相印！”

“敢问何策？”司马憙凑近道。

“做赵王之相！”

司马憙倒抽一口冷气。

半个月后，一行赵国车马辚辚驶入灵寿城门。

这行车马径直驰向司马府。

车马驰至府前，辎车上跳下一人，正是李疵。

李疵递上拜帖，求见司马憙。

司马憙正在后花园亭中与公孙弘对弈，闻报迎出，远远望到李疵随行仆从正由车上搬下礼箱，放在门外地上。一箱接一箱，一只又一只沉甸甸的。

司马憙怔住了，盯住这些箱子道：“赵使，您这是……？”

“李疵见过大人，”李疵上前一步，拱手，高声道，“听闻司马大人赋闲在家，我王兴甚，使在下星夜赶来，求请大人赶赴邯郸，我王诚意举国相托！”说着指着这些礼箱，“此为我王些微聘礼，不成敬意，聊表诚心而已。聘礼计足金二百镒、鲁缟三十匹、楚缎三十匹、夜明宝珠三十颗，另赐大人邯郸宫前街相府宅第一座，仆从五十名！”

“这……”司马憙目瞪口呆，看向与他一同迎出的公孙弘。

公孙弘亦是嘴巴大张。

“此为赵王亲笔诏命，呈请大人过目！”李疵从袖囊中摸出诏命，双手呈上。

司马憙接过，展开，瞄一眼，急又合上。

“是相邦之位！”公孙弘看得分明，乍然出声。

“正是！”李疵朗声接道，“我王诚意举国以托司马大人，聘任大人为赵国相邦，望大人不辞！”

司马憙这才回过神来，看向仍从车上搬放箱子的李疵仆从，扬手急叫：“停，停，停！”

众仆从停手。

“大人？”李疵怔了。

司马憙敛起神，拱手，深深一揖道：“中山人司马憙谢赵王厚赐、厚遇！憙亦求请赵使回奏赵王，憙虽德薄才疏，但生于中山，长于中山，饥食中山五谷，渴饮中山百泉，上仰王恩，下结民心。臣是以不敢轻离中山，更不敢应赵王重聘，承大国相邦重任！”

天哪，司马憙竟然坚拒赵王之聘，且拒的是大国相邦之位！

公孙弘看呆了。

“还有这些聘礼，”司马憙指着几乎全被搬到地上的礼箱，“也请赵使原封带回。无功不受厚禄，憙虽清贫，但也不可无端收受赵王厚礼！”

“这……”李疵一脸尴尬。

司马憙将赵王诏命随手交给身侧的家宰道：“归还客人，送客！”说完一把扯起公孙弘，径自回府。

三日过后，又一行车马驶至司马憙的府门，中间一辆是王辇，御手是公孙弘。

司马憙迎出，叩拜于地。

王厝下车，近前，扶起司马憙，握住他手，不无感慨地道：“司马卿，赵使的事，寡人听说了。寡人何德何能，竟得司马卿这般忠贞志士啊！”

君臣携手入府，王厝于主位坐下，看向内宰道：“宣诏！”

内宰摸出诏命，宣旨。

司马憙再拜，从王厝手中坦然接过原本属于他家的相印。

经李疵这一闹腾，司马憙在中山朝堂的地位愈见显赫，那些疏远他的朝臣再度攀附过来，司马府前再现车水马龙的盛况。

为使聘戏演得逼真，李疵还真带着他的满车聘礼悻悻然离开中山，回到赵国。但在之后不久，李疵就又扮作客商，潜回中山，寄住在司马憙府中。

司马憙由衷感恩李疵，将他待作上宾。

“主公，”李疵自降身价，真的认司马憙为主人了，“您是否想过在中山朝野永远保全荣誉、享受尊荣呢？”

“先生有何高见？”司马憙亦改称呼，认他作师。

“没有高见，大人只需做到四字，就可保全。”

“是何四字？”

“为国为家！”

“为国为家？”司马憙眯起眼，吧咂其味，良久，倾身，“在下愚钝，请先生指教！”

“先说为国，也就是为大王。”李疵指向外面，“大王所虑，无外乎内忧外患。内忧者，臣大欺主，这个大人想必已经领教了。外患者，周边强敌。中山周边，无非三国，一为燕，二为赵，三为齐。大王兵犯燕境，算是把燕人得罪了。大王从齐人手中夺走下都，也算是把齐人得罪了。大王所能依者，无他，唯有一赵。”

“这……”司马憙急切辩道，“不瞒先生，我王所患者，不是燕人，不是齐人，反倒是赵人哪！”

“这就是你家大王的不智之处！”李疵苦笑一声，摇头，“大人想想看，中山南、西、北三面临赵，唯有北偏东与燕接，东南一隅与齐接。与齐隔河，与燕隔水，唯有与赵是山水相依。敢问大人，如果赵王一心要伐中山，大王能抗拒吗？大人再看，不久之前，中山鲸吞燕地南北三百里，东西逾百里。之后，由纵约长苏秦、燕国祖太后请命，赵王出锐骑五万，护送燕公子姬职入燕就位，齐卒不战而走。大人哪，如果赵王稍稍有不利于大王之心，此时当是最佳机缘。燕人恨中山，齐人怨中山，赵人五万骑卒乘势南下，外加一心复仇的燕人，可谓是泰山压顶。而大王呢？外无援兵，内无余力，一旦开战，结果将会如何？中山人若要激战于燕地，必拼尽全力。那时，南方怎么办？赵与中山仅一水之隔，赵王若出邯郸之兵，外加涞邑之敌。中山四面受困，能抗多久？大王入侵燕地，是与列国构怨。其他不说，单是秦、魏二国，大人想想，能不幸灾乐祸吗？秦为燕的翁国，方今燕太后为秦王嫡亲长女，方今燕王为秦王嫡亲外孙，大人哪，如果您是秦王，能不撑赵吗？还有魏人，中山与魏，恩怨不是三年五载能够解决的，魏王他能帮大王吗？”说着顿住话头，盯住司马憙，“大人哪，您这也全看到了，人家赵王是怎么做的呢？燕王几番恳请赵王赶走中山人，为燕收回全部失地，全被赵王拒了。赵王拒了不说，且还悉数撤回三军。为什么呢？因为赵王与大王所签之睦邻盟约，承诺互不侵犯。赵卒入燕，不过是为护送燕王。燕王既立，收复失地自然是燕人的事。结果呢，赵人一走，燕人也就歇气了。下都、紫荆关迄今依旧是大王的。大势如此，大人难道还看不明白吗？”

“先生说得极是！”司马憙擦去额上汗珠，连连点头，“不瞒先生，在下若为赵王，也是不会放过眼前这个机会的。为国之事，在下晓得如何做了。为家呢？”

“家可有二，”李疵应道，“一是大人之家，二是他人之家。”

“他人之家？”司马憙怔住了。

“除开大人之家。大人想想，在灵寿，还有哪些家能够施加大力于大王、对大人有所不利呢？”

“阴家、江家、梅家、肥家、乐家……”司马憙闭目扳指，半是自语，半是说给李疵。

“在下所问的是，足以施加大力于大王的家！”李疵强调。

“那就只有两家了，一是阴家，二是江家。前番的事，就来自阴家。”

“请大人讲讲这个阴家。”

“阴家世代冶金，灵寿乃至中山各邑的冶炼、铸锻工坊八成是阴家开的。大王库中金银，也都是由阴家铸的。阴家财富占中山国所有财富的三成，徒工、仆役数以万计，大王开罪不起。”

“江家呢？”

“牛马畜类。山中牧场几乎全是江家的。若是江家生气，宫城就无肉吃，就无皮衣穿。”

“敢问大人，大王是亲近金银，还是亲近皮、肉呢？”

“这正是大王难断之处，是以两家一个也未疏远，迄今未立王后！”

“当断不断，必生其乱！”李疵语气果决，“大王不立王后，就不能定太子之位。未立太子，在大王百年之后，诸公子岂不是自相残杀吗？”

“是呀，这正是大王忧心之事。”

“大人不想替大王分忧吗？”

“怎么分？”

“为大王择后立之！”

“先生？”司马憙长吸一气，盯住李疵，良久，“可择何人？”

“阴姬。”

“啥？”司马憙几乎跳将起来，“立訾敖？”

李疵淡淡一笑。

待司马憙稍稍平静，李疵起身，凑近他，附耳低语。

司马憙沉思良久，深吸一口气，重重点头。

阴姬的父亲是阴公，于中山先君时代就已受封于肥邑。肥邑本为肥氏一支，也就是赵国权臣肥义先人曾经居住的地盘，这辰光也多为肥氏后人所居。但肥氏一族早已雄风不再，整个肥邑属于阴氏。

阴公当然不肯住在肥邑，而是守在灵寿。阴家大宅离司马相府不远，仅隔三户人家。在李疵筹策的次日，阴公登门拜谒司马憙。

寒暄过后，阴公压低声音，直入主题道：“在下得到一书，横竖猜不透其中深意，所以来请教相国，还望相国不吝赐教！”

“何书如此艰涩？”司马憙笑了。

阴公摸出一物，双手呈递。

司马憙接过，见是一张密函，上面写着一十六字，“大王起殿，必在江阴；公欲成事，何不见臣”，遂递还过去，拱手笑道：“呵呵呵，此书果是艰涩，尤其是这末了一句，‘何不见臣’，怕是阴公寻错地方喽。”

“呵呵呵，”阴公笑道，“老夫眼不花，耳不聋，应该不会寻错，还望大人不吝赐教！”

“这……”司马憙见无退路，只得拱手道，“阴公所问，当为家国大事，在下不敢妄言。不过，阴公既问，在下不能不讲一句。”说着压低声音，“此殿所起之址，事关家国未来。大江之阴，有土有民；大阴之江，无土无身。”

“这正是老夫所忧，”阴公起身，长揖至地，“相国大人可有良策？”

“在下倒有一策，或可使王起大殿于大江之阴。”

“大人若成此功，”阴公拱手道，“阴氏一族悉听大人吩咐！”

翌日上朝，司马憙跨前奏道：“臣请使赵！”

“相国使赵，所为何事？”王厝怔住了。

“赵强我弱，赵大我小，赵人三面临我，堪称我未来大患。兵法有云，知己知彼，百战不殆。赵王两番来使，明为问聘，暗则测我虚实。来而不往非礼也，臣请使赵，亦测赵人，观其地形险阻、人民贫富、君臣贤与不肖，以期未来之需！”司马憙侃侃而谈。

“寡人准奏！”王厝扬手。

陪同司马憙使赵的是公孙弘，王厝最信任的宠臣之一。

及至邯郸，司马憙问聘毕，就与公孙弘走街串巷，四处访问，月余，欲辞归。

赵王置酒饯行，李疵、公孙弘作陪。

酒宴中，赵王使宫中佳丽起舞助兴。

舞完一曲，赵王兴甚，倾身问道：“中山使臣，舞乐如何？”

司马憙嘴角撇出一笑，举爵品酒。

赵王觉出，击掌道：“换曲，再舞！”

赵乐连奏六曲，赵女连舞六轮，司马憙皆不置一词，只是抿嘴哂笑。

“咦？”赵王盯住司马憙，“中山使臣，何以哂之？”

“臣在中山之时，尝闻邯郸多殊丽，今番入赵，昨观之街巷，未见殊丽；今观之宫阙，亦未见之。是臣眼中无福，还是赵无殊丽，臣……”司马憙顿住话头。

赵王脸色紫涨，看向李疵。

“启禀我王，”李疵拱手道，“臣使中山，一日观于街景，忽闻人流躁动，纷纷避于道旁。臣正奇怪，有车马到，原是王妃凤辇驰过。臣抬眼望去，恰好看到那妃，大吃一惊。臣从我王，遍使天下，也算是见多识广之人，天下女子还真没有如那妃者，可谓是天下绝色啊！”

“何妃？”赵王倾身，两眼圆睁，欲火中烧。

“臣打探过了，是阴姬，名简。”

“这般说来，倒是寡人见识少喽！”赵王直起身子，缓缓转向司马憙，“赵使，寡人有一愿，请你讲给中山之王！”

“赵王何愿？”

“寡人有二好，一是好马，二是好色。中山有这般姝丽之女，寡人心向往之。寡人愿求那妃，对，就是李大夫方才所讲的那位阴姬，诚愿不惜代价，一睹其芳容，如何？”赵王缓缓捋其长须，瞟来一眼，目光透着淫邪。

“这……”司马憙看向公孙弘，见他也是一脸惊讶，遂拱手道，“回禀赵王，阴姬确为天下绝色，犀角偃月，乃帝王之后，非诸侯之姬也。大王所求，实非憙所能议；大王所言，亦非憙所能传。此事便如川风过耳，望大王不可再提！”

“哟嘿，再提一声又怎么了？”赵王鼻孔里哼出一声，“寡人所欲，不过是一睹那妃芳容而已，又不是娶她为姬。司马憙，你只管传言，告诉他姬厝，是送其妃来我邯郸呢，还是让寡人亲赴灵寿，登门观赏？”

“赵王……”

司马憙刚刚出声，就被赵王摆手止住。

“李大夫，”赵王看向李疵，“宴席已了，送客！”

司马憙二人悻悻地离开赵宫，李疵甚觉过意不去，便将二人带到自家府中，开宴续饮。他边饮边就阴姬的事情连连道歉，之后悄悄讲出一个秘密，就是赵王之所以对女人感兴趣，是因为他的性能力超强，能夜御十女而不泄。因为寻常宫妃难以抵御，赵王为此四处求访美人，是以听到阴姬貌美，顺口就讲出了。二人明白原委，方才吁出一气。

“敢问大人，”公孙弘悄问，“赵王夜御十女，这……不可能吧？”

“能能能。”李疵笑笑，压低声音道，“要是二位得到那些仙丹，也当有此能力。”

“仙丹？”二人惊问。

“就是这般药丸！”李疵走进内室，拿出一个精美盒子，现出一只小罐，里面是一粒粒的黑色药丸。

二人大奇，摸出那丸，仔细审看。

“大人是怎么得到的？”公孙弘惊问。

“此为寻常之物，是一个由楚地来的方士售卖的，只是讨价太高，一粒要一金，寻常百姓受用不起。初时无人信他，之后有人试用，那物果然坚挺，可夜御十女而不疲。邯郸贵人纷纷购用，在下心痒，就也求购这一罐，尽在瓶中了。想必是有殷勤之人献那药丸予我王，我王才……”李疵顿住了。

“李大人，”公孙弘摸出一大块金子，“此为二十金，在下只想购你十粒，如何？”

“哟嘿，”李疵笑一下，点出二十粒药丸，分别装进两只小罐，“不瞒二位，在下共购三十粒，已用几粒，颇为受用，每晚都可将府中之女悉数亲幸一遍。在下前番赶赴中山，二位没少照顾，日后更是少不得麻烦二位。这二十粒，就作赠予，二位大人一人十粒，权当交个朋友！”说着将其金块推还。

司马憙、公孙弘喜之不尽，再三谢过，各将药罐收起。

回到馆驿，因无合适女人，二人不敢轻试。待返回灵寿，二人急不可耐，当夜各试一粒，那物果是强悍，一宵不疲。

次日凌晨，司马憙、公孙弘入宫面君，复过王命，由公孙弘出面，将赵王于宫中饯行之事绘声绘色地禀报一遍。

“岂有此理！”中山王脸皮紫胀，一拳震几，呼哧呼哧地连喘几口气，看向司马憙，拱手道，“相国言语得当，不辱使命，实乃寡人之幸，中山之幸！”

“是我王威严，臣不敢居功！”司马憙拱手回礼，轻声，“不过，经此一行，臣已得赵国之虚实矣！”

“相国请讲！”

“赵王不好道德，而好声色，非贤王也；不好仁义，而好勇力，非能君也。有此庸君在赵，实乃我中山洪福，我王当祭告天地之福佑才是！”

“相国说得是！”王厝倾身，“不过，赵王之请，寡人何以应之？”

“臣有一策，可绝赵欲！”

“请讲。”

“世有请妃者，而无请后者。我王若是立阴姬为后，就可断去赵王念想！”

“嗯，也好。”王厝沉思有顷，看向内宰，“拟旨，册封阴姬为后，立阴姬子訾敖为太子，择吉日祭告太庙，诏示天下。”

“臣领旨。”

司马憙谢过恩，与公孙弘相视一眼，告退。见宫中再无他人，公孙弘方才拿出一罐，讲出李疵所言，王厝惊愕。这些日来，他正为性能力下降而苦闷。中山王嫔妃甚多，哪一个背后都有一股势力，任何一个得不到临幸就会出怨言，散布到宫外，不定就会闹出什么事情。

“臣与相国各得十粒，昨夜试用，果是神物。余下九粒，臣不敢擅用，特此献给我王！相国也余九粒，一并讲好留给我王！”

中山王厝喜甚，当即试用一粒，不一时，周身燥热难耐，急不可待地赶往后宫去了。

不消五日，王厝已将公孙弘所献的九粒用完。司马憙接献九粒，中山王未及用完，口鼻出血，崩于江姬身上。

由于中山王已正式册立阴姬为王后，阴姬之子訾敖无悬念继位。訾敖以淫荡罪处死江姬，诛杀江姬之子公子元楞。

中山新王依旧拜司马憙为相，晋升公孙弘为上卿。

中山国开奏新的乐章。

第五章

合五国苏秦再纵　请使楚张仪赌命

由楚师兵临蓝田关到四国连横伐楚，由齐师击杀唐蔑到秦师收复商於全部失地、夺占汉中郡，四国连横大军取得一系列战绩，完胜楚军。韩、魏二师各得所求，小胜即安。秦师各部主将却如打鸡血一般，纷纷向秦王请战，恨不得下一步就兵临郢都，将秦旗插遍大楚江山。

秦惠王坐不住了。

秦惠王的心动了。

秦惠王久久地站在形势图前，一双日渐苍老的鹰眼缓缓地看向黔中、汉中这两大片方圆各数百里的新拓展领地。前后不到两年，标在这两大片土地上的旗帜颜色就由楚红变作秦黑，一切犹如变戏法一般。

秦惠王的目光渐渐离开这两片土地，由汉中地移至庸中。庸中本为巴人的起源地，眼下是楚国的房陵县。房陵县的边缘是荆山，荆山过后，水流纵横，泽天一色，大楚国的郢都就坐落在这片一望无际的江汉平原上。

秦惠王的目光缓缓移向黔中郡，再由黔中移向东，移向北……

楚地实在是太辽阔了！

秦惠王轻吸一口长气，缓缓走回自己的几案。

几案上摆着一卷又一卷的表奏，每一卷上都清晰地现出“请战”

二字。

有脚步声响接近，不一时，内臣引张仪入见。

见过礼，秦惠王指向这些表奏道："这些日来，寡人收到诸将士的奏请，无不想打进郢都。寡人召请相国，是想听听相国之见！"

"敢问我王，这些奏请人中，究竟是诸将，是诸士，还是诸将士？"张仪没看表奏，盯住惠王。

"算是诸将吧，魏章、司马错、公子华也都上奏了。"

"所以我王忍不住了，也想趁势打进郢都，一举功成，是不是？"

"就算是吧，眼下机会不错，楚国三军垮塌，熊槐失魄，大楚成为孤熊，郢都也近在咫尺。"惠王略略一顿，指向奏书，"不过，这些都不是事儿，寡人只听你的。"他笑了笑，"你表个态，若成，寡人就下成的旨；若不成，寡人就下不成的旨。"

"臣无法表态，"张仪没有笑，"臣奏请我王请个账房来，由账房表态为好。"

"这……"惠王眯起眼睛，思索有顷，指向他，"听说相国刚出鬼谷时曾在楚地一家肉肆里做过一段辰光的账房，账目清爽呢。"拱手道，"寡人有请张账房！"

"我王的耳目倒是灵哩！"张仪笑了，回他个礼，扳起指头，"就本账房所知，与楚二战，首战于丹阳等地，我险胜，殉国将士逾六万，重伤者逾万，总计不下八万，是再不能战的了。次战于蓝田等多地，我方累计殉国逾八万，伤逾三万，总计十余万，亦为战士实缺。两战共计折损一十八万，占我大秦总兵员近半。"

惠王吸入一口长气，闭目。

"王上，"张仪指向奏章，"这些奏章清一色出自将军，因为他们是战胜者，所向披靡，一眼望去，是大楚的倒塌，是前所未有的机遇。他们完全看不到自己也是伤痕累累，不堪一战哪！我王为何不深入军营，问一问那些士卒，听听他们的声音？"

"士卒们难道不想立功吗？"

"他们已经立过功了，他们想的是如何活着回家，享受这些战功，而不是战死于他乡，让别人享受他们拿生命换来的战功！"张仪抖一抖肩膀，“臣若为一卒，也一定是这么想的。两军相搏，生死瞬间，他们经历的事情实在太多了！”

“你说得是！”惠王点个头，看向张仪，“以相国之计，下一步——”

“臣的账还没有算完呢，”张仪接着扳动指头，“眼下我王是举一国之力与大楚开战。我能战之士不过三十余万，余皆苍头。三十余万，眼下已去大半，余下之人常年征战，已疲惫不堪。反观楚国，方圆五千里。我们所占据的，不过是大楚一隅。楚三军虽然垮塌，但真正战死于沙场的，不足其三分之一，且楚之苍头，数倍于我。这还不是最重要的，”说着略顿，凝视惠王，“最重要的是，楚人近年胜多败少，未曾有过这般溃败。我王可以说是把楚人打痛了。”

“打痛了不好吗？”

“痛则醒。”

惠王再吸一口长气，重重地点头道：“你说得是！”

“还有，”张仪似是说个没完了，“楚国不是巴、蜀。楚灭越，是大吃小。秦灭巴、蜀，也是大吃小。即使大吃小，若不使用奇计，也是难得。秦对楚不同，是小吃大，是蛇吞象。楚王不是越王，痴于剑，更不是蜀王，痴于情。敢问我王，就凭眼下秦国之力，我们能够一口吞下这么大个楚国吗？”说着指向案上奏章，“这些将军眼下凭的是一股子热劲儿，但在臣眼里，莫说是打不到郢都，即使打到郢都，他们也很快就会尝到什么叫作苦涩！”

惠王长吸一口凉气。

“还有一笔账，”张仪接道，“就是臣的那个师兄。如果不出臣所料，齐师撤退，是苏秦力促的。还有公孙衍在魏，是不会与我一心的。更要紧的是赵王，他行胡服骑射，服楼烦、林胡，短短两年，已拓地过半，战力不可小觑。赵王听谁的？苏秦！再就是燕。新立燕王虽说是大王的骨血后人，但使他得立的不是大王，而是赵王，是苏秦。就利益而论，燕王必入纵亲。眼下我所以能胜楚人，是四国结盟之果。今齐已撤退，魏不配合，我王所能依靠的，只剩一个弱韩。韩王已得宛城，列国眼红，能守住宛城不失，是韩王眼下最大的心愿。由是观之，韩人也靠不得。无人可靠，我王却欲凭一己之力，驱十余万心中不肯恋战的士卒破楚郢都，这近乎妄想了！”

张仪层层递进，听得秦惠王额头出汗。

“臣是以谏言，”张仪转回话头，“我王要见好即收，与楚和谈。经此一战，楚已失力，我王再无南忧。未来远谋，我王当是休养生息，南和大楚，东图中原，尤其是择机削弱齐、赵实力，破解苏秦纵盟。”

“你说得是！”惠王完全折服了，“只是，楚王他……肯和吗？”

“就臣所知，”张仪应道，“楚王是个性情中人。性情中人重在性情。不记痛，我王打他一掌，他会跳起来，我王再揉他几揉，他或就肯了。再说，眼下的楚王，列国皆敌，列战皆负，列军皆溃，万念俱灰，正是脆弱之时。只要我王适时揉他一揉，嘘个寒暖，料他——”说着顿住。

“依相国之计，寡人该如何揉他为妥？”

“他不是心心念念地讨要商於吗？”张仪指向情势图，“我王既已占据汉中郡，商於谷地就不那么重要了，大可归还于他武关以东的於地一十五邑，因为它们本来就是商君强抢的。至于武关以西，那是楚国的先祖赠送于我王先祖的，我王有十足理由不予归还。还有黔东地，我王亦可暂时归还楚人，如果他们坚持讨要的话。”

“就依相国！”惠王应允，“何人可使？”

“臣举嬴疾。”

堂堂大楚三军说溃就溃，说垮就垮，楚怀王无论如何也不想承认这就是结局。

然而，事实摆在这儿。秦人收回全部商於失地不说，又占取黔东南的方圆数百里、汉中郡的方圆数百里，将一杆杆的黑旗插在他的家门口。黔东南尚好，本为蛮荒僻野，与郢都隔着一千多里，且中间非山即水，于大楚本为鸡肋，但汉中郡不同。楚有汉中，向西可威逼新郑，随时有机会切断秦与巴蜀；而秦得汉中，就可乘舟直下汉水，逼迫郢都。

这是怀王不可承受之重。

比起秦人来，让怀王更可恨的是韩人，竟然破楚方城，占楚铁都！

韩人已有宜阳，这又得楚宛城，天下的乌金就都捏在韩人的手心里了。还有魏人，不声不响地拿下叶城与上蔡。叶城与上蔡虽说赶不上方城与宛城重要，却也实在是剜他熊槐的心。

连累带气，楚怀王病了。

罹病期间，楚怀王茶不思，饭不想，由早到晚窝在他的寝宫里，将朝中诸事一股脑儿交给太子横与令尹昭睢。

怀王一病就是两个月，到第三月，感觉略略好些，再度上朝。

楚国依旧是怀王的。得知是怀王上朝，能来的朝臣全都来了，黑压压地站满朝廷。

楚怀王打眼望去，近三分之一的臣子他竟都认不出来。怀王晓得，他们大多是战殁朝臣的后人，按照楚国的世袭承继制，这辰光全都补缺了。

怀王的眼睛缓缓移向一人，是个十来岁的孩子。他一身戎装，小小的体形与身上的那套宽大甲衣配起来，显得滑稽。

怀王向他招手。

那孩子是第一次面见楚王，怯怯地走到王案前，扑地跪下。由于甲胄过重，他又不太会跪，整个身体扑倒在地，头盔也掉落了，滚到一侧，发出哐当的声响。孩子愈加紧张，又不敢捡拾头盔，只将屁股高高地翘起来，模样愈见滑稽。

朝臣们却笑不出来，面面相觑。

“你是——”怀王盯住他。

“臣……臣……”孩子吓傻了，说不出话来。

怀王看向昭睢。

“启禀我王，”昭睢跨前一步，拱手应道，“他叫芈辛，是伐秦副将兼先锋逢侯芈丑的嫡长子，已按大楚规制袭逢侯爵，为逢侯辛，列朝大夫，职司有待我王诏命！”

“壮哉，少年！”怀王转对孩子道，“平身！”

“臣谢……大王恩赐！”芈辛叩首。他感觉好多了，艰难站起。

“逢侯，你过来！”怀王招手。

芈辛迟疑一下，捡起头盔，戴好。内尹走过去，拉住他，引他绕过王案，到怀王身边。

怀王握住芈辛的手，按他坐在身边，问道："逢侯，这身甲衣，可是你父亲的？"

"是的，大王。"

"这是英雄的甲衣！"怀王感慨一声，拍拍他的小脑袋，"说给寡人，你想做什么？"

芈辛握紧小拳，童声铿锵道："禀王上，我要上战场，杀秦人，收复失地，为我先父报仇，为所有死难的烈士报仇！"

怀王流泪了。

朝臣们全都流泪了。

怀王拭去泪，大手重重地按在他的肩头道："说给寡人，你年齿几何？"

"到今年七月，臣届满十周岁！"

"好男儿！"怀王看向昭睢，"昭睢听旨！"

昭睢跪叩："臣听旨！"

"立大楚童子军，凡烈士遗孤年齿如芈辛者，皆可入役，入编三军，为预备师，四季军训，领大楚军饷！"

"臣领旨！"昭睢应道。

"芈辛听旨！"

芈辛离开怀王，走到案前，挨昭睢跪下："臣听旨！"

"诏命逢侯芈辛为预备师裨将！"

"末将受命！"童声响彻朝堂。

俟昭睢拉起芈辛，退入朝臣行列，怀王方才正式启朝。

"诸卿，诸尹，"怀王扫视众臣，声音洪亮，语气沉重，"我大楚自立国以来，从未有过今日之败。究其败因，非我战士不勇，非我将帅不能，过错尽在寡人一人！"

见怀王这般贬损自己，揽起所有责任，朝臣尽皆怔住了。

"陛下——"昭睢跪地，痛哭失声。

所有朝臣尽皆跪下，大放悲声。

"但我大楚屈服过吗？"怀王猛地提高声音，铿锵有力，"从来没有！想当年，伍子胥招引吴师掠我郢都，居我宫室，屠我族人，辱我妻女，毁我祖庙，掘我祖墓，鞭我祖尸，我大楚屈服了吗？我有义士申包胥，我有忠臣子綦，我有数以千万计的大楚子民拥戴！”说着用犀利的目光扫向众臣，“今日亦然！寡人幸甚，因为寡人有芈丑，有芈辛，有屈丐，有屈遥，有数以千万计的死国先驱，有数以千万计的不屈后人！”

众臣无不为怀王的雄伟气概所震慑，情绪激动。

“诸位贤臣，”怀王再道，“近两个月来，寡人病了。寡人得的什么病呢？是两个病，一个病在身，一个病在心。病在身，寡人尚可忍；病在心，寡人实在难熬，度日如年啊！”

朝堂静寂，所有人的目光投向怀王。

“寡人的心病，病根只在两个字上，”怀王缓缓接道，语气沉重，“一个是恨字，一个是悔字。寡人恨在三处，一处是秦人，一处是韩人，一处是魏人。寡人恨不得化身为恶魔，一个一个地吞吃他们！寡人悔在两处，一是悔不该听信张仪那个无信小人，二是悔不该与齐王绝交！”说着冷冷的目光扫向靳尚，鼻孔里轻轻哼出一声。

靳尚看在眼里，听在耳里，不由得打个寒战。

“诸卿，诸尹，”怀王回归正题，声音转向激昂，“寡人明白，寡人不是贤君，可寡人知耻！子曰，知耻而后勇！”说着转向内尹，“取砚！”

内尹取出一砚，摆在怀王跟前。

怀王缓缓抽出宝剑，搁在案上，横出手指，以指尖对准剑尖，猛地用力。

众臣看呆了，瞠目结舌。

剑刺指破，鲜血流出，一滴一滴，滴在砚台里。

“陛下——”昭睢哭出声来。

众臣皆哭。

见砚台滴满，怀王看向御史，指向那砚道：“饱蘸寡人之血，拟诏！”

御史跪下，双手捧过那砚，颤声道：“臣接旨！”

怀王一字一顿道：“天经地义，血债血偿。寡人为先驱，大楚子民，凡男丁悉数应役，提刀握枪，斩杀恶狼，以敌之血，复我失地，祭我忠魂。大楚之王，熊槐诏命！”

在场朝臣无不激动，跪地涕泣，异口同声：“臣受命！”

朝堂散后，屈平久久不能平静。

上朝之前，屈平料到怀王上朝会有惊人之举，只未料到他的动作如此之大，竟然借一个穿其为国而死的父亲甲衣的十龄孩童引发仇恨，再度燎起战火。

那孩子上朝，怀王看到的是壮，屈平看到的是悲。

但在朝堂上，屈平一句话也没讲，甚至连呼吸都是小声的。

历经风雨，屈平已经学会了隐忍。屈平明白，眼前这个他曾经引以为知己的怀王一旦发作，是听不进任何不同声音的。

好在，怀王所提之三恨，并没有将齐人囊括进去。屈平明白，不是怀王忘了，而是他没有办法去恨齐人，因为齐人是他自己与之绝交的。有宋遗那般作为，如果碰上的是他怀王，怕就不只是受烹了。

眼下之计，是求王叔。

在怀王卧榻的这段日子里，王叔大概是楚国朝廷里最繁忙的人了。朝堂上虽然坐着太子横，但真正处置国事的是王叔，全力组织楚人抵御秦、韩、魏三国向郢都进攻的也是王叔。半个月前，王叔前往丹阳等地视察军事，这辰光该当回来了。

屈平使屈遥前往王叔府宅探看，不想王叔竟就搭乘屈遥的车马来他草庐了。

屈平闻报，紧急迎出户外。

“屈平啊，”王叔握住他的手，“老夫昨夜人定方回，今朝太累，就没有上朝，正说要寻你聊聊，屈遥竟就来了。老夫也就搭他个便车，真正巧呢。”

“谢王叔挂记！”屈平顺手搀扶他步入柴扉，来到草堂间，席地坐于当院。

屈遥搬来两张几案，摆上茶水。

“今日上朝，”屈平盯住王叔，直入主题，“大王滴血颁诏，要求大楚子民，凡男丁悉数应役，向秦、韩、魏三国复仇。晚辈以为不智。错不过三，大王已经一错再错了，王叔！”

“唉，”王叔怅然叹道，“屈平啊，你是对的，是大王昏头了，老夫我……也昏头了。前番听信张仪，之后又不听你的苦劝，一而再伐秦，终致报应，是老夫害了大楚啊！”

“王叔，”屈平盯住他，“昨日不可追，明日犹可期。无论如何，我大楚依旧是大楚，是不是？”

“是哩！”王叔回到现实，倾身，盯住屈平，“老夫此来，正是想听听你的远谋。”

“谢王叔信任！”屈平拱手谢过，朗声道，“晚辈并无他谋，依旧是造宪改制，联齐制秦。”

“好！”王叔应声道，“王叔就照你说的做，造宪改制，联齐制秦！”

“王叔，您……当真？”屈平不可置信。

“当真！”王叔语气平淡，但充满力量。

“云儿，”屈平是真的激动，他仰头看天，刚好望到一朵白云，扑地跪下，张臂拥它，声音哽咽，“你听见了吧？王叔……我们的阿大，他……要造宪改制了……”

“我的……云儿……”王叔也跪下来，看向那朵云，流出眼泪。

二人为白云伤感一时，话题转回造宪改制。就令如何造、制如何改，二人足足议了两个时辰。

这些日来，王叔显然也是想通了，针对贵族如何改制讲出一整套的思路，其中重要的是如何奖励军功。无论何人，所有封赏必须与耕战挂钩，凡在战场上杀敌立功或不幸殉国者，已有爵位非但可以保全，不足其功者还可晋爵加封，而畏敌不战或逃避兵役者，则没收其全部世袭权利。对于出身低贱的死国烈士或杀敌立功者，应视其战功予以相同封赏。

相较之前屈平一刀切式的取缔世袭，王叔的提议显然更接地气。眼下外敌入侵，家国蒙难，大楚子民有义务为国效力，奖功罚罪任何人无法反驳。

二人议定，屈平拿出他原来所造的宪令，将王叔所提一一改过，理出一套完整的宪制卷宗。于次日晨起，他随同王叔入宫奏报。

怀王详细看毕，将卷宗放在案头，对屈平道：“此为远策，非当务之急。当务之急是，招募适龄男丁，补足三军缺额，与秦、韩、魏开战，收复失地！”

屈平看向王叔。

“王兄，”王叔奏道，“臣弟巡视三军，刚从丹阳回来。眼下开战，我们是开不起了。三军士气泄了，重鼓士气需要时日。再就是粮草不继，大灾之后我连番征伐，库粮全空了。臣弟以为，当务之急是与民休息。君子报仇，十年不迟啊。”说着指向摆在案头的宪制，“此宪令是臣弟与三闾大夫一起拟就的，只要我王一力实施，无须十年，当可复兴楚国，收复失地！”

见王叔一改初衷，竟然与屈平一个鼻孔出气，怀王惊到了。

“王上，”见怀王久久没有说话，屈平接道，“只要王制不改，即使征兵募役，百姓也不会拥戴。只有王制改动，我王奖励耕战，按军功行赏，大家才有奔头。我大楚地广人多，只要我王不计出身，赏罚公允，民众就会乐战。”

“二位讲得是！”怀王这才缓过神来，沉思有顷，说道，“这样如何，我们两不误，一是征兵募役，二是颁布此令，奖励耕战。”

这不失为一个两全其美之策，屈平、王叔皆无话说。

“敢问我王，”屈平问道，“此前战殁或立功将士，是否可按新颁宪令予以奖励？”

这是一个浩大工程，更是一项巨量开支。

关键是，这是一场全方位的溃败。战败行赏，亘古未有。

怀王迟疑一下，看向王叔。

王叔看向屈平。

怀王也看过来。

“臣以为，”屈平提议，“凡战殁烈士，皆是为国捐躯，我王理当有所抚恤。”

“怎么抚恤？”怀王苦笑一下，看向王叔，“溃败之师，怎么赏？这若赏了，今后谁还争勇？”

“臣以为，”屈平坚持，“战争胜负关乎生还者，不关乎战死者。战士上战场，为的是战。对于战死者，胜负已经与他们无关了。得胜之师与溃退之军，指的皆是活者。大王奖励获胜之师，惩罚溃逃之师，皆是针对活者，而战死在沙场的才是真正的勇士！大王若不厚葬死者，重奖死者，再上战场，谁肯赴死？因为，只有活着回来，才能成为赢家！”

“你说得是。”怀王一脸愁容，“可几战下来，战殁者不下二十万众，国库……”

“王上，”屈平接道，“钱之用，无非是为物产。国库无钱，但我楚地大物博，我王有的是物产。对于死国之士，我王可诏命司尹造册记功，树碑立祠，铭其名，彰其功，赏其产，业其家。众人见我王葬厚赏重，死无后忧，再战必勇。士不惧死，战必胜！”

“好吧！”怀王指向案上的卷宗，“你将这些一并写进宪制中。”

屈平改坐为跪，叩首道：“臣代战殁之士并其家室叩谢我王！”

“唉，你谢个什么呀！”怀王轻叹一声，“屈平，你是大才，可惜寡人几番未能听进你言，追悔莫及。宪令的事，有王叔鼎持，寡人就放心了。你这就拟好诏书，寡人就颁诏，让令尹府推行。内忧这般去解，外患呢？如何驱走三寇，收复失地，你可有良策？”

“臣依旧是苏子主张，合纵制秦。”屈平恢复坐姿，侃侃应道。

“合他什么纵？”怀王冷笑一声，“韩、魏这还霸着我的土地呢！”

“盟齐。我有强齐，可御秦矣！”

“唉，”怀王长叹一声，“是寡人糊涂，让那个宋遗把退路断了！”

“路断了，可以再修！”

“寡人也是此意，齐国的事，非你不可。你这就走一趟，代寡人向他齐王认个错。齐国换王了，听听那个后生是何说辞！”

“臣受命！”

屈平拟好宪令，交给王叔，拿起使节，匆匆上路赶赴临淄。

屈平走后不久，秦使嬴疾至郢，递上国书，求见楚王。

怀王拒见，也不接他的国书。

嬴疾转投令尹府，递上拜帖。

门人收下拜帖，俄顷，回他以令尹不在。

嬴疾晓得，是昭雎不想见他。

嬴疾在使馆度过两日，于第三日傍黑，轻轻叩响靳尚院门。

陪他来的是车卫秦。

“老天哪，您这是害我呀！”靳尚一脸惊惧，将二人急拉进门，显然已晓得他们此来何意，压低声对车卫秦道，“去找昭雎！”

“他不肯见我们！”

“守着他呀！”靳尚指向不远处的昭府，声音更低，“他去宫中了，是王上召见他，为的就是你们这档事儿，这辰光应该没回来！”

二人不再废话，匆匆别过靳尚，赶到昭府。在户外守没多久，有车马响近，果是昭雎回府。

嬴疾现身，走到光亮处，朝正在下车的昭雎拱个大礼道：“秦使嬴疾见过令尹大人！”

“昭雎见过秦使！”昭雎回礼。

“嬴疾前日拜见大人，偏巧大人不在府中。今朝来，大人又不在，在下无奈，只好守在此处，果然就候到大人了！”嬴疾一脸是笑。

“昭雎失礼了！”昭雎伸手礼让，“秦使，请！”

嬴疾进门，作为护卫，车卫秦留在户外。

“秦使苦守在下，不会是来下战书的吧？”昭雎盯住他，目光半是挑战。

“嬴疾不敢！”嬴疾拱手道，“除商君之外，秦人从未挑战过大楚，望令尹明察！”

“既非下战书，敢问秦使，你守候在下，是为何事？”

“奉秦王旨，与大楚议和，睦邻而居！”

“一听到秦使‘议和’，楚人的汗毛就竖起来了！”昭雎半是揶揄地道。

“有这么夸张吗？”嬴疾笑了，“细算起来，楚、秦之好少说也过百年，秦公还拿五张羊皮换过贤相百里奚呢！”

“所以说，秦人从来不做赔本的生意！”昭睢看向他，转入正题，“既为议和而来，请问秦使，如何议和？”

“回禀大人，”嬴疾敛起笑，语气凝重，“冤冤相报，遭难的只有两国之民，是以我王特使在下赴郢议和。自今日始，前怨勾销，楚、秦重结盟亲，续百年之好。”

“在下所问的是，秦使如何议和结好？”

“楚王兴兵伐秦，为的不过是商於谷地。商於之事比较复杂，不过，我王已经祭告先庙，决计归还武关以东商君所占之地，计城邑一十五座。”

“武关以西一十五邑呢？”

“武关以西一十五邑乃大楚先祖赠予我秦国先祖的，是两国结好之果。今契约依在，非我王所能准允，望令尹大人谅解！”

“还有吗？”

“是的，”嬴疾接道，“我王还承诺归还黔东南之地，继续维持战前边界。”

“汉中郡呢？”昭睢盯住他。

“楚人无端兴伐，攻至我家门口，差点儿打到咸阳。我保家卫国，死伤勇士过二十万，仅仅拿汉中郡交换商於谷地一十五邑，不算过分吧？”嬴疾二目如剑，逼视昭睢。

“什么无端兴伐？”昭睢怒了，一震几案，“天底下有烧毁契约的王吗？有出尔反尔的使臣吗？秦相张仪使我，信誓诺诺，声称归还我商於六百里谷地，且还签署协议，结果呢？那契约让秦王一把火烧了，张仪也将承诺的六百里商於谷地改为於城六里！是可忍，孰不可忍？”

“令尹大人息怒，”嬴疾淡淡一笑，“如果在下没有记错的话，随张相国使秦的正是大人您。别人想说什么皆可，唯独您不能这么说。那契约的确是让我王一把火烧了，但我王烧的真的是契约吗？就在下所知，我王从未与任何人就商於谷地签过契约！至于张相国的承诺与签押，那是张相国的事，我王是不晓得的。张仪使楚，我王授予他的使命只有一个，聘亲芈月公主，缔结两国百年之好，这个是讲定的。至于张相国在郢都为何改变使命，与贵国就商於谷地签署契约，我王并不晓得。这也是在令尹大人上门讨要商於时，我王震怒并烧约的缘由。不过，前是丹阳，后是蓝田，两场血战教训让我王想通了，大国相抗，战则两伤，既非黎民之福，也不合两国长远利益。两国浴血，为的无非是商於谷地，是以我王特使在下再赴郢都，专门就商於谷地缔结契约。真的假不了，假的真不了。令尹大人，难道您定要不辨真假，定要不顾苍生死活，定要驱使楚人与秦人同归于尽吗？令尹大人，实话告诉您，老秦人打不下去了，我王也不想再打下去。不过，如果楚王认为楚国还能继续打下去，老秦人也是不惧的！”

见话讲到这个地步，昭睢渐渐冷静下来。

身为令尹，没有谁能比昭睢更深切地感受到，楚国真的也打不下去了。

“秦使肺腑之言，在下感动！”昭睢缓和语气，微微拱手道，“今宵晚了，秦使可回馆驿安歇，容在下明日将秦使所求禀奏我王，一切由我王定夺！”

“谢令尹！”

翌日晨起，昭睢入宫，将秦使守门候他并来此使命悉数讲给怀王。

“这般说来，”怀王恨道，“一切皆是张仪作祟！这个无耻小人——”说着牙齿咬得咯嘣嘣响。

“秦使那儿如何回复，还请我王定夺！”昭睢奏请。

“你是何意？”怀王看向他。

“臣以为，”昭睢应道，“我王可以答应秦使所请，接受武关以东之於城一十五邑，收回黔东南。至于汉中郡，待我有所恢复，另行图之！”

“什么黔东南？”怀王重重地哼出一声，“既然那契约秦王不认，就是他张仪自作出来的。解铃还须系铃人，他张仪惹出来的事，秦王为何另使人来？”将几案砸得咚咚直响，“你可晓谕秦使，寡人什么也不要，只要他张仪！要么秦王交出张仪，要么，寡人打到他咸阳！”

“王上？”昭睢震惊了。

"去，就这么说！"怀王指向殿门。

屈平使齐，一路紧赶慢赶，经由旬日，终于抵达襄陵。

出发之日，屈平已使屈遥等人分派快马赶赴大梁、邯郸、蓟城三地打探苏秦行踪，约好在襄陵碰头。屈平晓得，此番使齐，若要不辱使命，没有苏秦是不行的。

屈平遂在襄陵住下，约过旬日，屈遥来了，说是苏秦已在临淄。他已使人捎信，若无意外，苏秦当在临淄等候。屈平喜甚，与屈遥快马加鞭，昼夜兼程，不过三日即到临淄。

苏秦依旧住在稷下他的院子里，听闻车响，迎出户外。

"苏子——"屈平飞步跨前，紧紧握住苏秦的手。

"屈子——"苏秦伸出另一只手，紧紧拥住屈平。

相拥良久，屈平松开手，退后一步，施个正式的会见大礼道："楚使屈平拜见六国共相苏大人！"

苏秦回过礼，携屈平入内，同席而坐，温酒畅谈，叙话达旦。

主要是屈平在讲。屈平如见亲人，楚国之事，事无巨细，悉数倒给苏秦，末了叹道："唉，兵败如山倒。自唐蔑战死，大楚数十万人马，由南及北，说垮就全垮了。苏子有所不知，那些日里，在下天天听到的尽是噩耗，欲哭无泪，生不如死啊！能做的平已做了，可大王他……不肯听啊！"

"唉，"苏秦亦出一声轻叹，"楚国有今日，是注定的。此所谓积重难返啊！"

"不瞒苏子，"屈平接道，"那辰光，战场僵持，在下真正忧心的是方城，是鲁关，在下做梦也没想到，打破僵局的竟会是齐人！"

"也不能全怪齐人。"苏秦应道。

"哦？"屈平怔住了。

"四国伐楚时，"苏秦接道，"在下与赵王正在北胡，得知情势后，便急赴大梁，见到犀首。听完犀首讲毕诸方兵力布局，在下松了一口气，认为楚国尚可一搏。因为四国兵马，真正用力的只有秦、韩。魏军主将已得犀首密令，出场而不出战。齐军主将匡章亦得在下密函，出场而不出战。”

“可匡将军他——”

“是的，”苏秦应道，“在下也是不解，俟匡将军回来，在下问及此事。他拿出一封密函，是秦国黑雕送来的，说是方城主将景翠密调大军过十万，正从四面包抄齐军，欲先除之。接着，齐军哨探分别验证秦人信息。眼见后路被断，齐军陷入楚人重围，匡章无奈，方才先发制人，渡水击杀唐蔑。如果不出在下所断，是楚人中了秦人之计！”

“是冷向！”屈平脱口而出。

“冷向？”苏秦怔住了。

“宛城失陷，景翠南撤，途中遇到在下，对在下谈及宛城之事，说是他得知一个叫冷向的好友密报，齐人已与秦人议好，批亢捣虚，攻打郢都！眼见事急，景将军才——”

想到冷向，苏秦闭目良久，怅然叹道：“是张仪，做下一个好局啊！”

“张仪？”屈平怔住了。

“在下见过冷向，他是商君的人，在商君死后回到故乡韩地。楚国伐秦时，张仪入韩，结韩王驱走犀首，而后起用冷向，这又使他为间。冷向在秦时与景监交好，景监是景将军的阿叔，张仪使冷向为间，景将军上当是必然的！”

复完楚国这场败局，二人各自嗟叹。

翌日晨起，苏秦引屈平入宫觐见齐湣王，侍坐的是相国田文。屈平传楚怀王之言，代楚王向齐国并齐王表达歉意并睦邻意向，情真意切。

“楚使，”湣王盯住屈平，“楚王的道歉并诚意，寡人听到了。前番楚王使宋遗辱我先王于朝堂，天下无不知。楚王虽表示悔过，但事涉先王，非寡人所能擅决。楚使可先回馆驿，俟寡人祭告先王，卜占天意，再予以回复楚使，如何？”

“平代我王谢大王宽谅！”屈平拱手谢过，退出。

“苏子留步！”湣王叫住苏秦。

见屈平走远，湣王看向苏秦与田文道：“楚国之事，二位可有应对？”

田文看向苏秦。

“禀大王，”苏秦拱手道，“臣以为，齐国长策依旧是合纵制秦。与楚睦邻，是合纵的前提，符合齐国长策。因为，魏国之后，天下强国无外乎齐、楚、秦三国。秦连横四国攻楚，楚国战败，失地损兵，实力大减。未来天下，真正强者只有齐国与秦国。齐、秦二强必有一争。楚虽失利，但地大物博，人口众多，实力仍旧不可小觑。楚西接于秦，东邻于齐，秦、齐两家，谁家得楚，谁家将在未来大争中占据先机。”

“嗯嗯，”湣王连连点头，“苏子看得长远，寡人深以为然。不过，楚王是自己将路走绝，如果仅是空口道歉，未能拿出实际诚意，总不免——”说着顿住话头。

“大王所言极是！”苏秦应道，“请问大王，楚王如何表达诚意方为合适呢？”

湣王看向田文。

“臣以为，”田文意会，拱手应道，“楚王可做二事以示其诚，一是质太子于齐，二是不再过问宋国之事！”

“对对对，”湣王捋一把新蓄起的胡须，迭声叫道，“相国所言甚合吾意！苏子，寡人不多想了，就这两条，尤其是后面一条，你这就知会楚使。”

“除此之外，敢问大王还有何欲？”

“嗯，”湣王又想了一会儿，捋一把胡须，“没有什么了，只此两条。其实，就楚而言，寡人要的只是一条——一旦哪天寡人兴起，出兵伐宋，楚王甭再说三道四。至于另外一条，是给他使个绊，好让他口有遮拦，以免节外生枝。”

“臣受命！”

苏秦赶到使馆，将齐王之意讲给屈平，末了苦笑：“天下是越来越热闹了。赵王心系中山，齐王意在并宋，魏王早晚都在琢磨已在其囊中的卫国，泗上诸国，譬如鲁、滕、邹等，有等于无，基本就是守个宗祠。看着看着，天下一如先生所判，就要统于一了。”

“若统于一，以苏子之见，该当统于何国？”

“秦。”苏秦几乎是未加思索。

“秦？”屈平震惊，“你是说，天下将一统于张仪的连横——”

“连横只是手段，真正让秦一统的，是商君之法。”苏秦看向西方，“天下没有任何力量能够阻挡一个举国耕战、全民皆兵的虎狼之国！”说着长叹一声，“在下拼尽全力，不过是暂时阻碍它的一统进程，何其悲哉！”

“不是这样的！”屈平急了，“苏子，在它未一统之前，我们就合天下之力，灭掉它！您得修改纵亲宗旨，改制秦为灭秦！”

“灭秦？”苏秦眼里冒出一丝亮光，但这亮光瞬息即逝。他耳边又响起鬼谷子的声音，“纵横成局，允执厥中；大我天下，公私私公”。是的，灭秦即去横，去横则无纵。纵横缺一，就不成局。同理，没有他的纵亲，张仪的横局也走不出来。

再说，就眼前的六国，能灭秦吗？即使能，灭秦之后，天下又会是什么样子呢？

苏秦不敢再想下去。

“苏子，相信我，只要六国合力，我们定能灭掉虎狼之秦！”屈平握拳。

是呀，关键是合力。

“屈子，”苏秦盯住他，“你使人快马禀报楚王，而后与在下赶赴大梁，结盟魏王。有在下出面，赵、燕当无阻碍。楚国只需结牢齐、魏，我们就可纵亲五国，静待韩国之变。若是六国纵盟再成，秦或有变，天下或可期待。你可奏明楚王，就说是在下说的，宋国事小，摆在楚国面前的只有合纵一条路了。假定楚王诚如屈子所言，对内造宪改制、整顿吏治，对外不计恩怨、纵亲五国，就有机会与秦国一拼。否则，楚亡无日矣！”

“平受命。”

是夜，屈平写出奏请，使人快马赴郢禀报楚王。翌日晨起，屈平随苏秦赴魏，在公孙衍引见下，觐见魏襄王。

齐国好说，魏、楚再要睦邻就复杂多了。庞涓之时，争端在宋。楚伐宋，魏救之，趁势夺占楚国北方要塞陉山。庞涓死后，魏势衰弱，楚国恃强反击，夺占襄陵。眼下楚国风光不再，魏借秦势，反夺叶城、上蔡，已经杀入楚国腹地。

综合考量，楚、魏之争，吃亏的是楚国。身为王使，屈平不敢有辱使命，提出陉山与襄陵算是扯平，魏国理当无条件地归还叶城与上蔡。

“犀首，”魏襄王鼻孔里轻轻哼出一声，看向公孙衍，“这两地是你打下来的，楚使要求归还，你且说说，寡人是归还呢，还是不还？”

“回禀我王，”公孙衍拱手道，“乱世恃力，强者为王，没有理当不理当之说。魏、楚水土相依，只有睦邻而居，彼此相安，才符合两国长远福祉。今朝楚王特使诚意求和，我王亦当以诚相待。是以臣以为，我王可归还叶城，至于上蔡，为陉山安危计，我王须暂时留防，以待来日。”

公孙衍的提议可谓是三全其美：一是归还叶城，给足楚王并楚使面子；二是叶城距大梁过远，魏国本就辖制困难；三是叶城位于新郑与宛城之间，魏将此城归还楚人，无异于卡住韩都与宛城的咽喉，迫使韩人放弃宛地。

魏襄王满意地点点头，看向屈平道：“我相国之言，楚使意下如何？”

“谢魏王关切！”屈平拱手道，“国土大事，臣不敢擅专，俟平回奏我王，再向大王复命！”

“甚好！”魏襄王扬手，“只要楚王应允相国所议，寡人就与他签订睦邻盟约，永世相安！”

屈平别过，再使人快马禀奏楚王。

与此同时，苏秦亦使人快马奔赴邯郸与蓟城，奏请二王加入楚、齐、魏三国联盟。五国择地盟誓，合纵以制秦、韩。

一个月后，屈平正式收到楚王的允准，同意齐、魏二国所提的条款。苏秦也与赵、燕达成一致，以合纵五国互不干涉邻国事务、共制强秦为前置条件，使赵王得以安心地谋取中山，齐王得以安心地谋取宋国，魏王得以安心地谋取卫国，楚王得以借纵亲四国之力与秦、韩一搏，收回所失国土。

口头议定之后，苏秦正式向楚、齐、魏、赵、燕五国发出邀约，请楚使屈平、齐使田文、魏使公孙衍、赵使肥义、燕使乐毅，于是年仲秋日赶赴魏都大梁，共议纵亲，签署盟约。

在嬴疾使楚、屈平使齐的当儿，张仪也没停歇，再次赶赴韩都新郑。

近些日来，张仪越来越喜欢韩国了，一则是韩王已被绑到他的连横战车上，于秦国不可或缺，二则是因为冷向。

不知怎的，张仪越来越喜欢这个新交的朋友。在秦国，他位列相国，贵为国戚，但在内心深处总是泛出一股莫名的寒意，纵有心事也无个吐处，即使对好友魏章也是如此。冷向却不同。许是因为尸佼，许是因为直觉，冷向认可张仪，信任张仪，且这种认可与信任已远远超越他当年对师兄商君的态度。张仪一度想将他带回咸阳，但冷向不肯再回。

冷向非但不肯再回，还劝张仪早备后路，否则，极有可能步商君后尘。张仪也察觉到了。他之所以悉心经营韩国，此为原因之一。而要经营韩国，最得力之人莫过于冷向，一个不声不响但谋事滴水不漏的人。

苏秦约纵五国，将韩国排除在外。

韩襄王闻报，急召张仪、冷向、公仲朋谋议。

“大王，”张仪笑道，“您是否也想回归纵亲？”

“这……”韩襄王急道，“寡人……召请诸位，是想谋个应策！”

“应策有二，”张仪接过话头，“一是大王回归纵亲，六国成纵，与秦对抗；二是大王与秦连横，对抗五国。大王唯此二途，别无他路可走！”

“对抗五国，这……”韩襄王看向公仲朋，表情焦虑。

“看来大王是要重新入纵了！”张仪笑道，“这个容易，在下只需一封书信而已！”

“一封书信？”

“是呀，”张仪指向孟津，“六国纵盟是苏秦发起的，苏秦重启盟约，没有大王，岂不是少点儿什么吗？苏秦之所以没有邀请大王，是他晓得大王不会去，也不能去！”

“寡人为什么不会去，也不能去？”韩襄王怔住了。

“因为大王舍不得宛城！”

“魏王呢？”韩襄王不可置信，“难道他能舍得所占地盘？”

“魏王舍不得，但公孙衍舍得！”

“这……”

“如果不出所料，”张仪侃侃说道，“魏、楚结盟，条件是魏王让出叶城！”

“你是说，叶城归楚？”韩襄王打了个寒战。

张仪淡淡一笑道：“应该不会太久，叶城将再次插上楚国的旗帜！”

叶城入楚，刚好插在宛城与新郑之间！

韩襄王的脸色变了，看向公仲朋。

“蔡地呢？魏王也会归还吗？”公仲朋问道。

“如果大人是魏王，会让出上蔡吗？”张仪反问。

“楚王他肯？”

“不肯又有什么办法？”张仪两手一摊，“战败之国，是不能谈条件的！”

“齐国呢？”韩襄王插话道，“前番楚使羞辱齐王于廷，齐王能与楚盟？”

“能啊。”张仪笑道，“一是匡章击杀唐蔑，齐王已经报过仇了；二是楚国应该会送齐王一个大礼。”

“什么大礼？”韩襄王急问。

“宋国。”

“你怎会晓得？”

“臣怎会不晓得呢？”张仪嘴角轻轻撇出一笑，“臣还晓得，赵国参与，是魏、齐答应不过问中山之事；魏国参与，是因齐、赵答应不过问卫国之事。至于宋国，自楚得襄陵，就与魏国不搭界了。”说着盯住韩襄王，淡淡一笑，“大王这该明白了吧，无论是卫国、宋国还是中山，都与韩国不沾边，也自然与大王您没有瓜葛。与大王有瓜葛的只有铁都宛城，大王有心将之归还楚国吗？”

“寡人……”韩襄王迟疑一下，拳头渐渐握紧，面色坚毅，“不还！”

“大王威武！”张仪竖起拇指，“不过，大王若是无意归还，就得听在下的。大王得去做两件事：第一，与秦连横，秦王已坐拥商於、汉中、巴蜀与黔东南，郢都三日可至，只要韩王横秦，料他楚王不敢轻举妄动！”

“第二呢？”韩襄王盯住他。

“去楚化。”

“去楚化？”韩襄王不解，“什么是去楚化？”

“易名。”张仪又道。

“这……”韩襄王蒙了，看向公仲朋。

“就是为宛城改个名字，”张仪解释，“要让宛城人重新认识自己。说到宛城，天下皆知是楚的，而大王不叫它宛城，改叫它一个韩国名字，天下就会渐渐认可了。”

“好主意呀！”韩襄王豁然开朗，一拳震几，眼珠子眨巴几下，看向张仪，“秦使，就叫它南阳如何？”

南阳是位于太行山南麓、河水北岸的一片地域。它刚好卡在太行八陉之一轵关陉的出口，归属于晋后，为韩国占据，天下无人不晓南阳是韩国的。

“好名字！”张仪拱手道。

“就这么定了！”韩襄王转对公仲朋道，“拟诏吧，自今日始，改宛城为南阳，其他城邑不变。”

“臣受命！”公仲应过。

“韩王英明！”张仪拱手道，“臣这就赶赴咸阳，将我王诚意转达秦王，缔结韩秦横约，反制五国纵盟！”

“有劳张子了！”韩襄王回礼。

张仪急如星火地回到咸阳，但觉一股寒气扑面而来。

甚至不能说是寒气，而是一股置人于死地的杀气。

这股杀气来自宫中，来自太子嬴荡。

张仪回到府中，沐浴更衣，见小顺儿已备好车，纵身跳上，正要驶离，一女仆急跑过来，将他拦住。

“主公，”女仆叫道，“夫人有请，是急事！”

张仪怔住了，跳下车，跟随女仆来到夫人的内房。

女仆掩上房门，快步去了。

房中再无他人。

紫云静静地坐在一块毛毯上，指向对面的毯子。

“夫人？”张仪坐下，看向她，轻声道。

“有人欲对夫君不利！”紫云盯住他，声音淡淡的。

“何人？”张仪吃一惊。

“太子。”

“为何？”张仪愈惊，声音提高道。

“因为疾哥！”

“疾哥？”张仪眯起眼来，“他使楚回来了？”

“回来几日了。”

“快说，怎么回事儿？”

“楚王同意结盟，条件是，要么将黔东南、汉中郡、全部商於谷地归还楚人，要么送夫君赴楚！”

张仪目瞪口呆。

“王兄召人谋议，说是议过好几次了。大家吵作一锅粥，大多认为应送夫君赴楚，只有魏章将军、疾哥不同意。”紫云看向张仪，眼圈红了，“夫君，你万不能去，听疾哥说，楚王恨死你了！”

“都有何人要送我赴楚？”

“殿下、甘茂、司马错几个。”

“司马错？”张仪眯眼，“他……”说着又看向紫云，“嬴疾、嬴华呢？”

“疾哥不同意，华哥没出声。”

“大王呢？”

“驷哥一直眯着眼，没说一句话。”

“如此机密之事，夫人是从哪里晓得的？”

“有人透给臣妾的！”

“啥人？”

“这个夫君不要问了。”紫云应道，“臣妾之意是，夫君这次回来，要是没有惊动啥人，就不要进宫了。夫君守在家里，俟天黑便出城，连夜赶回韩国！只要你不在朝里，就啥事没有。我敢说，驷哥是不会把你送去的。”

张仪闭目。

“唉，”紫云轻叹一声，“不瞒夫君，臣妾正打算让小顺儿赴韩，求请夫君不要回来，不想夫君先一步回来了！”

张仪起身，来回踱了几步，朝紫云打个揖道：“谢夫人提醒！”说完一个转身，出门去了。

“夫君？”紫云急步追出。

“既然回来了，不进宫怎么成呢？”张仪回她一个苦笑，大踏步而去。

张仪坐上小顺儿的辎车，让他绕着宫城转圈。

转了三圈，张仪显然谋定了主意，吩咐小顺儿直入宫门。

张仪被宫人引入御书房。

惠王迎出，见过大礼，携其手入内，分主仆坐定。

“寡人正要使人赴韩召请你呢！”惠王笑了，“妹夫身在中原，快讲讲，中原情势如何？”

“苏秦豁出去了。”张仪应道。

“哦？”

张仪将苏秦重结纵亲五国之事略述了一遍。

似是晓得惠王皆已知情，张仪几乎是用几句话概括事情，重点突出的是赵、齐、魏入盟的先决利益，即中山、宋国与卫国。

惠王显然没有想到这层，长吸一口气，缓缓吐出，看向张仪道：“照你这么说来，未来天下，是要剧变哪！”

“是的，中原腹地，小国将不存在，泗上将被抹平。”

“他们皆有好事，那寡人的呢？”

“天下。”

“唉，”惠王怅然叹道，“太遥远了。寡人看不到了。”

“我王已经看到的，是黔东南与汉中郡。我王行将看到的，或是魏国河东地，还有义渠。”

“黔东南、汉中郡，怕是也看不到了！”惠王摊开两手，又是一叹，“至于河东与义渠，寡人就听妹夫的，拼死一搏！”

“我王为何看不到黔东南与汉中郡呢？”

“因为熊槐！”

“他怎么了？”张仪假作不知。

“他想得多呀！”惠王淡淡一笑，“他想收回六百里商於，又想收回汉中郡，还想收回黔东南！”

“我王要给他吗？”

“不给不行啊。”惠王又是一笑，“一切如妹夫所说，他让出宋国，让出卫国，甚至让出整个泗上，与四国缔结纵盟，寡人不给他怎么能成呢？我们惹怒的是一头发疯的熊，就这辰光，他颁宪布令，奖励军功，征役募丁，欲举全楚丁男与我决一死战！”说着摇头，多少有些苦涩，“不瞒妹夫，寡人算来算去，实在拼不起了！”咬紧牙关，“还给他吧！”

“这么大个事体，我王为何不交给臣子廷议应策呢？”

“议过了。”

“众臣怎么说？”

“不肯给呀。”

“既然众臣不肯给，我王为何反要给呢？”

“因为他们不懂寡人！”惠王摆手，“好了，我们不提这个。对了，寡人正要问你呢，妹夫可有良策？”

“臣只有一策，请我王再开廷议！”

“再开廷议？”惠王怔住了。

“正是。”张仪目光凝重。

惠王凝视张仪，不晓得他作何谋，良久，转对内臣道：“传旨诸大臣，廷议朝政！”

所谓的“诸大臣”，不过是太子荡、司马错、魏章、公子疾、公子华、甘茂诸人，外加刚刚回来的张仪。另有两个列席的，一个是车卫秦，一个是车卫君，后者早升作御史大夫了。

就席位论，张仪仅次于太子荡，在朝臣中列作第二。太子荡是储君，这个席位照理是不能算的，张仪在实际上仅居于一人之下。

“诸卿，诸大夫，”惠王扫一眼众臣，“今朝相国使韩归来，提请寡人廷议朝政。寡人……是以召请诸位，就眼前天下诸事，再作廷议。”

众臣面面相觑。

就眼前情势，最大的朝政就是如何处置秦、楚之事。这几日里，大家所议的几乎都是如何送张仪赴楚的事，谁都晓得，送张仪赴楚，几乎等同于送他去死。这辰光，张仪回来了，非但未予回避，反倒自请廷议朝政，实在是匪夷所思的事。

“相国，”惠王看向张仪，“你刚从中原回来，请给大家讲讲中原的事！”

“王上，诸位大人，”张仪向四周拱手道，“中原的事，诸位想必都已知晓了。楚王使三闾大夫屈平为使，在苏秦协助下，先后与齐、魏、赵、燕四国达成协议。除韩之外，合纵五国，会盟在即。与此同时，楚国也发生大事，楚王颁布宪令，改变旧制，奖励军功，征丁募役。楚人世袭罔替，此番改制，视军功奖赏将士并优抚死国之士，这等于变相废除贵族世袭，于楚人是开天辟地的大事。”

众人无不惊愕。

“就仪所知，未来天下必大并为七，苏秦此番纵亲楚、齐、赵、魏、燕五国，留给我大秦的只有一个韩国了！”张仪侃侃接道，“在下离韩时，韩王忧心忡忡，唯一维系韩王对我信念的，便是宛城。宛城为楚国冶铁重地，是失不得的，是以楚王必将血拼韩国，夺回宛城。”

张仪寥寥数语，就将天下大势讲得明晰清白，且这大势于秦而言无疑是严峻的。

“张相国，”太子荡等不及了，插话，“甭扯韩国，还是说说楚国的事。”

“请问殿下，楚国有什么事？”张仪看向太子，拱手道。

“疾叔？”太子荡看向嬴疾。

张仪也看过去。

“回禀相国，”嬴疾被逼到墙角，只得拱手应道，“疾奉王命使楚，楚王使昭雎传达口谕——”说完顿住，吸一口气。

“昭雎传何口谕？”

“所传口谕是，”嬴疾再次迟疑，见张仪目光逼视，接道，“‘你晓谕秦使，寡人什么也不要，只要他张仪！要么秦王交出张仪，要么，寡人打到他咸阳’。”

“还有吗？”张仪紧盯住他。

“没有了。”

“在下是否可以理解为，”张仪盯住嬴疾，“如果在下去了，楚王就不再讨要商於六百里，不再讨要汉中地，不再讨要黔东南？”

“从昭雎所传口谕来断，应是此意。”

“什么应是？”太子荡冷笑一声，“他就是此意！”

“哈哈哈哈——”张仪爆出一声长笑。

所有人都被这声长笑震骇了，先是面面相觑，继而不约而同地盯住张仪。

“也就是说，”张仪止住笑，指向自己鼻子，“在下一人，可永久换取本应属于楚国的於城十五邑、汉中地、黔东南，是不是？”

嬴疾没有应声，看向别处。

“启禀我王，”张仪转向惠王，拱手道，“臣有奏！”

“相国请讲！”

“既有这般好事，臣请使楚，望我王允准！”

“相国？”惠王惊了，盯住他道，“你疯了？”

“臣没有疯！”张仪吐字清晰，扫视众臣，将目光落在太子荡身上，“舍臣一躯，我大秦可得楚地逾千里，真正赚大了呢！再说，这三块宝地，无不是我大秦将士拿生命与鲜血换来的。楚王承诺不再追讨，只讨臣一人，这般好事，千载难逢，青史未载！臣请行！”

这等于是自己送死！

莫说是惠王，纵使太子荡也震骇了，想说什么，嘴唇吧咂几下，又合上。

“寡人不准奏！”惠王盯太子荡一眼，一字一顿，“相国赴楚之事，至此为止，不可再议！”说着扫视众臣，“其他诸事，谁还有谁说？”

没有人吱声。

“今日廷议，散——”

惠王后面的“朝”字未落，张仪奏道：“臣有话！”

“相国？”惠王看过来。

“臣再奏请使楚！”

“张仪！”惠王虎起脸，提高声音，点出他的名字。

张仪缓缓站起，走到惠王几案前，跪下，叩首，语气郑重地道：“臣请使楚，叩请我王恩准！”

惠王没有应他，忽地起身，朝太子嬴荡狠盯一眼，鼻孔里重重地哼出一声，拂袖而去。

惠王召开的廷议，这还没说散朝就先离场，朝堂上一时尴尬。

众臣谁也没动。

王上袒护张仪，而储君反之，欲置张仪于死地。如果不出大事，储君是未来王上，是谁也得罪不起的，而这辰光正是臣子们站队的契机。

众臣等候一时，确定惠王不再回来了，纷纷看向嬴荡。

张仪自请赴楚，且态度坚决，倒是大出嬴荡所料。今朝见张仪在场，且是廷议朝政，嬴荡扎好架势，欲打一场恶仗，没想到战火未起，对手倒先饮剑了。

眼下情势，反倒于嬴荡不利。无论如何，张仪是为秦国而战，且四方奔走，促成四国伐楚，终致缚楚。秦有今日，是张仪之功。张仪这般坚请使楚，实则是将嬴荡逼在墙角，使他负不义之名。

嬴荡脸色紫涨。

嬴荡最瞧不上的就是这般只卖嘴皮子的人。商於之事，张仪出尔反尔，明欺楚人，嬴荡是不齿的。丹阳之战，如果不是他嬴荡身先士卒，一举取胜，就凭他张仪、魏章与楚人纠缠，那一战不知要打到何时。以当时情势，傻瓜也晓得，拖得时间越长，对楚人越是有利。情势后来的发展果然如大家的预料。楚人虽有丹阳之败，但很快就集起大军，袭占整个商於，攻破峣关。若不是父王亲征，老秦人拼死顶住，楚人真就打进关中来了。

那辰光，他张仪与魏章又在哪儿？魏章逃进深山，做起缩头乌龟，他张仪呢？什么连横四国，没有老秦人顶在前面，韩王他能出兵吗？楚使骂到朝廷上，齐王他能不出兵吗？至于魏人，襄陵的事他们一直记着呢！

说一千道一万，张仪不过是一个搬弄是非的巧舌之人，可父王偏就信他！最让嬴荡难受的是，楚人打到家门口了，父王竟让他这个最能打仗的儿子守在咸阳，眼睁睁地看着前方将士在自家门口与楚人浴血苦战。父王这么做，只有一个理由，就是维护他张仪。

今朝倒好，正所谓不作不死。

哼，既然是你自己作死，就怪不得本宫了！

嬴荡狠盯张仪一眼，大踏步地走出。

甘茂起身，跟在太子身后。

之后是司马错、公子华与公子疾。

秦廷重臣，在张仪身边只剩一个魏章了。

“相国？”魏章轻声道。

“魏将军，你为何不走？”

“守候张兄。”

“你不用守了。”张仪起身，“王上在这候我呢！”说着朝他抱个拳，径出偏门。

御书房里，惠王果然在候他。

“说说，”惠王盯住张仪，“你是在与嬴荡赌气呢，还是在赌寡人？”

“臣谁也不敢赌！”张仪拱手道，“臣实意请使赴楚！”

“为何？”

“因为，臣若不去，秦人赴死者又将不下二十万！还有楚人，又不知死伤多少！王兄啊，尸骨如山，若是皆因臣仪怜惜一躯，您让臣如何偷生？”

“妹夫——”惠王声音哽咽，流出泪水。

“王兄，您就准允吧！”张仪语气平淡，“除此之外，仪有二请！”

“你说。”

“一是请为赴楚使臣，二是请我王诏令锐卒屯驻汉中，大造攻城之器，同时沿汉水两岸造船制筏，训练水战，壮我声势。”

“还要什么？”惠王的眼睛亮了。

“得此二请，足矣！”

“何人为副使？”

“魏冉。”

“总得有个使命吧？”

“应楚王之邀，本身就是使命！”

“摆宴！”惠王思忖有顷，转对内臣，“还有，叫嬴华、车卫秦来，陪酒！”

是夜，张仪喝高了。

张仪回到府中，已是后半夜。

是紫云公主入宫将他硬拖回来的。

紫云已经晓得宫中的事，盯住榻上醉作烂泥的夫君，泪水吧嗒吧嗒地落下来。

翌日清晨起，张仪醒了。

他的榻前坐着一个半大的女孩子，是女儿嬴蔷。

见张仪睁眼，嬴蔷的声音怯怯地道：“阿大——”

女儿长大了，眉清目秀，身体修长，长发及腰，胸脯微微鼓起，出落得越来越像个美人了。

“蔷儿！”张仪坐起来，凝视她。

“阿大！”嬴蔷愈加不自然，声音羞怯，两眼忽闪忽闪地看向这个几乎不回家，就算回家她也不敢轻易亲近的父亲。

“蔷儿，过来！”张仪张开手臂。

嬴蔷惊愕，迟疑一下，朝他挪了挪。

张仪伸手搂住她，将她拥在怀里。

张仪的泪水流出来，滴在她的脸上。

“阿大——”嬴蔷号啕大哭，将这个从未这般抱过她、今朝竟然为她流泪的父亲紧紧搂住。

嬴蔷不哭则已，一哭就哭了个稀里哗啦。

张仪紧紧地抱住她，放任她哭。

嬴蔷不哭了。

嬴蔷挣脱开来，后退一步，跪在地上：“阿大，蔷儿求您了，甭去楚国！”

张仪下榻，坐在榻沿，盯住她道：“你娘亲讲给你的？”

“是的。”嬴蔷含泪点头，“娘亲说，她劝不了你，可我哭了，你的心就软了。阿大，我……我不能没有你！”

“夫人，你可以进来了。”张仪朝门外叫道。

随着一阵轻轻的脚步声，紫云走进。

“夫人，你怎么能将这件事讲给孩子呢？”张仪白她一眼，抱起女儿，放到腿上，轻轻安抚，“瞧把蔷儿吓的！”

紫云跪下，双手抱住他的脚道：“夫君，听臣妾一句，甭使楚了。王兄那儿，由臣妾去说。还有殿下，有臣妾在，他不敢——”

“夫人？”张仪虎起脸，声音低沉，“国家大事岂是你——”略顿，放缓语气，“没有事情的，我是奉王命出使，你放宽心！”看向嬴蔷，“闺女，从今天开始，阿大在你的名字前面再加一字！”

“阿大，加个什么字？”

“加个张字。”

“阿大——”嬴蔷再次跪下，叩首，“张嬴蔷谢阿大赐姓！”

“不是赐，它本来就是你的！”张仪拉起她，拥抱一下，拍拍她的背，“去吧，为阿大备水。”

嬴蔷快步出去。

“夫人，你起来！”见女儿走远，张仪看向紫云。

“夫君——”紫云起来，紧紧搂住张仪。

“夫人，”张仪拥她一时，松开，盯住她，“如果此行我真的回不来，嬴蔷就交给你了。她是我张家的人！”

"夫君——"紫云哭泣。

"记住，于你们嬴家而言，国事大于家事；于你夫君而言，天下事大于国事；于我的嬴蔷而言，她的福祉大于天下事！"

"夫君，紫云记住了！"

接后几日，每天都有朝臣宴请张仪，好酒好肉招待他。张仪逢请必至，每场都要喝个大醉，由紫云带着女儿将他拖回。

每一场宴请都是一场诀别。

没有请他的是太子荡与甘茂。

张仪晓得，甘茂这是选准粗枝了。

使团将行，副使魏冉已在门外守候。

张仪换好服饰，将小顺儿召进他的书房。

小顺儿一进房门，就扑通跪下了。

"顺儿！"张仪站起来，绕住他转圈。

"主公——"小顺儿泣下如雨。

"你小子，哭个鬼呀！"张仪腾出一脚，踢在他的屁股上。

小顺儿憋住哭，俯首于地。

"你小子听好！"张仪转圈的步子越来越缓。

"主公，您吩咐！"

"过个几日，"张仪住步，压低声音，"你寻个由头出城，到寒泉谷，将你香嫂和小侄接上，送至韩都，投韩国上卿冷向。我在韩地已经购置几处宅院，他们母子当可安居。"

小顺儿惊得合不拢口，良久，压低声音道："主公是要离开秦国？"

"是备万一。"

"这几日公主一直在哭，满城都在传说主公使楚的事，主公，您使楚——"小顺儿再次流出泪来。

"臭小子，哭丧啊你！"张仪白他一眼，朝他头顶戳一指头，"本公的命，别人不晓得，你还能不晓得？大着哩，死不了！"

"是哩，是哩，"小顺儿紧忙擦泪，"顺儿与香嫂子守在韩国候你！"

“你小子，想得倒是美！”张仪又弹了他一指头，“送到之后，立马回来，就在这府里候我！”

“顺儿遵命！”

“万一候不到，你就带上翠儿并娃子们前往韩国。要是你的香嫂子及你的小侄有个好歹，小心我抽死你！”

小顺儿泣不成声道：“顺儿……受命！”

第六章

入绝境秦使腾挪　驰千里约长捞人

张仪交代过小顺儿，别过紫云母女、翠儿一家并众仆，大步走到院中。正欲上车，忽然传来一阵车马喧哗，秦惠王驾到。

惠王携张仪之手直入正堂，然后支开众人，连内臣也支走，只与张仪相对坐下。

“妹夫，”惠王凝视张仪，语气坚定，“寡人不是来与你作别的，因为寡人与你不能别，也别不了。你只管去，放心去，大胆去。你前脚走，寡人后脚就到汉中。寡人坐镇汉中，举国备战，只要熊槐胆敢对妹夫不利，寡人就亲率大军，倾秦之力，杀入郢都！”

“谢王兄！”张仪拱手道。

“还有，”惠王接道，“寡人已传旨嬴华，在你使楚期间，黑雕台只有一事，就是确保妹夫安全，必要时不惜任何代价！”

“谢王兄！”

“唉，不瞒妹夫，”惠王怅然叹道，“这几日来，寡人寝食难安，翻来覆去思虑妹夫使楚这事儿。妹夫说得是，前面两战，楚国输了，楚国疼了，但楚国也醒了。一头被疼醒、要决死的熊是可怕的。秦国不是打不起，而是有更大的使命。纵有国力，秦国也不能全都拼死在他楚国一家。换言之，他熊槐也拼不起了。拼输了，他身死国灭；拼赢了，他也必伤痕累累，筋疲力尽，齐国与三晋都在守着呢！你要把这个讲给他听。只要不是白痴，他就能听明白。”

“臣会讲给他的。”

“对了，”惠王指向外面，“你可讲给熊槐，寡人不只是从汉中出兵，寡人是兵分四路：一路在汉中，十万人；一路在黔东，八万人；一路在江州，八万人；还有一路在於城，十万人。寡人备下三十六万决死之士，若是开战，不会有一个回头的！你可讲给他，寡人不想与他再打下去，但他若逼过来，老秦人也是不会退缩的！战场是在他楚国，老秦人决死三十六万，他楚人要死的可就不是三十六万了！”

“臣从王命！”

“当然，”惠王缓一口气，“如果他熊槐想通了，愿意睦邻，寡人也是什么都好谈的！黔东南、商於，甚至整个汉中地，都可以谈！寡人想明白了，冰冻三尺非一日之寒。妹夫所畅想的天下横于一、一统六合，是个百年大业，断非寡人一人之力所能及。”

“我王能有此悟，秦人之幸也！”张仪拱手道。

“去吧，”惠王起身，“寡人送你出城！”

张仪走的是商於道。

无论如何，於城是他的地盘。魏章已先走一步，在那儿候他了。

跟从他的是两个大员：一是车卫秦，在楚黑雕的总调度；二是魏冉，由惠王任命的使楚副使。楚国事务，没有谁比车卫秦更熟悉，经营得更深，包括这几年来一直守在楚地的天香。

论职爵，天香与车卫秦是平衔，都是右更，比左庶长要高出四阶，再往上是少良造，再进一阶就是大良造了。大良造是商君、公孙衍任过的职爵，在张仪出任秦国首任相国之前，秦国朝廷没有比之更高的实爵了。至于商君与张仪尽皆封侯，无非是个虚衔。张仪的於城君，在商君出事之后，也是有等于无的，不过是在於城留下个府宅而已。

这天晚上，张仪又住进了这个在名义上属于他的府宅。

前来看望他的，是大他几岁、头发渐渐花白的魏章，在朝中真正与他站在一起的前魏重臣。

“我的张大人哪，”魏章在厅中来回踱步，语气急切，“在下实在看不明白，你为什么一定要使楚呢？难道你没有看透殿下吗？难道你没有看透甘茂与司马错吗？在秦国，谁人不晓得他二人是见风使舵的主儿！想当年，甘茂卖他生父甘龙，司马错卖他恩主商君。相国啊，你想想看，连亲爹、恩主都能出卖的人，这辰光能不看着殿下的眼光行事吗？他三人扭成一股绳，即使公子疾、公子华也都瞧出风头来，不蹚这浑水。我真不明白，你在那儿逞个啥强呢？让他一步就是了！就在下所知，殿下是个粗人，只喜欢打打杀杀，不喜欢逞舌斗嘴。殿下对你原本没啥，不过是路子不对而已。你知个趣，得空到他府上，认个错也就是了！”

“唉，”张仪给出长长一叹，“将军是没有看出风头啊！”

“风头？”魏章住步，盯住张仪，“什么风头？”

“想让在下使楚的根本不是殿下，而是大王！”

“啥？”魏章惊呆了。

“你看到没，”张仪接道，“嬴疾使楚回来，楚王给出两个选择，要么归还失地，要么送在下至楚。你不晓得楚王，那人没心，讲出这话是必然的。但大王是个有心人哪！他不想与楚国再打下去，又不想退还所占之地，你讲能怎么办呢？只有让在下使楚！”

“这不可能！”魏章叫道，“那天的事，大王的态度是明确的，将殿下——”

“唉，”张仪截住他的话，长叹一声，“如果大王不是这般想的，殿下是不敢提出这事儿的。他虽为殿下，但也毕竟只是殿下，大王只要一道诏命，他就什么也不是了。在将军眼里，殿下是个粗人，在仪眼里，恰恰相反，殿下是粗中有细啊。譬如说丹阳之战，回头看来，由头至尾，殿下的安排井然有序，你我及众将士全都让他要了。复盘那场大战，殿下的战略堪称是天才级的，勇与谋俱足。不只是你我未曾料到，对手屈丐更是没有料到，所以才手忙脚乱、兵败身死。还有司马错与甘茂，也不完全是跟屁虫、是小人，因为他们全都猜透了大王的心。至于嬴疾与嬴华，更是人精啊！那日廷议，只有魏兄一人是实在人，是被蒙在鼓里的！”

魏章不再激动了。

魏章渐渐冷静下来，坐在张仪对面。

“不瞒魏兄，”张仪接道，“在下一打韩都回来，紫云公主就求在下再回韩都，说是殿下欲对在下不利。在下初时确实有点慌，继而便明白过来，之后是越想越明白啊。这才入宫面君，奏请廷议，请命使楚！”

“紫云她……”魏章顿了下，“张兄是如何由她想明白的？”

“因为透给她音讯的正是大王！”

“啥？”魏章震惊。

“大王透信给她，就是想让在下明了所处困境，让在下自己选择。在下还能怎么选呢？筹策谋楚的是在下，舍财与楚商贸乌金与巴盐的是在下，向楚聘亲睦邻的是在下，搅乱楚国朝政的是在下，以商於六百里欺楚的是在下，连横四国困楚的也是在下。这辰光，秦国胜了，四国胜了，楚国被打得趴下了，大王不仅保全了商於旧地，这又新添汉中与黔东南，拓地不下千里，堪称是志得意满。不过，难题来了。秦国虽胜，但楚人疯了。与疯人打下去就是同归于尽，大王没有选择，只有议和。可议和又不想舍弃所得利益，怎么办呢？只能舍弃在下。可这话大王能说白吗？能说出口吗？”张仪怅然叹道，“唉，我的魏兄啊，在下这一劫，逃是逃不脱的！既然逃不脱，在下也只有使楚一条路可走，要么死，要么生！”

“这……这不是卸磨杀……”魏章生生吞下后面的“驴”字。

“魏兄，”张仪盯住他，“在下此行，是死是活，唯听天命。将行之际，在下送给魏兄几句闲言：其一是，魏兄头发白了，已到惜死年纪，若想颐养天年，就该早日寻个退路；其二是，未来是大争灭国之世，运势在秦，是以在下请命时，就带上了魏冉，现对你讲明因由。你放心，这孩子有楚室血统，是楚王、王叔外甥，楚王是不会与他过不去的。俟他回秦复命，身为副使，当记大功，可在秦廷里谋个席位。他有席位，芈月可重。有芈月在内，魏冉在外，外加芈戎呼应，未来于你魏氏血脉或有助益！”

“张……兄……”魏章流出泪水，起身，跪地。

张仪没有拦他。

“张兄啊，”魏章泣道，“难道你就没有其他出路了吗？”

“有一条。”

“快讲！”

“在谷中之时，”张仪苦涩一笑，“有次与孙兄谈及绝境脱困的事，孙兄脱口说出，‘投之亡地然后存，陷之死地然后生’。在下求问出处，孙兄说，是其先祖孙武子讲的。真是好句子呀！今朝就应上了。在下这次陷入死地，不定还能应上一个‘然后生’呢。”

魏章站起，拳头握紧道：“张兄，在下已得王命，只要相国有所不测，在下就引军打入郢都！”

“呵呵，”张仪嘴角浮出一笑，“这个王命魏兄也信？”

“这……”魏章怔住了。

“听听算了。不过，”张仪凝视他，“魏兄若是陈兵于此，张出声势，于在下绝对不是坏事。”

魏章两手捂在脸上。

张仪起身，搬出一坛酒，再摆上几案，拿出一套酒具，缓缓斟好道：“魏兄，来，喝几盅吧，说不定就是永诀呢！”

“我这……”魏章一拳砸在几案上，将已斟好的几个酒盅全部震飞。

张仪一一捡起来，重新斟上，递一盅给魏章，举起手中一盅道：“就干喝吧，这才解劲！”

二人饮尽。

“魏兄啊，”张仪再斟，举盅，“来，再一盅！”

二人再尽。

“魏兄啊，”张仪斟酒，笑道，“你我能在这儿喝酒，能在这儿推心置腹，就是有缘人。缘在何处，魏兄是否想过？”

“缘在何处？”魏章不解，接过酒盅，看向张仪。

“缘在你我同是魏人，你我同与秦人不共戴天，你我同享好友苏秦、庞涓，你我同被逼入秦境，你我同为秦室效力，你我同睡过一个女人……”

“唉，”魏章长叹一声，接过酒，“为最后一个，干！”

二人饮尽。

“那女人……”魏章拿过壶，斟好酒，又叹一声，“唉，算了，不讲她了。还是说楚国的事吧，张兄，你……”

“有事的不会是楚国了。”张仪截住他的话，拿过盅，顾自饮尽，“在下此去，无论是死是活，两国应该不会于近期开打。”

魏章听出话外音，拿酒壶的手僵在空中，盯住他道：“何处有事？”

“韩国。”

“啥？”魏章惊骇，“韩国不是——”

“韩王坐拥宜阳，这又抢得宛城，两大铁都皆入其囊。铁为天下紧缺之物，楚失铁都，必回夺，秦人心里也必不爽。是以楚、秦停战，韩必遭殃。唉，这个韩王啊，实在是太贪吃！”

“好一个张兄，”魏章叹服，“你把什么都看清了！”

“看清有什么用？在下还看清了天下大势呢！原本要与苏兄下盘大棋，只可惜这棋还没走完一半，唉……”张仪长叹一声，举盅。

“什么大势？什么大棋？”魏章怔住了，盯住张仪。

“好吧，”张仪从他手中接过壶，自己斟上，“既然与魏兄有缘，在下这就讲给你听。在山中之时，我们问及天下相安之道，先生断言，相安之道只有二途，一是天下一统，二是诸侯相安。至于二途优劣，先生的倾向是第一途。将出山时，先生交给我二人各一卷《商君书》。在下与苏兄仔细研读后，认定一统天下的必然是秦。然而，身为魏人，在下与秦怀有家国大仇，结果是，苏兄选择赴秦，在下选择赴楚。苏兄赴秦是想借助商君之法所形成的势与力，走一统之道。在下赴楚，是要借楚人的势与力，既灭秦复仇，又助楚一统。结果魏兄这也看到了，”说着苦笑，举盅长饮，“苏兄离秦，弃第一途，走向第二途；在下却被逼离楚，再被逼入秦，走向第一途。真他娘的造化弄人哪！”说罢斟酒。

“敢问张兄，”魏章一脸茫然，“为何你与苏子都认为秦人必定一统天下？”

“不是讲了吗，因为《商君书》呀。”

“《商君书》怎么了？”

张仪走到一侧，拿出一卷竹简：“就是这册，在下送你了。”怅然一叹，“大王杀商君而不废其法，是深得此书的妙趣呀。”

魏章拿过简册，瞄一眼，置于一侧道：“请张兄讲讲这个妙趣。”

“妙趣只有一个，壹民。”张仪看向简册。

“何为壹民？”

“在此多年，你不是已经看到了吗？”张仪看向户外，“以严酷秦法驱一国之民，男女老少勿论，皆壹于耕，壹于战，前赴后继，向前杀敌。魏兄啊！你随便想想，何人可敌？何力可敌？”

魏章闭目，良久，睁眼问道：“张兄方才提到与苏子下盘大棋，这棋是否就是合纵连横？”

“唉，”张仪怅然叹道，“在下讲的正是这局棋呀。在下与苏兄达成共识的是，商君之法可使秦人得天下，不可使秦人治天下；未能达成共识的是，苏兄舍弃第一途，天下一统，而选择第二途，诸侯共生，而在下坚守先生的预判，执着于第一途。苏兄所走的诸侯共生之道是六国合纵、制衡强秦，以遏住商君之法，而在下则依据先生所判，改走横棋。”

“从苏子合纵时，在下对苏子的纵棋略知一二，敢问张兄的横棋？”魏章盯住他。

“在下的横棋可以分作两个半场，前半场是，借商君之法所形成的大力，以连横之术摧枯拉朽，击溃六国，使天下归一；后半场是，在天下归一之后，废除商君之法，使天下归治。”张仪说着顿住，苦笑，“今日看来，莫说是后面半场，纵使前面这半场，在下怕也没有机会了。”

“苍天哪……”魏章仰脸望天，怆然长哭。

靳尚心里很烦。

令尹之位落于昭睢之后，靳尚并不憋屈，因为他压根儿就没想过攀这高枝。让他憋屈的是屈平的左徒席位。在屈平官徙三闾大夫之后，靳尚盼来盼去，甚至向王叔暗示过几次，但王命诏书始终没有颁布。

但憋屈只是憋屈，并不是烦。

让靳尚心烦的是越来越恶化的秦、楚关系。当初绝齐亲秦时他最起劲，没想到竟然把路走绝了，连个后悔药也没得吃。怀王两战两败，这又卧榻两月，再也没有召见过他，必是生他的气了。怀王不但没有召见他，甚至连他最宠爱的南宫郑袖也冷落了。郑袖失宠，就意味着他在宫中失去了最后的根基。

夜深了。

靳尚转悠一日，闷闷不乐地回到府里，见客堂里坐着一个大胡子的人。

望到他，大胡子起身迎上。

“你是——”靳尚盯住他，眯起眼睛，以为遇到北方的胡人了。

那人一把扯掉浓胡。

“是……是你……”靳尚惊得身子打了个晃。

是车卫秦。

“靳大人，”车卫秦拱手道，“在下候您一个时辰了。”

“你……”靳尚心有余悸，“怎么进来的？”

“走进来的呀！”车卫秦重新戴上胡子，“在下是北方胡人，在宋地营商，此来郢都，是与大人谈宗买卖。”

靳尚稳住心神，在主位上坐下，指向客席道：“说吧，是何买卖？”

车卫秦在客席坐下，压低声音道：“楚王索要的人，这就来了！”

靳尚完全蒙了：“大王索要谁了？”

“张大人！”

“哪个张大人？”靳尚仍未转过圈来。

“张仪。”

“啥？”靳尚跳起来，“他……来哪儿了？”

“使楚啊。”车卫秦缓缓说道，“前番公子嬴疾奉王命使郢，睦邻议和，楚王不见，说是一定要张大人来，张大人便来了。”

“天哪！”靳尚来回踱步，“他……他……他这是……”

“靳大人，”车卫秦语气淡淡的，但充满威力，“我家大王是真心要与你家大王结盟的。秦国不想与楚为敌，可你家大王听信谗言，三番五次出兵伐我，令人费解。楚已连战皆败，难道你家大王还要再打下去吗？”说着目光逼视过来。

“这这这……”靳尚急了，“不是打与不打的事，是张仪，他怎么能来呀？”

“张大人是应邀而来的呀，应的是楚王之邀！”车卫秦缓缓应道。

“天哪！”靳尚回到他的席位，几乎是跌坐下去，两手捂在脸上。

“靳大人，”车卫秦盯住他，字字用力，“在下此来，是将我家大王的原话捎给您。大王说了，张大人是王命使臣，此番使楚，若有丝毫不测，大秦必举倾国之力，向楚王讨要公道。”压低声音，“靳大人，您还想一战吗？”

“你对我讲这些没用啊！”靳尚拿袖子抹一把额角的冷汗，压低声音，“我现问你，能否不让张仪来？”

车卫秦摇头。

“一点办法也没有吗？”

车卫秦再次摇头。

“天哪，”靳尚再擦一把汗水，“大王恨死他了！你晓得大王的，恩怨分明。张仪此来，必死！张仪若死，秦人必不肯依，这……”

“所以卫秦才来大人府上，求个万全之策。”

“没有策了！”靳尚摊手。

“要不，大人带在下见见王叔？”

“唉，你呀，”靳尚苦笑，“要杀张仪的人，也包括王叔！不仅是王叔，还有彭君、射皋君、鄂君他们，所有王亲！宛城被占，他们的封地没了，把气都撒在张仪头上！要杀张仪的人还有宗亲。宛城、方城是景氏的地盘。屈丐死于丹阳，屈氏与秦又添血仇，昭氏我就不说了！眼下大楚，上上下下，里里外外，除在下之外，没有一人不恨张仪，他……唉！”

“南宫娘娘呢？”车卫秦不死心，“难道她也说不上话了吗？”

“我正在为她堵心呢。”

“怎么了？”

“张仪欺王，大王两战皆败，无处撒气，我与娘娘就成了他的出气筒。我就不说了，单是南宫，大王是再也没有去过。娘娘委屈，今朝使人召我入宫，向我诉苦，求我谋个妙方。我这……看眼下情势，还谋个屁方啊！”

“敢问大人，大王近日宠幸何人？”

“魏美人！”

“魏美人？”车卫秦眯眼。

“听娘娘说，魏美人本为魏王赠送的媵女，是大王在卧病期间由内尹召入御书房服侍大王的，谁知这一服侍，被大王宠上了，宠得是了不得，为她专设一宫，叫中宫！东西南北中，魏美人居中，粉黛皆无颜色，南宫她……”靳尚又出一声苦笑。

辞别靳尚，车卫秦连夜出行，马不停蹄地赶到於城，刚好截住行将出征的使团人马，将靳尚所述一一禀报张仪。

后退是无路的。

张仪思虑一时，附耳嘱咐一番，车卫秦急急去了。

“张旗，出使！”张仪拿起使节，朗声布令。

一行车马浩浩荡荡地驰出於城，投往楚境。

秦人使团旌旗招摇地赶到丹阳城外的楚国边关。边关验过关文，放行秦人，同时使人快马驰至郢都，禀报怀王。

见张仪竟然来了，怀王倒是一惊，略一思索，召王叔、昭雎谋议应对。

“秦使此来，令尹如何应对？”怀王看向昭雎。

昭雎拱手道：“臣唯听我王圣断！”

这是官场上的圆话，说了等于没说。

怀王看向王叔。

“嘿，”王叔感慨道，“这个张仪，是吃了豹子胆哪！”

“臣以为，他或是不得不来！”昭雎顺势接上，“前番我王放出狠话，一定要张仪来。想是秦王没得选择，不敢不让他来！”

“王兄啊，”王叔看向怀王，苦笑一下，“听昭雎讲了您应下秦人的话。臣以为，拿张仪一人置换黔东南、汉中与商於三地，不划算哪，因为他不值这个价！”

“哼！”怀王冷笑一声，“寡人应过他什么话了？他张仪应过寡人的难道还少吗？他凭什么以一己之身来置换我黔东南、汉中与商於三地呢？我大楚的土地，从来就是打出来的！前番寡人鬼使神差，听信他张仪的承诺，没有打，结果就闹出事来。这一次，寡人想定了。既然他敢来，就由不得他了，杀无赦！”

“王上，”昭雎应道，“两国交战，不斩使臣，这是通例。无论如何，张仪是秦王使臣，若是——”

“他是使臣吗？”怀王盯住他，“他难道不是嬴驷赶出来以置换所侵土地的人质吗？”

“这……”昭雎看向王叔。

“王上说得是！”王叔应道，“我大楚的土地从来都是打出来的，张仪是张仪，土地是土地。”

“昭雎，”见王叔与自己站在一起，怀王兴甚，看向昭雎，“征役进展如何？”

“得益于我王新颁宪令，已募三万，多是贫困人家，尤其是越人与巴人，渴望建功！”

“继续招募！”怀王朗声颁令，“三个月内你须募齐十万，我大楚国有的是人！”说着看向二人，“对了，还有一桩好事，寡人刚刚接到三闾大夫捷报，燕、赵二王承诺入纵，苏秦已约五国纵亲特使于近日会于大梁，与我正式缔结纵亲盟约。我与四国成盟，再无后忧，可先击韩，收回宛城，再击秦，夺回全部失地！”

“臣贺我王！”王叔、昭雎拱手道，异口同声。

几日之后，秦使张仪入郢。

翌日晨起，张仪应约入宫，呈递秦王国书。

张仪手持使节踏上楚宫正殿的最后一级台阶。早已侍立于侧的宫卫将他拿住，脱去他的使服，收走他的使节，戴上枷具，押入早已备好的囚车，在一队卫士押送下，辚辚驰往大牢。

自始至终，张仪既未抗辩，也没挣扎。

尽管这是早已料到的结局，守在宫外的副使魏冉还是惊到了。

魏冉驾车，直驱王叔府宅。

魏冉本为王叔外甥，这府宅里无人不识，之前是直出直入。这辰光他的身份变了，穿了一身秦国官服，门房见到他的脸，却也无人敢拦。

魏冉直入客堂，见王叔正与射皋君、彭君议事。

“秦国副使魏冉叩见……”稍做迟疑，魏冉瞄向堂上三人，降低声音喊道，“诸位舅公！”

王叔先是一怔，继而盯住他的一身秦国官服，良久，指向最侧一个席位：“秦使，请！”

“谢舅公！”魏冉起身，走到那席位坐下，回视王叔。

“嗯，不错，”王叔盯他又看一时，“你出息了！”

“舅公，您……”魏冉的目光落在他的头上，“白发多了！”

“是呀，舅公老矣。你阿姊可好？”

“好呢。”魏冉应道，“阿姊颇受秦王宠爱，被封为八子，生子嬴稷，乖巧伶俐，小嘴巴可会说话呢，人见人爱。”

“嬴稷？”王叔思索一时，微微点头，“此名不错！可是秦王所起？”

“是的，舅公。”魏冉接道，“秦王喜欢他呢，诸公子中特许他进入御书房，秦王还陪他玩耍，手把手地教他认字，讲给他宫里宫外的事。”

“你与芈戎，要好好带他。”

“是的，舅公，我俩都喜欢他。”魏冉逐个扫过三人，切入正题，“诸位舅公，冉受王命随侍张相国使楚，相国他今朝受楚王旨令入宫觐见，却被宫卫押入大牢。事发突然，冉为副使，未历大事，这辰光无所适从，特请舅公指点出路！”

“张仪那厮是罪有应得！”射皋君拍案叫道，“本舅公正要寻他讨个说法呢！近几年来，韩国好端端的，与我井水不犯河水，是他张仪驱走公孙衍，驱韩伐我，占我宛城！这几日来，听说韩王将宛城改作南阳了，你说可气不可气！是可忍，孰不可忍！”

“冉儿，”彭君接道，“你虽为秦使，屁股可不能坐歪呀。其他不说，单说宛城，它是咱大楚国的乌金之都，今日竟让韩人占去了。还有，你表哥鄂君启的封地，连同封地上的所有炼炉，都在宛地，这辰光全是韩人的了！那些炼炉，多半是咱这几家的，你这几位老舅公是眼睁睁地失去一个金盆子啊！”

“他张仪必须死！”射皋君几乎是吼。

面对几位情绪失控的老舅公，魏冉不再说话了。

“冉儿，”王叔看向他，语气和缓，“舅公考虑过了。此番来使，张仪为正使，你为副使。张仪出事，只会对你有利。无论如何，你在楚地不会出事。待张仪的事了了，你安然回秦复命，或会受重用呢。”

“舅公，以您之断，张相国的事会是怎么个了法？”

“死。”

“这……”魏冉震惊了，“张相国是秦王的特使，受的是王命，代表的是秦王。楚王若是将他处死，岂不是——”说着顿住话头。

“张仪拿什么来证明他是秦王的使臣呢？”王叔盯住他。

“王命国书啊！还有使节！”魏冉急切应道。

“此二物何在？”王叔问道。

“张相国带在身上的呀，全都带入宫中了！”

“他的国书交与何人了？”王叔再问，“他的使节现今何在？”

“这……”魏冉急了，“舅公？”

“舅公讲给你，他的国书，还有他的使节，无不让你的另一个舅公，大楚之王，一把火烧了！焚烧之时，老舅公就在一旁眼睁睁地看着。”

“天哪！”魏冉捂脸。

“烧了，就没有了。一没有王命诏书，二没有秦国使节，张仪他就不是秦王的使臣。张仪前番使楚，当着所有朝臣的面欺骗我王，有欺王之罪。按照大楚律令，欺王之罪，杀无赦！”

“舅公，这这这……这怎么可以呢？”魏冉一脸凄苦。

“有什么不可以呢？”王叔反问，“张仪前番代秦王来使，以秦王之名信誓旦旦于朝堂，承诺归还商於六百里谷地于我大楚，要我王睦秦绝齐。他不仅是说，还立下协议，画押签字，所有朝臣全都看见了，舅公也在场看着呢！我王依据张仪所签协议，使昭睢随他入秦受地，结果呢？他先是诈伤不出，继之诓骗昭睢，拿走协议，让秦王一把火烧了。烧了就没了，他的使节与国书，也是一样。既然一切全都没了，他怎么能证明自己是秦王的特使呢？既然他不是特使，擅闯王宫就是重罪，我王为何不能下他于狱呢？眼下是在郢都，不是在他的咸阳。”

听着王叔这般轻松地讲出完全黑白颠倒的话，魏冉不堪忍受，两手捂在耳上。

“冉儿，”王叔接道，“这事儿与你无关。前番张仪来使，秦王不承认张仪所签契约，就等于不承认张仪为其使臣。此番再使张仪来，是摆明送张仪入死地，因为不久前嬴疾来使，大王使昭睢传话于他。楚国不谈黔东南地，不谈汉中地，不谈商於地，只讨要张仪一人。秦王仅舍张仪一人而霸占三地，何乐而不为呢？”

“舅公，”魏冉抬头，辩道，“大王不要三地，只要张仪，这是不智！这是赌气！张仪区区一命怎么能值这三块土地呢？那可是百多万人口方圆千里土地啊！”

“秦使冉儿，”王叔字字有力，“大王何时说过不要三地了？大王只是说不谈三地！”说着略顿，语气缓和下来，“不瞒冉儿，就在前几日，大王说出一句话，让老舅公深以为然。大王说，天下的土地，从来就是打出来的！譬如说商於六百里，武关之西是先王赠秦的，武关之东就是商鞅打过去的。还有汉中地、黔东南地，哪一处都是秦人打过去的。赠送的土地，我大楚可以不要。没有赠送的，秦人能打过去，楚人难道不能再打回来吗？自古迄今，强者为王，这是铁律！其他种种，都是胡扯！”

“不瞒舅公，”魏冉盯住王叔，“冉儿出行之时，秦王已经传诏各地，举国备战，防的就是相国不测！”

“那就血拼吧！”王叔淡淡一笑，“你到大楚先庙里看看，列祖列宗中，像舅公这般活到这把年纪，当算是高寿了，多活一日就是赚头。只要他秦人打得起，楚人理当奉陪，是不是？秦人动不动叫什么老秦人，楚人难道不够老吗？我老楚人称王时，他老秦人在干什么？为周天子驾车护卫而已！他老秦人磨刀霍霍，难道老楚人是吃素的吗？由丹阳一隅到广袤五千里，大楚国没有一寸土地是别人赠送的！”

“痛快！”射皋君再击几案，“冉儿，不要守在秦地了，回来吧，为我大楚效力！”

几位老舅轮番发飙，魏冉应接不暇，足足折腾了两个时辰，这场目的性明确的甥舅会谈才算不欢而散，魏冉不无郁闷地回到馆驿。

入夜，车卫秦与天香抵馆，与魏冉密谋张仪脱困之策。

三人中，魏冉年纪最小，在秦的资历也最浅，但此时，他的身份是王命副使。虽说在朝没有明确职爵，但此番主使出事，就使命而言，没有谁能比他这个副使更有担当了。可以说，此时的魏冉代理的是主使使命，自然也代表秦王，即使车卫秦、天香均已爵至右更，此时也得低他一头，由他坐在主位。

显然，王叔这条路走不通了，情势远比之前预想的要糟。

决定张仪死活的是怀王，有可能影响怀王作出决定的有四人：一是王叔，二是郑袖，三是太子，四是屈平。

四人中，屈平使齐，王叔之路已绝。此两路不通，剩下的只有太子与郑袖。

通往郑袖的路得经过靳尚。

“靳大人可有反馈？”魏冉看向车卫秦。

“有。”车卫秦应道，“楚王宠幸魏美人，南宫遇冷，在下已按相国吩咐，见过靳大人。靳大人答应试试。如果南宫郑袖依从相国吩咐，除掉魏美人，重得宠幸，或可助力。至于殿下那儿，”说着看向天香，“天香，你说说。”

“回禀副使，”天香拱手道，“天香已得金雕指令，正在使人接近殿下。”

天香亮出金雕，等于是向魏冉声明她只听金雕的。

在黑雕台，金雕嬴华是最高阶。

“何人？”魏冉追问。

“一个殿下不可能拒绝的人。”天香嘴角浮出淡淡一笑。

保密是黑雕台的规矩。

魏冉也意识到过分了，拱手，语气凝重地道：“相国大人的安危，在下就托予二位了！”

与威王当政时扶持太子槐一样，怀王也在有意无意地栽培太子芈横。譬如前番卧榻期间，怀工就让太子主政，朝中大小事务，由太子召请众臣谋议。

然而，兵败国破，这是一手让怀王完全打烂的牌。太子横拿在手里，越看越是心焦，到后来干脆缩首不问了，一股脑儿将政事交给昭睢，军事交给王叔，除上朝之外，就守在自己的东宫里，或吟诗作赋，或练剑习射，或呼妃唤妾。

芈横不是一个爱操心的人，也操不起心。居太子之位，太子横得到的是楚国最优秀的老师，受到的是楚国最完善、最精致、最勤勉，甚至是最苛责的程序式储君教育。可以说，太子横什么都学到了，唯独没有学到担当，也似乎没有什么事情让他担当。因为，在怀王眼里，太子始终是个担当不起任何事情的孩子。朝中事务，怀王宁听与太子差不多年岁的屈平的，也不听太子的，偶尔就朝事问他，也多是琐事，且是以考核、教训太子为标靶。因为怀王对如何解决早有定见，询问他只是为了找出他的局限。

芈横如被缚住手脚，即使在自己当朝之时，也无处施展。因为无法施展，他更不敢越雷池半步。

尤其是现在，怀王的病痊愈了，怀王重新当朝施政了，芈横就完全无事可做了。

这日晚间，晚膳过后，天色未黑，太子百无聊赖，想出去转一圈。他走到宫门，又拐回书房，拿出一卷诗赋，正自品味，宫尹走进来，说是鄂君子启来了，在前院客堂守候。

宫中诸兄弟中，他看重的只有两个人，一个是子兰，另一个就是子启，因为子兰的身后是南宫，子启则与王叔走得极近。

两相称量，王叔的分量显然更重。

然而，自他当朝理政迄今，子启一直未来，今朝却突然登门……

太子横正自思忖，宫尹压低声音道：“与启公子同来的还有一个绝色女子！”

“绝色女子？”太子横怔住了，“怎么个绝色？”

“这……”宫尹声音更低，“臣不好说，感觉是，”说着朝后宫嫔妃居处努下嘴，“与两个娘娘有所不同！”

芈横快步走出书房，赶到前院客堂。

客堂里已经燃起几盏灯，将堂间照得雪亮。

子启迎上。

灯光下，子启身后，果然伫立着一个美女，光彩照人。

这个人是秋果。

秋果远不是少女了，但近年来在天香的悉心调教下，愈加肤嫩肌滑，骨子里透出一股成熟女人的秀丽与庄严。

芈横扫她一眼，转向子启，目光征询道：“启弟？”

“嘻嘻，”子启诡诈一笑，拉他走到厅外院中，朝秋果努下嘴，压低声音，“听说横哥身边缺个书童，启弟带她来，是让横哥过过眼。横哥若是相中，就留她下来；若是相不中，启弟就……”指向自己，“自个受用了哟！”

“你呀，”太子横苦涩一笑，摇头道，“横哥这心里正在忐忑呢。”

“横哥为何忐忑？”

“将近午时，宫尹托人捎话，让我候旨。这不，我由午时守至现在，足足守有几个时辰了，可父王……”太子横看向宫门方向，轻叹一声，再度苦笑，“唉，我不晓得父王是为何事召我，心里没个底呢！”

“若是这样说，”子启笑了，“启弟此来就是恰到好处了！”

“哦？”

子启又朝秋果一努嘴：“横哥或就用得上这个书童呢！”

太子横晓得子启是话中有话了，盯住他，用目光征询。

“横哥还是问美女吧。”子启朝秋果打个响指，不待秋果过来，扯太子横回到厅里，冲她说道，“美人儿，这位就是我讲给你的横哥，大楚殿下，你还不见礼？”

秋果款款走前两步，深深一揖道：“民女叩见殿下！”

见她自称民女，却是只揖不叩，太子横暗吃一惊，觉出她有些来头，遂还礼道：“荆楚芈横见过美人！”说着自入主位，指向客席，“美人，请！”

秋果入席，子启坐于她的对面。

"美人是——"太子横盯住她，顿住话头。

"民女来自赵地，姓秦，名秋果！"

"秋果？"太子横微微闭目，重复呢喃几声，似乎在脑海里搜索这个名字，有顷，看向秋果，"你是赵人？"

"民女不是赵人，是秦人。"

听到"秦人"二字，太子横打个惊怔，不由得看向子启。

"横哥，"子启微微一笑，"你可晓得她是何人？"

"何人？"

"我若讲出来，横哥会惊掉下巴。"

"讲啊！"

"六国共相苏秦义女！"

"啊？"太子横果然惊讶。

"还有，"子启又是一笑，"美人此来，是有一桩大事，关系到横哥了。"

太子横又是一惊，再次"啊"出声来。

"秋果，还是由你禀报殿下吧！"子启看向秋果。

"禀奏殿下，"秋果拱手道，"几日之前，秋果尚在大梁，此番赴楚，是奉义父之命，前来辅助殿下的！"

"奉苏秦之命？"太子横几乎不敢相信自己的耳朵。

"正是，他是民女义父！"

"咦，"太子横怔了，"你是秦人，他不在秦国，是怎么认下你这个义女的？"

"当年义父入秦，两度濒死，是民女救下他命的！"秋果淡淡一笑。

"这……"太子横愈加惊愕，看向她的脸，"苏秦入秦那辰光，你多大了？"

"有这么高吧。"秋果比画了一下，也就是四到五岁，显然是刻意瞒去了自己的真实年龄。

"你那么小，是怎么救下他的命的？"太子横盯住她。

"我家住在小秦村，就在函谷道旁。他赴秦时，高车大马，天色昏黑，还遇到暴风雪，将路埋了。前后无店，他又无处投住，刚巧我从亲戚家回来，路上见到他，将他带到我家，否则，那天夜里他就……”秋果打住话头。

“第二次呢？”

“是两个月后，”秋果再道，“大年三十，又是下大雪，我们一家在熬年，是我听到我家狗叫，跑出来开门，啥也没看到，正要回去，见我家的狗在地上又嗅又咬。我近前一看，原来是个雪人，就是我义父。他不省人事，整个冻僵了。我叫阿爷出来，全家人忙活一宿，才把义父救活。后来，义父就认下民女做义女了！”

显然，这是一个真实的故事，在秦国到处传讲，太子横也是听说过的。

“你做了一件大好事！”太子横朝她拱手道，“纵亲六国都得谢你呢！”

“谢什么呢？”秋果腼腆一笑，“我和义父是天定的缘分，他命不该死，我命中该做他的义女！”

“你说得是！”太子横对此应答颇是赞许，表情放松许多，倾身，盯住她，“对了，秋果，方才你说，你奉苏秦之命来找我，是为何事？”

“为两件事！”秋果侃侃应道，“一个是救张仪……”

“啥？”不待秋果说完，太子横就叫起来，“救张仪？”

“是的，殿下，”秋果接道，“义父晓得张仪使楚，也晓得楚王将他下狱，要杀他泄恨，但这是不可以的。义父让我投奔殿下，因为能够阻止楚王的可能只有殿下了。”

“为什么不可以杀他？”太子横急切反驳，“张仪欺我大楚，使我大楚失地几千里，死国勇士二十多万，罹难百姓不可胜数。楚国没有人不恨他，不杀他不足以平民怨！”

“我义父说不可以，”秋果坚持，“义父说，楚国是打不过秦国的，再战仍旧会败，失地会更多，死人也会更多，说不定还会灭祠亡国！”

“什么？”太子横瞪大眼睛，“你义父竟然这样说？我大楚国在他眼里就是这般不堪一击？”

“殿下，”秋果略顿一下，“民女只是捎来义父的话，义父一直护着你们楚国，他是不会乱说的。你们不能再打了，得让百姓吃饱饭哪！民女一路走来，已经看到无数百姓向北逃难，说是要逃到魏国去，逃到韩国去。我问他们为何逃难，他们说，没有粮食吃了，所有粮食都拿去打仗了。殿下呀，你应该到乡野里走走，不要总是住在宫里，想要啥就有啥，想吃啥就能吃啥！”

太子横吸一口长气，盯住这个来自秦地，向他传达苏秦之意的民女。

秋果不再腼腆了，瞪大两眼与他对视。

“这么大的事，你义父自己为何不来？”太子横冷不丁问起这个。

“义父说，他有更重大的事情要做，”秋果早就备好话了，“五国合纵在即，列国特使就要到了，义父脱不开身。”

“可他……总也不能派你来吧？”

“义父派民女来，是为另一桩事情，与殿下相关的事情！”

“与本宫有关？”太子横再吃一惊，也忆起秋果方才曾经提及这个，语气急切，“何事？”

“就是启公子所讲的，做殿下书童！”

“咦？”太子横纳闷了，“本宫一是不缺书童，二是从未向人提及过招收书童，你义父为何强使你来做本宫的书童呢？”

“殿下现在不缺我这个书童，但马上就会缺了。”

“为何？”太子横愈加急切。

“因为楚王很快就会派殿下到临淄去。殿下在临淄人生地不熟，义父担心殿下应酬不来，万一出个啥事，就会影响到楚国的将来，也就影响到义父的合纵大业。义父这才让我前来陪护殿下，做殿下的书童。”秋果的秦式口音不紧不慢，把每一个字都咬得极真，因果细节更是严丝合缝。

“让本宫去临淄？”太子横怔住了，挠起头皮，看向公子启，“我怎么不晓得？”说着转身问秋果，“你义父有没说过大王让本宫去做什么？”

“人质。”

天哪，是人质！

太子横的脸色白了。

“连本宫都不晓得的事，你……”太子横盯住她，不无质疑，“你义父怎么晓得？”

“是齐王讲给我义父的。”秋果语气平淡，“义父陪同楚王特使屈平觐见齐王，与齐国睦邻。齐王要求楚王送殿下到齐国去做人质，屈平已经回奏楚王，如果不出意外，殿下恐怕很快就得动身赴齐了！”

太子横猛地想到宫尹传话让他候旨的事，不由得打了个惊战。

太子横正自心悸，一阵车马声喧，宫尹进来禀道：“殿下，是宫使，大王召请您这就入宫！”

太子横凝视秋果，良久，看向子启道：“这个书童，我收下了！”

太子横转身欲走，秋果叫道：“殿下！”

太子横住步，转头看向她。

“您觐见大王时，莫要提及民女，也莫提及我的义父！”

“为什么？”

“我义父不想让人晓得我是殿下的书童，也不想让人晓得他不希望张仪死。张仪是义父的敌手，就对手来说，义父是希望张仪死的，可就楚国来说，张仪是不能死的！义父说，殿下若能救下张仪，就是拯救楚国。殿下是大楚国的储君，有责任拯救你的楚国！”

太子横深吸一气，朝秋果拱个手，大踏步而去。

一如秋果所判，怀王召太子横，真就是让他赴齐为质。

“横儿，”怀王久久凝视他，看得他心里发毛，末了才道，“你年纪不小了，该立事了，也该为国效力了。眼下，我大楚的最大国事是向秦复仇，是收回由秦、韩、魏三贼所强占的失地，而要完成复仇，我大楚就不能四面树敌。前两年，是寡人犯糊涂了，偏信张仪那个无信之人，与齐王绝交，终让那个无信小人得志，结四国伐我，陷我于困绝。今朝寡人痛定思痛，决定与齐王重修旧好。屈平使齐，已与齐王讲好了。齐王同意不计前嫌，但提出一项要求，就是让你入质临淄。太子入质，事关重大，是以寡人犹豫多日，今朝才算定下，这才讲给你听！”

“谢父王信任！”太子横因已有备，表情松弛，拱手谢恩。

“横儿，”怀王见太子横反应积极，大为高兴，语气亲善许多，

“你只管放心前往，齐王是断不会为难你的，因为寡人是真心与他睦邻。前番的事，寡人确实不该，使陈轸和齐，他尚未回来复命，寡人就又使宋遗绝齐，失信于天下。唉，都是靳尚误我，这个蠢货，寡人真该治他重罪！”

“父王，”太子横吸一口气，憋了一会儿，快意吐出，徐徐调匀气息，拱手道，“儿臣诚愿赴齐为质，一是为国家效力，二是为父王解忧。儿臣有一恳请，亦望父王恩准！”

“横儿，你讲吧！”怀王笑吟吟地看着他。

“儿臣恳请父王放出秦使张仪！”太子横缓缓说出。

“什么？”怀王的笑脸一下子僵了，不可思议地盯住他。

“儿臣恳请父王放出秦使张仪！”太子横一咬牙，重复道。

“为何？”怀王气急道。

“因为，楚国不能再与秦国打下去了。”

“为何不能？”

“我们是打不过秦国的，再打下去，失地会更多，死人也会更多，不定还会……”太子横顿住。

“还会什么？”怀王逼视过来。

“灭祠亡国！”太子横几乎是嗫嚅了。

“你……”怀王暴跳起来，手指发抖，声音发颤，“你这个怯懦的人！你……你……”

“父王——”太子横跪下，涕泣。

怀王在厅中来回踱步。

不知踱了有多少个来回，怀王回到席位，声音平缓下来，但语气凌厉，威严，几乎是一字一顿道：“太子听旨！”

太子横叩首：“儿臣听旨！”

“你这就回去筹备，三日之内，启程赴齐。至于张仪，我大楚二十万殉国英灵，皆在先祠里候着他呢！”

“儿臣……遵旨……”

两天之后，太子横动身赴齐，与他同坐一车的是书童秋果。

当然，此时的秋果已经不叫秋果，而是由太子横为她起了一个诗意的名字——梦郢，因为郢都渐去渐远，或就只在他的梦里了。

太子横铩羽而归，使齐为质，张仪的命运就悬在郑袖一人身上了。

自得靳尚所授秘策，郑袖一改往日的悲悲戚戚，满血复活了，全身心地盯住怀王。只要怀王不在，郑袖就会寻出各种借口，走进中宫，一口一个妹妹，将魏美人由头至脚赞美个遍。这且不说，郑袖还为魏美人亲手缝制衣服，购买头饰，甚至取代魏美人的身边侍女，亲手为魏美人上妆。

魏美人在宫中已守数年，晓得怀王是如何宠爱郑袖的。作为媵人，魏美人在宫中的地位原本很低，只有侍奉主母的职分，早晚见到南宫郑袖是要跪地请安的。却不想造化弄人，魏美人于无意中得宠，而郑袖非但不吃她的醋，反倒对她呵护有加，着实让她感激。

关键是，魏美人与郑袖都是魏人。当郑袖讲起一家三口血溅襄陵城门，唯她一人苟活于世的悲惨往事时，魏美人哭得稀里哗啦，也将她的身世一无遗漏地吐给郑袖，说她本为弓匠之女，其家世代以制作弓弩为生，她有三个哥哥、一个姐姐，唯她最小。二哥、三哥应役战死，姐姐嫁人，姐夫不久也战死了，家中唯余大哥承继父业。在她七岁时，乐坊选人，乐官挑中她，将她培养至十二岁，送入宫中，之后不久，她作为礼品被魏王赠予楚王，列作媵女。入楚十年，她出宫无望，就在心念俱灰之时，竟然得幸于王，意外受封中宫。在魏美人讲到两个哥哥及姐夫战死沙场时，郑袖放声长哭，两颗不幸的心就这样通过亲人的死国壮举而牢牢地结在一起。由此出发，郑袖就怀王所好、怀王所恶，甚至在床笫之欢中该如何迎合等，对魏美人悉心指导，对她的卧室色彩、床幔颜色、服饰搭配等也按怀王喜好予以评判。魏美人天性纯朴，未曾有过这般心计，听得是心服口服，一一照办，果然得到怀王更多的称赞。作为回报，魏美人也在怀王开心时为郑袖说话，一口一个姐姐地称赞南宫。

秘策就是秘策。

不消数日，怀王已从多个渠道获知了郑袖的言行，不无感慨地对宫尹道：“唉，今日看来，是寡人委屈南宫了！”

“我王处处贤明，老奴愚钝，不知我王是哪儿委屈南宫了呢？”宫尹笑问。

“你可知何为贤淑？”

“贤是美，淑是好，贤淑就是美好之意，对不？”

“呵呵呵，”怀王笑道，“你讲得过于笼统。先看这个‘贤（賢）’字，从臣从又从贝，‘又’即‘驭’，‘臣’‘又’相合，指主人驭臣，譬如寡人驭你。下面是个‘贝’字，就是钱，所以，贤就是会管理钱，会过日子，会精打细算。”

“啧啧啧，”宫尹赞叹，“王上若是不讲，老奴真还不晓得呢！‘淑’字又作何解？”

“这个‘淑’字呀，”怀王捋一把乌黑的胡须，“从水从叔。‘叔’乃捡拾谷物，‘水’‘叔’相合，即从水中捡拾谷物。”

“老奴真是无知，还以为叔就是阿叔呢，”宫尹憨憨一笑，“可这……从水中捡拾谷物，又是何意？”

“你想想看，收获季节，谷物落地，且是落到水中，若不马上捡起来，岂不就烂掉了吗？”

“老奴明白了，”宫尹急切应道，“这‘淑’字就是珍惜谷物，勤俭持家！”

“是哩，”怀王赞道，“这贤淑二字呀，是要用在女人身上的。居家过日子，要想把日子过好，就必须勤俭持家。男人要挣到钱财，女人要善于理财，把钱用到该用的地方；男人要在田野里收获，女人要捡漏拾遗，以免浪费。”

“可王上呀，”宫尹又是一笑，“南宫娘娘既没有为大王理财，也没有从水中拾禾呀！”

“怎么没有呢？”怀王应道，“妇人事夫，莫过于用色。有色美于己且还夺己宠者，妇人必生妒心，此为妇人天性。可郑袖呢？她晓得寡人喜欢新人，非但未生妒心，反而还呵护她，关爱她，甚至对她比寡人呵护得还要周到，这叫什么？这就叫贤淑。她这是让寡人后宫和睦，好腾出全力忙于朝事啊。孝子事亲，忠臣事君，皆当如此才是。”说着由衷慨叹一声，“善哉，南宫贤淑哉！”

宫中全是耳朵，怀王的赞叹自然一字不落地传入南宫。

见机会成熟，郑袖就拿起一套早已备好的服饰，走进中宫，将衣服抖给魏美人，笑道：“妹妹呀，阿姐为你新做一套夜服，看下合身不？这套丝料柔和滑腻，如婴儿肌肤。想当年，阿姐侍奉大王时，常穿的就是这料子，每一次都让大王沉迷，舍不得脱它，总是不停地摸来摸去。阿姐让他摸急了，嗔他，大王啊，你这是摸人，还是摸衣呢！大王笑了，这才脱掉它。”

“阿姐，您真好！”魏美人接过睡衣，拿手一摸，果是丝滑，轻声，“这是啥料？”

“是鲁缟，上等货色，我好不容易才弄到几匹，舍不得用呢！这给妹妹做一套。”

“谢阿姐了！”魏美人拿衣服走到镜前，“我看看合身不？”

郑袖跟过来，为她脱去身上衣饰。

魏美人着急欲试，郑袖却不急了，按她坐下。郑袖摸摸这儿，揉揉那儿，大呼小叫地赞美起她的色相来：“我的老天哪，难怪大王喜欢妹妹呢！连姐姐也想啃你一口！睢瞧，这眉眼儿，这身板儿，面如桃花，腰如柔蛇，”说着轻轻搓揉她的屁股，“啧啧，这屁股蛋儿才叫迷人呢，”压低声音，“大王最欢喜的就是这地方，妹妹真叫个美！”

“阿姐？”魏美人脸色红了，“瞧你讲的！”

“这有什么呀？”郑袖笑了，“阿姐这也脱光，让妹妹看看！”

郑袖不由分说，脱光自己，在镜前扭动身体。

“啧啧啧，”魏美人退后一步，欣赏一会儿，赞道，“阿姐呀，你才叫个美呢！”

“唉，岁月不饶人哪，”郑袖嗟叹一声，“想当年，阿姐初入宫时，确实也美过。可这辰光，阿姐老矣，唉，老矣，老矣！”

魏美人一脸羞涩地笑了。

郑袖也笑起来。

突然，郑袖正在笑着的脸僵住了，目光落在她的鼻子上。

“阿姐？”魏美人怔住了。

“妹妹，你这鼻子怎么了？”郑袖盯住她。

“阿姐，没……没怎么呀！”魏美人摸向自己鼻子。

郑袖近看，远看，目光一直不离她的鼻子，还用手指按在上面，揉几下。

“阿姐？”魏美人发毛了。

“难怪大王他……”郑袖欲言又止。

“大王他……怎么了？”魏美人是真急了。

“唉，妹妹呀！”郑袖收回手，轻叹一声，“你哪儿都美，只这鼻头略略塌了一小点儿，让大王嫌弃呢。”

“我……”魏美人摸向自己的鼻头，“它不塌呀，大王也从未提过这个呀！”

“你摸摸阿姐的！”郑袖拉过她的手，放在自己的鼻头上，“用力捏。捏过，再捏你的，自己比比看！”

魏美人捏一下郑袖的鼻子，又捏自己的。确实，自己的鼻子软塌塌的，似乎没有骨头，而郑袖的鼻子，怎么捏都是硬挺挺的。

“不瞒妹妹，”郑袖附在她的耳边，“大王有次摸在我的鼻头上，说了一句话。”

“说啥了？”

“大王说，不瞒你说，寡人见不得魏妃的鼻子，她哪儿都好，只那鼻子，能有你的一半就好了！”

“大王他……真的这么说？”魏美人吓到了。

“是呀，”郑袖应道，“阿姐一直以为大王不过是哄我高兴，今朝细审，大王是当真呢！”

“阿姐，我……”魏美人一脸急切，“要怎么办哩？”

“阿姐教你一方，不一定管用，你可试试。”

“快讲！”魏美人真正急了。

“再见大王时，只要大王看你，你就设法把鼻子掩饰一下，展示出你优胜的地方。譬如说阿姐吧。”

“嗯嗯，我试试。”魏美人连连点头。

两日过后，入夜，怀王驾到，歇在南宫。

一番欢娱过后，怀王躺在榻上，看向郑袖道：“袖儿，寡人有桩闲事儿问你。”

“我王请讲。”郑袖偎入怀王的胳膊弯里。

“这几日来，魏妃见寡人总是饰掩其鼻，颇是奇怪。听说你与魏妃交好，可知缘由？”

“臣妾晓得呢，可……”郑袖一脸为难，“难为情啊，臣妾还是不说为好。”

“说吧，你与寡人，没有什么是不能说的。”

“臣妾若是说了，大王不可生气！”郑袖讲出条件。

“说吧，寡人不生气！”

“妹妹是……”郑袖指一下他的腋窝，“厌恶大王这儿的狐臭味！”

“什么？”怀王一把推开她，忽地坐起，嗅几下，“寡人有狐臭吗？”

“臣妾未曾闻到！”郑袖笑了，“许是臣妾的鼻子不好使吧！感觉大王通体都是香的，尤其是出汗辰光，那股味儿是臣妾最爱！”说着在他耳边，悄声道，“像是发情的公鹿呢！”

“唉！”怀王的心境依旧留在魏美人那儿，牙齿咬得咯嘣嘣响。

“大王啊，您吓人呢！”郑袖紧紧搂住他，“您答应过臣妾不生气的呀，您……您就原谅她吧，她是臣妾的好妹妹呀！”

怀王哼出一声，一把推开她，穿上衣服，大踏步出去。

是夜，魏美人在熟睡中被宫人拖走，关入禁室。次日上午，她又被处劓刑，打入冷宫。

南宫郑袖再度受宠，只能算是车卫秦所授计划的第一步。接下来的一步才是关键，就是由郑袖向怀王吹送枕边风。

靳尚能够合法进入后宫的唯一地点是巫咸庙，这是怀王特许的。大祭司白云离开之后，后宫巫咸庙一应祭祀就由郑袖主持，郑袖就任命白云的大弟子为祭司，将沟通宫外其他巫咸庙的事务，交给靳尚。靳尚有一块可随时出入后宫的金牌，但目的地只能是巫咸庙。

巫咸庙的偏殿里，郑袖支走身边人，不无兴奋地将魏美人如何中计、怀王如何震怒、如何劓魏美人并再度宠她的事情细叙述一遍。她末了朝靳尚连连拱手，充满感恩。

“娘娘呀，”靳尚压低声音，“这事儿您确实得感恩，但不是感恩臣尚！”

“不感您的恩，我该感恩何人？”

“秦国相国，秦使张仪！”

“啊？”郑袖惊呆了，“他……他不是被下入死牢了吗？”

“张相国虽被下入死牢，但他的下人没有啊。还记得那个送给娘娘白色裘衣的秦国大商吗？张仪在出使之前，就托他问候娘娘。臣对他讲了娘娘的烦心事，他禀报张仪，张仪遂出此妙策，使娘娘从魏美人手中夺回了大王！”

郑袖沉思一时，抬头道：“靳大人，您是要本宫向大王求情，救出张相国吗？”

“眼下怕也只有娘娘能够救他一命了！”

“我救不了！”郑袖苦笑，“您是晓得大王的，为商於的事，还有两番征战，大王是真的生张相国的气了！我若为他说话，大王怕就……”

“娘娘怕什么？”

“怕是要跟魏美人一样！”

“唉，”靳尚长叹一声，回她一个苦笑，“大王若是真的杀了张仪，娘娘怕就不是魏美人那样的结局了！”

超越害怕的永远是恐惧。

“什么结局？”郑袖果然惊到了，两只大眼眨也不眨地盯住靳尚。

“娘娘晓得伍子胥吗？”靳尚缓缓接道，“当年伍子胥引吴军杀到郢都，先昭王连夜出逃。可怜那些宫妃子女，尽皆落入吴人之手，纵使不死，也是受尽凌辱啊。”

“你是说，秦人——”郑袖顿住。

“不瞒娘娘，”靳尚压低声音，“大王是气昏头了，宁可不要商於，不要汉中地，不要黔东南，也要秦人献出张仪。张仪是秦王的左右臂，秦王不想失去张仪，可张仪不想让秦、楚再度开战了，这才应允大王之请，来咱楚地。秦王为护张仪，已集大军不下四十万，分黔东、巴蜀、汉中、商於四路，外加韩人，共五路大军，就守在咱的国门口。大王只要杀张仪，五路大军就会杀向郢都，那辰光，大王只有一条路可走，就是全力抗击秦人，一战而胜。娘娘啊，万一大王战不胜……”

“天哪，”郑袖花容失色，“这要怎么办哩？”

“所以，张仪不能死呀，娘娘无论如何也要救他出来，一是报恩，二是为未来计！娘娘啊，子兰毕竟还小呢，远没有立事！”

“可……我怎么救他？”

靳尚告诉她如此这般，郑袖答应试试。

是夜，怀王再入南宫，见郑袖在啼哭。怀王问她原因，郑袖不肯说，只是服侍大王睡下。睡至夜半，郑袖再度悲悲切切地哭起来。

怀王被她哭醒，从榻上坐起道：“袖儿，说说，你为何啼哭？”

“大王啊，”郑袖伏在他的身上，哭得一抽一抽的，“臣妾是……是为张仪……”

“张仪？”怀王惊呆，一把将她推开，“你怎么能为他哭？”

“臣妾……”郑袖泣道，“后晌辰光，臣妾前往巫咸庙里拜祭，许是困了，就打个盹儿，梦见巫咸大神现身了，她的旁边站着白祭司。大神说，你不忘祭我，我也予你一个警示：郢都将有大祸，你可携子前往下东国避难！臣妾吓坏了，问是何大难，大神说，是秦人要打入郢都。我问为啥，大神说，因为大王要杀秦使张仪。张仪是秦王的臂膀，秦王要来报仇，我正要再问，一下子醒了。”又泣几声，哽咽道，“我的大王啊，郢都若破，你我不能相保，还有子兰，臣妾……妾心中如刺，是以伤悲……呜呜呜呜……”

怀王震惊了。

“大王啊，”郑袖突然跪下，朝怀王叩首，“臣妾求求您，这就放走张仪吧！”

怀王的面孔由震惊渐渐转为扭曲。

怀王摸索着穿上衣服，缓缓下榻。

怀王走出房门。

“大王——”郑袖大放悲声。

怀王犹如没有听见，直走出去。

听到怀王走远，郑袖止住泣，呆在那儿。

黑夜深沉，怀王孤独一人，步履沉重地走向通往前殿的宫门。

接后三日，怀王未来南宫，一直歇在御书房里。怀王与王叔等众王亲、昭睢等众宗亲，就郑袖之梦反复谋议，众亲皆曰张仪可杀，理由只有一个，复仇。

王叔还算出一笔大账，前面两战，楚国虽败，但秦、韩皆伤，尤其是秦人，死伤怎么算也过二十万。若拼人数，楚人眼下的能战之士远超秦人。再说，屈平使齐，五国纵盟签约在即，韩国不敢妄动。唯有秦人，楚人并不惧怕。秦得汉中、黔东南二地，非但是秦人之福，反倒是秦人之祸，二地百姓皆为楚人，无不在巴望楚人驱走入侵者。至于郑袖之梦，实乃无稽之说，不足取信。再说，巫咸为巴神，即使真想警示楚王，也该直接托梦于楚王，而不是托梦于一个后宫妇人。且王叔又提及从前，说郑袖、靳尚一直在为张仪说话，这个梦不定是他们编出来的呢。怀王使人于宫中查询，果然查出在南宫托梦那日，靳尚也去后宫巫咸庙了。

于是怀王下旨收走靳尚的后宫出入金牌，并于第四日大朝时，当廷颁诏，历数张仪祸楚罪状。怀王同时颁布诏命，于丹阳大战的祭日在郢都太庙行施大祭，祭品为张仪，施祭方式是，生割其舌以祭死国忠魂，生剜其心以祭列祖列宗，之后悬其首于三军旗杆，誓师伐秦。

楚廷里群情激昂，没有一人搭理靳尚。

祭日在即，楚国太庙紧锣密鼓地筹备祭事。与此同时，怀王的诏书传达到楚国各地城邑，将张仪罪状桩桩件件，悉数昭示于楚人。年轻楚人，尤其是下层楚人，无不激昂慷慨，纷纷弃业从军，皆欲杀敌立功，改换门庭。

秦、韩震动，加紧备战边疆不说，更对占领区严格戒备，以防楚人反叛。

司刑入狱，对张仪宣读怀王诏命，令狱卒将张仪戴上脚镣枷锁，关入死牢。

司刑宣布完毕，张仪没说什么，只是苦涩地一笑。

这一生，于他已到尽头。

在祭日的前夜，死牢里静得出奇。

张仪闭目端坐，如同在鬼谷里跟从师兄打坐。

一阵脚步声近，是一名狱吏并两名狱卒。狱吏打开牢门，二狱卒一人端托盘，上面摆满喷香的烤肉，一人抱酒坛，坛上摆着两只大碗。

“张大人，”狱吏朝张仪拱个手，“按照王命，明日辰时，您就要上路了。今宵良宵，明月朗照。小人奉司刑令，以薄酒一坛，为大人饯行。”

狱吏示意二狱卒摆好酒菜，打开张仪的长枷及镣铐，递给他一条特意打湿的长巾。张仪拱手回礼，接过湿巾，擦脸，拭手。

“张大人，”狱吏指着案上烤肉，“盘中有鹿肉、羊肉、牛肉和雁肉四品，全是上好的。小人听闻大人喜好陈酒，这坛酒仅只七年，不够好，可小人只能做到这些了，望大人谅解。”

“谢你了，小伙子！”张仪坐定，看向酒碗，“能否再拿五只碗来！”

“这……”狱吏怔道，“张大人，只您一人，有两只还不够吗？”

“求你了！”张仪说出软话。

狱吏示意，一狱卒快步跑去，取来五只大碗。

张仪摆好七只碗，搬起坛子，将坛中之酒均匀斟于七只碗中，接着端起第一只碗，朝天举起，道：“先生，弟子此生得拜您老为师，是大幸，这第一碗，弟子敬您！”说着一气饮尽，摔碎，又抓过一块肉，嚼几口，端起第二只，“大师兄，师弟张仪服了，这第二碗，师弟敬您！”一气饮下，摔破，又嚼几口肉，端起第三只碗，凝视碗中酒，良久，朗声道，“师姐，张仪……无话可说，敬您……”说罢饮下，吃肉，再举一只碗道，“孙兄，这碗是您的，鬼谷数年，张仪服您！”饮下，举起第五只碗，“庞兄啊，在下晓得你候得急了，请再稍候几时，明日辰时，张仪就寻你来了！”

张仪连饮五碗，尽皆摔破，又看向最后两只大碗。

张仪不再饮了，也不再吃肉了。

张仪闭上眼，静静地坐着。

牢门开着，守在门口的是狱吏，狱吏背后是两名狱卒。

张仪坐呀，坐呀，不知坐有多久，似乎完全忘记了四周的存在。

狱吏守不住了，轻声道："张大人，酒凉了，肉也……"说着顿住。

张仪扫他一眼，一手端起一碗，碰一下，长叹一声道："苏兄，在下……先走一步了，这是与你诀别的！来，你我得慢慢喝！"朝两只碗各饮一口，放下，闭目，自语，"苏兄有所不知，在下是不想走哇，在下不是怕死，是……你晓得的，你我的棋局这还没有下完啊，"说着端起两碗，各饮一口，放下，"不瞒苏兄，在下反复思虑过你的纵棋，是真好啊，可……它不合人心哪，列国是不能共生的啊，天下是不能共生的啊。天上要有太阴，要有太阳，但不能有两个太阴，也不能有两个太阳，因为天道合于一，不可有二日啊，苏兄。列国共生，天下共生，终了是谁也不能生啊，苏兄！甭说是天下，甭说是列国，纵使在我们的小小山谷里，若是没有先生这个太阳，早就乱成一锅粥了啊。"说完端起两只碗，再饮，放下，"还有苏兄所悟的先生那几句偈语，'纵横成局，允执厥中；大我天下，公私私公'。偈是好偈，只可惜被你苏兄曲解了。苏兄亦非全部曲解，你曲解的只是后面两句，'大我天下，公私私公'。就在下所解，先生所指的'大我天下'，并不是苏兄你所说的'大同之世'啊，先生意指'统于一'呀。大为一，'大我'为一我，一我即孤，孤即寡，寡即予一人，予一人者，上天之子、大地之王也。'大我天下'，即'天下大我'，也即天下归于予一人。如何归于予一人呢？即如苏兄所说，经由'公私私公'。这'公私私公'四字，苏兄你用杨朱之说来解，也是曲解呀。什么'天下人之私，天下人共营之，营私所得之利，天下人共享之'，什么'人人不损一毛，人人不贪一毛，则天下大公矣'，这完全不是先生之意啊。就在下所解，先生之意当是，天下即国家，天下归于一，就是天下归于公，归于国，归于王，抑或归于帝，公、国、王、帝，皆是一啊。'公'后为'私'，私即家，私私即家家，天下由私私组成，私私成公，国家乃生，一我而为天下。"说完又端起两只碗，分别饮完。接着又长叹一声道："苏兄啊，你我所弈的这局棋，在下一死，就算是输了，可苏兄你也赢不了呀。‘纵横成局’，没有在下的这个‘横’，苏兄的‘纵’局又如何达成呢？唉，苏兄啊，在下失算于楚，抑或是失算于秦，可苏兄呢？你又失算于何处？就在下所断，苏兄当是失算于‘共生’二字，因为弱肉强食是天道。天道是有秩序的，秩序是分尊卑的，你搞天下共生，让诸侯坐成一个不分尊卑的圆圈，这是逆天之道！”说着将两只碗拿起，“苏兄，逆天之道，行不远矣。在下所言，堪作心腹之语。你若不服，这就候着，待明日辰时之后，在下就在九泉之下摆好棋局，候你，与你最终见个分明……”

又是一阵长长的沉默。

张仪不知想到什么，猛然爆出一声长笑：“哈哈哈哈——”

随着这声长笑，两只空碗同时被摔碎。

就在张仪摔碗的当儿，一辆驷马辎车正在月夜的荆楚大地上急驰，御手是屈遥。二骑跟在车后，一骑是飞刀邹，另一骑是木实，担当护卫。

车篷里坐着二人，一是屈平，二是苏秦。

天气寒冷，地面干燥，月光朗照，特别适合长途驱驰。辎车已驰三天两夜，这是第三夜。马匹也在不同的驿站里换过几轮，眼前的六匹马皆是迎黑时新换的，该当是最后一轮。

“屈子，还有多远？”苏秦掀开车帘，看向外面的夜空。

“已过荆门！”屈平睁眼。

“荆门？离郢都还有多远？”

“距郢都北门二百三十一里，平走过多次，最快也得五个时辰。不过，夜路好走，天亮时应该能赶到。”

“如果是辰时，天亮怕就来不及了！”苏秦一脸急切，“我们要给大王留足时间，否则……”

“我算过时辰，来得及，”屈平应道，“祭祀是在先庙。这是大祭，大王与王叔都会去的。我们可以直接赶到先庙，相信我王会听您的！”说着爬到车前，“遥弟，你来歇会儿，我驾车！”

“阿哥，我还行，再驾两个时辰！”

一行车骑紧赶慢赶，到郢都已是日出。

车马直驱先庙，但见庙门之外人声鼎沸，车马拥挤，到处都是持械的宫卫。

为防秦人抢人，三千卫士将先庙全面戒严，进出人员皆须接受盘查。

卯时将过，辰时就要到了。

苏秦、屈平急不可待地跳下车，各将佩剑扔给屈遥，疾步走向庙门。

负责守护的是新任将军昭鱼。

“左徒大人？”见是屈平，昭鱼惊呆了，仍旧称他的旧官阶，“您不是去齐国了？”

“听闻要杀秦使行祭，在下急赶回来！”

“太好了！”昭鱼恨道，“这骗子害我大楚不浅，在下恨不得亲手行刑！时辰要到了，大人请！”

昭鱼放行屈平，却拦住苏秦。

苏秦一身胡服，头上戴着一顶胡人的毡帽。

“昭将军，”屈平急了，附他耳边道，“这位是在下特意请来的客人，有急事禀报大王，请大人放行！”

“若见大王，下官必须禀报，请二位稍候！”

昭鱼转身欲走，屈平扯住他道：“将军，禀报就来不及了！我们一起觐见，可否？”

昭鱼搜遍苏秦全身，见无任何凶器，遂带二人入内。

祭坛设在先庙大院，一身秦国官服的张仪被绑缚在祭坛旁边的刑台上，二目闭合，神态平静。两名刽子手一左一右侍立于侧。

巫乐声中，大小巫祝在祭坛上跳着巫舞。

祭坛之下站满了参祭的人，穿的全是素服，如举大丧。除王亲、朝臣之外，前来观刑并参与祭礼的还有不少死难烈士遗属，是经过相关司尹层层筛选出来的。

昭鱼引领二人绕过祭坛，步入正殿。

怀王、王叔、昭睢并一应重臣皆在正殿，正进行先庙祭祀礼仪所规定的仪程。

行祭之前的仪程已进行到最后一道，由怀王在列祖列宗牌位前面宣读祭文。时辰是计算好的，祭文宣毕，卯时即过，当入辰时，由刑台正式行祭。

昭鱼迟疑一下，看向屈平。

情势火急。

屈平不由分说，直入殿门。

大殿上，一身素服的怀王已经走到牌位正中，从大巫祝手中接过祭文，轻咳一声，正要开读，仍旧穿着使臣服饰的屈平几步跨到他身侧，于三步之外跪地，叩首道："大王，臣屈平有奏！"

这一声如同惊雷，把大殿里的人全都震呆了。

先庙行祭，大礼进行时，这是庄严静穆的时刻，是不可有任何奏报的。

奏报之人是屈平，谁都晓得他使齐去了，这辰光不应出现在这儿。

"屈平？"怀王扭身，看向他，不敢相信自己的耳朵。

"大王，臣屈平有奏！"屈平再次叩首。

怀王两眼眯起，盯住他道："三闾大夫，你有何奏？"

"臣请大王暂缓仪程，前往偏殿，臣有急情密报！"

本应在大梁与四国纵亲结盟的屈平竟然在这节骨眼儿上现身，且有急情密报，一定不是小事了。怀王吸一口气，看向王叔。

王叔朝怀王拱下手，径自走向屈平，拉起他，携手走向偏殿。

怀王示意大巫祝暂停仪程，快步跟去。

偏殿里，怀王入主位坐定，王叔也于陪位落席。

屈平叩首："臣叩见我王，叩见王叔！"

"快起，"怀王指向席位，急不可待，"是何急情？"

"有人请见我王，急情在他那儿！"

"何人？"

"一位贵宾，也是我王臣子，就在门外！"

屈平越是不讲名字，怀王的好奇心便越是强烈，扬手指向门外道："快去，有请贵宾！"

屈平出殿，见苏秦、昭鱼已经跟过来，站在阶下不远处，遂向他招手。

苏秦朝昭鱼拱个手，指一下屈平，大步上阶。

屈平引苏秦入殿，与他并排跪叩于地。

“臣苏秦叩见大王！”苏秦叩首。

作为六国共相，苏秦手中还有先楚王送他的相印，自然也是大楚相国，所以称臣。

“苏秦？”怀王盯住他的一身胡服，一脸震惊，“你……是苏秦？”

苏秦抬头，摘掉毡帽，看向怀王，拱手道：“臣正是苏秦！”

“哎哟哟，”怀王认出他来，惊喜交集，忙起身走来，一把拉起苏秦，握住他的双手，将他上下打量一番，“果然是你苏子呀，你胖了！”

“臣谢我王关切！”苏秦亦看向怀王，“大王您……瘦了！”

“唉，”怀王长叹一声，“内忧外患，寡人……力不胜逮，能不瘦吗？”转向也站起来的王叔，“苏子，这位是纪陵君，寡人贤弟！”

“臣叩见王叔！”苏秦朝王叔深深一揖，“前番来楚时，说是王叔巡视巴地，臣未能拜见，深以为憾！”

“苏子大名，如雷贯耳，今朝总算是见到了！”王叔回礼，指向自己的席位，“苏子请坐！”

“王叔席位，臣不敢坐！”苏秦走到屈平留给他的上首席位，见怀王已经就座，亦正襟坐下。

“前几日，”怀王见众人坐定，朝苏秦拱手，直入主题，“寡人得报，说是苏子正在大梁会盟五国特使，重结纵亲。今朝苏子来此，实令寡人惊诧。敢问苏子，是为何事千里驱驰，以教寡人？”

“是为一个人。”苏秦回礼。

“可是刑台上的那人？”怀王已经猜出，看向殿外。

“我王圣明！”苏秦再次拱手道。

“苏子合纵，那人却屡屡破坏纵盟，堪称是苏子的死对头。苏子此来，不会是为观赏他如何受刑以解心头之气吧？”怀王眯眼。

“回禀我王，臣非为观赏他受刑而来！”

“哦？”怀王倾身，两眼几乎眯作细缝，“敢问苏子，既然不为观刑，又为何事？”

“臣此来，是恳请大王放过那人！”

“为何？”怀王直起身，盯住他。

“因为大王杀不得他！”

“为何？”怀王的语气变冷了。

“为楚国，为楚人！”

“寡人杀他，正是为楚国，为楚人！”怀王一字一顿。

“回禀大王，”苏秦二目如炬，射向怀王，“臣以为，大王杀张仪，非为楚国，非为楚人！”

“你说，寡人是为什么？”

“泄恨！”苏秦补充一句，“大王杀他是为泄大王之恨，朝臣杀他是为泄朝臣之恨，百姓杀他是为泄百姓之恨！”

“敢问苏子，”怀王二目逼视，“寡人不能泄恨吗？朝臣不能泄恨吗？百姓不能泄恨吗？”

怀王连番追问，一句紧一句，势若张弓之矢。

“大王，”苏秦缓缓说道，“昔年臣在山中从鬼谷先生修学之时，先生屡屡告诫我等四人，筹策谋划，决事断物，切切忌惮四字，一曰喜，二曰怒，三曰恐，四曰悲。也就是说，极喜之时，极怒之时，极恐之时，极悲之时，皆不可决事。恨者，怒之极也。今日大楚上下同欲，举国皆怒，大王亦决事于怒极，臣切切以为不可。决事断物，须循依的是事理，不可循依的是情绪，是以圣君谋事决物，皆于冷静之时，剖事析理，去其虚表，达其本质，否则，事必不成，功必不就。”

苏秦就先搬出鬼谷先生所教，确实镇住了怀王。无论如何，就怀王所知的鬼谷弟子，苏秦、张仪、庞涓、孙膑，无一不是名动天下的大才。

门下弟子个个搅动天下，鬼谷先生堪称当世智圣了。

关键是，若是他人来求张仪免死，怀王不会惊奇。为其求免的是合纵抗秦的苏秦，而张仪事秦连横，堪称是苏秦最大、最恨的对手，这一点倒让怀王思量了。

“鬼谷先生所教甚是，”怀王平缓一下陡起的怒气，微微拱手道，“熊槐不才，何以不杀张仪，还请苏子赐教！”

“大王能够冷静下来，苏秦贺喜了！”苏秦拱手道，“决事断物，当循事理。臣请问大王，除泄恨之外，大王可有杀死张仪的事理？”

“依据楚律，欺君之罪，当诛九族！”怀王随口应道。

“欺君为不赦之罪，当诛九族。请问大王，张仪是如何欺君的？”

“这……”怀王的怒气又起来了，“他与寡人签下契约，承诺将商於六百里归还于楚，可他……末了只说是六里！这难道不是欺骗寡人吗？”

“若此，是欺大王了。”苏秦拱手道，“张仪既犯楚律，自当以楚律治罪。就臣所知，依照楚律，无论何人所犯何罪，皆要过三堂会审。三堂会审，需要的是证据。只有证据确凿，有司才能依据楚律，定其罪，刑其身。大王起诉张仪欺楚，过三堂会审了吗？如果过了，证据何在？如果证据只是契约，而那契约已让秦王烧了，就构不成证据。至于在场楚臣的证明，可作人证，但这人证合于楚律，却不合于邦交常理。邦交常理是，两国交战，不斩使臣，而张仪的身份是秦使。秦使涉险欺诈，无论是大王认定还是楚臣证言，皆为单方之词，秦人是可以不认的。不认则起事端。大王在此单方斩杀秦使，是不循事理。大王不循事理，秦王就可以此为据，张扬于天下，大王也就失义于天下。大王失义于天下，则失天下之助。届时，秦人得助，大王失助，若是两国交战，大王能有胜算吗？”

“你是说，我大楚战不过他秦人？”

“就臣所见，秦、楚已历数战，结果摆在那儿，望大王明鉴！”

“苏子，你……”怀王气得手抖，喘会儿气，又道，“寡人这就讲给你实情吧，与秦人数战，楚人确实未占上风，可寡人复盘，没有一战是秦人当赢！商鞅袭我於城，是偷袭；景翠战于淅水，是败于兵器；屈丐是败于秦人的侥幸；至于寡人亲征，秦人胜在张仪连横四国，齐人偷袭我取胜。今朝不同，我大楚上下同欲，苏子你也复纵五国，我无后忧，韩人亦不敢动，寡人单挑他一个秦王，哼！”怀王将几案震得啪啪直响，“鹿死谁手，这还未定呢！”

“大王，”苏秦盯住怀王，语气平淡，“请不要生气，冷静解析。就眼前情势，我们抛除纵亲五国，抛除韩国，唯有秦、楚再战，臣敢问大王，何以取胜？”

“我大楚地阔人众，即使与秦国拼人，也是三打一，难道还不能取胜吗？”

“大王熟读史书，战争胜负是凭人数所能决定的吗？”

“这……”怀王怔了下，“纵使不凭人数，寡人早已颁布诏命，奖罚唯论军功，就寡人所知，楚人能战者皆投军役，无不期盼杀敌立功呢！”

“诚如大王所言，”苏秦侃侃接道，“楚人三倍于敌，皆怀深仇大恨，皆欲赴死立功，敢问大王，您能保证再战必胜吗？”

“怎么不能？”

“大王，”苏秦应道，“昔日吴人以区区数万众战楚，楚地能战者数倍于吴，结果如何？楚人数战数败，郢都失陷。昔日秦以区区五万人伐蜀，蜀人能战者数倍于秦，结果又如何？蜀人数战数败，成都沦陷，蜀地尽为秦有。吴人何以胜？是有孙武子、伍子胥。秦人何以胜？是有张仪、司马错。由此可知，决定战争胜负的，不是人数多寡，而是将相筹谋。如果秦、楚再战，秦人倘有司马错、魏章在，敢问大王能以何人为将？”

“寡人……”怀王语塞一时，说着握拳，“寡人亲征！”

“大王是玉体金尊，御臣为上，御兵为下。武王伐纣，是有姜子牙在侧。”

怀王吧咂几下嘴唇，看向王叔。

王叔闭目，自始至终都在倾听。

“还有，”苏秦凝视怀王，“自古迄今，所有战争，无不是为解决纠纷，达到己方目的。请问大王，若是与秦再战，大王欲解何纠纷？”

“复仇！”

“何仇？”

“明摆着的，秦人先占我商於，这又夺我汉中、黔东南！”

“大王达何目的，才算复仇？”

“收回全部失地，商於、汉中、黔东南！”

“大王，”苏秦侃侃应道，“臣在谷中时，听先生讲起过孙武子之言，说是两国相攻，上兵伐谋，其次伐交，其次伐兵，其下攻城。大王与秦开战，只是为收复失地，何不利用孙武子之说，上兵伐谋，其次伐交，从而达到‘不战而屈人之兵’呢？”说着看向怀王，目光满是期许。

怀王闭目有顷，睁眼道：“请问苏子，如何伐谋？如何伐交？”

“释放张仪！”

“这……”怀王看向王叔。

“苏子，”王叔终于开腔，“你讲讲，释放他，怎么就是伐谋了？”

“回禀王叔，”苏秦看向王叔，拱手道，“目前，张仪仍为秦使。两国相争，杀使失义。如果我王强杀张仪，就等于逼迫秦王驱民攻战。”说着目光移向大王，“大王，王叔，就臣所知，张仪为秦驱驰多年，秦王是离不开张仪的。此番张仪是应大王之邀使楚，秦王不能不送他来。大王若杀张仪，等于是向秦人再次宣战。为防不测，秦王送张仪使楚之时，已做好充足筹备。就臣所知，秦王已虚咸阳守御，亲引五万精锐赶赴汉中，太子荡等尽皆从征。汉中已备秦国锐卒十五万，正沿汉水大造船筏及攻城利器；在商於谷地，魏章麾下兵马十万，厉兵秣马以待；在江州等地，巴、蜀丁壮不能不应役，若沿江水东下，后果不堪设想；再就是黔中，今已在秦手，由司马错统率。四路秦人总数不下三十五万，大王分兵御敌。秦法严苛，秦师得义，秦卒必前仆后继；大王激励，楚人报仇，楚卒必视死如归。结果将是，两国死士相交，血流成河，战后检点，秦、楚无一成为赢家。此前数战皆是明证啊，大王！由于战争仍旧发生在楚地上，楚人损失只会更多呀，大王。”

楚怀王显然听进去了，神情凝重起来。

“再说，”苏秦侃侃接道，“楚杀张仪，除解恨之外，无一益处。首先是，秦失张仪，几无损失，不过是少了一个鼓舌的人。即使秦王舍下张仪，不与楚开战，按照秦使嬴疾所述，我王要的是张仪，不是土地。秦以张仪一人之身，换取汉中、黔东南，还有商於的广袤土地，也是上好买卖。秦人侵占楚国大片土地原本理屈，只要张仪被杀，秦王就有十足理由永不归还。那时，我王若行征伐，秦人就是保家卫国，起而血战！士民尽皆战死，我王即使讨回那些土地，又有何用呢？”

苏秦这番话可谓是理清义明、情真意切了。

“若是不杀张仪，我如何伐谋呢？”王叔再问。

“回禀王叔，”苏秦应道，“张仪大业未就，今入绝地，并不想死，但有生机，是断不会放弃的。我王可以暂缓行刑，与张仪商谈两国息兵、解争、睦邻之事。经历前面数战，秦国也是伤不起了，有张仪在此，秦王正好就坡下驴。”

“依苏子之意，如何与张仪谋议？”怀王倾身插话道。

“回禀大王，”苏秦朝他拱手道，“臣之意，我王可向张仪讨要如下筹码：一、秦人归还武关以东与楚，因为武关以西是楚先王所赠，强收失义；二、秦国归还黔东南地，秦、楚保持战前疆界；三、秦人归还汉中地，秦、楚保持战前疆界；四、由张仪说服韩王，归还宛城与楚，楚可割让叶城与韩，使韩王有所得益。”

显然，这是于楚国上好的谈判筹策，也是怀王、王叔之前所未曾想过的。

“要是秦王不肯答应呢？”怀王急道。

“继续谈哪，大王可以退让一步，割让部分城邑与秦，毕竟是秦人战胜了！”

“要是韩王不答应呢？”

“秦人退让在前，五国纵盟压迫在后，韩王不敢不答应，让给他叶城是顾全他面子。”

“若此，寡人应允！”怀王长吁一气，看向王叔。

显然，这个方案王叔也是满意的。

“苏子，”王叔朝苏秦拱手道，“能否由您出面，与张仪谋议？”

“谢王叔信任！”苏秦回礼，“只是，五国纵盟尚未签署，此为当前大事。再说，在下与张仪，行道不同，还是不见面为好。在下此来，除屈子之外，无人知晓，是以，”说着看向怀王、王叔，“臣请大王并王叔切切保密，不要提及在下，只以天意恩释张仪即可。至于何人与张仪商谈，臣请举一人。”

“何人？”怀王看向他。

“上官大人，靳尚。”

怀王吸一口长气，转向王叔。

王叔点头。

“传旨庙尹！”怀王转身对内尹，“寡人祈祷上天诸神并列祖诸灵，上天诸神并列祖诸灵昭示寡人：今日之祭推至午时，牺牲张仪押解回牢，代之以牛鹿猪羊四畜并雁鸭鸡鸽四禽！”

内尹传旨去了。

“大王，王叔，”苏秦跪叩于地，“臣叩谢大王、王叔恩释张仪，脱秦、楚生灵于涂炭！”

“苏子请起，寡人还要谢你才是！”怀王扬手道。

“大王、王叔，”苏秦起身，拱手道，“四国特使仍在大梁候着，臣与屈子请辞！”

怀王、王叔起身，欲送出门，被苏秦止住。

苏秦与屈平拱手别过怀王与王叔，跨步出门，头也不回地匆匆离开。

第七章

应黑咒嬴驷暴崩　灭中山赵雍发力

别过怀王，苏秦跟在屈平身后，匆匆走向庙门。

就在跨出庙门的瞬间，苏秦住步了。

苏秦转过身子，缓缓看向远处的行刑台。

这一眼，他一直不忍看，但在此时，再不看就看不到了。

内尹已将怀王的谕旨传给庙尹，但庙尹尚未宣诏。

张仪仍被绑缚在刑架上，两眼闭合。

因为距离太远，又因为被数以百计的看客挡住视线，苏秦看不真切，不由得走前几步。他站在观刑的人群后面，透过人头的缝隙看向刑台。

辰时已到，行刑台上，站在两侧的刽子手左右顾盼，脸上现出诧异的表情。巫舞仍在表演，等待观刑的人群开始交头接耳。

就在此时，担任主祭司的太庙尹跨上行刑台。

激动人心的时刻到了。

群情亢奋，巫舞巫乐戛然而止，无数道目光齐刷刷地射向庙尹。

张仪晓得死时已至，抬起头，睁开眼，目光如炬地扫视人群。

张仪的目光扫过在场的每一个人，似是在欣赏他们的欢快，又似是在与他们永别。

人群是一层又一层，张仪未能看到站在最外一圈、被无数人头挡住的穿胡服的苏秦，苏秦却透过人群清晰地看到了张仪。

扫视一圈之后，张仪缓缓闭目，神情愈加平静，安然等候他的最后时辰。

庙尹掏出谕旨，展开，声音洪亮地道："诸位大楚臣民，听旨！"

听到"听旨"二字，除去周边持械守卫并两个刽子手，在场臣民尽皆跪叩。

"大楚之王谕旨，"太庙尹朗声唱宣，"寡人祈祷上天诸神并列祖诸灵，上天诸神并列祖诸灵昭示寡人：赦免祭品张仪，押解回牢，听候处置。今日之祭，祭品代之以牛鹿猪羊四畜并雁鸭鸡鸽四禽。"

全场哗然。

最惊愕的莫过于心如死灰的张仪。

张仪猛地睁眼，两道犀利的目光再扫全场，赫然看到，在黑压压跪叩于地的楚人背后，一个胡人的背影正在离去。

那背影健步走向庙门，穿过一排甲士，眨眼间消失在庙门之外。

俄顷，十几名甲士快步上台，将张仪解缚，戴上刑具，打入囚车。在更多甲士的护卫下，张仪被押往刑狱。

秦使张仪于眨眼间由祭到释，楚王的谕旨如同戏法，靳尚凌乱了。

让他更凌乱的是后晌。大祭过后，靳尚正欲随众臣出门，却被子启叫住，带他直入太庙偏殿。

怀王不在。在怀王坐过的地方，赫然坐着王叔。

"臣叩见王叔！"靳尚叩拜道。

"靳大人，快快请起！"王叔笑吟吟地伸手礼让。

听到王叔的笑声，靳尚缓缓松出一口气，在客席坐下。

"靳大人，张仪的事，你看到了吧？"王叔盯住他，依旧笑着。

"臣看到了。臣感恩大王并王叔赦免秦使张仪！"

"非大王与王叔赦免张仪，是上天赦免他。"

靳尚吸入一口气。

"知道上天为何赦免他吗？"王叔问道。

"臣愚痴，请王叔解惑！"靳尚拱手道。

"为楚国，为楚人。"王叔给出解释，"上天昭示，杀张仪是与秦开战，而与秦开战，于楚人，于楚国，皆是雪上加霜。与秦开战是为复仇，复仇是为收复失地。上天昭示大王不战而屈人之兵，暂与秦人和谈，因为秦人也战不起了，这才遣张仪使郢。"

"大王、王叔圣明！"靳尚再拱手道。

"其实，上天早就昭示了，"王叔接道，"大王之所以仍拿张仪大祭，拖至今日才出谕旨，是要让张仪明白，人算不如天算，所有伎俩在上天面前都不值一提。大王也想让他明白，所有人的生命都是脆弱的，包括他张仪！就在昨晚，上天昭示大王赐酒于他，为他饯行，张仪借酒吐出真言，说他并不想死！上天听到了他的表白，我王也听到了他的表白，是以赦免他。望秦使张仪顺应上天之意，戴罪立功，不再欺人，拿出诚意与我协谈睦邻！"

"伟哉，上天！伟哉，大王！"靳尚迭声赞道。

"靳大人，"王叔终于讲到主题，"王叔请你来，是奉王旨，希望由你前往狱中，释放秦使张仪！"

"臣……"靳尚起身，跪下，叩首，泣涕道，"受命！"

"还有，"王叔盯住他，"大王任命你为特使，与秦使张仪协谈睦邻相关事宜！"

"臣受命！"靳尚再叩。

"晓得大王为何命你为使吗？"

"大王是要罪臣将功折罪！"

"晓得就好！"王叔伸手，"起来吧。此前的事，莫说是你，除屈平、陈轸之外，所有朝臣，全都有过，包括老身，没有一人看清张仪的伪心。可是今番不同，大家都看清了，你靳尚也是。身为人臣，要充当大王的耳目手脚，要协助大王明辨是非曲直。你跟随大王多年，大王对你也寄予厚望，望你不要再障大王之眼，再蔽大王之心！"

"臣……臣……"靳尚连连叩首，泣不成声。

"靳尚，"王叔盯住他，一字一顿，"王叔也希望你永远记住，你是楚人，你食的是楚粟，饮的是楚水，受的是楚荫，享的是楚禄，拿的是楚俸。无论你得过秦人多少好处，一切都已成过去，秦人永远是秦人，而你，永远是楚人。你要时刻警醒，屁股切切不可坐错席位！”

“王叔，我的王叔啊，”靳尚号啕大哭，额头将地板砸得梆梆直响，“臣……记下了……”

“记下就好！”王叔扬手，“去吧，靳大人，拿出你曾经有过的智勇来，为大楚效力！”说着从袖囊中摸出谕旨并一块特赦金牌，“拿上这个！”

靳尚再叩：“臣……再谢王叔……再谢大王……信任……”

接过金牌并谕旨，靳尚并未急去刑狱，而是回到府中，关门闭户，怀感恩戴德之心，将整个事件由头至尾思虑数遍，心中完全亮堂。他这才驱车赶往秦国使馆，与秦国副使魏冉一起来到刑狱。

靳尚吩咐魏冉候在门外，自行入内。他向早已闻报、守候于内的司败亮出楚王的金牌并谕旨，由司败亲自带他来到死牢。

张仪气沉心定，闭目端坐。

靳尚宣过王旨，张仪缓缓应道：“靳大人，您让在下如何谢恩呢？”

不待靳尚应声，司败出声道：“开枷！”

随从的狱吏当即开枷解镣。

张仪得到自由，对靳尚拱手道：“在下谢过靳大人！”又冲空中拱手，“秦使张仪叩谢楚王不杀之恩！”

“秦使，请！”靳尚伸手礼让。

张仪昂然出狱。

一如苏秦所言，秦惠王真的在汉中郡了。

随他而来的是公子疾与公子华。而后不到半个月，太子荡也率五万防守咸阳的常备甲士赶到，依从王命屯扎于汉水岸边。

之后的情势越来越不利于张仪。

得知张仪最终被打入死牢、楚王已经诏告天下拿他行祭，太子荡这才觉得自己过分了，开始念起张仪的好来，向秦惠王请战说，只要楚人敢杀张仪，他愿请命做先锋，杀入郢都。

秦惠王竟然准奏了。

太子荡兴奋异常，立马调配三军，筹谋攻郢。不消数日，汉水两岸便见连营数十里，旗展角鸣。逾千辆战车也都整装待命。

约定好的大祭这日，汉水岸边，战船连绵，战车待发，三军将士皆持战时态势。

天色将暮，天空中现出一只黑雕。

那黑雕盘旋数周，择地落下。

这只黑雕是天香放出来的。

公子华接过，未及拆看，抱黑雕直入别宫。

殿中，惠王端坐于席，两眼闭合。

惠王这般坐着已过两个时辰了，始终未出一语。一旁侍坐的是太子荡与公子疾，他们也都坐着。太子荡是在候令，公子疾是在侍坐。无论是候令还是侍坐，二人脸上各现焦虑。

“王兄，来了！”公子华声音急切。

几人皆看过来。

公子华这才解开缚在黑雕腿根的密函，呈送惠王。

惠王拆看，良久，二目复闭。

“父王？”太子荡声音急切。

惠王没有睁眼，将手中的密函循声扔去。

太子荡接住，读毕，朗声大叫：“没杀他呀！嘿，张相国真叫个命大！”

众人闻声，无不吁出一口长气。

公子华从太子荡手中拿过密函，看毕，递给公子疾。

公子疾没有再看，顺手将密函放在几案上，转向惠王。

惠王口出旨令：“嬴荡听旨，战备解除，三军将士各回营帐，休整三日！”

嬴荡应过，起身出去。

“王兄，”公子华看向惠王，不无慨叹，“真没想到，在最后关头，扭转乾坤的竟然是屈平！”

“不是屈平。”惠王道。

“那……”公子华怔住了，“会是谁呢？”

“是与屈平同行的那个胡人。”

“那胡人会是谁呢？”公子华眯起眼睛，陷入长思，有顷，恍然大叫，“别是苏秦吧？”

“苍穹之下，”惠王看向远方，“能够力撑大厦于将倾的，唯苏秦一人！”说着目光转向他，“然而，这么一个巨人，竟然差点儿命丧于你的小雕之手，着实让人擦把汗哪！”

“嘻嘻，”听惠王提及那档子事儿，公子华做个鬼脸，咧嘴笑了，“臣弟晓得苏子命大！”

“不是苏子命大，是天佑苏子！”惠王慨叹一声，指向黑雕，“华弟，这就放雕，传旨张仪，与楚商约时，无论楚人提何条件，皆可应承！就对他说，除关中之外，寡人没有什么不可舍弃，寡人只求一个，就是他张仪全身归来！”

“王兄，”公子华凑他耳边，声音低得几乎听不见，“您不会是当真吧？”

“去，”惠王白他一眼，指向殿门，“说给他听！”

公子华将秦惠王的谕旨写入密函，通过黑雕捎给天香，天香直接呈送车卫秦，由后者一字不落地“说”给张仪。

受旨的是二人，张仪与魏冉。

谕旨宣完，张仪示意二人出去，独坐于室，让自己沉静下来。

张仪的眼前再次浮现出那个胡服背影。

按照靳尚在归途中所述，是屈平救出他的。就在行祭之前，屈平与一胡人现身庙中。屈平入大殿奏见楚王，正读祭文的楚王停下来，与王叔、屈平三人走到偏殿，之后楚王又传见那个胡人，再后，赦免他的谕旨就从偏殿里发出。

整个事件的过程，靳尚是在场的。但张仪晓得靳尚没有入殿，他就站在观刑的人群中，且是站在第二排。在鬼谷的几年，张仪的眼睛练得雪亮，谁在场中他是一清二楚。靳尚所描述的当是他在现场听到的，张仪问过那个胡人的事，靳尚未能给出笃定的解释。

给出解释的是车卫秦。

车卫秦进不去庙，但有黑雕守在庙外，看到昭鱼带屈平与那胡人进去，之后又带他们出来。再后来，有黑雕跟随他们的车乘。他见那车辆径直驰入位于城外的屈平草庐，于次晨才从草庐驰出。跟在车后的是两个胡服骑手。

穿胡服之人，是苏秦无疑了。

张仪流出泪水。

张仪百般折腾，皆是无用，最终救出他的，竟是他的兄弟兼对手——苏秦。

是的，关键辰光，也只有苏秦才能救他，才肯救他。

张仪的心绪回到过去，回到鬼谷里，回到与苏秦相处的日日夜夜，泪水打湿了他的衣襟。

张仪擦去泪水，睁开眼，瞥向几案上的谕旨。

张仪的耳边回响起车卫秦的宣旨声："华弟，这就放雕，传旨张仪，与楚商约时，无论楚人提何条件，皆可应承！就对他说，除关中之外，寡人没有什么不可舍弃，寡人只求一个，就是他张仪全身归来！"

张仪的嘴角咧出一丝浅笑。

张仪正自思索秦王的话，门外传来脚步声与敲门声。

张仪收起谕旨："请进。"

门被推开，是魏冉，手中拿着张仪那支被楚人收走的使节。

"主使大人，"魏冉禀报，"楚宫来人，归还大人使节，邀请大人入宫！"

张仪怔了一下，迅即笑了，换上特使服饰，扬手道："副使大人，请随本使入宫！"

二人乘车入宫，被当值宫人引至偏殿。门外迎出二人，是靳尚与楚王御史景连。

虚礼见毕，四人入内，见殿中没设主席，只在正殿两侧摆列两个席位，一看就是给楚、秦使臣的。楚为主，秦为宾，靳尚就左侧上首坐了，张仪就右侧上首坐了，景连与魏冉各自侍坐。

"前面诸事，让秦使受惊了！"靳尚拱个手，打起官腔，"我王深表歉意，特托在下问候秦使！"

“不是受惊的事！”张仪出声苦笑，没有回礼，“仪奉秦王使命，与楚睦邻，怀抱热情而来，却差点儿成为楚国的祭品，遭割舌剜心之苦，真正寒心哪！”

“哈哈哈哈，”靳尚长笑几声，“就在下所知，秦使大可不必寒心。凡事皆有因果，前番秦使前来，使命为结亲睦邻。我王深信秦王，深信秦使所言，绝齐睦秦，与秦使立约画签，之后又特使昭睢随从秦使使秦，以完成契约。在下亲历中间的种种过程。可结果呢？我王特使昭睢在咸阳苦守数月，所历委屈，一言难尽。来而无往非礼也。此番秦使再次前来，使命依旧是睦邻，我王心有余悸，这才传旨，让秦使略略受点儿惊吓，长个记性，也算是合情合理的嘛，哈哈哈哈，”说着转向魏冉，敛住笑，朝他拱个手，“副使大人，你在楚地历过不少日子，该当熟知楚人秉性，你说呢？”

“这个……这……”见靳尚冷不丁掉转矛头，魏冉猝不及防，支吾几声，方才想到说辞，拱手应道，“回禀楚使，晚生无知，只晓得一个俗识，翁婆吵架，翁有翁理，婆有婆理，因为天下诸事，本无绝对之理。晚生以为，昨日不宜追，明日犹可期，但更切实的永远是今日。前番秦、楚互使，皆为昨日之事。今朝我们使楚，大王亦使二位洽谈，我等各奉使命，当摒除过往，就今日之事论今日之事。”转身对楚国副使景连，“景大人，您以为如何？”

“甚是，甚是！”景连连连拱手道。

“哈哈哈哈，”靳尚长笑几声，冲魏冉竖起拇指，“早听王叔讲过副使大人，果真是后生可畏啊！”说着转身对张仪道，“两位副使皆认同既往不咎，在下也认同此议，敢问秦使可有异议？”

“哈哈哈哈，”张仪亦笑几声，“魏冉说得果然是好，让三位都不追究了。三位不究，是因为都不是当事人。如果昭睢在这儿，他就能理解在下。不过，在下可以不究，但有一句感慨不吐却很难受。”盯住靳尚，“敢问楚使，在下可否一吐为快呢？”

“秦使请讲！”

“在下的感慨是，”张仪敛神屏息，“由小至大，在下历经无数生死离别，从未感受过恐惧。这一次，感谢楚王，让在下切切实实地感受到了。”说着朝空中拱手道，“楚王陛下，您真是吓到在下了！”

“哈哈哈哈，”靳尚笑出几声，“秦使不必害怕，待我们完成使命，在下奏请我王置酒，为秦使压惊！”

“诚谢楚使！”张仪谢过，盯住靳尚，“楚使，可以开始了吧！”

“可以。”靳尚笑笑，“秦王既使张子赴郢睦邻，总该拿出点儿什么来表达他的诚意吧？”

“敢问楚使，楚王想要什么？”

“当然是争议之地，商於。”

“还有什么？”张仪盯住他。

“没了。”

“汉中、黔东南呢？”张仪略觉诧异。

“这两地不用争议与商约。”靳尚挥手。

“为何不用争议与商约？”

“因为它们原本就是楚国的，无商可约，无议可争！”

“若照此说，”张仪笑了，“襄陵原本是宋国的，吴地原本是吴人的，越地原本是越人的，庸中、汉中原本是巴人的，上蔡原本是……”

“秦使扯远了，”靳尚讲不过张仪，摆手止住，“我们一事归一事，先说商於，如何？”

“好吧，对于商於，靳大人何说？”

“我王之意是，秦王须遵从秦使前番所签的盟约，就是那份被秦王焚毁的盟约。”

“那盟约已经不在了。”张仪应道，“在下此来，是奉秦王之命与楚王订立新盟，另议盟约。”

“怎么议？”

“依据事理。”张仪侃侃而谈，“武关之西商城等十五邑，是楚国先王赠送于秦国先君的，方今秦王不敢有悖祖宗，妨害秦、楚百年之好。武关之东於城等十五邑，是商君个人恃强占取的，秦王诚意归还楚人！”

“嗯，合于情理！”靳尚微微点头，“在下记下了，容在下禀过我王，就将此事定下。其他两处，汉中、黔东南二地，我王之意是，秦人必须无条件撤军，将之归还楚人，秦、楚恢复战前边界。否则，秦人以什么方式拿去，楚人就以什么方式再拿回来！”

“靳大人，”张仪笑了，“我王诚意睦邻，特使在下前来讲清事理，难道你们楚人一味恃强、不讲事理吗？”

“请问秦使，是何事理？”

“自春秋以降，礼崩乐坏。”张仪侃侃说道，“天下之地，唯强是有；天下之民，唯强是从。汉中、黔东南二地，本为巴人所有，巴人没有赠送楚人一寸土地，是楚人一刀一枪血拼出来的。同理，楚人也没有将此二地拱手送给秦人，秦人也是一刀一枪血拼出来的。汉中、黔东南二地在巴人之手，是巴人之地；二地落在楚人之手，是楚人之地；二地今朝落在秦人之手，自然就是秦人的了！”

“啧啧啧，”靳尚轻拍几下手，冷冷一笑，“听这声音，秦使不是来议和的，而是来向我大楚下战书的了！”

“靳大人多心了，在下是来议和的！”

“说吧，这二地，秦王欲作何议？”

“汉中归秦，黔东南归楚，如何？”张仪直盯靳尚。

“不可。”

“汉中归楚，黔东南归秦，如何？”张仪又换一个说法。

“不可。”

“楚使欲作何议？”

“在下说了，二地尽皆归楚，两国恢复至战前边界。”

“看来，”张仪淡淡一笑，两手一摊，“楚使是真想再打一仗哟！”说着倾身向前，二目如炬，先盯靳尚，后看景连，再后回归靳尚，“前事不忘，后事之师。在下提请楚使好好想想，不讲道理是何代价。商君不讲道理，不宣而战，将於城十五邑夺走。楚王呢，亦不讲道理，不宣而战，使景翠引兵袭商於，结果败了。之后，楚王使屈丏引兵再伐商於，结果又败了。再后，楚王亲自引兵征伐商於，结果败得更惨。秦、楚先后四轮交战，除第一次是商君失义伐楚之外，后面三次，无不是楚人兴兵袭秦，秦人被迫应战。秦人失义，将所占楚地归还，合情合理。楚人失义，也让秦人将所占之地归还，敢问楚使，情理何在？”

“这……”靳尚讲不过张仪，理屈词穷了，转头看向景连。

“请问秦使，”景连拱手道，“关于黔东南、汉中二地，可有再议余地？”

“有。”

“秦使请讲！”

“黔东南、汉中由秦、楚两国分而治之。”

“怎么分？”

“以城邑中分划治。汉中地共有四城十二邑，秦人据二城六邑，与秦国土相连；楚人据二城六邑，与楚国土相连。黔中同理。”

“可有再议余地？”靳尚问道。

张仪摇头。

“今日暂议至此！”靳尚冲张仪拱手道，“在下将秦王所欲禀奏我王，俟王旨到，我们再议细则，如何？”

张仪回过礼，与魏冉起身，别过靳尚，被宫人带出宫门，径回馆驿。靳尚、景连二人来到御书房，向怀王并候于此地的王叔禀报商约细情。

张仪提议基本与苏秦的提议相合，张仪所言也基本合理。秦人已经退让至此，再开战事，于楚只有不利了。

“宛城的事，你怎么没讲？”怀王转移话头。

“回禀我王，”靳尚应道，“宛城涉及韩国，臣之意是，我们先与秦使商约秦国之事，待秦国之事议定，再与秦使商议韩国之事。”

“就秦使提议，贤弟意下如何？”怀王看向王叔。

“臣听我王的！”王叔接话道。

显然，王叔是没有意见了。

就眼前情势，先与秦人就汉中、黔东南、商於三地划域而治，当是楚人的最好选择。楚虽失汉中、黔东南部分城邑，但能收回於城十五邑，算是亏中有补。至于后续发展，就看国势与机缘了。如果楚势强，秦势弱，机缘也不错，楚人收回全部失地，甚至夺秦之地，拿下巴蜀，皆有可能。反之亦然。

“这事儿算是定下了，你可答复秦使，就宛城之事与他商约。”怀王给出谕旨。

靳尚奉旨辞别，怀王留下御史景连。景连将商约过程悉数禀报，怀王对靳尚的表现大是满意，说着朝王叔叹道："苏秦真是神人哪！"

见怀王赞的不是靳尚，而是苏秦，景连反倒怔住了。景连有所不知的是，救出张仪、提出商约条件并举荐靳尚为使等，皆是苏秦一人之功。

靳尚没有候到第二日，当日就到馆驿，将怀王谕旨大略讲了，提及宛城，要求韩王无条件撤离宛城，将宛地归还于楚。经过一番讨价还价，张仪答应说服韩王归还宛城，但楚人也需做出补偿。靳尚给出的补偿是苏秦的提议，即楚国割让叶城并周边四邑给韩国，韩退出宛城、方城，撤往鲁关以北。

张仪慨然应允。

张仪将与楚人商约细节使车卫秦禀报秦王，秦王准允。张仪遂与靳尚拟出细则，形成商约。靳尚学乖了，要求秦人先签约。张仪应允，使魏冉、车卫秦带上盟约驰往汉中，秦王盖章后，再带回郢都。靳尚见秦王不但加玺，且还签字画押，甚喜，呈交楚王。楚王再无疑虑，亦如秦王签字画押，加上玺印。

双方协议无争议签署之后，怀王遂派朝臣赶赴於城、汉中、黔东南三地，与秦人办理交接事宜。三地秦将也都分别得到秦王旨令，与楚人和平交接。

俟三地完成交割，张仪才向怀王辞行，赶赴韩地，就宛城事宜游说韩王。怀王兴甚，在宫中置酒，由王叔、靳尚作陪，为张仪、魏冉二使臣饯行。

翌日晨起，张仪赴韩，魏冉西行，代张仪回咸阳复命。

至此，由商君袭占商於谷地而引发的秦、楚之间持续数十年的铁血征战，被苏秦千里驰救，一招化解。

处置完楚国的事，秦惠王长长地松出一口气，优哉游哉地回到咸阳。

无论如何，历经数战，张仪所设定的目标达到了。楚熊之力被卸去大半，楚地民不聊生，朝无能臣，军无良将，已经失去张牙舞爪之势，不再是大秦成就伟业的障碍。

然而，惠王天生是个操心的命。

一回到咸阳，惠王的心就被苏秦的五国纵盟再吊起来，紧急召回司马错与魏章，与二人摆开沙盘，反复推演垂沙之战。之后，三人进一步向前推演，将齐国伐燕之战、桑丘之战、轻骑奔袭项城等凡是匡章参与的战役无一遗漏地复盘一遍。

复盘之后，三个人心里沉甸甸的，尤其是司马错。桑丘战败之后，司马错极不甘心，总想找机会与匡章再战一场，这辰光，他憋住气不再出声了。

司马错不得不承认一个事实，在孙膑之后，匡章是个无敌的存在。他所历战阵，无不完胜，且能做到功成身退。他从不恋权，也基本不在军营，似乎战争于他只是一场游戏，打完就玩完了。

惠王关注的却不是匡章，而是拥有匡章的齐湣王。

楚国去势了，能够与秦角力的，唯有东方大齐。

齐国并不可怕，可怕的是齐国与楚、赵、魏、燕结成纵亲。魏、燕可忽略不计，但齐、楚合力，外加一个胡服骑射的赵国，立时将秦、楚和谈之后惠王一路归来、游山玩水的大好心情冲了个荡然无存。能够化解苏秦纵势的，只能是张仪，而张仪却坚持要守在韩国。是的，惠王完全明白张仪为何要守在韩国。五国结盟之后，秦国是万不能失去韩国的。

夜深了。

惠王长叹一声，离开御书房，若有所失地回到后宫。

侍寝的是芈月。

按照后宫规矩，这夜是不该轮到她的，她来侍寝是惠王钦点。这些日来，惠王越来越离不开这个胆敢在床榻的欢乐中骑在他身上的风骚女人了。从汉中回来后，这已是他第三次召她临幸。

对此宠幸，芈月感恩不尽，拿出全身本领，一番折腾。

惠王累极了，倒头呼呼大睡。

芈月也累瘫了，躺在惠王身边迷糊过去。

蒙眬中，芈月眼前出现一团黑色烟雾。

那团黑烟越聚越紧，渐渐凝成一个人形。

与其说是一个人形，毋宁说是一个巨大的黑色魔影。

那魔影一步一步地逼近她。

芈月吓坏了，转身欲逃，却逃不动，眼睁睁地看着那可怕的魔影逼到她跟前，将她推倒在地，压在她身上。

那魔影分开她的腿，将她牢牢制住，张开一只巨口，口中喷出黑气。

芈月伸出两手，死命顶住他的下巴。

“你……你是谁？”芈月惊惧交加，舌头打战。

“我是来索命的！”那魔影发出恐怖的声音，现出两颗尖利、狰狞的獠牙。芈月感觉那声音不是出于魔影的口，而是出于他的腹腔。

“向……向谁索命？”

“向欠账的人！”

“我……没有欠过你的账！我没有欠过任何人的账！”

“你没有欠过，可有人欠了！”

“谁？”

“压在你身上的那个人！”

“是你压在我身上啊！”芈月来气了，舌头也活络起来。

“我压在你身上了吗？”那黑影冷笑一声。

“咦，你真是个无赖！”芈月来气了，厉声大骂，“你这就压在我身上，把我压得全身生疼，却赖账不说，反倒向我讨账！你你你……你算什么狗东西，你是非不分，你良莠不辨，你让我恶心，恶心，恶心，真恶心！”

“哟嘿！”那魔影也来劲了，龇起獠牙，“真还没见过你这般恶人，死到临头，脾气倒还挺大哩！好吧，我这讲给你听。我要杀的是你身上的人，他出尔反尔，失信欺天，欠下我等血债，今朝我奉上天之命，特来向他讨还。你挡在这儿不说，还把他搂得这么紧，这不是成心坏我的好事吗？”

“我搂你了吗？”芈月怒道，“你也不尿一泡照照，自己是啥鬼模样，我躲还躲不及哩！”

“你好好看看，你正搂着的是啥？”

芈月转眼看去，方才顶着魔影下巴的两只手，竟然于眨眼间真就搂在他的脖子上了。

芈月惊呆了，大叫道：“你这恶魔，你使的是魔法！”

“魔法？你成心拦我的路，成心坏我的好事，看我先拿你祭牙！”那魔影扳歪她的头，使她的脖颈完全暴露在他的两颗大獠牙前。

芈月吓坏了，松开他的脖子，死命顶住他的下巴。

可那两颗獠牙自行从他的嘴里长出来，如两根又粗又长的象牙，直直地伸向她的脖颈。

就在那对獠牙要刺到她的脖颈之时，芈月“啊”地发出一声尖叫，使尽全身力气将那魔影掀翻在地，整个人也从噩梦中惊醒。

芈月喘着粗气，睁开两眼，见自己一身是汗，身边躺着惠王。他仍旧在打呼噜，健壮的大腿沉重地搭在她的肚皮上，膝盖以下部分伸入她的两腿中间，将她压得牢牢的。

芈月看向自己，见一只手正顶在他的下巴上，另一条胳膊伸在他的脖颈下，肘子弯起，搂在他的脖子上，这辰光已经完全麻木了。

麻木的不仅是胳膊，还有她那条从小腹开始被压实的腿。

梦中场景历历在目。

芈月猛地想到那魔影之言，不由得打个寒战，略略一想，推动惠王。

惠王睡得正香，经她一推再推才醒，惊讶地看向她。

芈月吃力地从他脖颈下抽出胳膊，将他的粗腿移开。

惠王抱歉地笑笑，又要睡去，芈月“哎哟”一声，身子僵直地躺在榻上，龇牙咧嘴地忍受着胳膊与腿血液回流后的极度麻胀。

“来来来，”惠王坐起，“寡人给你揉揉！”说着在她的胳膊与腿上轻轻按摩。

“我的王，”芈月感觉好受些，盯住他，“臣妾方才做了个噩梦！”

“啥梦？”惠王边揉边问。

“凶得不能再凶的梦！”

“说说！”

芈月讲起那梦，将她与那魔影的对话悉数讲给惠王。

惠王按摩的手僵住了。

惠王的脸苍白了。

惠王的第一反应是那个黑觋，就是在太白顶上设坛，助他将洪灾并瘟疫导向楚国的那个共工大神的祭司。

“你再讲一遍，就是那魔影讨债时说的话！”

“他说的是，”芈月应道，“你身上的人出尔反尔，失信欺天，欠下我等血债，今朝我奉上天之命，特来向他讨还。你挡在这儿不说，还把他搂得这么紧，这不是成心坏我的好事吗？”

“爱妃听旨，”惠王闭目有顷，搂紧芈月，“从今夜起，寡人只许你一人侍寝，且你须得整夜搂住寡人！”

“嗯嗯，”芈月连连点头，轻声，“我的王，您真的欠下那……那人的账了？”

“睡吧，甭再讲了！”惠王松开她，自己却没躺下，静静地坐在软榻上。他一直坐到雄鸡啼晓，洗梳已毕，方才来到御书房，使人召来嬴华。

“娘的，真是个浑蛋！”嬴华震怒了，“杀他们的是楚人，他不去楚地寻仇，反过来倒打一耙，岂有此理！”

“唉，”惠王长叹一声，“是寡人不该，寡人是欠他们了！”略一停顿，又道，“华弟，你这就陪寡人前往太庙！”

惠王驾临太庙，请大巫祝摆上共工大神的祭坛，按祭天规格摆下祭品，焚香磕头，许诺在终南山太白顶立共工庙一座，四时祭祀。

做过巫事，惠王仍不放心，下令大巫祝在咸阳城布下捉拿阴魔的天罗地网。他又下令宫中侍卫甲不离手，昼夜轮替，太庙巫祝持法器跟从守护。

为安全起见，惠王哪儿也不去了，每天只守在王宫里，御书房、寝宫、朝殿三地轮转，且每一处都设有三重甲士守护，其中一层甲士持的是大巫祝特制的驱邪之器。入夜，卧榻上，惠王也只让芈月侍寝。

如是过有十余日，平安无事，芈月再也没有梦到那个魔影，惠王也渐渐睡得踏实。

惠王的心安定下来，再到太庙，给共工大神又设一祭，现场拨出足金一百镒，令嬴华前往终南山太白顶为共工大神修筑大庙，并请专业祭司守驻，四时祭典。

做完这些，惠王的心方才踏实下来，下旨于次日举行大朝，召集中大夫以上群臣。

从汉中回来，惠王还没顾上举行大朝。此番召集群臣，他必须厘清并明确当下朝务。与楚国的战事暂时缓和，之前的朝务是战，眼下需要调整为耕。这事关国家战略方向的调整，身为主君，他首先要从纷乱的头绪中理出一条清晰思路。

当下最大的朝务可归为两类，一类是对内，改战为耕，与民休息。连番大战，近二十万人伤亡及钱粮消耗，不仅是民众，即使朝廷也吃不消了。幸亏苏秦阻止，否则，楚熊真要发疯，血拼秦国，于秦人来说，最好的结果，无非就是与楚人同归于尽。另一类是对外，苏秦纵盟五国，赵国胡服骑射，楚太子质押于齐，齐、楚再度合盟，韩国归还宛城等，一系列的天下大势变化要如何应对，他必须有个明确的方案。

再有一桩大事，就是嬴荡。

想到嬴荡，惠王心里一震。

是的，该向这孩子说点儿什么了。

惠王不再迟疑，立即使内臣召来嬴荡，带他前往先君孝公的怡情殿，从密室里取出那个石匣子。惠王对他缓缓讲起孝公大行之前所发生的往事，包括孝公之梦、枯井觅匣等，最后提及三只黄鸟。

嬴荡抚摩那只石匣子，目光落在上面所刻的先知文字上："周数八百，赤尽黑出；帝临天下，四海咸服。老聃！"

"荡儿，"惠王盯住太子，"这个石文，你作何想？"

"回禀父王，"嬴荡握拳，"没有什么是拳头搞不定的！"

"有。"

"何物？"

"你的心！"惠王指向他的心。

"是的，父王，"嬴荡兴奋，再次握拳，"我的心比乌金还硬！"

"他人的心也是。"

"哼，"嬴荡应道，"那就要看谁的心更硬了！"

"荡儿，"望着这个恃力轻智的儿子，惠王长叹一声，闭上眼，良久，睁开，盯住他，语重心长，"你须记住，拳头是永远服不了人心的，不过，有一物可以！"

“何物？”

“此物！”惠王从袖管里缓缓摸出一卷竹简，递给他。

“这不是《商君书》吗？”嬴荡瞄一眼，脱口而出道，“儿臣早就遵循父王之命，阅过多遍了！”

“阅过多遍，远远不够，你要日日读之，时时念之！”

“儿臣遵命！”嬴荡应过，似是想到了什么，“对了，父王方才讲到，先君大行，要带走三只黄鸟，儿臣没听明白。”

“过去的事，就让它成为过去吧。”惠王复叹一声，“寡人可以不用黄鸟，你不可！”

“黄鸟是谁？”嬴荡将话题绕在三只黄鸟上。

“好吧，你一定要问，寡人就告诉你。三只黄鸟，一只是商君，一只是甘龙，还有一只是老太傅，你的虔阿公。”

“虔阿公？”嬴荡眨巴几下眼睛，“虔阿公不是……安享晚年了吗？”

“虔阿公得以安享晚年，一是他自请引退，二是血浓于水，寡人于心不忍。”

“敢问父王，您所养的三只黄鸟是谁？”嬴荡冷不丁问道。

“这个……”惠王盯住他，“寡人没有黄鸟！”

“儿臣晓得他们是谁！”嬴荡阴阴一笑，“一只是张仪，一只是魏章，还有一只儿臣迄今没看出来！”

“嬴荡！”惠王猛地敛神，指住他的鼻子，声色俱厉。

嬴荡吓了一大跳：“父王——”

“寡人明示你，”惠王一字一顿，“寡人没有黄鸟！张仪不是黄鸟，他是你的姑父！魏章不是黄鸟，他是你的——”惠王顿了顿，“不说这个了。寡人再示警你一事。秦国大业，最大的阻力是合纵，最大的敌人是苏秦。只要苏秦在，秦国就离不开张仪！”

“儿臣明白。”

“你须记下！”

“儿臣记下了。”

“去吧。”惠王指向殿门。

嬴荡走出。

听到嬴荡的脚步声渐去渐远，惠王复叹一声，缓缓闭目。

有顷，惠王没睁眼睛，声音却是说给候于旁侧的内臣：“传旨相国，请他速回咸阳。”

内臣应过，刚要安排传旨，外面风声大作。

惠王打个惊战，起身道：“回寝宫！”

内臣召人，负责守护的数十甲士并两名手持降魔法杖的巫祝迅即现身，簇拥惠王回到寝宫。

寝宫门外，芈月闻讯，已在恭迎。

风很大，天空布满乌云，但没有下雨，也没雷声。

一夜无事，芈月也没做噩梦。

鸡啼头遍，惠王起榻，沐浴更衣，换上王服。

风停了。天空阴沉沉的，不知多少层黑云将咸阳城完全笼罩。奇怪的是，空气仍旧是干爽的，几乎嗅不到任何水汽。

宫城内外死一般的压抑。

与任何一次大朝一样，宫中充斥着各种杂音。细细听去，大体可以辨出三拨人：一拨是赶往前殿的朝臣及远处宫门外面的送行人马；一拨是负责警戒的甲士，似乎在分派岗位；还有一拨是负责驱邪的巫人。

朝钟响过三遍，朝臣们都已进殿。

在近百卫士与巫人的簇拥下，惠王疾步赶往大殿，由偏门步入。

惠王跨进之后，偏门随即关上，门外守着四名甲士并两名手持法器的巫人。

殿堂上，朝臣逾百，分作数排黑压压地笔直站着。

内臣候立于侧，高声唱宣：“王上驾到！”

随着“唰唰”的声响，众臣齐刷刷地正襟跪下，叩拜于地，异口同声道：“我王万寿！”

惠王健步登上王位，正襟坐下，威严的目光扫向众臣，缓缓地道：“众卿平身！”

“谢王上！”众臣起身，依序站定。

就在此时，大殿外面，天空愈发阴沉，空气愈发凝滞。

陡然，空中掉下一个火球。

那火球约有人头大小，直落下来，发出刺目的光。

负责守护的所有卫士并巫人无不被这光团吓傻了，呆若木鸡，谁也不敢看它。

那火球落到地面，弹起来，之后一下接一下地朝大殿方向滚过来，一边滚动，一边发出耀目的白光。

不知是谁识得此物，大叫："是滚地雷！"

听到滚地雷，所有卫士都急忙闪躲。

那火球弹向惠王刚刚走过的偏门。

偏门关得极紧。那火球正要撞门，一巫人举起法杖朝它劈头打去。

巫人尚未打到火球，先自倒地，法杖也着火了。

滚地雷放弃偏门，弹跳着滚向正门。

正门守着更多甲士，但所有甲士尽被它的强光照得睁不开眼，纷纷拿甲衣遮眼。

滚地雷径直滚向殿门。

两扇殿门紧紧关着。

门槛下面有一小孔，是专门留给宫猫进出以捉耗子用的。那火球竟然变化形状，如长蛇般从那方孔里直钻进去。

所有甲士都惊呆了。

"快，打开殿门！"宫尉大叫一声，打开殿门，却是迟了。

整个大殿被那火球照得亮如白昼，所有朝臣全吓傻了，谁也不晓得发生何事，无一人敢动。

大殿正中是一条可并行四人的通道。那火球沿着通道一跳一跳地滚向王座。

显然，惠王晓得发生了什么事情，一脸惊惧。

一切发生得太快，惠王欲逃不及，欲叫不得。眼见火球跳到跟前，惠王情急之下抓起王玺，朝它狠命掷去。

可惜太迟了。

那火球如一只轻猿，只几下就滚弹到他的身前，刚好撞上尚未完全扔出的王玺。随着一声爆响，王玺被炸得粉碎。

巨大的爆炸声响并气浪震倒了所有朝臣。

惠王被雷电击中，倒在地上。

惠王面前的龙案连同周边物体全都起火，站在惠王旁侧的内臣也被震倒，昏迷不醒。

惠王一动也不动，任由烈火焚烧。

“父王——”太子荡最先回过神来，大叫一声，扑向惠王。

众臣也都爬起，纷纷解衣脱帽，扑打火苗。

“快，水，水！”司马错大叫。

为防火灾，大殿门口各摆一只巨大的水缸，缸中盛满清水，缸后摆着一摞子铜盆。随着司马错的叫声，军尉命令甲士排作两队，将一盆盆的清水飞速传进。

太子荡与司马错分别接过，先浇灭惠王身上的火苗，再浇向其他火头。

火熄了。

再看惠王，早已驾崩。他全身遭雷击火焚，已经不成人形。

“王上——”朝臣们跪在地上，大放悲声。

公子疾朝公子华嘀咕几句，公子华起身，快步走到放声悲哭的太子荡跟前，急急耳语。

太子荡打个惊战，忽地起身，声如洪钟道：“诸卿，诸大夫，听旨！”

听到是太子嬴荡的凶狠声音，朝臣们全都止住哭泣，齐刷刷地看过来。

“此时此地所发生之事，你们谁也没有看见，必须让它烂在心里！”太子荡神色威严，几乎是厉声道，“先王是为秦民，是为秦国，是为天下，操劳过度，于今日早朝意外驾崩。自今日起，举国大丧，致哀七日！”

众臣面面相觑，继而跪叩于地，异口同声道：“臣领旨！”

“诸卿，诸大夫，”嬴荡接道，“眼下未到致哀辰光，谁也不许哭，全部到偏殿去，为先王默哀！”转对公子华，“华叔，封闭宫门，所有宫人、卫士、繁杂人众，不可喧哗，不可交头接耳。凡妖言惑众者，诛杀九族！”

“臣领旨！”公子华朗声应道。

“召御医、殓人入殿，为先君定妆！”嬴荡压低声音对御史车卫君道。

“臣领旨！”

一日之内，赵王接到两个特大喜信儿：一个来自秦国，秦惠王驾崩了；另一个来自中山，江姬及公子元楞被处死之后，中山新王在阴公协助下，进一步迫逼江氏一族，江公欲起事，使人向赵王求助。

赵王强压兴奋，连做二事，使信使赴大梁召请苏秦，使肥义善待江公使者。

肥义厚待江公使者，向他转达赵王口谕，对江姬及公子元楞遇难及江氏一族的当下处境深表同情，对不义之君的恶行深恶痛绝。赵王承诺说，如果江公起兵，赵王愿意站在江公一侧，要人给人，要枪给枪，要钱给钱，要兵给兵，助江公诛杀不义之君，为中山人匡扶正义，立江氏一族所推举的王室公子为王。

江公使者喜不自禁，急不可待地赶回禀报。

不消旬日，苏秦亦由大梁驰邯郸，马不停蹄，直接入宫觐见赵王。

“苏子，”一向沉稳的赵王也是喜极，急不可待，“寡人所候的机缘，终于到了！”

“可是中山之事？”苏子淡淡一笑。

“正是。”赵王扼要述过中山江公使者向他求助一事，盯住苏秦，“寡人请你来，是谋议如何少死些人！无论如何，中山人马上就是赵人了！”

“善哉我王！”苏秦拱手道，“我王可有取中山良策？”

“呵呵呵，”赵王搓搓两手，捋一把胡须，“是有一策，但在苏子面前，不敢称良！”

“请问王之策为何？”

“待江公起事，”赵王踌躇满志，“中山王必将出兵弹压。江公势力多在太行山中，易守难攻，中山王师必倾其力。此时，寡人可兵分五路，由南北西东四个方向攻打中山。主力为南路，出自邯郸，强渡槐水，向北攻打。西路出自涞源，分两路东出，一路出井陉，直击中山内脏；一路出拒马河，攻打紫荆关，配合北路。北路出自代地，经由军都径，与燕人由北向南合击；东路为舟船，经河水至大野泽，封锁河道，主要是防止中山人东窜。”

“我王好策！”苏秦竖起拇指，“此为军事，非臣所长。”

“是的，是的，”赵王笑道，“寡人急请苏子，为的是邦务！”指向北方，“此战非同小可，寡人志在必得。但要吞灭中山，寡人虽有胜算，但心里仍旧忐忑。总听苏子讲，上兵伐谋，其次伐交，其次伐兵，其下攻城。所谓上兵，乃不战而屈人之兵。寡人一直认为，要想拔掉中山这根毒刺，不战是不行的。因而寡人所念，不过是其下，伐兵与攻城。寡人眼巴巴地望着苏子来，为的正是求您的上策，伐交与伐谋！”

“谢我王信任！”苏秦拱手道，“臣以为，就中山之事伐交，我王可借五国纵亲会盟良机，派五使问聘列国。一是问聘齐王，重申不干涉宋国之事；二是问聘魏国，重申不干涉卫国之事；三是问聘韩国，可让出上党地区所争议二邑；四是问聘燕国，助燕收回其下都并中山所占之地；五是问聘秦国……”

“秦国？”赵王重复一声，几乎是呢喃。

前面四使，之前曾与苏秦议过，只这问聘秦国，赵王尚未想透。无论如何，纵亲以秦为敌，以制秦为旨，身为纵亲的发起国，赵国若是前往敌国问聘，叫其他纵亲国作何想？

“大王，”苏秦侃侃应道，“当年先君驾崩，秦王使人前来邯郸凭吊。今秦王驾崩，我王亦当使人前往致哀才是！”

“嗯，这倒是个理。”赵王捋了一把胡须，“依苏子之见，使何人致哀为好？”

“陈轸。”

“陈轸？”赵王怔住了，“他……在何地？”

“邯郸。”

“啊？”赵王一脸错愕。

陈轸的家暂时安在一个略略偏僻的街道上。

这里与其说是街道，毋宁说是一个大胡同，窄到只能行下一辆车。如果走到半道，对面也来一辆车，就须有一辆退回去，因而，但凡有车拐入此街，御者就得先站到车辕上看一下对面是否有车。车身比通常辎车宽大数尺的王辇及其余宫车自然是通不过的。

赵王吩咐御者守在胡同外面，扯起苏秦直走进去。宦者令带着几个宫人抬下几箱厚礼，与几名侍卫跟在身后。

苏秦叩门，开门的正是陈轸。

见一群胡人来到门口，陈轸先是一怔，继而认出苏秦，既惊且喜，连连拱手道："哎哟哟，我的苏兄啊！这方赵地就是灵气，在下刚刚对你白嫂子念叨几句苏兄，苏兄这就到了！"

"陈兄选下这处宝地，真正难寻哩！"苏秦回个礼，指向赵王，"这是……"

"在下赵雍，"不待苏秦引见，赵王跨前一步，拱手道，"不知陈先生大驾光临僻壤，失礼，失礼！"

"赵雍？"陈轸打个惊怔，见他一身胡服，迟疑一下，盯住他，"可是赵王？"

"正是寡人！"

"哎哟！"陈轸惊叫一声，扑通跪地，"草民……陈轸叩见赵王！"

赵王猝不及防，待反应过来，陈轸已经叩下去了。

"先生，快快请起！"赵王拉起陈轸，上下打量他，笑道，"先生名闻天下，寡人久慕，只不得见，没想到先生竟然悄无声息地光临赵地，真叫寡人喜不自禁哪！听苏子说，先生喜得贵子，寡人聊备薄礼，特来问候！"转身对宦者令，"上礼！"

宦者令使人抬上几个大礼箱。

陈轸又要叩谢，被赵王扯起，与苏秦等直入院中。

巷子不大，院子倒是不小，且被人打理得干净整洁。

陈轸调整席次，摆出南面尊位，恭请赵王坐下，然后自与苏秦于陪位坐了。

三人再度客套几句，赵王移至正题，拱手，语气恳切地道：“寡人此来，除拜望先生之外，另有一事求请先生！”

“求字轸不敢受，大王请讲！”

赵王看向苏秦。

“陈兄，”苏秦接道，“秦国出事了。”

“哦？”陈轸一怔，盯住他，显然尚不知情。

“秦王驾崩，其子嬴荡继位，谥其号为惠文，举国治丧！”

陈轸闭目，眼前浮出嬴驷音容，良久，流出泪水。在这世上，能够知他、用他且能让他真心敬服的无外乎二人，一个是眼前的苏秦，另一个就是秦王嬴驷。

“先生，”赵王拱手道，“秦国大丧，寡人不胜悲哀，本欲亲往凭吊，无奈国事烦冗，一时脱不开身。寡人欲使他人代行大礼，可遍视朝中，竟无可意者。求问苏子，苏子举荐先生，寡人适才得知先生已光临敝邦，不胜欣喜，亦不胜惶恐，即刻拖苏子冒昧登门，有扰先生了！”

“轸谢大王厚爱！”陈轸略略一想，回礼，“轸举家奔赵，寄身大王福地数月矣，饮赵水数月矣，食赵粟亦数月矣，理当报效大王。是以大王之命，轸不能不从！”

“谢先生！”赵王拱手谢过，转身对宦者下令，“宣读诏命！”

“陈轸听旨！”宦者令摸出诏命，朗声宣道。

陈轸离席，叩首。

“奉天之命，册封大贤陈轸为赵国客卿，赐宅一座，驷马辎车一乘，黄金三十镒，玉圭一对，丝帛三十匹，臣仆十名。”

“臣轸受命，谢大王厚赐！”

“客卿陈轸听旨！”赵王朗声道。

“臣听旨。”

“寡人拜客卿陈轸为特使使秦，择吉日出行，使命是，凭吊先秦王，与秦睦邻结好！”

“轸受命！”

宣完诏命，赵王告辞，陈轸送客回来，方与苏秦叙旧，叫夫人抱出已有几个月大的婴儿。

“叫何名字？”苏秦接过孩子，逗他一会儿，又递给伊娜。

“还没定下呢。”陈轸支走伊娜，笑道，“我起了三个名字，只待苏子定夺！”

“在下荣幸。”苏秦笑了，“说说，都是何名？”

“一曰康衢，二曰坦途，三曰畛陌。”

康衢为可供王辇奔驰的宽大驰道，坦途为可走驷马之车的双驱马路，畛陌则为仅供牛车通行的田间小道。

“哈哈哈哈，”苏秦大笑几声，“陈兄这与路道摽上了。只是这路道哪能越走越窄哩？”

“唉，”陈轸苦笑，“在下生来就是个奔波的命，这小子也是在道途中倒腾出来的。至于这道越走越窄，正是在下此生的写照啊！想当年，在下至魏，一心欲搏的是大魏相位，一心欲争的是天下巨贾白圭，可谓雄心万丈。只可惜时运不济，在下向上的攀爬之道就越走越窄了。迄至今日，在下好不容易想开了，只欲觅个偏远角落了此残生，不想苏兄这又吼动在下上路，你说这……”

“在下以为不然，”苏秦应道，“就在下所见，陈兄的路非但没有走窄，反倒是越走越宽了。因为陈兄的心，是越走越阔了。一如陈兄方才所说，陈兄是想开了。想开了，就放下了。放下了，也就通透了。是以这孩子，在下以为当叫康衢。”

“你呀，”陈轸笑出几声，“真会安抚人。好吧，康衢就康衢！”

“对了，陈兄，”苏秦回他个笑，转入正题，“在下请你远走这趟秦地，一是为嬴驷，二是为张仪。”

“为嬴驷可解，为他张仪呢？”陈轸盯住他。

“先秦王不在了，张兄的日子怕就不好过了。你代在下去看看他。如果张兄开心，我就放心了。如果张兄不开心，你就请他过山东来，在下在函谷关外恭候！”

“苏子请他过山东，来做什么呢？”

“合纵，摒秦。”

“啧啧啧，”陈轸吧咂几下嘴，“苏子别是异想天开吧？”

“唉，”苏秦长叹一声，“陈兄啊，这天，它开也好，它不开也好，在下终归可以想想吧！”

在陈轸奉赵王使节使秦的同时，赵王又使人分别出使四国：大夫仇液至韩，大夫王贲至楚，大夫富丁至魏，大夫赵爵至齐，各奉问聘使命。

至于燕国，赵王就直接拜托苏秦了。

邦交诸务安排完毕，赵王开始密调三军，倾赵国之力，集车、骑、步卒等二十余万众，兵分五路，以泰山压顶之势逼向中山国境——牛翦统领赵国轻骑，出涞源邑，攻占井陉关、紫荆关，直击中山腹地，是谓西路；赵希统率草原胡骑，出居庸关，助燕军南攻，收复下都武阳，是谓北路；赵与统率山地步卒，占据山地，配合江公叛军；肥义统率舟船，封锁河水并易水、槐水；担任主攻的中路则以赵袑统领右军，许钧统领左军，赵章统领中军，渡槐水北征。

就在赵王部署大军之时，中山内乱了。得到赵王承诺的江公举全族之力，集山地丁壮逾两万人，袭击井陉等山地要塞，夺占井陉关。

井陉塞堪称中山最重要的关塞，中山王闻报大惊，急召司马憙、公孙弘谋议。三人深悔未能及时斩草除根，终致酿出祸端。中山王调遣锐卒三万，前往夺关。江公的叛军据险死战，同时向赵王再度求救。危急关头，牛翦所部逾万骑卒赶到。

与此同时，赵军其他四路亦不宣而战，同时从四个方向对中山国境发起全面猛攻。四方急报传至灵寿，中山王惊慌失措，灵寿城内人心惶惶。

在战争全面打响的第三日，中山王正式收到赵王的战书，历数他杀死母妃江姬、诛杀兄弟、侵犯燕国、迫害江氏、贪图安乐、骄奢极欲、后宫淫乱、醉生梦死、巧取豪夺等共一十二宗罪。这些罪状将不仁、不义、不孝、不悌占全，堪称是罪大恶极，气得中山王拔剑斩杀呈送战书的赵国信使，诏命全国丁壮拿起武器，保家卫国，誓与赵寇血战到底。

然而，一切皆迟。

由于井陉塞为江公叛军先一步占领，经过长期筹备的数万赵国骑卒由井陉塞络绎而出，中山军失去地利，开始溃退，但无论如何也快不过赵国骑卒，退路被迅速切断。与此同时，赵骑一部迅速插向槐水北岸的中山长城防线。中山长城是专对赵国设置的，只垒起一面石墙，前为槐水，做天然屏障。中山数万守军躲在石墙后面，正全力以赴地防御在槐水对岸筹备渡水的十万赵国大军，不想却背后受敌。数以万计的赵军骑卒由井陉塞奔驰过来，伏在墙头的中山步卒变成了靶子。槐水北岸长城全线溃散，多段城墙插上赵军旗帜。十万赵军再无阻碍，不慌不忙地渡过槐水，毁掉中山城墙，如排山倒海一般杀入中山国境。

经过三日苦战，中山全境无处不起烽火。由乐毅引领的五万燕军在赵国胡骑的支援下，将下都团团围困，中山人控制的紫荆关也在赵、燕十万军士的双向夹攻下失陷，逾万中山将士大多战死。主将赵希依据赵王旨令，将下都及北易水等原燕境内被围困的中山军交给乐毅引领的燕人，自率胡骑涉过中易水，由北侧扑入中山腹地。

一时间，除肥义的舟船军卒之外，四路赵军几无遮挡地杀入中山腹地，将中山军卒分割包围于几座防御坚固的城邑。

都城灵寿被完全孤立，城外赵军越聚越多，从城门楼上望去，各个方向皆是赵军连营，旌旗招展。

中山国的数百里乡野几乎全被赵人控制。赵王早将中山人视作子民，诏令赵军严守军纪，不可扰乱中山人生活，同时四下张贴告示，只要中山人放下武器，既往不咎。江氏、乐氏等受到中山王族压制的部族纷纷活动，四处游说，在乡野的中山人也看明情势，晓得赵王是成心吃掉中山国的。胳膊拧不过大腿，不少人选择放下武器。

真正抗拒的是阴公等在朝廷得势的几个部族。

到这辰光，赵王反倒不急了，源源不断地将这些年储存的粮草运入中山，确保部卒不犯中山人的私财。中山乡民渐渐安定下来，不再对赵人反感，更多人开始放下兵器。

三个月之后，在苏秦游说下，燕国下都武阳的近三万中山守卒全部降燕，中山所占燕土亦悉数被燕人收回。中山境内，所有边关、要塞及大片乡野落在赵人手里。阴公的老家肥邑，在肥义的支持下，沦为隶民的肥氏一族奋起暴乱，与赵人里应外合，攻陷肥邑，滞留于城中的阴氏一族大多被杀。再后一月，随着房子、石邑、中人、扶柳的先后沦陷，方约数百里的中山国仅余灵寿一座孤城，全部守卒不到三万，逃无可逃。

时已入冬，北风刮起来，第一场雪落下。

就在赵王与众将谋议最后一击时，苏秦来了。

“敢问我王，”在赵王讲完全部攻城方案之后，苏秦拱手道，“我王是要得到一个完整、富饶、活力四射的灵寿，还是要一个残破、贫乏、死气沉沉的灵寿？”

“寡人探过，中山王是不肯降的。”赵王苦笑一下，拱手回个礼，指向外面尚未化去的薄薄雪地，“冬天已经来了，我三军将士不能长期居住在帐篷里，是以灵寿须在冬至日之前拿下。”

“臣闻一言，”苏秦应道，“穷兽莫逼，穷寇莫追。就眼下情势，中山王、阴公、阴姬等人不是不肯降，而是不能降。因为江氏一族皆在城外候着，断不会放过他们！”

“你说得是！”赵王倾身，“苏子可有取城妙策？”

“策有一个，不能算妙。”苏秦看向几案上所摆的攻防沙盘，指着东门道，“我王可网开一面，撤离东城门，放中山王出走。”

“放他去哪儿？”

“齐国。”

“齐王肯收留他？”

“巴不得呢！”苏秦应道，“齐王若得中山王，就是握住一枚对付我王的棋子。”

“他有这枚棋子在手，还不——”赵王苦笑一下，止住话头。

“中山全境既已归赵，只要大王治理得当，中山人心服，就没人记起这个中山王了。再说，齐王的目标不是中山，是宋国。他拿中山王在手，不过是备个万一。大王既已应承宋国之事，待齐国谋宋时，只要大王守信，中山王就是一枚废子。眼下大王若是强行攻城，中山王无路可退，必拼死一搏。我王今日已得中山，中山人无不是赵人，同为赵人，若为这枚废子厮杀，臣以为不智。”苏秦应道。

“苏子所言甚是！”赵王想通了，传旨令李疵执行此策。

眼见自己一步一步地将棋局走至死处，司马熹有点儿慌神了。好在诛杀江姬并公子元楞并不是他主谋的，是中山王、阴公与公孙弘的合力。然而，司马氏一家皆被困在灵寿城里，一旦城破，就不会有人听他解释。因而，当李疵与他谈及赵王的旨意，司马憙两眼放光，当即召公孙弘，二人谋议妥当后，便入宫觐见中山王。

赵人围城数月，并无一轮进攻。中山王初时惊惧、紧张，日久也就松懈了。

“大王，”司马憙禀奏，“冬天来了！”

“是哩。”中山王裹一下身上的裘衣，盯住他，晓得他有话要说。

“赵人仍旧住在野外的帐篷里。”司马憙指向外面。

“咦？”中山王盯住他，眯起眼睛，“相国之意不会是……要寡人邀请他们入城吧？”

“不是，”司马憙一脸忧虑，“是赵人要攻城了！”

“你……你怎么晓得？”中山王震惊了。

司马憙看向公孙弘。

“大王，”公孙弘接道，“是赵使讲的，说是奉赵王旨意！”

“赵王怎么说？”中山王倾身。

“赵王旨意是，”公孙弘压低声音，“我王有两条路可供选择，一是守城，与赵人血拼。我若守住了，赵王退兵；我若守不住——”

“另一条呢？”中山王急问。

“放大王出城！”

“出城？”中山王怔住了，“去哪儿？”

“齐国。”

“齐王他……为燕国之事，恨着寡人呢！”

“眼下不会恨了。”司马憙接道，“赵人独吞中山之地，齐王眼红呢！但这辰光齐王听信苏秦，再入纵盟，与楚、赵、魏、燕四国在大梁结成纵亲。赵王伐我，齐王不便强行干预，心里却不爽。只要我王入齐，向齐王求救，齐王就有借口，或可迫使赵人助王复国！”

中山王看向国丈江公。

江公一直坐在旁侧，两眼闭合，未出一声，见女婿看过来，方才睁眼，盯住司马憙道：“赵王可说怎么出城？”

“赵人撤离东城门，为我王留出一条驰道。我王可东奔至河，赵人有船接我王渡河，送我王至齐！”

“要是赵王使奸呢？”

“赵王有个条件，就是我王出城之后，留下旨令，使三军放下兵器，打开城门，放赵人入城。”

“不成！”中山王一拳震几，几乎是吼，“这是投降，中山人的血里没有这股奴性！”

江公闭目。

“王上，”公孙弘小声，“我四面受困，山地、乡野尽被赵人所占，既无处可走，也无处求救，守在孤城，只有一个结局……”略一停顿，道，“是以臣以为，走为上！”

“王上，”司马憙亦道，“留得青山在，不怕没柴烧。昔年魏人乐羊伐我，克我故都，掳走先君桓公。之后，桓公又凭一己之力复国。今赵人再度克我全境，灵寿不保，我王若是……”

“不要说了！”中山王摆手止住他，看向众人，“寡人往投齐地，你等筹备去吧。”

一个月黑风高之夜，在李疵安排下，江公、公孙弘等人护送中山王訾敖并王后阴姬等众分乘二十乘辎车，携带大量珠宝，出逃东城门。他们一路向东，至河水处，有肥义部众奉赵王旨接引，渡河东去。次晨，司马憙传示中山王旨，洞开四门，灵寿归赵。

接后数日，在解除中山人的全部武装之后，赵王依之前约定，立江公荐举的中山先王厝的庶子姬尚为中山国君，拜江公为中山国相，贬司马憙为庶人。中山国的其他朝臣也都或用或贬或罚，按照情况一一处置。

中山人举境臣服，悉听命于赵王。

第八章

破纵局武王伐韩　为故人秋果殉义

嬴荡是在惠王驾崩的当日坐上王位的。

嬴荡是惠王多年前诏告天下的合法储君，加上公子疾、公子华、司马错等一帮老臣拥戴，整个登基过程没有任何波折。

举国大丧七日，之后是七七孝期。嬴荡除去重新任命一应朝臣，什么也没做，只在惠王灵前守孝。

张仪是在惠王大丧的第七日赶回咸阳的，伏在灵柩上，哭得那叫个痛心。

三七之日，前来为秦惠王吊唁的赵使陈轸到了，带着赵王的厚礼。天下诸王中，嬴荡独服赵王，尤其是举国大行胡服骑射，收服林胡、楼烦二国，这又兵指中山，实在让他刮目相看。

嬴荡陪伴陈轸来到惠王灵柩前，陈轸叩拜于地，捶地痛哭，边哭边吟他一路想好的悼词："惠哉我王，恩义浩茫；闻王仙去，臣轸哀伤。回忆当年，落荒于魏，无处可投，西窜狼狈。前来投王，王不嫌弃；知轸信轸，同情结义；扶轸于潦倒，赐轸以美姬；使轸于楚郢，待轸以真意……惠哉我王，何走匆忙；呜呼哀哉，臣轸悲怆……呜呼哀哉，臣轸悲怆……"

陈轸哭过一阵，再次行过大礼，而后闭目良久，两手伏在柩上，额头碰着灵柩。他扼要倾诉了这些年来他在楚地是如何走过来的，末了放声再吟：“臣有几桩好事，一并奏禀我王。昔年我王赐臣的美姬，名唤伊娜。为不负我王使命，臣将伊娜送给先楚王，以结其心。之后楚王崩，臣闻伊娜悲苦，以重金将其赎回，娶其为妻，以追念王恩。伊娜亦不负我王恩义，为臣生下一女，名唤合玉，今已长发及腰，亭亭玉立，琴棋诗画，无所不通。她今又为臣诞下一子，名唤康衢，眉端目正，唇红齿白，眼神炯炯，笑脸常开。早晚看到伊娜，臣轸就会想到我王，因为伊娜是我王所赐；早晚看到一双儿女，臣轸也会想到我王，因为他们也是拜我王所赐。我王之恩，臣轸……臣轸何以为报……何以为报……何以为报……我的王啊……”

陈轸吟至伤心处，大放悲声。

陈轸情真意切，秦王听得伤感，不由得也念起惠王对他的种种好来。悲从中来，他张开大口，呜呜咽咽地伏柩号哭。在场臣仆，无不受到感染，哭声响彻灵堂。

吊唁礼毕，秦王盛情款待陈轸，邀他留秦，为秦做事，甚至有意举国以托，拜他为相，由他接替张仪。陈轸谢过，回禀说，待他向赵王复完使命，再考虑来秦效力。秦王是个爽快人，当即赐他金玉若干、美姬两名。

陈轸谢过恩，辞别出宫。

列国馆驿离相国府不远，走路也就两刻钟。

这日傍黑，陈轸用过晚膳，优哉游哉地信步走到相府，报过门户，递上名帖。

见是赵国使臣，门卫不敢怠慢，急禀张仪。

约过半个时辰，天色完全黑定，才有人迎出来。

是相府的家宰小顺儿。

小顺儿引领陈轸在府里连拐几道弯，走进一个小院落，礼让一下，转身走了。

院子里黑乎乎的，只在主房的堂间亮着一盏灯。

陈轸走进去，不见一人，只在厅中摆着两个席位，一主一客。

陈轸重重咳嗽一声，不见应和。

陈轸略略一想，便于客席正襟坐下，闭目，静等。

陈轸一直坐到夜半，坐到灯油耗尽，仍旧不见一人。

雄鸡啼晓，灯早熄了，可陈轸仍旧坐着。

又过一个时辰，晨阳爬至一竿子高，不远处传来仆从呼叫用膳的声音，但不是叫他。

又过半个时辰，传来一阵脚步声响，一人快步入院。

那人在堂中住步，站有一刻，绕他连转三圈，不无夸张地在主位坐定。

“啧啧啧！”对方的嘴巴里吧咂出三声。

陈轸睁眼，拱手道：“赵使陈轸拜见相国大人！”

“呵呵呵呵，”张仪没有回礼，发出几声轻笑，“昨晚闻报，说是赵使到访，又说是陈轸大人。在下想啊，想啊，想了整整一个晚上，直到现在，仍旧没想明白，大楚国的陈上卿怎么就一下子成了赵使呢？”

“在下惭愧，让相国大人费心了！”陈轸又是一拱手，“在下携妻拖女入赵，得闻先王驾崩噩耗，遂受赵王之托，赶赴咸阳凭吊先王。”

“赵使既为凭吊先王而来，缘何不到宫中凭吊？”

“已经凭吊过了！”

“哦，”张仪夸张地吸一口气，“抱歉，抱歉，是在下无知了！敢问赵使，此来敝府，竟还蹲守一宿，可有妙词以教在下？”

“非蹲守，坐守而已。”

“呵呵呵，是在下用词不当，抱歉了。”张仪抱下拳，“能坐一宿，亦见功夫，在下失敬！”说着再次拱手，倾身，“赵使为百忙之人，此来是为凭吊先王，既已完成使命，赵使理当回驰邯郸，向赵王复命，这却蹲……哦，不对，是坐……这却坐守于敝府整整一宿，必是有个因由吧！”

“是有一个。”

“是为赵王，还是为先王，抑或是为楚王呢？”

“都不是。”

“哦，在下明白了，是为昭阳！”张仪语气笃定。

“也不是。”

“这么说来，”张仪身子朝后一仰，“别不是为赵使自己喽？”

“不是。”

“咦？”张仪坐直身子，盯住他，来劲了，“说说，是为何人？”

“一个相国大人熟悉的人，”陈轸朝空中拱个手，方才给出答案，“在下恭候大人整整一宿，是应六国共相苏秦之托！”

张仪怔住了，深吸一口气，憋在肚里。

“不瞒张大人，”陈轸拱手道，“在下此来使秦，是苏秦向赵王举荐的。苏秦举荐在下，一为凭吊先王，二为拜谒张大人。”

张仪缓缓呼出所憋的气，语气不再戏谑，抱拳道：“苏兄他……可有说辞？”

“你的苏兄说，”陈轸微微闭目，似是在回想苏秦之言，“先秦王不在了，张兄的日子怕就不好过了。你代在下去看看他。如果张兄开心，我就放心了。如果张兄不开心……”瞥一眼张仪，顿住话头。

张仪候等良久，终归急了：“他怎么说？”

“你就请他过山东来，在下在函谷关外恭候！”

张仪闭目。

光影渐移，空气凝滞。

不知过有多久，张仪未发出一声。

“张子，”陈轸出声，改过称呼，“数十年风风雨雨，在下总算是明白了一个理儿。”

“什么理儿？”张仪出声了。

“有一个人至死也未能明白的理儿。”

“何人？”张仪盯住他。

“今朝晴好，若是张子得闲，可随在下前去望望他！”

张仪的好奇心被勾起，忽地起身：“走！”

陈轸摸摸肚皮，做个鬼脸：“张子吃饱了，在下这儿还在咕咕叫呢！”

“哈哈哈哈！”张仪长笑几声，完全放松下来，一把扯他赶往膳房。看着他饱餐一顿，然后才使小顺儿驾车，在陈轸的指引下赶往终南山脚。

路越走越窄，最后无路可走了。

车马停下，陈轸、张仪沿一条溪水溯上，走有百余步，来到一处坟堆边。

这是一个完全被遗弃的坟堆，上面长满荆棘，没有碑文，没有香火，也没有脚印。

陈轸静静地站在土堆边，良久，未出一语。

“这是谁的坟？”张仪看向坟堆。

“商君。”陈轸应道。

“啊？”张仪盯住坟堆，又看向陈轸，“你……你怎么知晓他是葬在这儿？”

“他没有葬在这儿。分尸之后，他的四肢、头颅与躯体，全让他的仇家剁碎分走了，是炒吃还是做成肉酱，在下一无所知。此地所葬的，是他的囚衣与几缕头发，还有几小块没被捡走的碎骨头。”

“你怎么晓得？”张仪难以置信。

“是在下收捡的。他的囚衣被扯成碎块了，在下看得难受，就到狱中，将他曾经穿过的旧衣全部收齐，可仍觉不够，恳求嬴虔，将他曾经穿过的大良造袍冕，一并葬下。”

张仪深吸一口长气。

“张子可想知晓商君是怎么死的？”

张仪看过来。

“是在下害死的！”

张仪刚刚缓过长气，这又再吸一口。

陈轸缓缓蹲下，面对那个土堆，将他与商君之间的恩恩怨怨，包括商君如何奉秦公之命使魏，如何欺魏，如何偷袭河西，自己又如何奉魏王之命使秦，如何陷害商君，如何逼他反叛，如何将他活擒，商君如何下狱，惠王又如何将他押到渭水滩上五马分尸等一应旧事，如数家珍一般缓缓讲出，听得张仪如闻上古传奇，大呼过瘾。

“张子可想听听商君临终之际与在下的一场赌注吗？”陈轸看向张仪。

“张仪愿闻！”张仪拱手道。

此时此刻，张仪对眼前的陈轸非但刮目相看，简直是要顶礼膜拜了。自出娘胎以来，他张仪也曾与人斗过不知多少回合，但从未用过这般缜密的心思，也从未历过这般惊心动魄的事情。

“那辰光，”陈轸缓缓说道，“商君的四肢并头颅被分缚在五辆战车上，在下请求王命，为他饯行。在下喂他喝酒，将满满的一壶全让他喝了，一口接一口。洒下的，在下用来为他洗脸，好让他走得体面些。在那辰光，在下顺便将如何害他的事讲给他了。在下说，‘让公孙兄分尸于秦其实不是轸的本愿！轸的本愿是，让秦国废苛法，行仁政，德润天下，恩泽万世！’”

“商君怎么说？”张仪急问。

“商君笑了。商君说，‘陈兄想得太多了’。”

“陈兄怎么应他？”张仪这也顺势将称呼改作陈兄。

“在下所应是：‘轸晓得公孙兄接受不了这个，可公孙兄此前可曾想过自己会在今天以这种方式身死名灭吗’？”

“他怎么应？”张仪急不可待了。

“商君说，‘在下身可以死，名却不会灭，倒是陈兄，灭与不灭就难说了’。”

“嗯，是条汉子。”张仪赞一句，看向陈轸。

“听完这话，”陈轸接道，“在下不服啊，就与他打赌，赌约是三十年。光阴荏苒，不过是打了个盹儿，三十年竟这么快就到了。”

“陈兄觉得自己赢了吗？”张仪盯住他。

陈轸两手一摊，给他一个苦笑。

“这么说，陈兄是承认商君赢了？”

“在下怎么能承认是他赢呢？”陈轸看向远方，若有所失，“不过，自从先秦王嬴驷继续奉行秦法、处死老甘龙等人，在下就晓得，是商君赢了。至少说，截至目前，是他赢了。至于未来，他还能赢多久，在下委实不知。唉！”陈轸长叹一声，“在下，还有张子的那个苏兄，是真心不希望他能一直赢啊！”

“所以，苏兄才让你来，你才又引在下赶到此地，是不是？”张仪盯住他。

“就算是吧。”陈轸收回目光，凝视张仪，“难道张兄真心希望天下全都成为商君之法下的一统之域吗？以奸民治良民，以弱民治强民，耕只为战，战只为耕，天下之人皆着一色，皆听一律，皆尊一人，皆唱一曲。这样的天下，张兄啊，你心甘情愿活在其中吗？”

张仪摇头。

“既不情愿，又为何不舍弃呢？”

张仪移过目光，看向面前的土堆，良久，没有转头，却说给陈轸道：“对了，方才陈兄说悟出了一个土堆里那人至死也未能悟出的理，现在该说说它了吧。”

“舍得。”陈轸缓缓说出。

“不舍不得。”张仪接上，目光仍在那土堆上。

“正是。”陈轸的目光也跟过去，“土堆里空埋的那人，是舍不下他的法，因为，他为那个法押注太多。张兄别是也舍不下吧？”说着看向更远的地方，“在下依稀记得，灭吴之后，范蠡将遁，劝大夫文种偕行，说‘飞鸟尽，良弓藏；狡兔死，走狗烹’，可惜文种不听。文种为何不听？因为他舍不下越国，因为他为越国押注太多！”陈轸仰脸看天，怅然出叹，“呜呼哀哉，身死影灭，万事皆是虚无，这个天下再大，再热闹，与你、与我、与他，又有什么关系呢？”

张仪没有应他，只是呆呆地站在那儿。

不知站有多久，张仪回转身，缓缓走向车马。

陈轸拱手别过商君坟，跟在后面。

回到府中，张仪置酒一席，与陈轸互相称兄，喝个酣畅。此前的恩恩怨怨，曾经的是是非非，都于此刻化作老酒一坛，被他们悉数喝下肚去，泄入茅坑。

次日晨起，陈轸带着秦武王赏赐的宝贝并两个美姬去秦返赵，张仪没有送行。

张仪将自己关在陈轸曾经熬过一宿的偏僻小院里，坐在陈轸曾经坐过的客席上，由凌晨坐到天黑，由天黑坐到天亮。

五国成纵，赵人又不动声色地吞并中山，秦武王按捺不住，无心守孝了。他一面使公子华派出大量黑雕赶往中山一探究竟，一面召集重臣谋议应策。

这是武王临朝之后的首次御前重臣议政大会。身为国相，张仪自然列席，且依据朝制，席次理当列于众臣之首。

除公子疾、公子华、司马错、甘茂等人外，一个重要的人选变化是，魏章的席次被撤下，且在武王身边新添两个席次，一个是任鄙的，一个是乌获的。

负责记事的御史没换，仍旧是车卫君。

御前会议，所有人皆是孝服。武王居中，左右是两大力士，张仪与嬴疾他们的席次只能靠后排列了。

众臣面面相觑，没有人吱声，也没有人敢吱声。

见这阵势，张仪心头一凛，眼前浮现出陈轸的样子，耳边回荡起陈轸的声音："土堆里空埋的那人，是舍不下他的法，因为，他为那个法押注太多。张兄别是也舍不下吧？"

陈轸走后，张仪思考了太多。是的，他张仪的确是舍不下，因为他张仪也为秦国押注太多。知商君者，是孝公；知他张仪者，是惠王。商君毕生所求，是强秦之法；他张仪毕生所求，是连横制纵。惠王诛杀的只是商君，继续使用的是商君之法；眼前的这个嬴荡，会不会放弃他的连横长策呢？

然而，棋局至此，他必须一试。

"诸卿，"武王扫视众人，开始致辞，"先王大行，我举国服丧。在我服丧前后，天下发生两桩大事，皆与我大秦相关：一是苏秦约楚、齐、赵、燕、魏五国于大梁，结盟制我；二是赵国行胡服骑射之后，先吞并楼烦、林胡，这又加兵中山，而天下不问。寡人新立，无知无识，何以应之，诸位可有良策？"

武王的开场白算是决定了议题，大家各自陷入沉思。

"张相国，"武王看向张仪，拱手道，"大梁也好，中山也罢，皆为外务，也皆为您所擅长。有何妙策，寡人洗耳以听！"

"回禀我王，"张仪拱手道，"先王在时，苏秦结六国之力以制我，魏人庞涓更合六国之兵叩我函谷关门，犯我河西。先王振作，秦民奋勇，先退六国之兵，再败魏人于河西。之后，先王与臣议定连横长策以反制合纵，先结燕以制齐，后结魏以制韩、赵，再后结韩、魏、齐以制楚，绩效显著。是以臣以为，只要我王承继先王横策，五国纵盟不难破除。至于中山，本为赵王囊中之物，赵王何时吞之，实乃赵王之事，我鞭长莫及。臣所虑者，是胡服之赵，以骑射代车，再借胡人之力，或将成为我大秦强敌！”

“他能胡服，寡人为何不能胡服？”武王看向甘茂，“甘茂，胡服骑射之事，你琢磨琢磨，出个奏章。”

“臣领旨！”甘茂拱手应道。

“我王圣明！”张仪亦拱手道。

“什么圣明不圣明的，寡人是个粗人，愚痴着呢！”武王摆手止住张仪，“听相国方才历数丰功伟绩，寡人幸甚，秦人幸甚。但这都是过去之事，寡人所想请教的是方今，如何破除五国纵盟？”

“一如既往。”张仪朗声应道，“臣以为，苏秦今日所复之五国纵盟，远逊于昔日由其初创的六国纵盟。当其时，楚为威王，魏为惠王，齐为威王，赵为肃侯，燕为文公，韩为昭王，此六人，皆当世英主。至于贤臣良将，魏有惠施、庞涓，齐有邹忌、田忌，楚有昭阳，韩有申不害，赵有赵成、赵豹，燕有子之，皆为天下英雄。再观今日五国纵盟，楚王志大才疏，远逊于先威王；魏王远逊于先惠王；从稷下人才失散观之，齐王也远逊于先威王与先宣王；五国之中，臣看好的只有赵王与燕王。赵王当是我王劲敌，而燕王身为我王外甥，燕太后身为我王胞姐，血浓于水，只要我王与之连横，没有不成之理。”

“相国说来道去，寡人听得头晕，仍未听到破敌长策，相国不会是……”武王挑起眉头。

“臣之策是，”张仪拧起眉头，闭会儿眼，拱手道，“我王可举二子，一子落于燕，攀亲结好，以燕制齐。齐人洗劫燕都蓟城，毁坏燕室太庙、社稷，此为血仇，以燕王血性，必以血报。若是不出臣料，先王大行，燕王吊唁使臣已在途中。我王可善待之。”

“第二子呢？”武王倾身。

“挺韩。”

“如何挺？”

“苏秦五国纵盟，独弃韩人，韩王落单，必生惧心。韩生惧心，必将依托我王，我王若善待之，韩人必死心塌地，与我王结死横亲。我王有韩人，进可直入中原，牵制赵、魏；退可作缓冲，保我本土无虞。至于其他五国，虽结盟成纵，心却不一。我王可密切观察，以候契机，择机而动，一举破之。”张仪侃侃而谈。

“还有吗？”武王身子直起。

“臣言尽矣。”

武王轻拍几下手掌，语气揶揄道：“相国之策果然是长！”说着扫视众人，“今朝议至此处，诸卿可以走了。”指向公子华、公子疾、司马错、甘茂道，“诸卿留步！”

诸臣面面相觑。

无须告退的自然还有任鄙与乌获。

在场诸卿中，真正要告退的只有张仪一人。

张仪缓缓起身，拱手道：“臣告退！”

俟张仪趋步退出殿门，脚步沉重地走下门前台阶，武王环视诸臣，声音洪亮道：“方才相国所言，诸卿意下如何？”

见是这般情势，谁也不再应声了。

“甘茂，你说！”武王直接点名。

“臣以为，”甘茂迟疑了一下，拱手道，“燕王与我王为血亲甥舅，与燕结好是当务之急！”

“可以定下。”武王看向内臣，“传旨子稷，入质于燕，结盟交好！”

子稷即芈月所生的公子稷，这辰光远未成人。武王几乎未加思考就让子稷质押于燕，显然是早就蓄谋的。芈月为楚女，嫁给先王是张仪保媒，而武王厌烦张仪，自然看他母子不爽。

见内臣领过旨，武王转向众臣：“燕国之事已了，再就是韩国之事，诸位议议。”说着看向嬴疾，“疾叔，您说。”

“臣赞成相国之议，”嬴疾不假思索地拱手挺张仪，“天下大国七，苏秦合五，我王不可弃韩。”

武王脸色一沉，别到一边，看向嬴华道：“华叔，您说。”

“臣听我王的！”公子华已经看明态度了，拱手道。

“韩有宜阳，这又得到南阳，天下铁都，韩王独占其二，是不是占得太多了？”武王冷不丁冒出此句。

众臣无不怔了一下。

南阳虽为韩人所占，但这辰光已在张仪调节下归还楚人了，武王当是晓得的。

“甘茂，你说！”武王转向甘茂。

“臣听我王的！”甘茂亦拱手道。

“寡人问诸位，”武王看向众人，目光威严，“猛兽捕猎，若遇牛群，如何择食？”

众人皆吸一口冷气。

“就寡人所知，是择落单的那头。”

昔日孟津纵六，今朝苏秦再度合五，落单的那一头自然是韩国了。

“这……”司马错吧咂几下嘴皮子，又合上了，看向嬴疾。

“甘茂，”武王斜眼看了司马错一眼，转向甘茂，“听说多年前，先王命你征伐宜阳，未能成就，可有此事？”

“有之。”甘茂应道，“臣为此命备战一年多，不想先王改伐巴、蜀了！”

“哈哈哈哈，”武王长笑一声，“诸卿可以走了。甘茂留步！”

众卿走后，武王引领甘茂出偏门，走向殿外一处小花园，踏上位于花园中心的一个土丘。

丘顶有个凉亭。甘茂抬头望去，见凉亭上有个匾额，赫然写着“息壤”二字，看字迹是先惠王的亲笔。

武王喜欢独来独往，待旨内臣识趣，就候在凉亭的台阶下面守值。

亭内有两片席子，武王坐定，指向对面席位。

甘茂拱手谢过，正襟坐下。

“甘茂呀，”武王盯住他，“此地没有外人了，寡人有个心愿，你可想听？”

“臣不胜荣幸！”甘茂拱手道。

“先祖孝公变法强国，力战强魏，收复河西，取於地一十五邑；先父惠王守法拓土，力敌六国纵军，东取函谷，南得巴、蜀，三胜大楚，拓地逾两千里。这到寡人了，总不能一事无成吧！寡人的心愿是，在有生之年，车通三川，问鼎周室，达成先祖未就之旷世伟业。若此，寡人死可瞑目矣！”武王言真意切，态度诚敬。

三川即洛川、伊川与汝川，是环绕洛阳的南部屏障。秦欲东出，绕不开的是周室洛阳。出函谷达洛阳，可有两途：一是出函谷后，入崤塞，经由渑池直达洛阳，俗称函谷道；二是出函谷后，经由硖石关，过硖石道南达洛水，沿洛水下行，经由宜阳入洛阳。

于武王来说，函谷已经在手，只差一步就可兵临洛阳，问鼎周室。

洛阳为大周王室所在地，迄今仍为天下中心。只要控扼洛阳，就能控扼周室，不仅可以号令天下，且可完全打通东出门户。而要抵达洛阳，秦人只有两途可走：一是与魏人战，打通崤塞，经由渑池、新安邑，直达周室；二是与韩人战，过硖石关，拿下宜阳，控扼三川，由洛水直达周室。第一途于武王是不可选的，因为要与魏人开战，而苏秦刚刚合纵五国，纵亲司就设在魏都大梁。再说，即使秦人打通崤塞，控扼洛阳，若要东出，仍需再与韩开战，向东再打通虎牢关。对于武王来说，与魏战，等于同时与五国开战，而眼下韩国落单，伐之代价最小。

伐韩首在宜阳。秦人若得宜阳，不仅得到乌金，且可实控洛川，兵临伊川与汝州，由汝水东下，更可直取中原腹地。

武王的心愿，不是宜阳，而是车通三川，问鼎周室。

三川之地，全在韩室之手。武王说出此话，意思是再明确不过的。他要与韩开战，攻伐宜阳！

甘茂强力压住内心的激动。

攻打宜阳正是甘茂夙愿。一则他接替的是前太傅嬴虔所司的军需职守，多年来深为乌金所苦；二则他的心中梦想从来不是辎重粮草，而是驰骋疆场，建立不世之功，重振甘门之威。然而，由于其父甘龙是逆臣，而他告密，使父亲惨遭极刑，也落下不孝之名。他在秦国官场始终抬不起头来，先惠王虽然用他，却又总是防他一手。无论他如何努力，如何表现，除前番让他虚张声势攻打过宜阳之外，先王极少让他做主将镇守一方。

“甘茂？”见甘茂没有反应，武王提高声音。

“回禀我王，”甘茂镇静下来，平气应道，“只要拿下宜阳，我王之愿不难得偿！”

“拿下宜阳，你可有把握？”

“臣有把握，只是——”甘茂欲言又止。

“只是什么？”

“臣有二忧，不得不说。”

“请说。”

“一忧是张相国。”甘茂苦笑一声，“我王若伐宜阳，就是与韩室开战，而相国为连横韩王，已经付出不少心血，臣是以——”

“哼，寡人要的正是这个！”武王冷笑一声，“什么连横制纵？你给寡人数数，这些年来他都连的什么横？制的什么纵？他连横燕国，将我阿姐嫁过去，结果如何？燕国让齐国灭了，我的阿姐并外甥差点儿命丧战乱。他连横魏国，出任魏相多年，结果如何？我助魏伐赵，输了；我助魏伐韩，又输了。到头来魏国非但未能横成，倒是他本人灰溜溜地夹尾巴逃回来了。之后呢？是伐齐！他怂恿先王使司马错伐齐，却又捆住司马错的手脚，不让司马错真打，结果如何？司马将军兵败桑丘，将我老秦人的颜面丢尽于天下！再后呢？是伐楚！他处心积虑，坑蒙拐骗，无所不用其极。先王为他的蠢行赌上全部家当，与楚三战，结果又如何？我将士拿二十万鲜血与生命打下来的汉中、黔东南二地，非但归还楚人一半，这又连於城十五邑也搭进去了！这辰光，他又开始说连横燕、连横韩了！燕国不说，单说这韩国，我将士赔上性命屁也没有得到。他在韩人跟前倒是做起好人来，使韩王不费吹灰之力就得到方城、宛城。天下铁都有五，韩人独占其二，而我死国将士不下二十万，得到什么了？拿我保家护院的於城一十五邑，换回黔东南、汉中各半片不毛之地！”说着拳头震在几案上，“就寡人所知，自古迄今，国土都是打出来的，不是靠谁的舌头得来的！”

武王以雷霆之势，将憋在心头的所有不快悉数吐出，甘茂听毕，吁出一口长气，接道：“我王既有此说，臣放心矣。”

“说吧，你的第二忧？”

“臣的第二忧，”甘茂凝视武王，拱手道，“是我王陛下！”

“咦？”武王盯住他，提高声音。

“回禀我王，”甘茂应道，“宜阳是韩国大县，北连上党、南阳之地，东扼三川，堪称韩国西部重地，名为县，实则为大郡。我三军东出函谷，南越崤山，越千里而攻伐之，难矣哉。”

“这个寡人晓得，”武王应道，“是寡人要征宜阳，你怎能反忧寡人呢？”

“就臣所知，”甘茂接道，“张相国西并巴、蜀之地，北取西河，南取黔东南、汉中，功莫大焉。但天下人并未过多地赞美张仪，赞美的是先王。昔年魏文侯令乐羊将三军远攻中山国，苦战三年，伐灭中山。乐羊凯旋得志，自诩其功。文侯出示整整一箧密奏，皆是毁谤他的。乐羊此时方知真章，再拜，稽首，涕泣，说伐灭中山‘非臣之功，乃主君之力也’。臣乃罪臣之后，蒙先王厚恩，恕臣之罪，使臣效力于秦，将功折罪。我王想必晓得，朝中诸臣中，不屑与臣交往者不乏其人。臣若伐韩，必将久战。久战，战的必是钱粮，是人力，亦必将惹人非议。若是众臣挟此非议，我王或听之！”

“寡人知矣！”武王大手一挥，“甘卿请宽心，无论何人，但凡毁谤甘卿者，寡人皆不信之！”

“臣谢我王！”甘茂再次拱手道，“昔日曾子居住于费地，有与曾子同名、同族者当街杀人。有人奔至曾子家，对其母说，‘曾参杀人’。曾母正在机上织帛，坦然应道，‘吾子不会杀人。’织机自若。有顷，又有人至，对其母说，‘曾参杀人’，曾母依旧织机自若。又有顷，第三人再至，对她说，‘曾参杀人’，曾母惊惧，投杼逾墙而走。曾参为大贤，曾母亦深信其子之贤，然而，当三人皆言其子杀人之时，虽为慈母，亦难守其信矣。今臣之贤远不及曾子，我王对臣之信远不及曾母，疑臣之人又远不止三人，臣实虑我王为臣投杼而走啊。”

“寡人知矣。”武王以手指天，“寡人这就与甘卿盟誓如何？”

“臣谢我王！”甘茂拱手谢过，与武王指天盟誓于息壤之亭。

“甘卿，”誓毕，武王盯住甘茂，“寡人意决，先出三军六万，攻伐宜阳，马踏三川。甘茂，你可愿请命，成此奇功？”

甘茂跪下，叩首道：“臣请命！”

看着看着，棋局走死了。

得知武王征伐宜阳已成定局，张仪将自己关进书房，闷坐整整一日，方才召来小顺儿。

“顺儿，这咸阳你住够没？”张仪问道。

“主公，您想做啥？”小顺儿呵呵笑几下，应道。

“就这几天，你筹备一下，带上你的翠儿，东出函谷。几个娃子，能带的你就带上，不能带的暂留下来。”

“成。”小顺儿压低声音，“是不是赶往韩地侍奉香主母？”

“嘿，你小子倒是机灵哩！”

“好嘞！”小顺儿打出个响指，“自顺儿送走香主母，翠儿就盼着这一天呢！”说着皱眉，“她实在不想住在这府里！”

“我晓得。你要悄悄行事，出函谷时，就说翠儿老家有事……张伯的家不是在关外的石邑吗？”

“主公放心，顺儿能有一百个事由！”小顺儿嘻嘻一笑，盯住张仪，“主公何时过去？”

“再过一时吧。”

“好嘞，顺儿、翠儿守着主母，在韩地候您！”

“对了，还有一桩事儿！”

“顺儿听着呢。”

“禀报冷大人，就说秦王已命甘茂为将，起兵六万征伐宜阳！”

小顺儿吸一口冷气，压低声音道：“主公，这……身为秦人，能讲吗？”

张仪横他一眼：“离开秦地，你还是秦人吗？”

“好嘞！”小顺儿大步出去。

天色傍黑，魏冉、芈戎结伴来了。他们晓得新王与张仪不睦，为避嫌，特意在天色将黑不黑之时赶到，且没有乘车，是从偏门进府的。

二人到访，是受芈月所托。先王暴崩，芈月本就忐忑，武王这又突然下诏命公子稷入质于燕，让她真正急了。

“于公子稷，这或是最好的出路！”张仪淡淡一笑。

“好在何处？”芈戎急问。

“王室公子可分两类：一类声色犬马，无所事事；另一类历危涉险，胸怀大志。你二人希望稷公子成为声色犬马、无所事事之徒吗？”张仪盯住二人。

二人摇头。

“燕太后是先王长女、秦王阿姐，与稷公子为同父姐弟，而方今燕王为稷公子的外甥，稷公子为质于燕，必受礼遇，不会吃大苦。另外，燕地偏远，没人肯去，稷公子这去了，在秦室诸公子中，最是劳苦功高。万一朝中出现变局——”张仪顿住话头。

二人皆吸一口长气。

“相国是说，朝中会有变局？”魏冉压低声音道。

“呵呵呵呵，”张仪轻笑数声，“你不是熟读《易》吗？何谓‘易’？”

魏冉再吸一口长气。

“对了，”张仪看向芈戎，“可让你阿姐恳请秦王，由你护送稷公子赴燕。”看向魏冉，“你现在爵至何级？”

“左庶长。”

“很高阶了。”张仪闭目有顷，“你要设法卫戍咸阳，守护你的阿姐。咸阳卫戍归车卫秦管，你可恳请车卫秦，让他通融，我不便说话。”

“明白。”

“魏章将军还在咸阳吗？”

魏冉点头。

“忙什么呢？”

“喝酒。”

“要想喝酒，就解甲归田，寻他个僻静处，心平气和地喝。”

“冉代家父谢张叔指点！”魏冉拱手道。

当冷向将突发危情禀报韩襄王时，韩王惊骇了，一口正在下咽的风干鹿肉的碎末呛进嗓子眼里，憋得满脸涨红，剧烈咳嗽起来。内臣紧赶几步，在襄王的背上连声敲捶。随着一通接一通的剧烈咳嗽声与捶背声，不少碎末总算从他的鼻孔里喷射出来。

襄王捂住胸部，美美地大喘几口，盯住冷向道："张仪呢？他怎么说？"

"唉，"冷向轻叹一声，向空祈祷，"愿上苍保佑他安然无事！"

"你是说，秦王会杀他？"襄王急问。

"当年商君的事，我王想必是晓得的。"

"快，有请公叔！"襄王急召内臣。

不一会儿，公仲朋来了。

于韩国而言，宜阳是万不可失的，不仅仅是因为乌金。韩地被河水分为南北两片，河水之北是上党区，是韩国的发祥之地，河水之南坐拥三川，怀抱洛阳，这才是当下真正意义上的韩国。宜阳为韩国的最西屏障，宜阳若失，韩国最为富庶的三川之地，就直接暴露于秦人的铁蹄面前，再无遮挡了。

然而，面对虎狼之秦，如何阻挡？

关键是，一如秦武王所断，在五国纵亲之外的韩国，成了一头落单的牛！

君臣三人愁眉不展地谋议了足足两个时辰，也未能议出个所以然来。

"兵来将挡！"公仲朋怒了，"眼下别无良策，只能拼了！"

"怎么拼？"襄王看向他。

"无论如何，宜阳不能失！"公仲朋接道，"宜阳现有守卒三万，外加关防兵卒两万，合兵五万。臣之意，我王可从上党调军三万，再由郑城调军三万，加上宜阳守卒，合兵十一万，可与秦人一搏！再说，毕竟我为主，得地利！宜阳城中，有人口不下二十万，苍头、壮丁不下五万，秦人要想一口吞下，没那么容易！"

"公叔，"襄王看向他，"御秦之事，一切由您统筹！"转身对冷向，"除用兵之外，冷卿可有良策？"

"臣请使魏！"冷向拱手道。

“使魏？”襄王看向他。

“王上，”冷向接道，“您在咸阳待过，是晓得秦人的。秦王嗜武，一旦开启战端，是要打到底的，单凭韩国一己之力，扛不住秦人。为今之计，我王必须求请援兵！”

“可魏王他……”

“臣请使魏，不是求请魏王，而是求请另外一人！”

“可是犀首？”公仲朋急问。

冷向摇头。

“何人？”襄王怔住。

“苏秦。”冷向回他个苦笑，“五国纵盟是在大梁签下的，就眼下情势，我王唯有恳请加入纵盟，共抗强秦，方为上策！”

“可这……”襄王长叹一声，“唉，全怪寡人，把路走死了！”

“臣请一试！”冷向拱手道。

“准卿所请！”襄王起身，朝冷向躬身行了个大礼，“冷卿啊，寡人，还有整个韩国，这就拜托您了！”

冷向亦起身，叩首道：“臣……尽力！”

苏秦赶往大梁，迎候使秦归来的陈轸。

陈轸上年纪了，不胜颠簸，返程也无急务，就走走停停，过函谷后又渡河向北，回安邑怀旧一圈，在已破败不堪的元亨楼前感伤一阵，这才折返回函谷道，过境洛阳，赶往大梁。会于大梁是他与苏秦约好了的。

陈轸到时，苏秦已在恭候。陈轸晓得苏秦关切的是张仪，遂略过使命，将自己拜访张仪并带他往祭商君的事率先讲了。苏秦轻叹一声，带陈轸前往公孙衍的相府。三人正议论秦国之事，门人进来，递进拜帖，说是韩王特使冷向到访。

三人皆吃一惊，面面相觑。

公孙衍迎出，不一会儿，引冷向入厅。

冷向显然没有想到厅中会有苏秦与陈轸，先是一怔，继而笑了，朝苏秦拱手道：“韩人冷向见过苏大人！”

苏秦回礼：“苏秦见过冷兄！”

冷向看向陈轸。当年陈轸使秦时，曾到商君府中拜访过，二人也算熟悉。

“韩人冷向见过陈大人！”冷向拱手道。

“见过，见过！”陈轸回礼，“眨眼就快三十年了！”

“是呀，那辰光，我们都还年轻！”冷向感慨道。

作为主人，公孙衍于主位坐下，招呼三人于客位坐下，传令府宰备宴。

“冷兄此来，真还没想到呢。”苏秦笑笑，指向公孙衍与陈轸，“不瞒冷兄，我们方才还在议论韩国的事，在下正说要赴韩呢！”

“谢谢诸位挂念韩国，谢谢诸位！”冷向再次拱手道。

“观冷兄眉间郁结，可是有事？”苏秦凝视他。

“秦王要伐韩国了！”冷向缓缓说道。

“啊？”苏秦三人几乎不约而同地喊出来。

“拜甘茂为将，起三军六万，说是攻伐宜阳！”

苏秦看向陈轸。

“咦？”陈轸纳闷了，“不瞒冷兄，在下刚从咸阳回来，临行前还……还到张仪府上拜望他，没听说伐韩的事啊！”

“是陈大人离开咸阳之后才确定的。”冷向轻叹一声，悉数讲了张仪府宰小顺儿的传话。

小顺儿是苏秦再熟悉不过的人。听到张仪已将香女母子并小顺儿一家安置在韩国，苏秦晓得事情严峻了，不由得看向陈轸。

“唉，”陈轸叹道，“在下劝张仪离开秦地，嘴皮子都磨破了，可他……唉！”

“不是他不肯走，是他走不脱呀！”冷向苦笑，“估计就这辰光，若无秦王旨令，他怕是连咸阳城门也出不去！”

“我晓得是这结局。”陈轸接道，“轸走遍列国，尝遍世态炎凉，比照下来，最无情者莫过于秦室。商君为秦立下汗马功劳，先秦王竟然容不下他一个全尸。莫说是商君并未造反，即便是真的反了，功过相抵，留他一命又能如何？这下轮到张仪了。唉，可惜呀，在下拉他到商君墓前，什么话都讲明了，可他……”

苏秦闭目良久，抬头看向冷向，冷不丁道：“冷兄，事已至此，请实言以告。您来此地，究竟是为秦还是为韩？”

苏秦说出此话，显然是指冷向前往宛城景翠处坏楚之事。冷向忖得明白，拱手应道：“前番至宛，是奉张仪之命，为秦。此番至大梁，亦是奉张仪之命，为韩。”

此话直白到无以复加。

苏秦震惊，看向公孙衍。

公孙衍也是怔住了。

“冷兄，”苏秦接问，“在下拜访您时，请您出山，您拒了，说已不问世事。何以这次又问起世事，并这般听命于张仪呢？”

“向不敢违逆师命。”

“师命？”苏秦急问，“敢问冷兄，师从何人？”

“尸佼。”提到这个名字，冷向望空拜揖。

苏秦三人皆吃一惊。

“尸佼？”公孙衍自语，“昔年曾听白相国讲起此人，家在魏地曲沃，与商鞅同为公叔痤门人。之后商鞅走秦，尸佼不知所向，不想此人竟是冷兄师父！”

“亦为商君师父！”冷向接道。

三人又是一惊。商鞅与尸佼差不多年岁，竟然也以尸佼为师，与小他多年的冷向是师兄弟！

但这并不是让他们最吃惊的。

“商君之法，”冷向语气平淡，似在讲述一段与他毫不相干的琐事，“其实出于师父之口，是由在下撰编成文，由商君审定修编，面君推行。河西战后，商君成为商君，不再听师父的，师父预知了什么，不告而别，而后亡走巴地，方才脱过一难。”

苏秦三人几乎骇然。

“这么说来，”苏秦急问，“张仪是见到尸佼了？”

“是的，”冷向缓缓应道，“张仪征巴、蜀时，是师父访问张仪的。师父认可张仪，因而助他灭巴。张仪传达师命，在下不敢不从。”

冷向讲出这些，是掏出心窝子了。

三人疑虑顿消。

“冷兄，”苏秦再问，“张兄嘱你来此，所为何事？”

“救韩。”

苏秦看向公孙衍。

“救韩不难，”公孙衍接道，“但韩王首先要加入纵盟！”

“韩王是求之不得了，还求苏大人并纵盟列国不计前嫌，允准韩国所请！”

公孙衍看向苏秦。

“犀首啊，这儿在叫哩，”苏秦看向投射在门厅里的日影，拍拍肚皮，“只顾听冷兄说话，日头竟就过午了。韩国入盟的事，咱几个还是吃着说。”

众人皆笑起来。

伐大国，需备战三年。

武王却是急脾气，莫说是三年，纵使三个月也不容许。甘茂虽说筹备充分，但这筹备皆是多年前的，这辰光只能是吼赶着上。好在秦法威武，一旦旨令下达，无人敢说半个不字。在甘茂受命后不到一个月，六万秦卒就兵分两路开赴洛水河谷。第一路为辅攻，约两万步卒，兵出商城，经由秦人所占据的几个乡邑，沿洛水河谷攻袭宜阳。洛水河谷上流山高谷深，个别地方还是绝路，需要架设栈道，故而该路进展缓慢。走过半程，水流变深，秦卒制筏漂流，倒是畅快许多，亦免除了由商地绕道洛川的长途调兵之苦。另一路五万锐卒，由甘茂为主将，公子华为副将，兵出函谷，直入硖石关。

函谷关之东为一片肥沃谷地，人丁旺盛，有焦、陕、曲沃、石邑等十多个大小城邑，还有两处渡口——茅津渡与太阳渡，分别沟通河水南北，堪称函谷道上的交通要塞。此地春秋时为虢国地界，后虢国为晋人假道虞界所灭，再后归入魏土，一直为魏人控扼。商君之后，苏秦合纵六国，庞涓挟六势伐秦受挫，此地的部分城邑为秦人所占。之后张仪横魏，秦、魏和睦，秦人又将所占渡口并焦、陕等几个城邑归还于魏，只保留一个城邑——曲沃，而曲沃正是由函谷关通往硖石关的过道。

由硖石关开始，即为韩人地盘，硖石关也是由韩人设立的。

甘茂的谋略仍旧是奇兵突袭。因而，自受命开始，甘茂就严禁伐韩之谋外泄，三军调动也都隐秘进行，多为夜行军。

攻击依例发生于四更过后，五更不到之时，因为此时守卫人员最是困乏。

大出甘茂意料的是，韩人非但有所筹备，且在秦人刚一逼近，就有烽火燃起，继而是灯火通明，万弩齐发，反倒将攻击的秦人弄呆了，丢了不少性命。

秦军先锋将军恼羞成怒，展开强攻。攻关战斗从凌晨一直打到后晌，秦人越聚越多，强攻改为迂回，最后由山区小径绕过关隘，攻入关塞大后方，再由后方杀奔关塞。数千守关韩卒前后受敌，大多战死，硖石关失守。

秦人如潮水般涌向洛水河谷。

韩人顽强抗拒，边退边战，渐渐退入宜阳外围城墙。

宜阳城为韩国西部的重点防御城邑，城墙原本就高大结实，沟池宽阔，近日又得紧急整修，更见牢固，物资储备也极丰富。水源不缺，兵器锐利，众志成城，更有韩相公仲朋亲自坐镇，士气高涨，堪称固若金汤。

从地势上看，宜阳城位于洛水南岸，背后为山，前面的洛水呈倒U字形，将宜阳城环护起来。沿洛水南岸，韩人修有一堵可供防护的城墙。该墙不高，墙顶也不能走人，但躲在墙后，既能防备对方利矢，又能伺机杀敌，延缓敌人的进攻速度，为主城守护争取时间。

这道防护墙由洛水一直连通到宜阳背后的山脊，形成一个周长达三十余里的大圆，构成宜阳的外围防线。负责这道防线的多是弓弩手与长枪手，强弓利矢是他们的主要兵器。在他们身后约二里开外是真正的宜阳城，一旦秦人突破外围，韩人就可有序退入内城。

宜阳内城，城墙高大结实，城池宽深，城门坚固。厚厚的木门外面又包了一层厚达五厘米的乌金锻板，一旦关闭，既不怕火，也不怕撞。

有粮草，有辎重，有坚壁，有兵器，宜阳韩人有恃无惧。

然而，秦人是更可怕的存在，何况是武王当世。丹阳之战中三大力士陷阵破楚的疯狂传奇犹如一张巨大的魔网沉甸甸地罩在宜阳人的心头，压得他们胸闷气急。

确实，秦人的勇猛也远远超出韩人的预料。不到三日，宜阳的外围防线就被强渡洛水的秦卒攻破，多处墙壁被推倒，韩人没来得及全部后撤，秦军就如潮水般涌进，直取城门。韩人急了，急拉吊桥，关闭城门。尚未退入城中的部分韩卒只好在两堵城墙间奔逃，成为秦人的枪下之鬼。不少依旧守御外墙的韩人则被秦人由背后包抄，倚墙做最后的抵抗。

秦人越来越多，数以万计的士兵渐渐占据外墙之内的有利地势，布成双向阵势，一向围攻城门，一向围歼未及撤回的韩卒。数千韩卒被逼在外城之内，更多秦卒从缺口处冲进，竖起坚盾，一步一步地向他们逼近。韩卒射出利矢，但秦人的盾牌异常坚固，韩军情势万分危急。

眼见秦人就要逼到跟前，大规模的杀戮就要开始，宜阳的主城门突然打开，放下吊桥。伺机攻城的秦卒刚要抢夺城门，一行十多辆战车如风驰电掣般冲出，杀向已成攻势的秦人方阵。

秦卒猝不及防，急急闪躲，已经迟了。为首一辆战车犹如发狂的猛兽直冲过来，秦军血肉之阵根本阻挡不住，纷纷被撞倒于地，遭到后续战车碾压。

因有外墙与洛水的阻挡，秦人冲进来的皆为步卒，而甲车是步卒的克星。

关键是，韩国的甲车是专为冲击步卒方阵而特制的，是秦卒从未见过的。最前的是驷马，由蹄子之上皆裹重甲，只露出两只马眼，枪矢不进。甲车车身沉重，为木包铁皮，车轴为精钢，轴外两端突出各三尺，尖端锋利，亦由精钢锻打而成，与车轴连为一体。

此车的功能主要是冲撞。每车只有二人，一是御者，二是枪手兼备用御者。

韩国战车接二连三地冲入由秦卒布成的血肉之阵。为首战车所立之人，白甲裹身，银枪在握，专挑秦卒扎堆处冲撞。十余战车紧跟其后，散作扇形，疾如暴风。战车过处，即使闪向旁侧的步卒也躲不过两根各三尺长的利刺，凡被碰到者非死即残。在韩车之阵的扇形冲撞范围内，几乎没有秦卒可以逃生。

秦卒无不被韩国战车的气势所惊呆，长枪与坚盾不堪一冲，秦阵瞬间溃散，秦卒四散奔逃，成为韩车的追逐对象。

眼见秦人阵势大乱，盾阵失序，被围的韩人纷纷杀出。秦卒溃退，逃向外墙。

然而，秦卒逃得再快，也跑不过韩人的战车。

韩人早在战前已将外墙与内城之间的土地铲平，以利战车驰骋。在前面十几辆战车冲出不久，更多的韩国战车冲出来，参与围猎外墙之内的秦国步卒。

正在围攻韩人的秦卒步阵见韩人的战车由后杀至，紧急抵抗，结局同样悲惨。

秦国步卒真正领教了韩人战车的厉害，先后丢下数千具尸体，无比狼狈地退出外墙。城内韩卒趁势杀出，将秦人逐过洛水，而后补牢残破的外围防墙。

这一战，韩人先败后胜，检点战果，共毙敌五千余名，韩卒则死伤三千多人，毁坏战车七辆。

入夜，宜阳县守府中，主将公仲朋端坐主位，十多名将军列席，那名于白天率先冲车而出的白甲青年列于第一名。

坐在公仲朋陪席的二人，一个是宜阳城中的巨贾白虎，另一个是公子韩偏，宜阳县的守丞。

离魏赴韩之后，白虎继承父业，专心于商贾。在黄叔等人的扶助下，历经十多年辛苦经营，白虎再次振兴白家生意，宜阳城中近半数冶炉渐渐成为白家私产，阳翟城中的商户也大多有白家参股。之后公孙衍赴韩任相，起用白虎为司徒。俟韩襄王即位，公孙衍辞官离韩，白虎也就挂官弃职，在阳翟、宜阳诸地经营他的商贾帝国。

列于将军首席的白甲青年是白起。

当年的小白起长大了，成熟了，且已娶妻生女。

在庞涓、孙膑的身边度过童年，更有庞涓送他的六章《吴起兵法》陪伴长大，白起的梦想再也不是成为如白圭、白虎这般亦商亦官之人，而是驰骋疆场，成为如吴起、庞涓、孙膑那样的铁血将军。只是身为独子，白起不合应役条件，一直未能如愿。此番秦人侵袭宜阳，白起于危急辰光，驾着由他自己设计的白家战车，领着由他一手打造的白家车队，率先打开城门，冲入敌阵，大捷而归，着实让公仲朋大开眼界。公仲朋请他列席是夜举办的城防会议，且让他坐于武将的第一位。

"白公，诸位将军，"公仲朋抱拳一周，"今朝大捷，我重挫秦人威势，立首功者，是白公子，白起。然而，秦人来势极凶，宜阳城防虽然坚固，我等也不敢麻痹大意。本相召集大家，评功论赏倒在其次，首要是请诸位出谋划策，堵住漏洞，使秦人无机可乘。"看向白虎，"白公，您先说。"

"我等皆为保家卫国，当尽全力。战在辎重粮草，在下别的不多说，在此承诺，白家愿竭所有，助力诸位守城。至于如何守城，在下就拜托诸位了。"白虎拱手道。

公仲朋带头，诸将皆起掌声。

"有白公承诺，诸位可以安心守城了！如何守城，诸位可有妙策？"

诸将面面相觑。

"起有言！"白起拱手道。

"白公子请讲！"

"就眼前情势，起以为，秦人不会轻易撤离，宜阳之战，必将持久。持久守御，重在三处，一是粮草，二是水，三是器械。我城中粮草可支三年，粮草不足虑，器械足用，亦不足虑。可虑者，是水。外城不可长守，若是秦人控制外围，制我水源，我内城就将无水可饮。是以白起建言主将，可使民众多掘深井，以防万一。"

"白公子所言甚是！"公仲朋应过，转向县守韩偏，"掘井的事，由你实施，立马进行！"

"还有，"不及韩偏应声，白起接道，"守城不在守，攻城不在攻。是以白起建言主将，可在坚守城池的同时，挖掘一条隐秘暗道，通达西山。我经由此道，一可与外界保持联络，二可随时出动锐卒，扰敌心神，使其食不得安，睡不得眠。"

显然，这是一个更大胆的策略。

公仲朋盯住白起，良久，朝白虎拱个手，转对白起道："白起，本将决定奏请我王，任命你为宜阳军尉。自明日起，你就履行职责，统领诸将，守护宜阳，正式任命俟王命抵达！"

公仲朋当场任命一个未入军役的富家公子为众将之首，在场将军无不惊呆。有顷，掌声雷鸣。一是因为白家有钱，有白起做军尉，众将有靠山；二是白日之战，众将看在眼里，如果没有白起坚持开城门营救，就没有这日的大捷，城墙之外的数千韩卒也将无生还可能。

白起单膝跪地，示以大礼道："白起受命。相国厚遇，起碎骨以报！"

"诸位将军，"公仲朋接道，"秦人背信弃义，欲吞我宜阳，马踏三川。我等防守宜阳，事关国运、社稷，意义非凡。本相明晨即回新郑，统率上党、虎牢、郑城诸地军马，赶至宜阳，与秦人决战！还有，秦人毁誓违盟，我王已经重入纵盟，纵亲列国不会不出兵，诸将大可宽心一搏。我们要让秦人明白，老韩人的血也是热的！"

众将誓毕，各回职守。

翌日晨起，公仲朋在众多卫士保护下，通过依旧控制在韩人手中的后山通道，驱车东去。

与此同时，在黎明的晨曦中，一只大鸟从宜阳城内的一棵大树上腾空飞起，在宜阳城上空盘旋几圈，向西飞去。

韩国求请加入纵盟是苏秦早就料到的事。苏秦未料到韩人求得这么快，且出此主意的竟然是张仪。

看来，张仪与武王是真的闹掰了。苏秦料到了这一点，让陈轸使秦，为的也是这个。然而，如何才能救张仪出秦呢？

办法只有一个，就是聚纵亲之力，打疼秦国。

只有打疼秦国，秦武王才会明白只靠蛮力是不行的，也才会善待张仪。眼下看来，尽管没有正式承认，张仪其实已经明了鬼谷先生所布的纵横大局，也明了他的苦心，不然不会使小顺儿给韩国透信。待过去眼前这道坎，他们兄弟共力完成鬼谷先生的这局天下大棋，并非没有可能。

此番五国纵盟，苏秦汲取前面教训，不再是空对空，而是做到实处，做到细处。合纵是为摒秦，因而苏秦选择了抗秦前哨魏国，在其都城大梁设立列国纵亲司，由魏襄王腾出六座连在一起的上卿级大宅。每一宅第原本为五进院落，由王室统一建制，各占地五亩，再经由工匠改造，合并成一个占地约三十亩的庞大院落。他们还同时新起大门一座，远观起来高大雄伟，气势磅礴，由魏国派甲士日夜守护。大门的门楣上高悬着一块匾额，上面是由天下大儒孟轲书写的“天下列国纵亲司府衙”金字。苏秦又使人从稷下学宫里招聘逾百名有志于纵横大业的年轻人，门派不限，根据其所擅长，分派其不同职守。衙内六大宅第，纵亲五国各立一司，由纵亲国所派特使司守。另余一宅原本就是留给韩国的，这辰光就由韩国特使冷向住了。

由统一的纵亲司专人对接，列国事务处置起来就快捷许多。

然而，出兵援韩并非易事。赵国陷于中山，腾不出手；燕国尚未恢复元气；魏国与秦边境相连，压力本就巨大；能够出手的只有齐国与楚国。

楚、秦刚刚和解不说，楚人与秦连番征战，元气已伤，即使出兵，也只是象征性的。真正能够遏止秦人气势的，只能是齐人。匡章好说，主要是游说齐王。

而要游说齐王出兵救韩，只能是苏秦亲往。

在赴齐之前，苏秦已使冷向说服韩王，让韩王归还前番伐楚时所取得的包括叶城在内的全部楚地。韩王准允了，但要求楚王先出兵，韩国后归还所占楚地。楚怀王对秦人的怨恨仍旧未消，当即诏命驻守宛城的景翠引宛军五万，移防鲁关，做出援韩之势。

苏秦布局完毕，将纵亲司交给公孙衍统一协调，使飞刀邹驾车，直奔临淄。

越来越多不利情报传到咸阳。先是宜阳攻击失利，苦战逾月，伤亡近两万，不过仅突破外城，且尚未控制全部外围，因为秦军背后总有小股韩人出没，让他们防不胜防。甘茂修书，请公子华回咸阳求请补充兵力。继而是大梁向列国发出传檄，昭示天下，韩国正式加入列国纵盟，已在大梁立约，纵亲列国一致同意救韩制秦。

武王似也觉得是自己莽撞了，再次召集重臣，廷议局势。

与会重臣中没有张仪与魏章。魏章早于一个月前解甲归隐，南赴巴山。征巴、蜀之时，魏章就喜欢巴地的青山绿水，也交下不少巴人朋友，当时他就承诺，有朝一日他会来巴地颐养天年，这辰光算是得遂所愿。张仪则直接抱病，由紫云回话了。

没有张仪与魏章，廷议的气氛轻松不少。武王是铁心伐韩的，众臣不再议论韩战，转而讨论如何应对苏秦的纵盟。

应对苏秦，非张仪不可，是以众臣议来议去，话题不可避免地落到张仪身上。

武王的脸色阴沉了。

武王结束廷议，独留公子华。

“华叔，”武王盯住他，“您说实话，若要化解苏秦合纵，就一定得是他张仪吗？”

“回禀王上，”公子华思索一时，沉声应道，“天下知苏秦者，莫过于张仪。苏秦合纵，张仪应以横策，就眼下来看，没有比之更好的应对了。”

“若是他张仪死了呢？”武王语气冷寒，“难道秦国就束手待毙了吗？”

“禀王上，”嬴华打个寒战，“即使张仪死了，应对纵策的仍会是横策！张仪的价值在于策，而策在于实施。”

“纵策呢？”武王顺势接上，“如果苏秦死了呢？”

“也是一样。商君立秦法，商君死了，秦法仍在。”

“寡人以为，这不一样！”武王凝视嬴华，“商君死了，留下一部秦法，秦法是可见的，是可实施的。张仪的横策呢？他留下了什么？只有满口说辞！苏秦也是。”

显然，武王把握住了问题的根本。

“华叔，”武王接道，“天下纵横多年了，您也熟悉。您今讲讲，苏秦的纵策是什么？是合纵六国。合纵六国是为什么？为抱成团，摒我大秦，制我大秦。为何要抱成团摒我大秦、制我大秦呢？因为我大秦是虎狼之国。关键是，如何才能合纵六国呢？苏秦没有讲，也没有留下一本秘籍。六国之所以能够合纵，靠的全是苏秦来回奔走，靠苏秦出卖嘴皮子功夫。没有苏秦，六国是纵不成亲的。如何才能化解六国合纵呢？张仪的应策是连横。什么是连横呢？就是分别化解纵亲国，让他们抱不成团。关键是，秦国如何才能分化瓦解纵亲国呢？张仪同样没有讲，同样也没有留下任何秘籍。燕、齐、魏、韩之所以能够成横，靠的完全是张仪个人的奔走。没有张仪，四国是横不成功的。"

"是的，王上，臣完全赞同。"

"既然如此，把苏秦干掉不就成了！"武王字字铿锵。

公子华长吸一口气，闭目。

"天下没有苏秦，就没有合纵；没有合纵，他张仪就一无用处。他无用处于秦，就能死心守在我紫云姑身边！我紫云姑为我大秦付出太多，该当享个太平晚年，是不是？"

公子华依旧闭目，依旧没有应声。

"华叔？"武王盯住他，提高声音。

"若此，胜之不武！"公子华几乎是挤出一句。

"华叔啊，"武王叫道，"什么叫个武？武就是真刀实枪，摆到当面干！他苏秦武吗？他凭什么不摆到当面干！他合天下之力制我大秦，这叫什么？这叫武吗？这叫以多欺少！墨家怎么说？众不欺寡！他东跑西颠，四处撺掇，卖弄嘴皮子，这叫武吗？他若有本事，就来向我叫板！六国之君若有本事，就来向我叫板！他们可以一齐上，以武对武，寡人还能怕他们不成？"

"王上，"公子华睁开眼，拱手道，"就臣所知，苏秦身边有不少墨者卫护，更有不少侍卫日夜守值，若要除他，断非易事，是以臣奏请我王从长计议！"

"这些话怎么听也不像是华叔您说的，"武王脸色拉长，"在寡人眼里，华叔向来敢作敢为，从未提及过难与易。若为易事，寡人还要专门叮嘱华叔吗？我花费巨资设台养雕，又有何用？"说着缓和语气，"苏秦之事无须计议，寡人留下华叔，为的只是这个。华叔听旨！"

公子华拱手道："臣听旨！"

"三个月之内，寡人希望听到雕台传来捷报。"

公子华倒吸一口凉气，良久，拱手道："臣受命！"

"还有，"武王语气加重，"若是苏秦没死，寡人就拆除雕台，所有参战黑雕皆依秦法处置！"略一停顿，补充道，"当然，不包括华叔您！"

公子华回到府中，心头窝着万千滋味，闷坐整整一夜，黎明时分方驱车驰向终南山，直入黑雕台。

天香已从楚地返回，而能够执行此旨的也只有天香。

公子华传达完武王谕旨，天香大吃一惊，似是不相信这是真的。

"唉，"公子华长叹一声，"先王尸骨未寒，王上强伐宜阳，这又……"

"金雕，"天香沉思半晌，凝视公子华，"王上怎么说我不管，我只听你的，你说杀谁，我就去杀谁！"

"唉。"公子华又叹一声，"先王几番要杀苏秦，几番都是不舍。为何不舍？因为惜才。先王是知苏秦的，对于未用苏秦，先王追悔莫及。好在天不负秦，又送来张仪。一个合纵，一个连横，将天下乱象二分。短短十余年，天下为之巨变。有苏秦，列国乱中有序。有张仪，秦国不落下风。这下好了，先王走了，王上一味恃力，重用任鄙、乌获，既不知张仪，也不知苏秦，更不知天下之智。长此以往，秦国危矣。先祖、先王多年心血，亦将毁于一旦。你、我，还有难以计数的死国勇士，所有的血与汗，也都将白流。"

"这都是命！"天香应道，"命即定数，非人力所能改变。譬如天香，本为公主之身，未及成人，便国灭身俘，沦为臣奴。天香先入风尘，再陷死狱，待死之际，却又命不该绝，遇到先王并公子搭救，方有今日。至于明日，天香从未多想。一切皆是定数，多想是没有用的。既然多想无用，金雕又何必去伤这心神呢？"

"我是为苏秦、张仪而叹。天生英才，亦妒英才啊！"

"王上要杀的是苏秦，没说要杀张仪呀！"天香怔住。

"唉，天香啊，你不晓得他俩。没有苏秦，也就没有张仪了。"

“天香明白了。这都是命，都是定数。譬如商君，遇到先孝公，是他的命；遇到先王，是他的定数。苏秦、张仪也是。”天香起身，“天香从命，这就履行我王旨令！”

天香向门走去，身后传来嬴华的声音：“天香！”

天香住步。

嬴华没有抬头，也没有说话。

时光凝滞。

不知过有多久，嬴华依旧没动，只出声道：“去吧。”

天香快步离开，身后传出一声沉闷的叹息。

时入初冬，来自北溟的乌云驾驭凛冽的冷风，从东北方向的海面扑向临淄。

齐湣王移居雪宫，关门闭户，燃好炭火，恭候这年的初雪。

雪未落下，倒是田文带着苏秦、冷向登门来了。

苏秦与冷向前往齐国求救，在临淄一住二十多日，但湣王一直没有给回话，既不说出兵援韩，也没说不出兵援韩。苏秦晓得船在哪儿弯着，也是时间紧急，干脆扯上田文，与冷向寻上门来。

开口相求的依例是当事人冷向。

“韩使呀，”冷向尚未讲完，齐湣王就摆手打断他，“韩国的事，寡人已经晓得了。但兴师动众不是一桩走亲访友、说走就走的事，敬请韩使暂回馆驿，容寡人斟酌一二，再行定夺，如何？”

见齐王如此说话，冷向只好谢恩，徐徐告退。

“苏子，”听到韩使走远，齐湣王看向苏秦，“寡人正说要寻你议论此事呢！前番四国伐楚，韩得方城、宛城，魏亦得益不少。寡人参与先王伐楚，不是为利，是为替先王出口恶气。之后楚王求和，寡人信你苏子，与楚、燕和解，加上赵、魏，共成五国纵盟。天下纵亲国有五，唯独他韩王死心横秦。今秦人征伐他了，韩王不去求秦，反而上门来求寡人，这合理吗？你说，寡人是该救他呢，还是不该救他？”

“臣以为，我王该救！”

“寡人为何该救？”

“因为我王不救，就没人救他了。”

“凭什么呀？”齐滑王两手一摊。

“就凭三个理：其一是，先王已经救过韩人，且在救韩人时，粮草辎重悉数被焚不说，还死了不少人，我王若是不救，先王就算是白救了；其二是，秦人先战败魏人，之后是赵人，再后是楚人，韩人就不必说了，纵亲列国中，秦人唯一惧怕的就是齐人，我王若是不救，怕也没人能够救了；其三是，韩王听信秦人，与秦结成横盟，反受盟友攻打，心伤透了，便回心转意，入我纵盟。韩国既入纵盟，就是纵亲友邦，我王理当依据盟约，出兵相救。”

“既要依据盟约，就得纵亲列国共同出兵，苏子这苦苦守在临淄……不太合适吧？”

“回禀我王，”苏秦应道，“楚王已经允准出兵，魏王也答应了，赵王虽在忙于中山之事，却也捎话于臣，愿意抽出兵力援韩。燕国那样的情势，我王想必理解。若是我王定要燕国出兵，臣这就求请燕王，相信燕王会信守纵盟！”

“若是如此，”齐湣王吧咂几下嘴皮子，“此事另当别论。”说着略一停顿，倾身道，“对了，方才苏子说，赵王在忙于中山之事，寡人这也在忙呢！赵王忙于中山，出动三军二十万，外加燕人五万。宋国不比中山小，人也不比中山少，寡人少说得备兵三十万，实在是抽不出多少人哪。不过，既然赵王允准出兵，寡人也允准。赵王出兵多少，寡人也出兵多少，如何？”

“臣敢问我王，”苏秦盯住湣王，“在纵盟里面，您是真的想与赵王平起平坐吗？若此，臣心中有数了，这就告退！”说着起身欲辞。

“哎哎，苏子，”湣王急切拦住，“你这说说，怎么个不平起平坐？”

“方今天下，比拼的是势力强弱。秦据四塞，拥巴、蜀，行苛法，性残忍，堪称虎狼之邦。与秦相形，六国皆弱，是以臣行合纵，以抗强秦。六国纵盟，在表可以不分主次，在里呢？国有大小，势有强弱，人有多寡，总不能没个牵头的吧？初成纵时，魏势最强，牵头的实为魏王；之后魏势衰弱，楚势走强，牵头的改为楚王；眼下楚人三战皆负，这牵头之位……”苏秦顿住，悠悠地出口长气，“大王是要诚心让给赵王吗？”

齐湣王陷入长思。

“赵王志在中山，得一隅即足。我王难道亦志在一隅吗？宋国已是我王囊中之物，赵、燕、魏、楚、韩皆无异议，我王早晚探之可取。而牵引六国、号令天下，难道我王从来没有想过吗？”

“号令天下？”齐湣王闭目良久，嘴角撇出一笑，“苏子讲得总是好听。自古迄今，凡战皆为得益。苏子昔日合纵，先王听从，不惜人力物力，先救赵，后救韩，与魏两战，皆败之，我死伤军卒数以万计，粮草辎重不必说，更是招引秦卒不舍数千里伐我。我损失如此之大，得到什么益了？什么也没得到。得益的是赵，是韩，是楚。赵得复邯郸，韩得保社稷，楚得占襄陵！苏子今又合纵，盟约尚没干透，就又带韩使向寡人求救，要寡人再出兵，再与秦战。你说，寡人是听你呢，还是——”说着顿住，身子后仰。

“唉，”苏秦长叹一声，“我王已得大益，这却只字不提，秦实伤悲！”

“寡人得何益了？”齐湣王怔住。

“天下惧齐！”苏秦凝视湣王，“大魏武卒为天下至强，齐与魏两战，皆败之；虎狼之秦天下惧怕，齐卒再败之；四国伐楚，陷入胶着，又是齐卒一吼，率先败楚。大王啊，方今天下莫不惧齐，齐卒所向莫不披靡，这是多大的益啊，我王难道从来没有想过吗？臣敢担保，我王根本无须与秦死战，只要出兵援韩，秦卒就会不战而退！”

“苏秦哪，”湣王苦笑一下，“你这口才，寡人是说不过的。只是这事……”

“臣谢我王褒奖！”苏秦拱手道，“只是，我王有所不知，臣凭的不是口才，而是事理。我王可以不听臣的，可以不救韩人，可以听凭秦人克宜阳，踏三川，并周室，运九鼎于咸阳，定乾坤于……”

“等等，”齐湣王坐直身子，“你说秦人欲搬九鼎至咸阳？”

“是秦王讲的。”

“他嬴荡讲给你苏秦听了？”

苏秦摇头。

“既没讲给你听，你何以晓得？”

“臣在山中从鬼谷先生修艺，习得异术。臣之目可视千里，臣之耳可听万里，臣之心可通秦王之心，可断过去未来之事。臣不仅晓得秦王要运九鼎于咸阳，还晓得秦人欲吞灭六国，使天下之人皆穿秦衣，皆跳秦舞，皆行秦车，皆食秦粟，最紧要的，是皆守秦律！”苏秦压低声音，“说句不敬之词，这天下之人，当然也包括我王，如果我王那时有幸健在的话。”

“他想得美！”齐湣王一拳击案。

“他不是想得美，而是一直都在做啊！”苏秦从袖中摸出《商君书》，双手呈上，“这是当年商君在被车裂之前写给先秦王的，我王看完，或就晓得臣非妄言了！”

齐湣王接过《商君书》，打开看看，啪地扔在几案上，朝苏秦皱个眉头道：“寡人近日养出个毛病，厌烦读书。不过，此书既为苏子所荐，寡人必捧读之！”拱手道，“韩国之事就议至此处吧，待寡人斟酌之后，与苏子复议！”

“谢王上！”

苏秦依旧住在稷下他的宅院里。

一进家门，飞刀邹赫然发现秋果在座，身边陪着木华。

其实不是陪，而是守着她。

秋果一身楚人书童打扮，英姿飒爽，看不出来早已年过三十了。

见苏秦进门，秋果叩拜于地：“义女秋果叩见义父！”

“秋果呀，真没想到是你！”苏秦一脸兴奋，“快快起来！”

秋果起身。

见木华在内，飞刀邹就到外面，警惕地巡视四周，见并无外人，这才走回来，守在门内。

“秋果，快讲讲，这些年来，你都在哪儿？义父一直想着你呢！”苏秦在主席位坐下，请她坐于客席。

秋果坐下，没有说话，一直凝视苏秦。

许久过去了，秋果的目光一丝没动，直直地落在他的脸上。

“木华，”苏秦很是开心，转身对木华道，“你安排些吃的，我与秋果唠会儿！”

木华没动。

“去吧，木华，吩咐厨人加几道菜！”

木华迟疑一下，缓缓走出。

“说吧，秋果，没别人了。”苏秦笑笑，看向她的衣服，“为啥穿这服饰？”

“禀义父，”秋果开口了，“秋果在给人做书童！”

“呵呵呵，”苏秦笑了，“谁呀，这么好的福气？”

“楚国太子芈横。”

苏秦的笑容僵住了，深吸一口气，良久，缓缓吐出，微微点头道：“太子他……待你好吗？”

“好。”

“你来义父这儿，太子知情吗？”

秋果摇头。

“你出来多久了？”苏秦问道。

“三个时辰了。”

“你不回去，太子会不会——”

“我不回去了。”

“哦？”苏秦盯住她，“你……不做他的书童了？”

“我接到一个新使命。”

“能说给义父吗？”

“就是为说给义父来的！”

“哦？”苏秦怔了下，见她眼中盈出泪珠，心头一凛，“秋果？”

“义父——”秋果跪下，悲泣。

“是杀义父吗？”苏秦轻声道。

“是雕台要杀义父，说是大王旨令！”

苏秦闭目。

“义父，您……”秋果的声音几乎听不见，“您是逃不掉的！”

“何时动手？”苏秦的声音淡淡的。

“义父啊……”秋果泣不成声。

“能不能再给义父几日？”苏秦睁开眼，盯住她，“义父有一桩大事要办。”

“秋果晓得的，可他们……是不会让您办成的！”

“由你来做这事吗？”

“义父啊，”秋果泣不成声，“您是我的义父啊，秋果……秋果……秋果……”

“秋果，让义父写完一卷书简，好吗？”苏秦几乎是在恳请了。

“不是呀，义父，”秋果急了，“秋果……秋果不想让您死，秋果是……是来告知义父，让邹叔他们……多多提防，还有，您得有护卫，越多越好……他们……什么都做得出的……”

“秋果，义父……谢你了！”苏秦总算明白了秋果的意思，泪水涌出，随后伸手拉起她，将她拥在怀里，轻轻拍打。

“义父啊——”秋果偎在他的怀里，如同一个受尽委屈的孩子，将所有的委屈全哭出来。

听到哭声，木华急走进来，见是这般，又走出去。

饭菜做好了，秋果没吃，在义父耳边又叮几句，顾自走了。

听到秋果走远，苏秦才对飞刀邹讲出实情。

飞刀邹立即吩咐木华发出信号，通知附近墨门高手汇聚稷下，不显山不露水地将苏秦的宅第层层保护起来。与此同时，苏秦传信匡章，匡章派出十名军中技击高手及六名弓弩手，皆着便衣，隐蔽于苏秦的府宅内外。为保护秋果，从表面上看，苏秦的宅第一如往常，只有飞刀邹、木华、木实等几个贴身护卫。

在众人竭尽全力层层设防的同时，苏秦亦将自己关在书房，时而冥思静坐，时而奋笔疾书。于他来说，光阴似乎从未有今朝这般金贵。

秋果在外面转悠到天黑，走进稷门外面的一家客栈。

客栈很大，门外挂着一块牌子——“客满，谢绝光顾”。

秋果直走进去，被人引入一个房间。

房中坐着天香。

“见到人没？”天香瞄她一眼，淡淡问道。

“嗯。”秋果木然应道。

“怎么样？”

“瘦了。”

天香盯住她，良久，轻叹一声：“秋果，阿姐晓得你的心，可你晓得的，他必须死！”

“嗯。”

“他身边多少人？”

“不多。”

“几个？”

“七八个。”

“啥人？”

“依旧是邹叔他们，还有几个不认识的人。”

“他今天去的是雪宫！”天香备细说道，“与他一起前往的是韩使冷向、齐相田文，应该是向齐王搬兵，救韩！”

“嗯。”

“我想定了，依旧是你！”天香凝视她，“过两天你再去，就说没有地方去了，在他那儿住下，伺机动手。”

“我……”秋果泪出。

“阿妹！”天香轻轻拥住她，抚摩她的脸，“阿姐晓得你，可身为黑雕，你没有选择。阿姐也是。我们是起过誓的，对不对？”

“嗯。”

“也不仅仅是誓，”天香接道，“我们的家人都在咸阳，我们身不由己，是不是？”

“嗯。”

“阿妹，你怕死吗？”天香摸出她的雕牌。

“嗯。”

“我也怕。”天香道，“可我们都得死，所有的人，是不是？”

“嗯。”

“事成之后，”天香淡淡地说，“就用它上路。打开它，轻舔一下就成了，不痛苦的。”

“嗯。”

“今明两晚，你就睡在阿姐这儿，让阿姐陪陪你！”

“嗯。”

秋果在天香房里睡过两个晚上，于第三日再进苏秦府宅，数日之后，再度回到客栈。

见她回来，天香晓得事情未成，没有多问什么，只是让她坐下，抚摩她。

“阿姐，”秋果语气淡淡的，“邹叔他们防着我，不让我接近义父，我……”

“我想到了。”天香轻轻一笑，“这几天想必你没有睡好，先歇息吧。”

秋果真也困了，躺她榻上，不一会儿就沉睡过去。

见她睡得跟木头一样，天香轻叹一声，快步走出。

苏秦的府宅表面上若无其事，暗中却是剑拔弩张。自齐湣王上台之后开始冷清的稷下学宫，也突然于近些日子热闹起来，处处可见陌生面孔。一踏进稷下的土地，一股异样的感觉就会扑面而来，连街上闲逛的狗也大多夹起尾巴，眼神里现出某种莫名的惊惧与不安。

齐王依旧住在雪宫里。

雪宫是齐威王时代就建起来的别宫，位于临淄城东门之外的淄水东岸。入冬季节，雪多从东北来，往往是东城门最先得雪，因而也叫雪门，此门之外的别宫自然就叫雪宫了。

因了这个“雪”字，此宫在设计时就着意于赏雪与御寒，宫墙极厚，门窗皆是密封的，炭火供应充足。因在城外，出于安全考虑，雪宫看似一宫，实则如同宫城，有高墙深沟，平日还好，齐王早晚过来，防卫立时倍增，可以说是壁垒森严了。

说好的雪没有落下，天气反倒回暖起来，宫室里已经燃起的炭火却没有熄灭，将变暖的空气烤得燥热。

申时将过，天气向晚。齐湣王脱去裘衣，换上秋装，看到一卷竹简摆在几案上，两眼放出兴奋的光。竹简上，“商君书”三字赫然在目。

“相国，”湣王半眯起眼，看向坐在陪位的田文，指向竹简，“这卷物事你看过没？”

田文摇头。

其实田文早在啮桑之会上就看过了，但此时显然不宜逞能。

“呵呵呵，”齐湣王收回目光，脸色和悦，“这个册子值得你看看嘛，你得好好看，细细看。”说着敛住笑，看向外面的宫院，“这个商君嘛，是该车裂。若在寡人这儿，车裂也是便宜他了。瞧他写的什么东西？大要是治民有五：一曰壹民，二曰弱民，三曰疲民，四曰辱民，五曰贫民。这是把子民当牲口养嘛。以此治民，怎么合于圣人之教呢？单是忤逆圣人之教，就当治罪。还有，瞧瞧他讲的，‘国以善民治奸民者，必乱，至削；国以奸民治善民者，必治，至强’，这是何理？治国不用善民，而用奸民，这是乱臣贼子，该当活剐千刀嘛！以此看来，他商鞅是先将自己视作奸民嘛。还有‘杀力’一说，更是奸邪嘛！田文哪，你且说说，如此不堪之人，先秦公为何还要重用他？”

“臣愚钝，请我王赐教！”田文晓得齐湣王已有成论，便拱手道。

“寡人初时不解，一连琢磨几天，总算是看明白了。商君壹民之法，实为愚民弱民之道，对秦民不利，对天下不利，对商君亦不利，有利的只有一人，就是秦公嘛！”

“这……”田文佯作不解，“既然对他自己也不利，商君为何还要制定此法？”

“所以此人才该杀嘛，哈哈哈哈！”齐湣王长笑几声，“不过，此法亦非一无是处嘛！你拿回去细细琢磨，看看哪些句子适合齐人，合乎圣人之道。为政治民，要取长补短嘛！”

“臣受命！”

“齐国成制，该改的确实要改嘛。无论何法，如果只对臣民有利，对君上不利，也是不合情理的嘛。譬如这句，‘重罚轻赏，则上爱民，民死上；重赏轻罚，则上不爱民，民不死上’，商君讲得就很不错嘛。你可审审，我们的法制，是不是重赏轻罚了？如果是，就改一改嘛。”

“臣受命。”

“还有好多，寡人就不对你细说了，你自己读去嘛。寡人召你来，是为韩国之事。这几日来，寡人每读此书，都有感悟。最大的感悟是，秦行此法，民必弱，国必强。国强，则要杀力。向何处杀力呢？向天下列国嘛。列国是魏，是韩，是楚，是赵，秦人一一杀之，前番不是还杀到我大齐的家门口嘛！秦每杀一处，其力就加大一分。我虽离秦较远，可唇亡齿寒嘛，俟秦人杀完近邻，力大无比，寡人再想……”湣王顿住话头。

“我王高瞻远瞩，堪称圣明啊！”田文拱手道。

“不过，韩国之事，也不是单纯出兵就了事！”齐湣王接道，“寡人想听听你是何意？”

“回禀我王，”田文再次拱手道，“治国御民，王可问臣。纵横列国，我王当问苏秦！”

“是了，是了。”齐湣王转对内臣，“有请苏秦，摆上夜宴，歌舞伺候！”

“臣领旨。”

雪宫的宫车由东至西穿越临淄城，抵达稷下时已近黄昏。

宫吏宣过谕旨，要求苏秦即刻动身，说是齐王已经备好晚宴，在雪宫恭候。苏秦晓得，此去定是为韩国的事了，且要晚宴招待，想必湣王心情不错。

苏秦将近日所写的竹简锁进一箱，收藏起来，在箱上写明“匡章亲启”四字，然后一身轻松地走出来，正要坐宫车前往，却被飞刀邹拦住。

飞刀邹吩咐一个墨者坐进宫车，几个墨者跟在车后，扶车先行。待天色完全黑定，飞刀邹才与木华、木实等高手护卫苏秦，出后门走出偏巷。

一辆驷马辎车候在那儿。

飞刀邹陪苏秦坐进车中，御手驱车，缓缓驶入街道。他们没走正街，而是经由偏街驶向雪门。木华、木实等墨者及匡章派来的十几人隔出一段距离跟在后面。

雪门之外约三百多步处是淄水，水上架有一道石桥，不宽，可行王辇，亦可勉强并行两辆大车。过了大桥，再拐上两个弯就是雪宫了。

雪宫原本高大，又筑在两丈多高的夯土台上，一眼望去，黑乎乎竖在东边天空。

天色渐黑，乌云仍未退去，遮挡了本该出现的满天星斗与一弯新月。

辎车行将上桥，飞刀邹吩咐停下，仔细观察四周，没有发现任何异常。桥上寂无一人，石桥对面静寂，桥下水平如镜，两侧石栏杆上亦无任何异常。

想到此时已晚，更有齐王在宫中等候，苏秦低声催道："邹兄，一路无事，前面就是雪宫了，想必不会出事。再说，宫车不是已经回去了吗？"

"主公，"飞刀邹小声道，"我的意思是，你我下车，让空车过去。如果没事，我们就快速通过。"

苏秦点头，宝剑出鞘，跳下车去。

飞刀邹出溜下车，吩咐御手几句，辎车疾速驶向石桥。

石桥很长，足有三百多步。但辎车是疾驰，几乎是在眨眼工夫就驶过石桥，安然无事。飞刀邹看得明白，遂与木华、木实保护苏秦疾步上桥。

前面辎车刚刚驰下桥头，雪宫方向就驶出来一辆宫车，挡在道中。辎车未及停下，御手的惨叫声就传到桥上。紧接着，几道黑影飞入辎车，于转眼间，又从车上飞下，旋上石桥，守在桥头，但没有冲上桥。

飞刀邹明白，是黑雕来了。

然而，四人已到桥中，预备往回撤时，身后桥头闪出更多的黑影，又有利矢嗖嗖飞来。木华猝不及防，"哎哟"一声，中箭倒地。飞刀邹急忙按倒苏秦，与木实伏地，爬向桥边围栏。

五条黑影飞速冲来。

但听嗖嗖几声，五条黑影全部倒在桥上。

是飞刀邹与木实的飞刀同时出手了。

"阿姐？"木实低叫。

"你们快冲过去，这边人多，对面人少。我守这儿！"木华声音微弱，显然已受重伤。

飞刀邹小声道："木实，我先过桥，打开通路，你保护主公跟后！"

话音落处，桥头又扑来七八道黑影，飞刀邹再丢出飞刃。前面黑影刚刚倒下，后面黑影快如闪电，已到跟前。木实跃击，剑尖刺中一人，另一人再中飞刀邹的飞刀，惨叫一声倒地。还有一人被苏秦滚地一剑，削断一腿。那人倒地反刺苏秦，不料后背中剑，是倒在地上的木华刺出的。

紧接着，雪门方向传来一阵搏杀声，是跟在后面的墨者与军尉他们接战了。

更多黑雕拥了出来，从城门到桥头的几百步空间顷刻成为混战的沙场。

飞刀邹忽地站起，连声大叫道："有刺客！有刺客……"话音落处，飞身冲向桥东。

桥东头闪出好几道黑影。

飞刀邹扑地滚倒，嗖嗖几声，连出飞刀，几条黑影倒下。与此同时，亦有飞刀击中飞刀邹。

飞刀邹的飞刀只剩最后一枚了。

飞刀邹来不及扔出他的飞刀了。

两条黑影冲过来，飞刀邹奋力一跃，剑尖刺中一人，另一人亦刺中飞刀邹。飞刀邹在被刺中的同时甩手，那枚飞刀直入对手喉管。

一切发生在眨眼之间，三人同时倒地。

余下三条黑影冲向石桥，直取苏秦与木实。

木实同时甩出两枚飞刀，击中二人，对手的两枚飞刀也同时击中木实。

木实倒地，使出最后的力气道："主……主公……跳……跳桥……"

苏秦没有跳桥，而是大吼一声，挺剑冲向桥上的最后那条黑影。

待苏秦过去，却被那人闪身躲过，随即苏秦手背一麻，宝剑落地。

苏秦尚没反应过来，那人一把扯住他，低叫道："义父，快跟我走！"拖住他冲向桥头。

是秋果！

桥头再无黑影。

秋果扯住苏秦，冲下石桥，绕过被撞翻于地的辎车，奔向雪宫方向。

石桥对面一端，一条黑影如飞般追过石桥。

苏秦力不从心，脚步慢下来，身后那人渐渐赶上。

不到百步就是雪宫的宫门了。

许是听到飞刀邹的呼喊声及远处隐约的搏击声，宫门处人声鼎沸，有灯光闪亮。一阵杂乱的脚步在朝这个方向跑来。

“阿妹闪开！”身后传来天香严厉的声音。

话音落处，一枚飞刀破空而来，直飞苏秦后心。

秋果本在前面扯着苏秦飞跑，听到叫声，用力一扯，与苏秦换了个位置，挺胸挡住飞刀。

飞刀透胸而入。

秋果扑倒于地。

秋果这一扯，使苏秦一个踉跄，往前几步，差点儿倒地。

“阿妹——”身后传来天香的凄厉叫声。

苏秦没有跑走。

苏秦稳住身子，拐回来，抱起秋果，跪在地上，泣不成声道：“我的……女……女儿……”

天香赶到了。

天香站在苏秦背后了。

苏秦没有动，止住泣，轻声道：“背后之人可是天香？”

“苏大人！”天香跪地，叩首，泣出。

“动手吧！”苏秦抱紧秋果，声音平静，眼睛闭合。

天香没有动手。

宫卫的脚步声越响越近。

天香依旧没有动手。

就在宫卫冲到跟前，望着跪在一起的三人发蒙时，天香几乎是泣道：“得罪了，苏大人！”说完动作极快地摸向秋果的裤脚，拔出她裹腿上的利刃，刺向苏秦后心。

苏秦直直地跪着，紧紧抱着秋果，未出一声呻吟。

在宫卫看来，三人几乎是不动的。

宫卫散开，围向三人。

就在宫卫合围之际，几乎是眨眼工夫，天香腾身而起，透过身后的缝隙，隐没在黑暗中。

第九章

拔宜阳白起入秦　伤永诀张仪对局

终南山里，天香一步一步地走进黑雕台，走进金雕的洞穴。

公子华端坐于席，凝视着她。

天香跪下，一身孝服。

空气凝滞了。

“阿妹，”过了良久，公子华出声道，“你回来了。”

“回禀金雕，”天香语气淡淡的，“我回来了。”

公子华的目光落在她的孝服上：“是为苏子穿的吗？”

“为所有的人。”

公子华心头一凛：“死多少？”

“除我之外。”

公子华打个寒战，伸手抱在头上，出声道：“说说。”

天香将在临淄发生的事，尤其是那晚刺杀苏秦的过程一五一十地讲出。天香语气平淡，似在讲述一桩遥远的事，一件与她毫不相关的事。在天香的叙述下，那晚的完整情形浮现出来：侦知雪宫派人至苏秦宅院，天香晓得时机到了，依照部署。她将四十名黑雕分作三队，十人伏于桥东，二十人伏于桥西，她引十人外围接应。没想到护卫苏秦的皆是高手，双方全部战死。待她将最后一名对手杀死，奔过桥去，看到有人护着苏秦正在逃往雪宫，而守卫雪宫的卫士已经集结，接应过来。

公子华盯住她：“那个护着苏秦的人可是秋果？”

“是的，金雕。”天香语气沉重，“我叫她闪开，甩出飞镖，她却推倒苏秦，用身体遮挡。苏秦踉跄几步，是可以逃走的，我也希望他逃走的，谁想他又拐回来，跪在秋果跟前，抱起她，对背后的我说，‘背后之人可是天香’，我说是的，他说，‘动手吧’。我……只好拔出秋果的刀……”轻声啜泣。

“难为她了，”公子华泪水亦出，“这苦命的孩子……”

公子华吩咐黑雕设置祭台，摆上所有阵殁黑雕的牌位，摆在最中央的是苏秦与秋果。

祭毕，公子华驱车入咸阳，觐见武王，禀报苏秦死了。

“好好好！”武王连赞三声，握拳，“没有苏秦，就没有合纵了，看他韩王……哼！”将握起的拳重重擂在几案上。

“回禀我王，”公子华拱手道，“臣以为，杀死苏秦，情势非但不乐观，甚至于我更为不利！”

“哦？”武王盯住他。

“为复王命，臣派出四十名最强小雕。”公子华应道，“苏秦已有防备，侍卫皆是高手。苏秦赴齐，是向齐王求援，齐王连夜召请他，是同意出兵。为阻止他入宫，亦为复王命，黑雕截他于途，尽皆战死，唯余一雕刺死苏秦，回来复命。众雕战死于齐都临淄，且是在齐宫门外，不仅震骇了齐宫，亦震骇了天下。臣刚刚收到来自齐宫的密报，齐王已授命匡章引军五万援韩！”

武王震惊。

“还有，”公子华接道，“苏秦死了，纵亲司还在大梁，由公孙衍掌管。公仲朋已引韩国援军六万屯驻于伊阙，离宜阳不足五十里，一日可至。楚国援军已出鲁关，入韩境，屯驻于汝川。”

武王沉思一时，转对内臣：“有请司马错、疾叔，这就入宫！”

二人入宫，公子华讲过情势，公子疾建策撤军，司马错听到匡章又来，倒是来劲了，愿引军战齐。

武王看向公子华：“华叔？”

“回禀我王，”公子华拱手道，“您是想听实言呢，还是——”

“实言！”

“抛开所有援军不谈，就眼下秦、韩的实力对比来看，甘将军即使再攻三年，怕也拿不下宜阳！”

“华叔？”武王瞪大眼睛。

“战在将，不在兵，亦不在险。韩人固守宜阳五个多月，得力于一人——守尉白起。就臣所知，甘将军已经穷尽手段了，但他远非白起对手！”

武王闭目良久，转对内臣道：“传旨甘茂，撤兵吧。”

三日之后，宜阳急报，是甘茂的。

武王展开，见上面只有二字“息壤”。

想到自己对甘茂的承诺与誓言，武王长叹一声，复召公子华，示以甘茂急报，苦笑道：“也怪寡人，草率盟誓了！华叔，寡人信您，依您之见，可有两全之策？”

“只有一个，我王可孤注一掷，在齐师、楚师抵达之前，拿下宜阳！”

“怎么拿？”

“一是干掉白起；二是倾我大秦之力，击垮公仲朋！”

“好！”武王倾身道，“华叔，这事儿就交给您了。寡人将任鄙、乌获并五万锐卒交给您，为您助力！”

“臣受命。”

“对了，华叔，”武王接道，“那个叫白起的你可晓得？”

“是先魏相白圭之孙，其父白虎，曾任魏国司徒，后至韩，仍为司徒。他们累世营商，积财巨富。当年臣在大梁时，见过他，那时他还是个孩子，孙膑、庞涓皆是其义父！”

“华叔啊，”武王沉吟有顷，盯住公子华，“听您这话，寡人感兴趣的不是宜阳，是此人了！设法将他搞到咸阳，寡人亲迎！”

“臣受命。”

嬴华受命，赶往宜阳，入见甘茂，让他传令退军至曲沃、函谷一线。

甘茂依言退军，被围困长达半年的宜阳城松出一口气。宜阳民众无不以为秦人是迫于齐、楚援军的压力并公仲朋屯于伊阙的六万韩军才不得不撤军的。守丞韩偃命令白起引军卒五千“乘胜追击”，攻打硖石关，秦卒败退，韩人“收复”硖石关。白起派军三千镇守，设置多个烽火台，用以报警。

秦人一举退至硖石关外，这是一个重大胜利。韩国朝野一片欢腾，宜阳更是敞开城门，任由憋屈半年的民众自由出入。白虎急匆匆地带着仆从赶往阳翟，督促打造器械以补充宜阳城防。

在宜阳城门重开的第三天，公仲朋亲自巡视硖石关。巡视毕，他带白起回到伊阙，说是晚上召请三军诸将，讨论局势并应对之策，以奏报韩王。

翌日午时，白起回到府中，见母亲绮漪并自己的妻女皆不在家，急问因由，方知她们昨日后晌接到守丞夫人邀请，到守丞那里去了。傍黑时老夫人捎信回来，说她们要在守丞府过夜，这辰光想是快回来了。

白起急至守丞府，方知她们根本没来。

白起晓得她们出事了，急禀韩偃。韩偃震惊，派军卒四处搜寻，却没有下落。

白起一面飞书至阳翟传信白虎，一面四处搜寻可疑线索。

至第三日晚，白府收到一信，指定由白起亲启。白起启开，是绑匪来的，但口气颇为客气，称老夫人、少夫人并公主皆在他们手中，安然无恙，让他放心，并说他们一向敬服白府为人，是不会轻易伤害她们的，只是眼下遇到一桩为难事，急需三十镒金子解困，苦于筹款无路，才行此下策，敬请老夫人她们上山。还说此款算是借款，待他们渡过难关，所借资金必如数奉还，最后请求他本人于三日之内送款至熊耳山。按途中标示前行，可带随员，但不可超过二人，否则，他们将无法保证老夫人她们的安全。整篇书信文句不畅，字迹歪扭，还有几字写不出来，被画出圈圈，一看即知对方是一拨子草寇。

熊耳山是座大山，溯洛水而上，距宜阳约二百多里，此处原为古虢国地盘；之后虢国归魏，此地归属于魏，由曲沃邑辖治；再后曲沃归秦，这儿就被划作秦人地界，但山之东麓属于韩人，归宜阳管辖。熊耳山山高林深，人迹罕至，有猛兽出没，除猎人之外，无论是秦人还是韩人，少有人在此山生活，基本属于两不管地带。前些年，白起曾与友人来此山狩猎，对山势颇为熟悉。

一则三日所限紧迫，不容多想；二则艺高人胆大。白起别无二话，让府宰取出足金三十镒，带上麾下两名善战之士，乘坐战车前往赎人。

战车沿洛水岸边大道驰至距熊耳山数十里处，就进不去了。白起留下御手守车，自与两名军卒径上山去，一到山脚，果然看到有红色的箭头标示。三人按照箭头标示上山，在山上转有两个多时辰，来到一处山窝。

在这里标示没了。

山窝里有一处石砌的房舍，是山中猎人临时居住的，这辰光应该是空房。白起推开房门，见屋中没人，正堂一个石案上，摆着最后一个标示，不是箭头，而是一个瓷瓶，上面还有塞子。白起观察一会儿瓷瓶，见无异常，拿起来一看，瓶下压着一片干树叶，上面写着“请打开瓶塞”。

白起拔掉瓶塞，一股香气扑面而来，弥漫于整个屋子。

白起三人一阵眩晕，不省人事。

待他再次醒来，已在一辆辎车里，胳膊与腿皆被绑缚。

几乎与此同时，白虎得知家人被绑票，驰奔宜阳，途中被人下迷药劫持。

就在宜阳城中皆为白家事情忙活时，隐藏于函谷、曲沃一线的甘茂大军袭破硖石关，杀奔宜阳。与此同时，由嬴华统领的五万锐卒沿洛水东下，直奔伊阙，刚好与闻讯拔营、增援宜阳的公仲朋军遭遇。一边刚刚拔营出发，一边长驱奔袭而来，双方于伊水河谷展开激战。秦军之中，冲在最前面的是任鄙、乌获，二人各持重器，如入无人之境，韩军挡者无不死，四散逃命。

嬴华也不追赶，回返宜阳，将宜阳城四面围定。没有白起的宜阳守军惊慌失措，接连放松长达十日的宜阳军民，精气神已完全涣散，在近十万秦卒的四面围攻下，在伊阙战败的阴影下，再无守志。乌获奋勇，顺梯子一气攀上城墙，将目瞪口呆的韩人一阵乱打。

宜阳于当日失陷，守丞韩傰被俘，众将或战死，或被俘。伊阙、宜阳二战，秦人共割韩人左耳六万余只，公仲朋逃走。

得闻韩军大败于伊阙，宜阳失陷，楚师退守鲁关，纵军尽皆按兵，一场狩猎落单韩国的战争，以苏秦被刺、韩人大败而暂时画上句号。韩王使公仲朋入秦谈判，正式割让宜阳并洛水河谷给秦人。

经过长达三个月的艰辛跋涉，公子稷终于抵达燕都蓟城。

公子稷是随同燕国吊唁使臣前往蓟都入质的，陪护他的是舅舅芈戎。

望着这个乳臭未干就丧失父爱、离开生母、被新王发配于数千里之外的异母弟，燕国太后不由得想到自己当年的命运，悲从中来。燕国太后将他紧紧揽入怀中，哭了个伤心，之后留他于宫，与她同住，让燕王另外拨出一座宅院，给芈戎并秦国侍卫住了。

喜事不来则已，来即成双。公子稷的喜悦还没过去，菲菲的及笄礼也到了。

数年来朝夕相处，昭王越来越欢喜菲菲，离不开菲菲了。昭王决定在她的及笄礼上与她正式订婚。然而，当昭王向她提出要求时，菲菲一口回绝了，理由只有一个，她是墨者，而墨者只能以天下福祉为己任，不可能只侍奉他一人。

昭王急了，求助于太后。

“你求我没用啊，”太后摊开两手，朝祖太后的宫院努下嘴，“该去求的是你祖太后！”

燕昭王当即起身，赶往姬雪的宫院。

姬雪仍旧住在她原来的宫院——甘棠宫。这辰光这里重新做了修整，与她同住的是“义女”菲菲，负责照料她的依旧是春梅。

昭王快步走进甘棠宫里。春梅急入禀报，姬雪正听着，昭王已经进来，扑通跪在站起来准备出迎的姬雪脚下，抱腿号哭道：“祖后——”

“怎么了呀，我的王！”姬雪惊愕，拍他脑袋。

昭王长哭几声，方才提及菲菲拒他求婚的事，末了语气决绝：“祖后，孙儿是离不开菲菲了，没有菲菲，你这孙儿谁也不娶。这燕国孙儿也不要了，从她去做墨者！”

“哟嘿，”见是这事儿，姬雪笑了，“别不是吓唬祖后的吧？你的祖后历过的事情，你怕是数都数不过来！”

“祖后，”昭王忽地起身，擦去泪水，一字一顿，“职儿这就去了！什么燕王，我才不要做哩！”作势欲走。

“当墨者呀，”姬雪又是一笑，“你怕是吃不了那个苦哩！”

“祖后！”昭王跺了一下脚，转个身，快步出去。

姬雪没有叫他，待他走远，方才笑笑，朝一道隔帘招手道：“菲菲呀，出来吧！”

原来，昭王进来时，菲菲正将昭王向她求婚的事讲给母亲，还没讲完，听到昭王的声音，急切躲进那挂帘后。

菲菲走出来，伏在姬雪怀里，一脸羞红。

“瞧你这脸红的！”姬雪在她的俏脸上弹一指头，“人家都追到家里了，你说咋办？”

“我……我是墨者！”

“先抛开墨者，娘亲问你，喜欢方才这人不？”

“喜欢。”菲菲喃声道。

“怎么个喜欢法？”

“我不知道。”

“你想听听娘亲喜欢一个人时是如何喜欢的吗？”

“嗯嗯。”菲菲连连点头。

姬雪抱出一只锦盒，一层层地打开锦缎，现出一只装饰精美的木盒。她打开木盒，里面是一柄剑，剑鞘上镶满珠宝。

“这剑真漂亮！”菲菲惊叹。

“你可抽它出来。”

菲菲抽出，竟是黑乎乎的一柄木剑，笨重呆板，一点儿也不好看。但木剑通体溜光，显然是被人抚摩出来的。

“是乌木剑哪！”菲菲拿在手里，舞起来。

姬雪一脸迷醉地看着她的舞。

菲菲舞有一时，住手，审视它道：“这剑够沉，木质细，看起来不错，却不能当兵器。要是玄铁的就更好了！”

"它本来就不是兵器！"

"咦，不是兵器，是什么？"

"是心。"

"心？"菲菲怔住，"什么心？"

"你的娘亲每天都能抚摩的心。"

"这……"菲菲怔了，想到方才的语境，小声，"这剑是先燕公送给娘亲的？"

姬雪摇头。

"那是谁？"

"你义父。"姬雪摊牌了。

"啊？"菲菲惊得合不住嘴巴。

"想听听娘亲与你义父的故事吗？"姬雪笑道。

"嗯嗯。"

姬雪揽住菲菲，将当年周室的那段难忘的旧事，娓娓道来。包括她如何认识苏子，如何出嫁，苏子如何追赶嫁车，如何送她这柄剑。这柄剑又如何伴她度过一个个漫长寒夜，直到苏子突然现身于蓟城……

一桩桩，一件件，菲菲听哭了。

当菲菲听到武阳别宫之下发生的事时，尤其是义母还为义父生下一个女儿时，再一次惊掉下巴。

"那个孩子呢？"菲菲急问。

"她就在这儿！"姬雪淡淡说道。

"在哪儿？"菲菲愈发急了，"快叫她来，我要认她做……"小声道，"是姐姐还是妹妹？"

"傻瓜，"姬雪弹她一指头，给出谜底，"就是眼前的这个人哪！"

菲菲呆若木鸡。

良久，菲菲抱紧姬雪道："娘亲，你……你不会是骗我的吧？"

"娘亲骗过你吗？"姬雪道，"想想看，你的名字叫什么？"

"菲菲呀。"

"在菲菲的前面还有二字，姬苏，你的全名叫姬苏菲菲！"

“姬苏……菲菲……”菲菲呢喃着这个名字，所有的谜底在这一刻明朗了。

“娘亲，”菲菲挣脱她，跪下，“我不能再叫您义母了，我要叫您娘亲！”

“你一直是叫娘亲的呀！”

“那个娘亲是义母，这个娘亲是娘亲！”菲菲语气坚定，“还有义父，我也不能再叫他义父了，我要……叫他阿大！”

“孩子，”姬雪拉她起来，抱她在怀里，抚摩她的头，“你不能叫，你永远也不能叫，无论何时，你都不能叫。对外，你只能叫义父，也只能叫义母！”

“为什么呀，娘亲？”

“为燕国。”姬雪盯住她，“还是回到眼下，菲菲，你喜欢燕昭王吗？”

“喜欢是喜欢，可远没有达到娘亲喜欢阿大的程度。”

“傻瓜，”姬雪笑了，“这世上没有人能够达到！”

“为什么呀？”

“因为，不会有人再经历你娘亲所曾经历的，也不会有人再经历你阿大所曾经历的。这还不够，因为你娘亲在这世上只有一个，你阿大在这世上也只有一个。”

“我……”菲菲咬紧嘴唇。

“孩子，”姬雪笑了，“每个人都有自己的经历。你有你的经历，你有你的缘分，你必须走出你的路，不要去学别人。燕昭王这孩子很好，娘亲看出来，他是真心喜欢你。你要是喜欢他，就答应他。”说着略略一想，“不过，你若是答应他，就不能再叫我义母了，得叫我义祖母，否则，这宫里就乱辈分了！”

“我……”菲菲脸上一红，“我是墨者呀！”

“墨者是气节，是信念。只要你心里有墨者的气节与信念，就够了。再说，你在宫里，只会对墨者有利。墨者有难，你可以施救，可以为他们提供庇护。”

“可墨者不嫁人哪，我华姐就没嫁人！我实哥还有邹叔，都没结婚！”

“墨者也不是不结婚的，就娘亲所知，墨者里有不少就结婚了，还生有孩子。”姬雪笑道，“想当年，你的邹叔还差点儿娶下你的梅姨呢！”

“啊？”菲菲睁大眼睛，“为啥没娶？”

“娘亲也不晓得。听你阿大说，你邹叔喜欢你梅姨，本来是要娶的，后来变了，想是中间发生什么事了。”

“等我再见邹叔，一定问问他。我早就看得出来，梅姨喜欢他呢！一听到他的声音，眼神就发亮！”许是想到什么，菲菲扑哧一笑，压低声音，“娘亲，我还看出个事儿呢！”

“哦？”

“袁豹叔也欢喜梅姨，只是梅姨不睬他！”

“是吗？”姬雪笑了，“你哪能晓得哩？”

“在邯郸就晓得了。”菲菲笑应道，“只要梅姨露面，袁叔就会放下手头的事，盯住她看。凡是梅姨交代的事，袁叔干得最起劲。袁叔还总是寻事儿与梅姨说话，可梅姨不待见他。这辰光我才晓得，梅姨心里装的是邹叔哩！”

“他们的事，先甭管，先说你自己的。你这及笄了，该嫁人了，想不想嫁给燕王？”

“嫁给他了，杜衡咋办？”菲菲问道。

“如果你离不开她，就让她做你的媵女！”

“啥叫媵女？”

“就是与你一并嫁给燕王，让她一直陪着你！”

“嗯。”菲菲点头，“我这就寻她去！”

在及笄礼的前夜，菲菲答应了燕昭王的求婚。燕室决定，菲菲的及笄礼与聘婚礼同日并举，先行及笄礼，后行聘婚礼。

就在燕宫上下都在忙活燕王与菲菲的大喜事时，太后使人召请燕王。

“职儿，”太后神色平静，“你与菲菲的事儿，要不要暂缓一下？”

“为何要缓？”

“因为发生了一桩不幸的事。”

“何事？”

“苏子死了。”

“啊？”燕昭王惊叫。

“是在齐国被人刺杀的，就死在雪宫门外，齐王正在悬赏抓捕刺客。”

“天哪！”燕昭王跪下，仰天长哭。

“苏子没了，”太后任由他哭一小会儿，接道，“娘亲在想，这桩亲事……”

“母后？”燕昭王打了一个惊怔，止住哭，盯住她。

“大燕王后，须要对燕国有利。”太后语气依旧平静，“燕国已经稳定下来，祖太后帮不了你太多。能够帮你的是苏子，谁想他又死了。还记得赵宫的玄公主吗？她也该及笄了。娘亲观察过她，论灵气不弱于菲菲，长相也不差，更重要的，她是赵室王后所生！”

燕昭王凝视她，用不可置信的眼神。

“职儿？”太后怔了一下。

“母后，”燕昭王忽地站起，“职儿已经对天盟誓，非菲菲不娶，您是要让职儿欺天吗？”

话音落处，燕昭王大步走出。

“职儿！”太后的声音追出来。

燕昭王住步，转过身。

“唉，”太后轻叹一声，凝视他，“我儿既已盟誓，就聘娶她吧。不过，在聘礼之前，苏子的死讯不可告诉任何人，否则，到时候的场面就不是聘礼了！”

“职儿遵命。”

菲菲的及笄礼与聘婚礼进行得十分顺利。燕宫多年动乱，几乎没有喜庆过，即使昭王的登基大典也是在野外临时搭建的祭台上完成的，燕人顾不上喜庆。这辰光安定下来，燕王订婚，举国欢腾。燕王又以菲菲的名义颁诏大赦，凡因养老抚幼而犯窃罪者全获释放。

姬雪是在菲菲订婚之后获知苏秦死讯的。

告诉她的是昭王。

昭王将姬雪请至太庙偏殿，支走所有人，跪在她面前，泣不成声道："祖后——"

"我的王，出何事了？"姬雪摸着燕王的头，轻声安抚。

"苏……苏子他……"

姬雪震惊："苏子怎么了？"

"他……他……被人刺死了……"

姬雪头顶一阵眩晕，抚摩燕王的手僵住了。

昭王伏在她的膝上，声声悲切。

姬雪没有哭，只是身体僵着。

不知过了多久，姬雪的手又动起来，轻拍昭王，语气平和道："慢慢说，我的王，苏子是怎么死的？"

昭王扼要说了苏秦被刺及齐王追查的过程。

"是秦国黑雕！"姬雪的声音淡淡的。

"是的，"昭王应道，"听齐宫传言，那天在雪宫外面，死了六十多人，有男有女，有苏子的护卫，也有刺客，是硬碰硬的。苏秦死在雪宫外面，怀中抱着一个女的，齐宫查出，她是为质于齐的楚国太子的书童。现场凌乱，宫卫过来时，现场是三个人，苏子跪在地上，怀里抱着那女的。苏子背后跪着一人，在宫卫抵达后逃了。苏子的背上插着一刀，他怀里那女的胸上插着一枚飞镖。苏子一直抱着那女的，很久都没倒地。"

"她叫秋果……"姬雪落泪了。

姬雪晓得，秋果胸前的那枚飞镖，当是为苏秦挡下的。

"祖后，"昭王擦干泪水，咬牙，"必是苏子纵亲六国，秦人急了，才行此不齿之事。祖后，苏子是职儿恩人，是燕室相国，苏子之仇，职儿……"握拳，"必报之！"

"菲菲的事，我的王……"

"祖后，"不待姬雪讲完，昭王截住话头，"职儿与菲菲，谁也离不开谁。方才太庙令奏报，大喜日子已经卜定，是下月初六，还有十二日！"

“谢谢你，我的王。”姬雪闭目，晓得昭王什么都知道了，只是不能点破，良久，弦外有音地道，“苏子的事，暂时不要告诉菲菲，她什么也都知道！”

听到姬雪句中的“也”字，昭王心知肚明，慨然应道：“职儿遵命！”

“苏子没有看错你，我的王！”姬雪起身，步态踉跄地走出殿门。

昭王紧跟一步，搀扶起她。

昭王的大婚典礼如期举行，大媒是乐毅，主持婚典的是邹衍，连菲菲正宫的布局也都是邹衍设计的。

望着昭王将菲菲抱下王辇，一路抱进她的新宫，姬雪哭了。

嫁走菲菲后，姬雪叫来春梅，一脸平静地望着她。

“公主？”见她一直不说话，春梅晓得她有话要说，轻声问道。这些年来，春梅没有改过称呼，好像仍旧是在周宫里。

“春梅，”姬雪凝视她，良久，缓缓说道，“你快四十了吧？”

“是的，公主，”春梅笑了，“不知不觉，这就老了。”

“想没想过嫁人的事？”

“公主——”春梅脸色红了，看向别处，“春梅……谁也不想了，陪公主到老！”

“我晓得你在想啥，”姬雪轻叹一声，“忘掉他吧。”

“公主？”春梅急了，跺脚道，“我没有想他，我……我早就不想他了！”

“春梅，”姬雪淡淡接道，“你心里想啥，是瞒不过我的，我只是没说出来而已！”

“公主……”春梅哭了，跪下来，伏在她膝上。

“这些年来，你跟着我，受尽了苦，可我……什么也帮不了你，我……”

“公主……”春梅大哭。

“飞刀心里有你，可……”姬雪轻轻拍她，“墨者有墨者的难处，你与他是有缘无分，强求不来。”

“我……我晓得的，公主。是我没……没福……”春梅止住泣，哽咽道。

“你有一个福，是你……”姬雪顿住，擦干她脸上的泪水。

“没有的呀，公主！”春梅急了。

“好吧，就算没有。”姬雪笑道，“你安排去，我想出宫一趟。”

“去哪儿？”

“相府。”

春梅召来宫车，是后辇，姬雪与春梅一同坐了，径直出宫，来到相府。

守在相府的是袁豹。

听闻祖太后驾到，袁豹迎出府门，没有戴孝。

袁豹早已晓得来自临淄的噩耗，但燕王专门传谕旨于他，要他严禁外传，不可守孝，一切要等菲菲大婚之后，听从王命。大婚结束了，但王命未到，他依然要装作什么也不知道。

姬雪走进府中，各处审视一遍，来到苏子的书房，坐在苏子的席位上。她望着案上的几捆竹简，久久地望着。

袁豹与春梅候在门外，双双侍立。

袁豹觉出，姬雪一定是晓得什么了。

“袁豹，你进来！”姬雪叫道。

“臣在！”袁豹应过，趋进，侍立，“娘娘有何吩咐？”

这么多年过去了，袁豹依旧称呼姬雪为娘娘。

“坐下。”姬雪指向对面的客席。

袁豹怔了一下，坐下。

姬雪盯住他道：“本宫问你几桩事，你须据实以答！”

袁豹晓得她要问的是什么，心头一凛，强作镇定道：“娘娘请问，臣不敢隐瞒！”

“你虚龄几何？”

袁豹万未料到姬雪问的会是这个，初时没有反应过来，愣怔一下，方才应道：“回禀娘娘，再过几个春秋，臣就知天命矣！”

“大丈夫三十而立，本宫问你，三十当立什么？”

“立身，立家，立业，立命！”

“何谓立家？”

“这……”袁豹挠头，“就是……就是……”他木讷一笑，“臣也说不好哩！”

“不是你说不好，是你不想说！”姬雪一脸严肃，“本宫替你说出来，是立家室，对不对？”

袁豹没有吱声。

“本宫问你，为何未立家室？”

“臣……”袁豹咬紧嘴唇。

“是没有遇到合适的人吗？”

“是……”

“若此，本宫赐你一人，如何？”

“不不不，”袁豹急了，迭声道，“我不是这个意思！”

“你遇到了，是不是？”姬雪目光如电。

“这……”袁豹一咬牙，“是的。”

“是谁？”

袁豹低头。

“不能说吗？”

袁豹依旧低头。

姬雪朝外叫道：“春梅？”

春梅进来。

“坐下。”

春梅坐下。

“本宫方才问袁豹的话，你可都听见了？”姬雪盯住她。

“回禀公主，奴婢听到了！”

“本宫问袁豹的话，同样是问你的。你也老大不小了，早当嫁人了。你且说说，你可有喜欢的人？”

“回禀公主，奴婢没有。”

“没有就好。”姬雪转头看向袁豹，“袁豹，你年近半百，早当立室。今晨梦中，本宫见到苏子，他在挂念你的婚事。本宫也早有此心，决定赐你一女，望你一生爱她，不离不弃，白首偕老！”

“娘娘…… 主公……”听到苏子名字，袁豹再也憋不住心中悲苦，放声大哭。

“本宫赐你夫人，你哭个什么？”

袁豹似也猜出了什么，止住泣，以袖拭泪。

“袁豹，”姬雪盯住他，“从洛阳到蓟宫，春梅一直跟着本宫，如白璧无瑕。你是苏子府宰，苏子知你。春梅是本宫侍女，本宫知春梅。本宫与苏子早有此意，将春梅赐婚给你。今朝机缘到了，本宫正式决定将春梅嫁给你，你可愿意娶她为妻？”

“娘娘——”袁豹改坐为跪，叩首悲哭。

“你回答我，愿意还是不愿意？”姬雪提高声音。

“回禀……娘娘……”袁豹泣不成声，“臣……臣所欢喜之女，正……正是春……春梅姑娘啊……娘娘！臣……心无杂念，只……只念春梅呀，娘娘……”

“春梅，”姬雪看向春梅，“你可听见了？”

春梅啜泣。

“春梅，伸出手来！”姬雪伸手给她。

春梅伸出手。

“袁豹，你也伸出手！”姬雪也向他伸出一只手。

袁豹伸出手。

姬雪分别握住每人一只手，将它们交在一起。

二人全都哭了，双双跪下，朝姬雪叩首。

“你们的吉日本宫已经看好了，”姬雪说道，“就是后日。洞房就是这处宅院，从今日始，它属于你们二人。本宫去请求王上，王上会恩准的！袁豹——”

“臣……候旨！”袁豹颤声道。

“从这辰光起，”姬雪接道，“你可有两日时间布置新房。你们双方的媒人皆是本宫，道贺客人将有太后、大王并王后！新娘嫁妆，本宫已备好了！”

二人泣不成声。

在祖太后姬雪的主持下，燕国老臣袁豹与姬雪侍女春梅的婚礼如期举行，场面低调而宏大，因为太后、燕王并王后尽皆到场祝福。

婚后三日，袁豹奉旨上朝。燕王宣读诏书，彰袁豹之功，晋其爵为上大夫，赐府宅一座，就是袁豹一直守护的苏秦相府。

又三日，燕室祖太后姬雪奏明燕昭王，给菲菲、春梅各留一封短笺，让他们彼此照看。她遂由甘棠宫的老宫正驾车，离开蓟都，扬长而去。

白起被关在终南山的黑雕台里已有两个月了。

当然，白起并不晓得这儿是终南山，也不晓得是黑雕台，只知道他被关在山中的地牢里。

其实这不是地牢，而是一个相对封闭的建筑，屋顶很高，可以透进阳光。门户结实，上着大锁，逃是没有可能的。没有枷，没有铐，也无锁链，白起完全是自由的。房间也够大，生活设施一应俱全，他可在里面打拳踢腿。每三天还有人端热水盆进来，让他擦澡。

这且不说，他还有专人伺候，便桶也是一日一换。一日三餐，早餐相对简单，午、晚两餐皆是两荤一素一汤，晚餐时外加一壶酒。

唯一不适的是寂寞。没有人与他说话，看守并照料他的所有人好像是一群哑巴。

在两个月后的这天上午，早餐过后，房门打开。两个人走进来，一男一女，男的是嬴华，女的是天香。

“白公子，”嬴华拱手道，“在下来迟，委屈公子了！”

白起坐在几案前，瞄他一眼，没有动，语气冷冷地道：“你是何人？”

“将军请看这个！”嬴华示意，天香递给他一封密函。

白起打开，正是他在宜阳家中收到的绑匪来函。

毫无疑问，是绑匪来了。

“公子的三十镒足金在下收到！”嬴华朝他拱手道，“谢公子为在下分忧解愁！”

白起冷蔑一哼：“你解忧了，我的家人呢？”

“公子请跟我走！”嬴华伸手礼让一下，率先出门。

白起略略一顿，站起来，跟在后面。

天香走在最后。

三人走出地牢，沿山中石径东转西走，约有一刻工夫，来到一处庭院。

是个很美的院子。

嬴华住步，朝院门伸手礼让：“白公子，请！”

白起瞄他一眼，大步走进。

院中并无他人，一个两岁多的女孩子正在聚精会神地玩一堆沙。

正是白起的女儿白薇。

白起急走过去，蹲下来。

白薇抬头一看，惊喜道：“阿大——”扑到他怀里。

白起紧紧抱住女儿，流出泪水。

站在门口的是母亲绮漪。

似是不相信自己的眼睛，绮漪使劲将它揉几下。

“娘——”白起抱住女儿，跪下。

“我的……起儿……”绮漪喜极而泣。

正在房内收拾屋子的白起夫人亦赶过来，站在门槛处，怔怔地望着他，流出泪水。

劫后余生，亲人相见，悲喜交集。

一阵激动过后，白起将孩子递给母亲，大步走出院门。

院门外面，远远地站着嬴华与天香。

“我阿大呢？”白起逼视二人，“他是不是也在这儿？”

嬴华击掌，不一会儿，两个黑雕引领一人走向这儿。

正是白虎。

白起飞步迎去，反让白虎怔住了。

白虎顿住脚步，盯住他，似是不认识。

“阿大！”白起叫道。

“起儿，”白虎终于回神，“你……怎会在这儿？”

白起将发生的事扼要讲过，白虎全然明白了。

白虎颓然蹲地，两手抱在头上。

“阿大？”白起也蹲下来。

“起儿，我们……中计了！”白虎语气沉重，“将我们弄到这儿的，不是绑匪，是秦人！”

“天哪，宜阳！”白起惊道。

“禀报二位白公子，”嬴华缓缓走过来，拱手道，“宜阳已经归秦了！”

白虎站起来，看向嬴华，显然是第一次见到他，盯他一会儿，拱手道：“您是——”

“白公子不识在下，想必晓得这位！”嬴华击掌。

天香款款走过来，朝白虎鞠个大躬道：“小女子见过……少爷……”

白虎目瞪口呆。

要知道，当年在安邑，天香是眠香楼的头牌，而眠香楼是白家的私产。想当年，除侍奉魏国太子申之外，侍奉白虎也是天香的义务。天香是秦国黑雕的事，白虎是之后很久才晓得的，透给他这一绝密消息的是从秦国归来的公孙衍。

望着这个迄今风韵依在、风骚不减、风靡列国且与他相关的奇女子，白虎缓缓闭上眼。

尽管咸阳的人都在尝试瞒着张仪，苏秦的死讯还是传到他的耳朵里了。

张仪是从士子街头听来的。士子街依旧在，来自列国的士子依旧络绎不绝地西赴咸阳寻求机遇，尤其是稷下学子。

宜阳战后，张仪不再关心宫里的事，大多在家陪伴女儿。这日也是无聊，他遛弯儿转到这士子街上。由于没穿官服，张仪也很少在外露面，在士子街头，没有谁晓得他是张仪。

张仪自然而然地转到他与苏秦都曾住过的那家客栈。

历经这么多年风雨，那客栈依在，只是门头经过大修，上面的“运来客栈”四字，也变得更醒目了。客栈正堂是个大厅，也是客人聚会、聊天的公开场所。张仪进去，见这里窝着不少人，个个青春年少。似张仪这般年纪的，已成稀客，是以招引来不少目光。

张仪也不理睬他们，随便寻个角落，席地坐下。

他们正在说古论今，讲述天下奇闻。见场面重新安定下来，所有目光就又看向坐在核心位置的一个年轻书生。那书生重重地咳嗽一声，接住方才的话题，讲起数月之前发生于临淄的那场轰动天下的大谋杀。

虽然故事已近尾声，但张仪仍旧震惊了。

听到"苏秦"二字，听到苏秦怀里抱个胸前插飞镖的女人，后背插着刀，死了仍旧跪着不倒，张仪只觉轰的一声，耳朵里什么也听不到了。

张仪不知自己是如何走出客栈，走回府宅的。

张仪坐在自己的书房里，一直坐到天黑。

天色黑定，张仪从墙上取下佩剑，抽出来，拭拭剑锋，又复插进去，挂在身上。他没有叫车，而是脚步踉跄地走出门去。

张仪的步子越走越坚定，越走越快，径直来到嬴华府中。

见是张仪，门前守卫拱手迎接。

张仪没有睬他，直走进去。

嬴华正在府中，对面坐着天香，正在议论什么。

张仪明白，刺杀苏秦的正是这二人。

刚好！

张仪的手按在剑柄上，二目喷火，轮换喷向二人。

"张兄？"嬴华看向他，怔住了。

"哼，什么张兄？"张仪冷笑一声，拔出剑，盯视二人，"我问你们，苏秦是否死于你二人之手？"

嬴华明白原委，苦笑一下，看向天香。

天香别过脸去。

"这是承认了！"张仪咬牙，一字一顿，"嬴华，你个卑劣小人，这就受死吧！"

话音落处，张仪挺剑直刺嬴华。

说时迟，那时快，但见袖子一闪，天香已经弹跳起来，贴近张仪。张仪手腕一麻，长剑脱手，剑柄于瞬间落于天香手中。

这样的速度，张仪只在越王的琅琊台上见过。

天香持剑，侍立于侧。

嬴华指向天香坐过的位置道：“张兄，请坐！”

张仪这也冷静下来，正襟坐下。

“相国大人，”天香双手捧剑，款款走到张仪跟前，“冤有头，债有主，苏大人是天香杀的，与金雕无关。那天晚上，是天香拔出秋果的刀，刺进苏秦的后心。您要复仇，就杀天香吧！”说罢跪下，朝天遥祭，喃声道，“苏大人，天香不想杀您，可天香不得不杀您。天香欠您的，今日偿还！”

话音落处，天香将剑柄递给张仪，拿剑尖对准自己的心脏，闭上眼睛。

张仪接过剑柄，盯住她。

天香静静地候着。

时光凝滞。

张仪握剑的手在微微颤动。

张仪的胸膛在急剧起伏。

张仪迟迟未动。

“相国大人，”天香的语气愈加平静，“您动手吧，天香早就候着这一刻！”

“啊！”张仪大喝一声，爆发了出来。

张仪手中的剑被一股大力掷出。

那剑没有刺向天香，而是飞脱他的手，“当”的一声，剑尖扎进他背后的木柱，嵌入数分。巨大的冲力使剑身左右摇摆，发出铮铮的鸣响。

“相国大人……”天香涌出泪水，泣不成声，“苏大人……”

“来人！”嬴华大叫。

有人进来。

“有请范厨！”

不一会儿，范厨一溜小跑地赶来，穿着他的厨衣，手中还掂一柄铁铲，显然正在造厨。

“主公有何吩咐？”范厨哈腰站定，许是跑得太快，气喘吁吁。

“范兄，现有一事求你！”嬴华站起，朝他深深一揖。

“主公啊，”范厨见主公对他行此大礼，紧忙跪地，“您这是折杀小人哪。您有何吩咐，吩咐就是了，怎能行此大礼，还讲一个‘求’字呢？”

“想求范兄一壶家酒，就今宵！”嬴华又是一揖。

“小人这就舀去！”范厨顾不上再说什么，身子一弹，起身去了。

“范兄，”嬴华送出一句，“亮出你的本事，多做几道佳肴，本公要与相国一醉方休！”

“好嘞！”范厨远远地回应一声，一溜儿跑去了。

张仪晓得这坛酒，也晓得满满一壶意味着什么。

那年范厨随他来到咸阳，嬴华在离他家不远处购置一处两进宅院，将房契赠送于他。范厨在自己的小院里挖出一窑，将那坛他视作生命的祖传家酒藏进去，专职成为嬴华一家的大厨。

虽说有恩于范厨，但范家的这坛由生命所酿成的尊严之酒，嬴华是断不肯轻启的。这么多年来，范厨应他之请开过三次坛，每一次他只取一爵：第一爵献的是先王驷哥，第二爵献的是父亲嬴虔，第三爵是为成全紫云妹妹而让张仪喝了。

所取这三爵，嬴华未尝一滴。

这一次，嬴华不仅要喝，且还求请范厨舀出一壶，是真正豁出去了。作为一个资深酒鬼，张仪晓得一只酒坛的容量，再大的坛子，也是舀不出几壶来的。

张仪明白，这壶酒不是用来把他灌醉的。莫说是一壶，纵使一坛，他也醉不了。

这壶酒，是为献给另一个人，献给那个嬴华与天香都不想杀却又不得不杀的人。

果然。

夜深了。

祭坛设起来了。

佳肴端上来了。

一壶范厨曾祖冒着杀头风险于一百多年前窖藏的私酿贡酒摆上来了。

祭坛上设着两个牌位，一个是合纵以制秦的六国共相苏秦，另一个是他的义女，两度杀他又保护过他，最终为他而死的秦国黑雕秋果。

那壶酒被嬴华倒在两只黑色的大瓷碗里，供在两个牌位下面。

香火缭绕中，张仪、嬴华二目微闭，倾听天香泪眼模糊地讲述起那个晚上发生的故事。天香说，她接到的诏命是，苏秦不死，所有参战的黑雕都得死；天香说，在她追上苏秦的时候，除秋果之外，参战的四十名黑雕已经战死了；天香说，秋果拖着苏秦一路跑，眼见就要跑到雪宫门外了，眼见雪宫的卫士就要迎到他们了；天香说，她叫秋果躲开，掷出飞刀，可秋果非但没有躲开，反倒推开苏秦，挺胸挡住她的那柄利刃；天香说，苏秦是可以逃走的，她已决定放走苏秦了，因为所有的黑雕已经死了，她不过是一死而已；天香说，她万没料到苏秦又拐回来，跪在秋果跟前，抱起秋果，亮出自己的后背，对她说，你是天香吧，请动手吧；天香说，她拔出秋果的刀，一度只想刺进自己的胸，可……就在最后的瞬间，她想到了金雕，想到了黑雕台，想到了秦国，她是对秦国宣过誓的，她必须效忠于她的誓约……

天香说不下去了。

天香也说完了，哽咽不止。

嬴华拿起两支火把，一支递给张仪，一支自己拿着。

两支火把同时伸进酒碗。

两只酒碗燃烧起来，发出蓝白绿黄橙五色杂糅的光。

这是一壶告慰生命与灵魂、相杀与相生的酒，舀自一坛酿给岁月与尊严、不服与感恩的酒坛。

整个祭坛，整个庭院，不，是整个咸阳城，在这个只属于神灵的时刻，全都沐浴在范厨贡酒的陈年浓香里。

得知这晚所舀的家酿祭的是六国共相苏秦，范厨回到自家院里，掩上房门。他将盛酒的铜壶赫然摆在几代先祖的牌位前面，缓缓跪下，哭了个酣畅。

这一夜，张仪没有回家，只在嬴华家里叙话。

天色微明，宫中大朝，张仪使人回府取来朝服，穿戴整齐，与嬴华同去上朝。

先王在时，秦宫为隔日小朝，每隔三小朝为一大朝。小朝参与者为朝中部分臣子，何人参与、解决何事等由值事内臣事先通知；大朝则为居住于咸阳的中大夫以上官员，足有两百多，若是全勤，就能列满整个宫殿。

武王不喜上朝，将小朝隔日改为隔两日，大朝改为每隔五个小朝。这样一改，每月原定的五个大朝，就变成两个了，一个多在上半月的月半，另一个多在月底。

但凡大朝，若无要事或重病，朝臣不敢不来。

这日大朝，朝堂上黑压压的，能来的都来了。

张仪依旧位列诸臣首席，原本凌驾在张仪之上的任鄙与乌获已经不在咸阳。由于破韩再添军功，任鄙与乌获获得重任：任鄙被任命为汉中郡郡守，辖原新郑及新近割来的楚国汉中诸城邑；乌获则被委派商地，接替了告老的魏章。让两大莽汉镇守汉中、商城两处重地，朝臣们无不捏着一把汗。好在楚人对苏秦、张仪的战后处置相当满意，边境也还安定。

"诸卿，诸大夫，"武王目光威严，逐一扫过众臣，"今日大朝，何人有奏？"

众臣面面相觑，良久，没有人奏报。

在秦国，通常上朝，大朝处理小事，小朝处理大事。在大朝，凡上朝臣子皆有奏事的资格，因而君王要处置的多是基层的具体事务。实际情况是，具体事务多在日常流程中走过了，个别棘手的也在小朝里解决了，因而大朝主要是听秦王讲些励精图治之类的训话，或处置一些重要的外事活动，需要场面以烘托国威。

武王等候一时，见众臣皆无声音，遂清清嗓子，刚要开训，张仪跨步出列，走到武王面前，拱手道："臣有奏！"

"张相国，你奏何事？"武王看过来，语含不悦。

"臣奏请三事，"张仪缓缓说道，"一、臣奏请我王知人善任，因材施用，文武并举，以使我大秦人尽其才，不因偏爱而成患难；二、臣奏请我王谨慎处置邦国事务，尊重邦交礼仪，行事光明磊落，以免我大秦树敌于天下，酿成大祸；三、臣奏请我王……"

"张仪！"武王一拳震案，截住他的话头，"你且说说，什么叫作文武并举？什么叫作因材施用？什么叫作偏爱而成患难？”

武王力大，几案结实，在场臣子见到此一震一吼，无不惊骇。坐在后排的几个胆小官员歪倒在地，迟迟坐不起来。

“回禀大王，”张仪侃侃说道，“任鄙、乌获二人，皆为一介武夫，可做先锋将军，冲锋陷阵，不可主政一方，尤其是不能驻守汉中、商城两大军事重地！”

“二呢？”武王声如雷鸣、色如猪肝，“寡人何处没守邦交礼仪了？寡人何处不光明磊落了？”

“臣闻，六国共相、天下名士苏秦于数月之前受刺于齐宫门外，齐人于现场得刺客四十尸。齐人已经查实，所有尸体，皆有秦人标志。邦交事务以此方式处置，古今未之闻也！”

“你——”武王的手指发抖了，“住口！”

“大王，”张仪面无惧色，稳稳站立，“臣还没有奏完呢！”

“说！”武王的声音从牙缝里挤出。

“三、臣奏请我王，继续将先惠王的连横制纵方略作为长远国策，以此处置邦国事务。”张仪顿住话头。

“你可奏完了？”武王逼视张仪。

“臣奏完了。”

“哼，”武王冷笑一声，“寡人道你奏出了什么奇策出来，原来依旧是连横！”说着伸手，直指张仪，“若是连横，寡人就离不开你张仪，是不是？”

“臣以为不然。”张仪拱手，愈发谦恭，“臣奏请我王，在抛弃连横之前，先要明白什么才是连横。”

“张仪！”武王再击几案，“你真的以为寡人不晓得什么是连横吗？”说着比了个高度，“寡人还在这般高时，就听你对先王聒噪连横，听来听去，耳朵都听出茧来了！”

“若此，何谓连横，臣请大王赐教！”张仪犟劲上来了。

“连横，”武王冷笑一声，“不就是因应苏秦的合纵吗？苏秦合纵六国，攻我函谷，你出连横之策，什么亲燕、相魏、横韩……搞出一摞摞的事来，”说着提高声音，“结果呢？”倾身，指向他，“六国纵军是你的连横击退的吗？你连横燕国，燕国被篡了；你连横魏国，魏国完蛋了；你为连横魏国，使司马将军伐齐，却又让司马将军奉行礼义，什么拔柳下惠坟头一草者，诛九族，结果呢？我大秦铁军成为一个笑话！再后，你连横四国伐楚，伐来伐去，我死伤二十万众，得到什么了？”说着咚咚咚地连震几案，“什么也没得到！倒是他韩国，轻悠悠地就得了方城，得了宛城！”

“哈哈哈哈——”张仪爆出一串长笑。

“你……”武王牙齿咬起，声音从牙缝里出来，“是嘲笑寡人吗？”

“臣不敢！”张仪止住笑，拱手道。

“你为何而笑？”武王逼视。

“为我张仪而笑！”

“笑你什么？”

“笑我的眼瞎了，笑我的心软了！”

“如果不瞎不软呢？”

“臣就守在韩国，不再回来！”

这对君臣在朝堂上这般面对面地硬杠，在秦宫里尚属首次。

所有朝臣渐渐听明白了，无不为张仪捏一把汗。嬴华、嬴疾、司马错、车卫秦，多数朝臣都是晓得张仪的，也都是一步一步地跟从张仪走过来的。

武王显然未曾料到张仪会向他发难，且如此刚硬，让他在众臣面前毫无回旋余地。

“说得好！”武王冷笑一声，指向他，一字一顿，“你，身为秦臣，包藏二心，咆哮朝堂，蔑视本王，”说着转身向御史车卫君，“依据秦法，该当何罪？”

车卫君冷不丁遭此一问，一时蒙了，不知所措。

“臣代奏。”张仪缓缓接道，“依据秦法，单是蔑视君王一罪，当诛九族！”

“张仪，这可是你说的！”武王气极，“来人，拿下逆贼，诛其九族！”

门外立时进来两个卫士，将张仪拿住。

一切发生得太快了。

短短几句口舌之争，横行天下的堂堂相国就成为受诛九族的二心逆贼，这是连行走于江湖的小说家们也不敢相信的故事。

“哈哈哈哈——”张仪再出一串长笑。

“押下逆贼，打入死牢，诛其九族！”武王指向他，嘴唇哆嗦。

几名卫士押走一路长笑不绝的张仪。

“散朝！”武王从牙缝里挤出二字，忽地起身，拂袖离场。

在场众臣谁也没动，如同历经了一场旷世劫难。

最先起立的是嬴华，他扯了一下嬴疾，起身去了。之后是司马错，甘茂，再后是所有朝臣。

嬴华走到殿外，压低声音道：“疾哥，怎么办呢？”

“回家吧。”嬴疾摊开两手。

嬴华没有回家，而是追在嬴疾身后，来到嬴疾府中。

嬴华晓得，王室公子中，唯嬴疾智谋最多。

入得府来，二人相对而坐，没有人出声。如此坐有不到半个时辰，院里一阵响动，紫云旋风般卷进来，哭天抢地起来。

嬴华由她哭一会儿，然后起身，扶起她。

“疾哥，”紫云止住哭，用血红的眼睛盯住嬴疾，“你说话呀！”

嬴疾两手一摊道：“让疾哥说什么呢？”

“好！”紫云一转身，朝外就冲。

嬴华眼疾手快，一把拖住她。

紫云再哭。

“云妹，”嬴疾看向她，歪起头，“你哭什么呢？”

“你妹夫啊，那个愣子要杀他呀！”

“他能杀吗？”嬴疾反问。

这一反问，倒是让嬴华与紫云尽皆怔了。

“荡儿是气昏头了，信口定罚！”嬴疾苦笑一声，“诛九族，他能诛吗？依据秦法，九族之中，包括你我，也包括他呀。”

嬴华、紫云一想，是呀，排起辈分来，张仪是嬴荡的姑丈，若诛九族，他嬴荡近着呢！

“怪道张仪一路狂笑！”嬴华也出一声苦笑。

“再说，”嬴疾看向紫云，“云妹手中的那道牌牌，搁在家中做什么呢？”

“牌牌？什么牌牌？”紫云怔了。

“先公父奖赏予云妹的免死金牌呀！”嬴华比画一下，“没有云妹，就没有河西之胜。没有河西之胜，就没有我大秦的今天。这张金牌，荡儿不能不认哪！”

“天哪，鬼晓得哪儿去了，我得回去寻寻！”紫云说着转身跑去。

紫云翻箱倒柜，折腾大半天，总算从她的一个嫁妆箱里寻到那道牌牌，飞也似的奔向嬴疾府宅，扯二人径直入宫去。

嬴荡答应放人，但给出一个条件，就是张仪必须在两日之内离开秦国。

这日后晌，张仪出狱了。

是紫云接他出来的。

一回到府里，紫云就吆喝众仆收拾物事，自己也在忙个不停。

“夫人，你弄这些做什么？”张仪淡定地看着她。

“大王让我们两日之内离开秦地！”紫云回他一个笑，“要拿的东西实在太多了！”

“大王的谕旨是怎么说的？”张仪盯住她。

“是……”紫云应道，“是个口谕，大意是，寡人可以不杀他，但他两日之内必须离开秦地，甭让寡人再看到他！”

“听见了吗？”张仪两手一摊，“大王不想看到的是仪，不是你，也不是蔷儿！”

张仪看向女儿嬴蔷。

不知不觉，嬴蔷已经成为大姑娘了，及笄在即。她有高挑的个儿、漂亮的脸蛋、顾盼动人的眼神，全身上下都焕发出青春的光彩。无论从哪个角度看，她都丝毫不亚于当年的紫云公主。

嬴蔷倚在门边，凝视父亲，眼中没有泪。

这个家，她看到太多，知道太多，此时此刻，竟是哭不出来了。

“蔷儿！”张仪朝她张开双臂。

“阿大——”嬴蔷走过来，扑入他的怀抱，语气郑重，“蔷儿跟从你去！”

张仪拥抱她一时，松开，抚摩她的秀发：“你不能去，你要留在咸阳，陪着你的娘亲，照顾你的娘亲！”

“为什么呀，阿大？”

“没有为什么，你是秦人！”

“可我姓张，是您让我姓张的！”嬴蔷急了。

“你是姓张，可你的骨子里是秦人，你属于秦国！”张仪看向紫云，“譬如你娘亲，她的骨子里永远是秦人，也永远属于秦国！”

“您呢，阿大？”

“阿大属于天下！”张仪指向远处，又指向眼前，“包括秦国。”说着松开她，大步走出。

“张仪——”紫云飞跑着追出来，“你听着，我想定了，你到哪儿，我与蔷儿就跟到哪儿！”

“我要去死呢？”张仪两手一摊。

“你……”紫云抱住他，哭了。

“夫人，你甭犯傻！”张仪轻拍她的肩头，“你的夫君不会去死的，他也不想死，他还有大业待成，他会回来的。眼下时运不济，他不得不出去晃荡一些时日。他属于天下，必须行走列国。你与蔷儿就守在咸阳，守在这府里，候着我！”

话音落处，张仪脱开紫云，径至院中，跳上车，招呼御手启程。

御手扬鞭催马，辎车辚辚，渐去渐远。

紫云母女，相拥而泣。

张仪驱车至韩，在冷向府前停下，吩咐御者回返咸阳，向主母复命。

向晚时分，张仪辞别冷向，悄然回家。

这是位于韩都新郑闹市区的一处僻静院落，前后五进，占地数亩，还有一个雅致花园，算是大宅第了。

张仪刚到门口，差点儿与两个人撞个满怀。一个是儿子开地，另一个是小顺儿的三小子张安。开地长大了，已与张仪差不多高，张安则比他矮了一头。

吃过晚饭，他们要到外面耍一会儿。

“娘，娘，”见是阿大，开地顾不上亲热，扯住他就朝院门里跑，边跑边叫，“娘，阿大回来了，阿大回来了！”

第二进是膳房，香女与小顺儿夫妇并两个小的仍在用膳。小顺儿一家听到叫声，忙迎出来，叩拜于地，喜极而泣。

香女亦起身，站在门口。

张仪一一扶起小顺儿全家，然后走向香女，拉住她的手，放在自己的胸口。

“我晓得你这几天要回来！”香女抚摩他的胸口，悄声道。

“我晓得你晓得！”张仪笑了。

“你怎么晓得？”香女问道。

“恍惚中，就在车里，”张仪应道，“我看到你了。”

“我也是，在行功时，看到你坐在车里，过虎牢关了。”

张仪牵住她的手，穿过这进院落，走到第三进的堂间，拥她坐下。

“你是为苏兄回来的吧？”香女悄声道，“满新郑都在传说他被刺的事，说是秦人干的。”

“嗯。”张仪接道，“我陪你们三天，就去祭拜苏兄。叶落归根，我想将苏兄迁葬洛阳。”

“我能去吗？”香女问道。

“顺儿去。”

接后三日，张仪哪儿也没去，只守在家里，关门闭户，白天为开地讲鬼谷的故事，入夜与香女练功。

第四日凌晨，小顺儿驾车，载张仪径投向东面去了。

时过腊月，阳春已至，但在鬼谷里，依旧是大雪封山。

山洞里，童子正自冥思，玉蝉儿走进，坐在他的对面。

童子出定，看向她。

“师兄，我看到父王了！”玉蝉儿一脸伤感，“父王他……”

“师姐想去探望他，是吗？”童子以问代答。

“嗯。”

“走吧。”童子起身。

二人出洞，踏着山中积雪，走出鬼谷。他们越过几道山坳，沿着已经开始化冰的汝水河谷赶赴洛阳。

看到王城的城门，玉蝉儿落泪了。

“师姐，你进去吧，我在外面候你。”童子说。

玉蝉儿没再应声，擦去泪，拉起他的手，径直走进城门。

门口依然站着几个甲士，其中一个很老了。

两个年轻甲士伸出长戟，拦住他们。

玉蝉儿看向那个年老的甲士，拱手道：“我认识你呢，家住南街。”

老甲士惊呆了，盯住她，揉揉老眼道：“你可是……雨公主？”

玉蝉儿点头。

“苍天哪！”老甲士跪在地上，叩首大哭。

玉蝉儿扶起他，谢过他，挽起童子的手，径直走进宫中。

这是曾经属于她的宫城，里面的每一处地方，她都很熟悉。

但她无暇观赏。

有老宫人认出她，引二人直入周显王的寝处，她母后曾经住过的靖安宫。

迎候他们的是靖安宫的原宫正，头发完全白了。见是雨公主，老宫正跌跌撞撞地赶到显王榻边，伏在显王耳边，泣道：“陛下，陛下，陛下呀，是雨公主……雨公主她……回来了……”

显王醒了。

显王缓缓地睁开眼，看向已经站在榻边的玉蝉儿。

显王猛地二目出神，身体剧烈抖动，似乎是要坐起来。

玉蝉儿按住他，俯下身，亲吻他的额头，将他的手拉起来，摸在自己胸口，轻声道：“父王……”

“雨……雨儿……”显王老泪流出。

玉蝉儿缓缓跪下，凝视已处弥留的显王，眼中出泪。是的，不用把脉，她打眼一看，就晓得父王的元气已经耗尽，生命之线行将断绝。

显王伸出颤动的手，摸在玉蝉儿的脸上道：“雨儿，你……阿姐呢？她……好吗？”

“好着呢！”

“说……说是……燕国……乱哪……”

“她已不在燕国了。”

“在……哪儿？”

“在临淄，稷山里。”

“去那儿……做……做啥？”

“陪伴她所爱的人。”

“何……何人？”显王惊愕。

“雨儿这就讲给您听！”玉蝉儿握住他的手，将姬雪与苏秦的事由头道来，一直讲到一个月前，得知苏秦被秦人刺死，阿姐由燕宫赶至齐都临淄城外的稷山，永远陪在苏秦身边了。

显王闭目。

显王流出泪水道：“寡……人……对不起……她呀，我的……雪儿……”

“父王，”玉蝉儿道，“阿姐的路是她自选的。能得苏子相守，阿姐没有枉活一世！”

“是的，”显王闭目，“雨儿，寡人……看到你的母后了，就在……方才，寡人……好想她……她在哪儿啊……”

“父王，雨儿带你寻母后去！”玉蝉儿摸出银针，在他身体的不同穴位连刺三针，之后握住显王的手，率先入定。

显王静定下来。

恍惚中，显王隐约看到远处守着一人，像是他的雨儿，紧忙追上。

显王追到跟前，却发现不是雨儿，而是王后，他的汕儿。

“汕儿——”显王喜甚，刚叫出来，汕儿嘘出一声，扯住他，转瞬来到一处神秘的所在。

这是一个幽静的山坳，涧水潺潺。

山坳远处传来琴声，是他熟悉的旋律。

显王快步走去。

涧水尽头，是一挂山瀑。那山瀑不大，从一面陡峭的石壁里忽地冲出来，一泻如注，形成一道漂亮的弧形水柱。水柱约数十丈高，浇在一泓水潭里，发出动听的击水声。

陡然间，击水声没了。一阵香气袭来，一曲显王从未听到过的乐声隐约传来，好像是方才那琴声，又好像不是那琴声。

显王突然觉得，在如此美妙的乐声面前，此前曾听到的所有旋律，尽皆不值一提。

“这是何人所奏？”显王情不自禁，大声问道。

“琴师呀！”汕儿笑道，指向高处。

显王抬头望去，七彩之光映在悬瀑上。当年的琴师高高地坐在悬瀑上面，长袖飘飘，二目闭合，两手正抚在那七彩悬瀑上。

天哪，琴师这是在以瀑为琴！

显王正自惊诧，汕儿笑道：“陛下，先生就在这儿，还不见礼？”

“先生？”显王怔住，看向她。

“鬼谷先生啊！”汕儿笑脸盈盈，指向远处。

显王看过去。

乐声远了，七彩悬瀑不见了，前面现出一棵大树。

显王眼前一亮。

大树下面赫然端坐一位长者，一袭白衣，一把白须，两道白眉，更有披肩的飘飘白发。

不错，长者正是鬼谷子，他长女姬雪所爱之人的师父，他次女姬雨的师父，他的汕儿的师父！

显王紧走几步，叩拜于长者面前道：“洛阳姬扁拜见鬼谷先生！”

“你是大周天子，缘何拜我这个青溪山野夫？”鬼谷子捋一把白须，微微笑道。

“姬扁诚意求拜先生为师，还望先生不弃！”显王再叩。

“你贵为天下至尊，野夫不为人君之师！”

“姬扁不想再为人君，只想成为先生弟子，求请先生不弃！”显王三叩道。

“先生，”汕儿跪下来，“汕儿求您了，收下姬扁吧！汕儿晓得，他早就不想做天子了！”

“是吗？”鬼谷子的“是”字拖得极长，后面的“吗”字几乎听不见。

在这声长长的“是”字中，先生不见了，汕儿不见了，琴师不见了，所有的一切尽皆不见了。

显王眼前一片黑暗，黑暗得让人恐惧。

显王在惊惧中醒来，看到玉蝉儿，急了，用尽他生命中的最后气力，握住玉蝉儿的手道：“雨儿，快……带寡人……寻……你……母后……拜……鬼谷……先生为……为……”

显王的“师”字未能说出，卡在“为”字上气绝了。

“父王……”姬雨紧紧地握住显王的手，脸贴在父亲的脸上。

周显王驾崩，天下震动。

小顺儿驾车，张仪带着各色祭品赶往临淄，在稷山深处寻到了苏秦的陵墓。

自到齐国，苏秦就一直住在稷下，虽然没有被聘为先生，却也算是稷下一员，代表鬼谷门。因而，苏秦被刺之后，稷下就奏报齐宫，由稷宫主理他的丧事，祭酒荀子亲自为他主持葬礼。

稷山里有一大片陵墓是专门划拨给稷宫的。因稷宫人员流动大，年轻人多，这么多年下来，陵园区没用多少，大片的预置墓地是空置的。

苏秦的陵墓位于预置墓地的中心位置，紧挨着淳于髡的，再前面是先祭酒彭蒙。这个规格是给稷下祭酒的，寻常先生没这待遇。

苏秦是暴死，按照齐地习俗，三年之后才许入葬地室，因而稷下就在他的陵墓上面加盖了一个丘形房舍，将他的棺木悬空置于丘舍。飞刀邹、木华、木实、秋果等那夜所死的其他人等，不分敌我，皆由闻讯赶到的墨者配合有司，择地葬了。

天气刚刚回暖，草木渐渐发芽。

张仪赶到，悄然立于苏秦的墓前，久久地凝视他的墓碑。

“苏大人哪，我的好苏大人哪，我的好好苏大人哪，我的好好好好苏大人哪，”小顺儿停好车马，小跑过来，二话不说，便跪在地上就是一通磕头，边磕边哭，边哭边诉，“您还记不记得当年在洛阳辰光的小顺儿呀！小顺儿与他的主公这来看您来了…… 当年洛阳的事儿，顺儿一辈子也忘不掉啊，您说话吃力，一句话吭哧吭哧说半天，真正是急急急死小顺儿啊！主人天天叫你卿相，顺儿是鼻子眼儿全不信哪，可……啥人晓得，您不仅是个卿相，您还是六个国的大卿相啊！顺儿这眼睛瞎哩，顺儿这鼻子齉哩，要是不瞎，要是不齉，当年哪能瞧不出来呢，当年哪能嗅不出来呢……”

“你小子，能不能给我憋住？”张仪正在默祷，实在听不下去，便朝他屁股上踢一脚。

小顺儿哭得正伤心，挨这一踢，想憋却又憋不住，鼓住腮帮子抽会儿风，那声音就如小公鸡初学打鸣，可没打几下竟就噎住气了，脸与脖子红涨，两手不停拍打胸脯，被张仪在后背上连打几掌，方才缓过气来。

见他缓过来，张仪叫道：“顺儿，苏兄不爱听哭声。你这就去，将车上的那些东西搬过来，本公要与苏卿相好好喝几杯！”

小顺儿应过，快步去了。

小顺儿刚走，一个身穿孝服之人转悠过来，看年纪已过不惑。

张仪看向他，正自奇怪，那人深深一揖道：“请问大人，您是——”说着用目光征询。

“在下张仪，你是——”张仪回个礼，盯住他。

听到“张仪”二字，那人缓缓跪下，叩首：“燕国后宫甘棠宫宫正叩见张大人！”

后宫的宫正当是阉人。

“甘棠宫？宫正？”张仪吃了一惊。

“就是燕国祖太后的宫院，小人专职侍奉祖太后！”

燕国的祖太后是周王的长公主姬雪。张仪看向他的孝服，心头一凛，眯起眼睛，盯住他道：“身为宫正，你不在宫中侍奉祖太后，到此为何？”

“回禀大人，”宫正缓缓看向陵丘，泣涕道，“祖太后她……她……”

张仪恍然开悟。

雪公主她……居然……

张仪吸一口长气，席地坐下，看向他，缓缓吐气道："宫正，张仪是来拜祭苏大人的，这又生出一个祖太后的事情来，真正是意外呢！你说说，究底是个什么事儿？"

"小人不能说呀！"宫正叩首。

"丘中之人，"张仪指向陵丘，"皆是在下朋友，苏大人是在下的生死兄弟，你的主人祖太后，在她还是大周公主时，在下还挨过她不少训斥呢！"

"嗯嗯，"宫正连声应道，"祖太后时常讲起洛阳的事，还提到大人呢！"

话音落处，小顺儿扛着祭品走过来。

"顺儿，"张仪接话道，"照料马去，本公与这人说几句话。"

小顺儿应过，快步去了。

"宫正，"张仪看向陵丘，"坐起来，开说吧！"

宫正再无顾忌，改跪为坐，将他所知悉的祖太后与苏秦的私事一一道来，末了泣道："旬日之前，小人载着祖太后来到这儿。祖太后没有哭泣，吩咐小人将她装作新娘子，换上新装，然后抱着苏子赠送她的那把木剑，就坐在这儿，坐了一天一夜。小人陪着她坐。后来，小人睡着了，待小人醒来，祖太后她……她已倒在碑前，心窝上插着她的剑……"

张仪出泪了。

这个决绝的女子，以苏秦同样的死法随他去了。

"小人吓傻了，"宫正接道，"小人……小人晓得祖太后，就打开苏大人的陵丘，打开苏大人的棺木，挪动苏大人，将祖太后放在他身边，让太后……"宫正说不出来了，呜呜悲泣起来。

"你为何一直守在这儿？"张仪擦下泪水，看向宫正。

"回禀张大人，"宫正应道，"没有太后，小人……就没地儿去了，小人……使人在这附近立了个窝棚，就为苏大人和祖后守个陵吧！"

"好一个义仆！"张仪慨叹一声，盯住宫正，"这事儿不宜声张，否则，对燕室不利。叶落归根，苏大人与祖太后皆是周人，葬在此地亦非二人心愿。是以在下想将他们移葬洛阳，让他们魂归故里。你与小顺儿前往临淄，购置一个夫妻合棺，此地就做苏子的衣冠冢！”

“如此甚好！”

张仪召来小顺儿，安排他们临淄去了。

尽管张仪此行没有声张，还是给匡章晓得了。

匡章驱车到访张仪下榻的客栈，交给他一只木盒。

张仪看向木盒，见上面写的是“匡章亲启”，目光诧异。

“张子打开就晓得了！”匡章淡淡一笑。

张仪打开木盒，里面现出几卷竹简。

竹简上面，另有几根散简，写着密密麻麻的几行小字，是苏秦的手笔：“仪弟，盒中之物，乃先生教诲。秦早欲整理成册，以载先生苦心，成就纵横道法。但因力有不逮，悟有未透，迟迟未敢动笔。奈何刺客已至，环伺左右，秦再无时日可待，只好勉强动笔，草率成书，岂料书册未竟，齐王召请，秦不得不封笔装盒，以赴天命。未竟之处，秦敬请贤弟补笔。已成之章，但凡谬误，亦请贤弟斧正。切切。愚兄苏秦。”

“苏子被刺之后，”匡章解释道，“在下搜查苏子居所，寻到这只盒子，见上面写着在下亲启，遂打开盒子，结果盒中之物，却是要在下转呈张子的！”

张仪展开竹简，共是四捆。一捆是出山之际先生赠送给苏秦的《阴符经》，张仪也有一卷，上面密密麻麻，皆是先生的批注。其他三卷，皆是苏秦所写，题名为《鬼谷子》，计有《捭阖》六篇、《中经》一篇、《符言》一篇、《阴符》七篇。其中《阴符》七篇，几乎就是先生所批注之文，苏秦不过是重新抄录而已。再观《捭阖》六篇，后面还有五章，苏秦只写了章名，分别是《揣》《摩》《权》《谋》《决》，却无文字。

显然，苏秦未及完成全文，就遇刺了，且在出门之前，已判定自己凶多吉少。

张仪怆然出涕。

送走匡章，小顺儿回来，说是合葬棺木可以取货了。张仪遂将木盒抱入车中，吩咐小顺儿赶到棺材铺，让铺中伙计将大棺装入辎车，又在棺上蒙一层黑色油布，见天色渐晚，遂坐在棺上直驱稷山陵区。

夜幕降临。

张仪与小顺儿、宫正三人悄然打开苏秦陵丘，启开棺，脱去苏秦身上的衣冠。由于苏秦已死数月，虽为冬季，尸体也多少有些腐烂。好在宫正擅长化妆，描眉涂脂，不消半个时辰，苏秦已是焕然一新。

张仪为苏秦穿上新置的新郎衣冠，三人合力将他放入车上的棺木。之后，张仪又与宫正合力，将新死不久的姬雪抬出，摆放在苏秦的身侧。夫妻合棺空间宽敞，二人再无此前相互挤压的窘迫状。张仪将苏秦的木剑横摆在二人的头顶，使二人腿脚相绕，二臂相挽，二手相扣，同枕合衾。为防途中颠簸，张仪还用麻绳固定住二人的身体。待全部安放完毕，张仪方将棺盖合上，由小顺儿拿锤钉好，全部缝隙滴蜡封严，罩上那层黑色油布，使人看不出车上所载何物。之后，张仪复将苏秦身上脱掉的衣冠悉数放进原来的棺木里，再放进陵丘，小心封好，使人看不出端倪。

完成这一切之后，天已微明。张仪坐入宫正的豪华辎车里，在前开路，小顺儿拉着合棺，跟在身后，一行二车，辚辚西去。

车过大梁时，张仪遥望大梁城门，看向这个他原本熟悉又渐渐陌生的都城，忽然感到些许伤感。他也忽然觉得，不能就这么默默地将苏秦拉回轩里，让他就此泯灭于这个世上。

张仪吩咐宫正调整方向，入城。

没有战争时，大梁的城门是昼夜敞开的，没有人盘查。张仪二车悠悠荡荡地驰行在大梁的大街上，一直走到列国纵亲司府衙。

张仪在衙前驻马，凝视一会儿衙门，摸出一只锦囊交给宫正，让他呈给门尉，之后辚辚出城，径投西去。

门尉收到锦囊是封着的，上面写着“犀首亲启”四字。门尉不敢怠慢，急呈公孙衍。公孙衍启囊，见里面是一小片山羊皮，皮上书写了数行小字，“是月晦朔交接之时，苏兄归葬故里洛邑，能拨冗前往，以一碗黄汤诀别乎”，没有落款。

是月即本月，晦日即月末一日，朔日则为来月初一。晦朔交接，也即正月、二月相交接之时。确切地说，是春正月三十、二月初一的交替辰光，当是午夜子时。

晦朔二日，月入日中，残月尽，新月生。

离月末尚有一十六日。

公孙衍持函去找陈轸与冷向。从临淄举办的苏秦葬礼上回来，在公孙衍请求下，陈轸没回邯郸，这辰光就住在纵亲司里。他受赵王委派入驻赵国馆，代苏秦协调列国伐秦事宜。

陈轸、冷向一看字迹，认出是张仪。

在这日月之下，也只有张仪敢迁葬苏秦。

热闹过后，是一地鸡毛。

自前番苏秦衣锦还乡、葬父大祭之后，尤其是在苏代离开之后，轩里村越来越落寞，直到此番张仪护送苏秦的灵柩再次归来。

周显王驾崩也未能震动的地方，在归葬苏秦之时，再一次震动了。

在灵柩抵达的第三日，也即“是月晦日”的前一日，公孙衍、陈轸、冷向三人赶到，随同而至的是六国纵亲司的留守特使与随员，他们带着各色祭礼。

苏秦的陵址是张仪选定的，在村北的洛水畔，靠近老琴师的陵与庙。葬苏秦这日，葬礼甚是隆重，轩里村再一次人山人海，方圆十里，不，几乎是整个王畿的人，能来的全来了。

苏姚氏早就没了，葬在苏虎的墓里，同穴。

苏厉仍在种地，撑持着苏虎的事业，但其妻的两眼全瞎了，一只耳朵也听不见了，讲话必须对准她的另一只耳朵，且得大声。苏家掌勺的重任不可避免地落在了苏家大儿媳苏刘氏的手里。苏刘氏即伊里里正刘权的孙女。刘家在刘权死后彻底败落，田地大多流入苏家，刘权的长孙女在麻姑的撮合下嫁给苏厉家长子。许是因了家败的阴影，苏刘氏晓得节俭，甚会操持家务，颇得苏厉两口子赏识。

小喜儿仍旧一个人过。苏家发达之后，苏代要为她翻建大房，她死活不让，依旧住在公公分配给她的小院子里。那是她的婚房。

许是上了年纪，小喜儿的脚更跛了，走路越来越吃力。从人们越来越多的传说中，小喜儿知晓了一个于她来说沉重得不能再沉重的事实：苏秦的棺中躺着另外一个女人，她是燕国的祖太后，大周天子的雪公主。当年雪公主出嫁时，整个王畿的人都为之感动了，她也不止一次地为公主流过眼泪。这辰光，她为之流过泪水的雪公主就躺在她的丈夫身边，还穿着新娘子的衣服，小喜儿哭了。

在苏秦入葬的这日，所有人都在忙活苏秦的葬礼，没有人记得小喜儿。

小喜儿一步一跛地走到苏虎的大墓旁边。

苏虎的墓旁立着一个小土堆，下面埋着她的阿黑。

阿黑是十年前老死的。将死之际，它走到村北洛水旁边的一个土坡上，眼巴巴地望着洛水对面。小喜儿晓得它要死了，也晓得它在守望什么，就守在旁边陪着它，看着它死。

阿黑是枕在她的怀里咽气的。阿黑死后，小喜儿将它拖回来，在苏虎墓的旁边挖出一个坑，将早已缝好的寿衣穿在它身上，拿苇席卷了，放进坑里，堆出个土丘。之后十年，每为苏虎扫墓，小喜儿总要在这个土堆边摆上供品，磕几个头，哭几声。

小喜儿的心彻底死了。

小喜儿在土堆边坐着，从天亮坐到天黑，又从天黑坐到天亮。

自始至终，小喜儿没有哭。她晓得，这是她的命。

天又黑了。

小喜儿的耳畔再一次响起苏秦的声音："……听着，苏秦今生欠你的，来生还你……听着，阿黑就是我，你就守在家里，早晚陪着阿黑，好好服侍阿大，照料我娘，替我尽孝……"

小喜儿终于哭了。

小喜儿用她的两只手去扒土堆，一点点地扒，直到扒出一个坑，扒到阿黑的骨头。

小喜儿扒大这个坑，大到她可以躺进去，然后再一点点地把扒出来的土又扒下来，掩在自己身上。

在苏秦归葬大礼结束的第三日，公孙衍、陈轸、冷向三人快步走向新立的苏陵。

苏陵前面，张仪长发披肩，面陵而坐。

张仪面前，摆着一盘棋局。

三人皆怔住了。

作为士子，下棋是他们的日常，但他们的棋盘皆是方的，纵横棋路或为九道，或为十一道，或为十三道。而眼前之局，外形却是圆的，下有三足，其形如鼎，圆圆的鼎面上，十九道棋路，构成一个正方，外接于圆，纵横相错，一如井田制下的大周天下。

局面上，棋至中局，黑白搏杀，你中有我，我中有你，实在看不出胜负。

三人明白，张仪是在弈棋，对手是苏秦。

张仪笑道："三位是来观局的吧？"说着指向棋局，"请坐。"

"张兄，"公孙衍拱手道，"我等非来观棋，是来求请张兄！"

"求请何事？"

"弈棋！"公孙衍指向棋局，"局至中盘，张兄自摆棋迄今，一连三日，迟迟未出一子，难道不想将之弈完吗？"

"怎么弈呢？"张仪两手一摊，苦笑道。

"灭秦！"公孙衍给出二字，指向陵墓道，"为苏子复仇！"

"怎么灭？"张仪又发出一声苦笑。

"合纵天下，诛灭暴秦。"公孙衍指向陈轸、冷向，"我们无不认同苏子，秦法不除，终将祸及天下。秦法本恶，秦王更立，愈行残暴，行刺苏子，逐走张兄，攻打盟友，无所不行其极，无所不失其义。苏子横死，天下无不气怒；张兄遭逐，士子无不叛秦；盟友遭攻，列国无不心齐。楚、齐、赵、韩、魏、燕，纵亲六国之君，近日已成共识，将合出义军，诛灭暴秦。此为天赐良机，我等三人企盼张兄牵头，引领列国，为苏子，为秦人，为天下，匡扶正义，诛灭秦室，废除恶法，福泽后世！"

"好呀！好呀！真正好呀！"张仪连叹三声，然后指向棋局，"这个棋局为鬼谷先生所制，"又从棋盘下面的三条腿中间摸出四卷竹简，

“这几卷书简为鬼谷先生在谷中所授，由苏兄撰写。苏兄于仓促中未能完成，在下于近日补撰了。诸位情深谊厚，在下无以为报，谨以此书相送，你们可分别抄去。”说完看向陈轸，“对了，陈兄，麻烦您多抄两份，一份送到鬼谷，交给我师兄，一份送给苏厉，这几份原册，就交给小顺儿。”

众人视之，四册竹简扎作一捆，卷首是赫然三字“鬼谷子”。

公孙衍接过，分别展开，略作浏览，里面有《捭阖》六篇，《揣摩》五篇，《本经》七篇，《中经》《持枢》《转丸》等杂篇合作最后一卷。

“张兄？”陈轸听出话音，急了。

“三位仁兄，你们去吧。”张仪拱拱手，指向棋局，淡淡一笑，“在下与苏兄的棋局，正弈至酣处呢！”说完正襟，危坐，闭目。

一天过去了，张仪没有动弹。

两天过去了，张仪没有动弹。

张仪坐至第三天傍黑，公孙衍也是急了，再一次吩咐小顺儿，务必拖他回来。

小顺儿赶到陵前，跪在张仪身边，扯起他的衣袖，小声劝道：“主公啊，您饭也不吃，水也不喝，这是要坐到啥辰光呢？这都忒多天了，咱也该回家了。您再不回，主母，还有开地，怕是要急死了呢！”

“回家……哈哈哈哈……回家……哈哈哈哈……哈哈哈哈……哈哈哈哈……”张仪爆出一声接一声的长笑。

张仪的笑声狂放而怪诞，似乎不是发自口鼻，而是发自深深的肺腑，非喜，非怒，非恨，非怨，非悔，非惨，非悲，非怆……

张仪一直笑下去，直到他肺腑里的所有气体全部耗尽，直到再也没有一丝气息。

夕阳西下，远山苍茫。

尾　声

天下之弈

巍巍昆仑，自西向东，横亘西域，其冰川融水是华夏血脉江水、河水的源起。

昆仑之东，顺起一条背脊，将江水、河水分作南北。

这条背脊就是华夏龙脉。

龙脉自西而东，绵延一千六百余里。灭商之后，大周王室在这道龙脊的北麓分别立下两个王畿，一个是西畿镐京，一个是东畿洛阳。

果然，大周前后八百年，三十二代共三十七位君王，历四百来年于西畿，又历四百来年于东畿。

华夏龙气发自昆仑，一气东贯，止于宛地玉山，结作美玉，其中一块碧血丹心，为楚人卞和所得，是为和氏之璧。

西畿之南八百里为华夏龙脉的主脉所在，老子于此脉终老归隐，是为终南山。

东畿之南八百里为华夏龙脉的续脉所在，老子于此脉收伏坐骑，是为伏牛山。

在伏牛山脉主峰犄角尖的西北方，伊水由东北蜿蜒上溯。

一个衣衫褴褛、满面污垢、胡子乱杂的乞丐，拄着一根万能木棍，溯伊水而上。

乞丐的肩上挎着一个打着补丁的行囊，行囊的一角露出一双草鞋的鞋跟。

看其风尘仆仆的样子，他当是走了极远的路。

人离不开水。伊水两岸曾经是富庶的，也曾经是诞生大商贤臣伊尹的地方。然而，这些都是过去的事。在秦国一统天下之后，伊水两岸大多荒芜，村落大多有舍无人，行道上长满杂草。

乞丐边走边发出嘘嘘声，拿棍子拍打地面，以惊走游蛇。

乞丐行走一时，见伊水打个大弯，拐向正西。乞丐停下来，从行囊里摸出一块油布，看向上面的路线图，目光落在打弯处。

乞丐抬头看看山势，又沿着伊水西走。没走多久，视野开阔起来，眼前现出一片宽大的河谷。

河谷右侧，是一个规模不小的村镇。

乞丐拄起棍子，佝偻着腰，步态蹒跚地走进村子。

村口竖着一个牌子：伏牛里。

乞丐走向村边的一户人家，还没走到，就有大狗蹿出，朝他狂吠。但狗又碍于他的棍子，只是吠叫，不敢近前。

一个老女人迎出来，喝住狗，看向他道："客人哪，你来得太早，晌午饭还没做哩，你可寻个地儿歇歇，候一会儿！"

乞丐朝她施个大礼道："谢婶子了，我不饿哩，我是想打问个地儿。"

"啥地儿？"

"你们这儿最高的山！"

"老头子！"老女人朝院里喊道。

一个老汉走出来。

"老头子呀，"女人指着乞丐道，"客人想问问这里哪个山头最高，我还真不晓得哩。"

"你要是晓得呀，母鸡都打鸣哩！"老汉不无嘚瑟地瞥她一眼，看向老乞丐，指向东南，"要论最高呀，当是那儿，叫犄角尖，离此地三十多里，我上去过好几次哩。"

"谢谢老丈！"乞丐拱拱手道，"咱这附近呢？"

“就是那一座了！”老汉指向正南，“叫牛鼻岭。”

听到这三字，乞丐眼睛一亮，匆匆摸出那张图，看向箭头所指处，果然，在伏牛里旁侧有个图标，状如牛鼻。

乞丐的耳边回荡起一个苍老的声音：“年轻人，你想弈天下吗？”

乞丐回过神来，朝老汉再次拱手道：“请问老丈，为何叫它牛鼻岭？”

“嗬，你问得好哩，”老汉指向周围的山，“这一片大山哪！是头神牛。几百年前，突然来个老神仙，在那山上一住几年。有一天，不知从哪儿冲来一头大青牛，在村里横冲直撞，谁都治不住它。就在这时，老神仙下山了。说来也奇怪，一看到老神仙，那青牛就跪下了。老神仙骑上青牛，沿这伊水就走了！后来有人说，那青牛是山精，牛鼻岭是山精的鼻子，老神仙住到山上，穿了它的牛鼻子。青牛不服哩，一只牛角戳到天上去，就是我说的犄角尖。从那辰光起，我们这村就叫伏牛里了。”

乞丐拱手谢过，问明登岭之路，涉过伊水，直奔牛鼻岭去。

乞丐沿一条溪边山道走至半山，在一个小石潭边停住脚步，扯下胡须，脱掉丐服，跳进潭里。他洗去一身污垢，打开背囊，抖出自己的士子服，穿戴一毕，朝着岭顶攀登。

在牛鼻岭的南侧，两道山梁如两条手臂一般伸向正南，一条小溪沿两臂间流下，蜿蜒南去。在小溪与一条大溪的交汇处，三山交错，谷地开阔，一条山梁至此尽没。

在这条山梁的尽没处，一块黄色石柱赫然矗立，高约数丈，粗约丈许，上下同粗，中无裂隙，如一柱擎天。黄石两侧各长了一株千年银杏，一左一右，如两翼鸟翅，将整块黄石掩饰起来。

黄石前面，两条溪水左右交汇，环抱为一。合流后的河床甚宽，满铺卵石，水击石滩，发出万千天籁妙音，泻入东南方更大的峡谷里。

在这依山傍水处，背靠黄石，不规则地卧列着五栋草舍。草舍的四壁皆由夯土打成，屋顶茅草压得很厚，房门为几寸厚的木板，是冬暖夏凉的所在。

草舍外面是几片梯田，沿山势没至溪边，庄稼长势不错。

一道木桥架在左侧顺牛鼻岭而下的小溪上，连通一条沟通外界的山道。桥头由几根横木搭作一门，门楣上写着“黄石庵”三字。

靠近黄石的是一栋大庵，庵中只设一个正堂，中无隔室。四周墙边尽是书架，架上满满地搁着成卷的竹简。

大堂中央摆着四个几案，每张几案上整齐地码放着成捆的竹简。这些竹简被码作两堆：第一堆是《素问》，计九卷；第二堆是《针论》，亦计九卷。

一个年逾六旬、须发斑白的老人正在忙不迭地在堂案上摆弄竹简。

老人姓姬名文，是燕昭王与姬苏菲菲的少公子，出生没多久就被却却师父收作弟子。

堂案上已经摆起三只牌位，中间是老子，两侧分别是关尹子与鬼谷子。三只牌位的前面，又列出四个牌位，分别写着苏秦、张仪、孙膑、庞涓四人的名号。

在四人的牌位前面，摆着四卷书，卷首赫然写着“鬼谷子”三字。

牌位前面的方案上，摆着鬼谷先生在鬼谷洞中不时观看的那只圆鼎棋盘。棋盘上，满盘皆是黑子，白子星星点点，俱被挤到边角上。

棋局上竖着一块木牌，牌上写着鬼谷先生的四句偈语：

纵横成局，允执厥中。
大我天下，公私私公。

一个与老人年纪相仿的女人走进来，巡视一圈，冲姬文竖个拇指道：“姬师兄动作真快，我不过是去打个转儿，您这就摆好了呢！”

“呵呵呵，”姬文憨憨一笑，“再快也快不过庞师妹啊。”说完看向案上的经卷，“我每抄两字，庞师妹就抄三字，快一字不说，还比我写得规整哩！”

庞师妹是庞涓遗腹子庞滔的女儿庞梅，早年被了了师父收作弟子。

“了了师父说，张良贤侄就要到岭上了，要我俩这去迎他！”庞梅指向北面的牛鼻岭。

“好哩！”姬文又审一遍堂中摆设，见无纰漏，方与师妹一起走出。

望到二人走过木桥，径投北去。了了、却却，这对于六十年前就从鬼谷里搬出，今已双双活过天年的师兄妹，携手走进堂舍，站在门口，看向堂中的一切。

却却松开了了的手，走到一架几案前，坐下，看向面前码放齐整的两堆竹简，不无感慨道：“师姐，您的心血呀，《素问》与《针论》，洋洋二十万言，字字珠玑哩！”

“若无师兄助力，了了怕是一卷也写不出呢！”了了笑道。

“师姐客气！”却却翻阅竹简，“这些该拿到谷外，用以济世了吧？”

“还缺一个名称，”了了走过来，站在他身后，“师兄来确定吧！”

“了了姐的心血，却却怎么能确定呢？”却却又是一笑。

了了沉思有顷，看向却却道：“《素问》《针论》皆为内省之学，我想叫它《内经》。”

“《内经》甚好。”却却接道，“不过，‘内’字过于宽泛，还得有个直观的名称，以利传扬。”

“如何直观，请师兄厘定！”

“苏秦他们占先，先生的名号不能再用了。师姐书中多处借用黄帝，就叫它《黄帝内经》如何？”却却笑道。

“好名字！”了了拿过笔，饱蘸墨水，赫然在简上写下“黄帝内经”四字。

了了写完，转头看向刚被姬文摆到堂案上的棋局。

却却也看过去。

“师兄，”了了的目光依旧在棋局上，“满盘皆是黑子，白子还能翻过来吗？”

“前些日，我夜观天象，要不了几年，天下将有异动，黑棋就会崩盘。”

“师兄是说，要另开一局喽？”

“是的。”却却苦笑一声，“你来我往，一局接一局，永远也下不完的。”

“师兄是要让张良开此新局吗？”了了一脸狐疑，“博浪沙锤击秦始皇，可见其莽撞；下邳圯下之约，可见其心浮。”

“呵呵呵，”却却捋了一把长长的白须，笑了，“与他的曾祖有得一决啊！”

“也是。”了了笑了，良久，又看向东方，“庞兄、苏兄、张兄后人皆已赶至，要是孙兄后人也来一个，我鬼谷一门就聚齐了！”

“孙兄后人远在扶桑，返璞归真，淳化世人，真正好呢。”却却油然慨叹道。

“是呀，真正好呢！”了了闭目静坐，神游扶桑去了。

（全书完）

激发个人成长

多年以来，千千万万有经验的读者，都会定期查看熊猫君家的最新书目，挑选满足自己成长需求的新书。

读客图书以“激发个人成长”为使命，在以下三个方面为您精选优质图书：

1. 精神成长

熊猫君家精彩绝伦的小说文库和人文类图书，帮助你成为永远充满梦想、勇气和爱的人！

2. 知识结构成长

熊猫君家的历史类、社科类图书，帮助你了解从宇宙诞生、文明演变直至今日世界之形成的方方面面。

3. 工作技能成长

熊猫君家的经管类、家教类图书，指引你更好地工作、更有效率地生活，减少人生中的烦恼。

每一本读客图书都轻松好读，精彩绝伦，充满无穷阅读乐趣！